古典
珍品

经典回到生活　阅读从心开始

# 中华古典珍品

『中华古典珍品』丛书遴选了清代《四库全书》的精华，而且每一种书在注释、译文、解读等方面做了大量的、扎实的工作。

——傅璇琮

国学就是中国人的学问。『中华古典珍品』是一套非常适合大众阅读的国学经典丛书。国学的传承和发展迫切需要好的大众读本。

——毛佩琦

《四库全书》浩如烟海，真正的必读经典就这百余部。

——任德山

国学是相互通融的，切忌断章或是割裂。今人只有从《周易》等原始经典入手，才能真正找到进入国学的门径。

——刘君祖

中华古典珍品

# 图解

# 李太白集

（唐）李白 著

崇贤书院 释译

黄山书社

# 阅读指南

**内容全面、方便阅读**

诗文、注释、诗解、说明、诗评等面面俱到，帮助读者更好地阅读经典。

**精选版画，意境再现**

从历代名家名迹中精选二百余幅与诗文内容相符的经典古代版画，以图释诗，使读者更直观地了解诗文内涵。

**添加注音，扫清障碍**

为诗中的生僻字、多音字、古今异读字随文添加注音，并反复标注，力求使读者无阅读障碍。

**注解详细，面面俱到**

对文中的生僻字词、故事典故等详加解释，使读者更好地理解原诗主旨。

楚国，秦穆公用五张羊皮把他赎回来，并任用为大夫。朝歌的屠夫吕尚来到渭水之滨垂钓，终于得到周文王的重用。周武王取得天下以后，封吕尚在齐国营丘之地，治理齐国。吕尚一生都在渭水之滨垂钓，有谁认识他呢？如今，当政者只是顾盼天上的飞鸿，却无视贤人的报国之心。

[说明]

《鞠歌行》为乐府旧题，属于《相和歌辞》。李白在这首诗中借卞和、宁戚、百里奚、吕尚等人抒发了自己强烈的用世之心。他期望施展自己的抱负，但报国无门，于是通过诗作来表达他抑郁不得志的愤懑。

**诗评**

● 摘录历代权威诗论，再现精妙评析。

[诗评]

太白此词，始伤士之遭谗废弃，中则美乎昔贤之遇合有时，终则重叹今人不能如古人之识士也。亦借此自况云尔。

——萧士赟《分类补注李太白诗》

### 幽涧泉

拂彼白石，弹吾素琴。

幽涧愀(qiǎo)①兮流泉深，善手明徽高张清②。

心寂历③似千古，松飕飗(sōu liú)兮万寻④。

中见愁猿吊影而危处兮，叫秋木而长吟。

客有哀时失职而听者，泪淋浪⑤以沾襟。

乃缉商缀羽⑥，潺湲(chányuán)成音。

吾但写⑦声发情于妙指，殊不知此曲之古今。

幽涧泉，鸣深林。

**选字注音**

● 将文中的生僻字选出随文反复标注。

● 将文中的多音字、古今异读字选出随文反复标注。

[注释]

①愀：忧愁的样子。②善手：高手，这里指弹琴的高手。明徽：徽，指琴徽，系琴弦的绳，这里代指琴。古代用金玉、水晶等宝物装饰以显示琴的明亮晶莹，故称明徽。高张：弹琴的手法。古代有诗："高张生绝弦，声急由调起。"③寂历：寂寞。④寻：八尺为一寻。⑤淋浪：泪流不止的样子。⑥缉商缀羽：指奏乐。商、羽都是五声之一。⑦写：同"泻"，流出。这里指发出声音。

[诗解]

拿起白玉拨子，拂动琴弦，开始弹奏我心爱的琴。清澈的山泉缓缓流入山涧，清幽而深远，像是满载着绵绵不断的淡淡忧愁；我弹琴的技术娴熟，手法高超，琴弦在

**诗解**

● 用明白易懂的白话文对原诗进行解释。





我的拨弄下传出美妙的音符，纯净而美妙。琴声似乎承载了我太多的凄怨。幽涧边的松树高耸入云，在秋风的吹拂下发出瑟瑟的声响，诉不尽我心中凄苦的寂寞。一只愁猿吊在高危之处，发出凄惨的哀鸣；它的鸣叫声回荡在山谷丛林中，更加凄厉哀绝，久久不散。座中听琴的过客，有哀时失志的，听到琴声感慨万千，泪湿沾襟。琴曲接近尾声，我缓缓拨动琴弦，结束了此曲。我只是借琴声以抒发自己的情怀，真不知道古今以来与我有同样情怀的人竟如此之多。琴声如幽涧中潺潺流淌的泉水，在深林中鸣荡不已。

[说明]

《幽涧泉》，乐府旧题，属于《琴曲歌辞》。李白在这首诗里抒发自己哀时失志的苦闷之情。他的抑郁苦闷之情无处倾诉，只能借幽咽的琴声传达。

**说明**

● 叙述诗文题目的来源及内涵。

● 对诗文内容进行简单的概述或表明诗的中心思想。

### 结袜子

燕南壮士吴门豪①，筑中置铅鱼隐刀。

感君恩重许君命，太山一掷轻鸿毛②。

[注释]

①燕南壮士：指高渐离，战国时期燕国人，擅长击筑。荆轲前去刺杀秦王之前，高渐离在易水边击筑为其送行。后来荆轲刺秦王失败，他便隐姓埋名。秦始皇统一天下后，听说他擅长击筑，就命人熏瞎他的眼睛，让他为自己击筑。他在筑内暗藏铅块，扑击始皇，没有扑中而被杀害。易水在燕之南界，因此称"燕南"。吴门豪：指专诸，春秋时期吴国人。吴国的公子阖闾想杀掉吴王僚而夺位，伍子胥就把他推荐给公子阖闾。公子阖闾摆设宴席邀请吴王，专诸把匕首藏在鱼腹中进献。虽然刺杀成功，但他自己也被当场杀害。专诸刺杀吴王是在吴国王宫中，所以称"吴门"。②太山一掷轻鸿毛：此句取自司马迁《报任少卿书》："人固有一死，或重于泰山，或轻于鸿毛，用之所趋异也。"太山，即泰山。

荆轲刺秦王

荆轲，战国末期人，喜好读书击剑，应燕国太子丹的请求去刺杀秦王，没有成功，反被秦王所杀。



**注释**

● 对诗中生僻字词进行解释，为读者顺畅阅读扫清障碍。

● 对诗中所用的典故进行解释，方便读者阅读，拓展读者的知识面。

**版画插图**

● 精选二百余幅古代版画，线条清晰，图案精美。

● 图文相对，帮助读者更好地理解诗文意境。

# 总　序

国学是什么？简单说，国学就是中国人之所以成为中国人的学问。因此，国学不仅包括数千年积累流传下来的经典，比如“四书五经”、《老子》、《庄子》、《孙子》、《史记》、《汉书》、唐诗、宋词，也包含研究中国人思维方式、生活方式、行为方式乃至娱乐方式的各种学问。广言之，国学研究的对象不仅包括文献，也包括实物；不仅包括物质文化遗产，也包括非物质文化遗产，如我国各民族的建筑、服饰、饮食、音乐、绘画、医药、戏曲，等等。

国学是不断丰富、不断发展的学问。上面说的从“四书五经”到唐诗、宋词就是一个不断丰富发展的过程。近代以来，国学的研究范围还在不断地扩大，比如敦煌学、甲骨学，是随着有关文物的出土而兴起的；比如红学，是随着文学理论和学术风气的发展变化而兴起和发展的。随着时间的推移和学术的进步，必将有更多的学问被纳入国学研究的范围。

数千年来，中国人做学问形成了自己独特的理论和方法，比如思想理论、史学理论、文学理论，以及训诂学、考据学、音韵学，等等。但这些理论和方法并不是一成不变的。比如，在史学研究领域，由于地下文物的出土，王国维等人提出了以地下文物与传世文献相补充互证的“二重证据法”。近代以来，西风劲吹。国人主动借鉴西方学术研究的理论和方法，研究中国学问。王国维借鉴尼采的哲学理论研究中国的文学戏剧，胡适以杜威的实验主义研究中国的“国故”。国学从来没有拒绝外国学问的融合，佛教传入中国后，经过改造，形成了中国独特的佛学、因明学；自明朝末年西学传入中国后，中国的天文学、数学等就已经融入了西学的因素。马克思主义传入中国后，不少人用马克思主义理论研究中国历史文化，它们自然也成为了国学的一部分。因此，国学又是开放的、随时代而进步的。那么，当今我们研究、振兴国学，不允许也不应该倒退，不允许也不应该僵化。

然而，国学又是与西学明显区分的。国学是西学的对应物，是与西学完全不同的学术体系。在近代，西学挟坚船利炮强势进入中国之后，中国人还视自我，对于中国固有之学问的称呼出现了中学、国故学、国粹、国学这样的名称。面对“帝国主义”的强大，很多中国人自愧不如，一方面拼命地学习、引进西学，另一方面拼命地贬低、抛弃国学。虽然也有一些人，如张之洞为保护中华文化之根本，提出“中学为体，西学为用”，如胡适，提出“整理国故”，以“再造文明”“建立民族自信心”，但其声音终被时代淹没。国学一再被严重曲解和轻视，造成了中国历史文化的大断裂。也许，这一历史过程是必然的。但回顾过去，中国在走向独立富强的过程中，国学所付出的代价实在太大、太惨重了。

新中国成立后，饱受屈辱的中国人站立了起来，民族自信心大大加强，但没有能够及时认识到国学在新时代的重要性，甚至仅存的一点点国学遗产也进一步成为被抛弃的对象。改革开放三十年之后，走向富强的国人终于幡然醒悟，保护和振兴国学逐渐成为全民的共识。一个强大的自立于世界民族之林的国家，必然要有与之相匹配的伟大的民族文化。中国人，从领导者、学术界到普通百姓，都在重新发现国学的现代价值。同时，在走向全球化的进程中，东西方各国也把目光投向了中国。中国学问，中国的一切都在被重新评价。中国不仅为了自身的建设和发展需要从传统文化中汲取智慧，而且面临着以优秀的中华文化向全人类贡献智慧的责任和挑战。

那么，这套丛书的编纂就是可喜的，编纂者的初衷和努力就是可敬的。希望这套丛书能发挥点滴作用，如同涓涓细水与千百万有志者的努力一道汇成大潮，去迎接中华民族的伟大复兴！

是为序。

毛佩琦

# 前 言

纵观诗的发展，唐诗可谓达到了顶峰。何故？唐以诗取士，故唐朝涌现出了大批优秀的诗人。然而于众星熠熠中，声名最显赫者，当属为后人尊为“诗仙”的李白。对此，处于同时代的“诗圣”杜甫曾称赞其诗曰“笔落惊风雨，诗成泣鬼神”；处于晚唐的皮日休也慨叹其诗“言出天地外，思出鬼神表”；及至当代著名诗人、评论家余光中更为形象地比喻李白的诗歌“绣口一吐就半个盛唐”。可见历代文人诗客对其诗评价之高。

李白的诗之所以有如此大的影响力，不仅仅在于其诗豪放飘逸、雄奇奔放、神奇莫测，更重要的是其诗歌中所蕴含的那种追求自由与理想、昂扬奋发的执着精神。“长风破浪会有时，直挂云帆济沧海”，一种执着、自信、对未来充满信心的情感跃然纸上；“揄扬九重万乘主，谑浪赤墀青琐贤”，一种蔑视帝王权贵的傲然作风令人振奋；“安能摧眉折腰事权贵，使我不得开心颜”，一种超然脱俗的洒脱令人一新；“仰天大笑出门去，我辈岂是蓬蒿人”，一种豪情万丈、踌躇满志的昂扬神态一览无余……这些精神，不仅对古人，甚至对今人，都产生了非常积极的作用，鼓舞和激励着人们。

时光匆匆流去，转眼间，李白所生活的时代已与我们相隔了千年。历经千年，留传下来的李白诗歌现存九百余首，为了方便读者更快、更好地汲取李诗精髓，在编撰此书时，我们精选了其中最为经典、最有表现力的二百余首，包括《蜀道难》《将进酒》《梦游天姥吟留别》等流传千古的佳作。

千百年来随着语言文字不断地发展变化，现代的人读起李诗来不免艰涩难懂。为了帮助读者更好地欣赏李白的诗歌，最大限度地理解诗意，在编撰本书过程中，我们为每首诗添加了注释和诗解，并为大多数诗添加了说明和诗评，穿插其中的还有一些诗人逸事。注释设计于诗后，不仅对诗文中出现的艰涩难懂字词加以解释，还对诗文中蕴含的一些故事典故详加讲解。诗解则是更进一步地对诗文内涵进行翻译及讲解。说明中交代题目的来源、内涵、写作地点、时代背景，揭示诗歌所要表达的中心思想等。另外，从诗评中我们可以了解到一些著名文人、学者对于相应诗歌的评价，从诗人逸事中我们还可以更多地了解到民间流传的一些关于李白的小故事。

除此之外，为了缓解单纯的文字为读者带来的视觉疲劳，营造一种“诗中有画，画中有诗”的意境，使读者更加深入地理解诗文内涵，我们翻阅了大量的中国古代刊刻资料，包括《顾氏画谱》《诗经集传》《尔雅音图》《三才图会》《飞影阁画集》《吴友如人物仕女画集》等古籍，并从中精选了二百余幅与原诗相契合的经典古代版画。在选图过程中，我们严格地遵循图诗相配、版画清晰的原则，以图释文，使读者能够更轻松地畅游其间，真正领会到诗的乐趣。

最后，我们还考虑到，随着语言文字的发展变化，诗中出现的一些生僻字、多音字、古今异读字等难免会给读者的阅读造成障碍。为了方便读者顺畅阅读，更好地体会到诗的韵味，我们对诗中的这些字词一一随文注音。在注音时，我们严格地遵循了同一字在文中重复出现重复标注的原则，使读者能够真正轻松地阅读。

通过以上所做的努力，我们希望展现给读者的是一本更精髓、更优质的《李太白集》。

# 目录

## 卷一　乐府

## 卷二　乐府



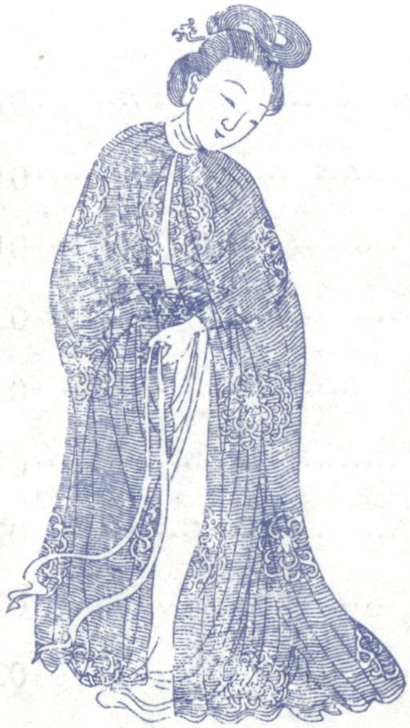

卷三 乐府

卷四　乐府

## 卷五　古近体诗

## 卷六 古近体诗

## 卷七　古近体诗

## 卷八　古近体诗



## 卷九　古近体诗



## 卷十　古近体诗

## 卷十一　古近体诗

## 卷十二　古近体诗

## 卷十三　古近体诗

## 卷十四　古近体诗

## 卷十五 古近体诗

## 卷十六 古近体诗

## 卷十七　古近体诗

## 卷十八　古近体诗

## 卷十九 古近体诗

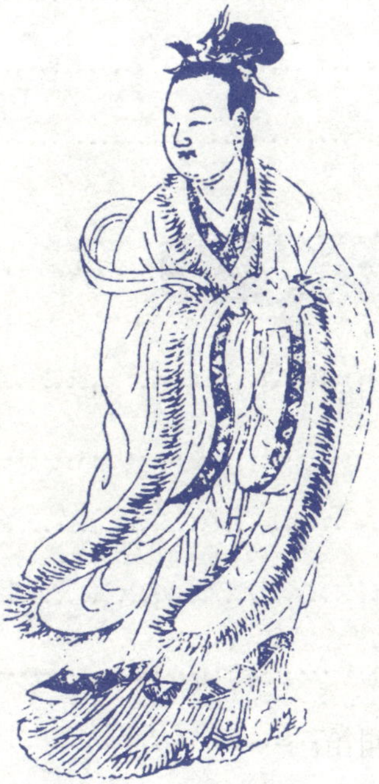



## 卷二十 古近体诗

## 卷二十一　古近体诗

## 卷二十二　古近体诗

# 卷一 乐府

# 远别离

远别离，古有皇英之二女[①]，乃在洞庭之南，潇湘之浦（pǔ）[②]。

海水直下万里深，谁人不言此离苦？

日惨惨兮云冥冥，猩猩啼烟兮鬼啸雨，我纵言之将何补？

皇穹（qióng）[③]窃恐不照余之忠诚，雷凭凭[④]兮欲吼怒，尧舜当之亦禅禹。

君失臣兮龙为鱼[⑤]，权归臣兮鼠变虎。

或云尧幽囚[⑥]，舜野死[⑦]。

九疑[⑧]联绵皆相似，重瞳[⑨]孤坟竟何是？

帝子[⑩]泣兮绿云间，随风波兮去无还。

恸哭兮远望，见苍梧[⑪]之深山。

苍梧山崩湘水绝，竹上之泪乃可灭。

[ 注释 ]

①皇英之二女：尧的长女娥皇和次女女英。传说帝尧曾经将两个女儿嫁给舜。舜南巡，死于苍梧之野。二妃从之，溺于湘江，神游洞庭之渊，出入潇湘之浦。②潇湘：潇水和湘江。浦：水滨。③皇穹：指上天。④雷凭凭：形容雷电众多。凭，盛。⑤龙为鱼：典出《说苑·正谏》："吴王欲从民饮酒，伍子胥谏曰：'不可。昔白龙下清泠之渊，化为鱼，渔者豫且射中其目。'"这里用以比喻君王失位。⑥尧幽囚：据《竹书纪年》记载，尧年老德衰为舜所囚，舜使尧的儿子丹朱不得与其父相见，因此有人怀疑尧主动禅位于舜的说法。⑦舜野死：传说舜南征有苗，死于苍梧之野。⑧九疑：据说舜冢在零陵营浦县，其山九谷皆相似，故曰九疑。⑨重瞳：传说舜的眼珠有双瞳孔。⑩帝子：指尧的女儿。⑪苍梧：古地名，在今广西境内。

苍梧山崩湘水绝，竹上之泪乃可灭

[ 诗解 ]

古代传说中舜妃娥皇、女英就投水自尽在浩渺的洞庭湖南面，清清的潇湘江畔。这种相思之苦，就像万里深的海水一样，有谁能说尽这离别的痛苦？太阳惨淡无光，云天晦暗。猩猩在烟雾中啼叫，鬼魅在风雨中呼啸。对于这一切，我即使说了，又何补于世？有谁能听得进去呢？我感叹皇天不能照察自己的忠心，面对发怒般的雷声，我更是无可奈何。奸邪当道，国运堪忧，当此之际，就是尧、舜相继禅让，也未必能重整乾坤。君主一旦用人失当，大权旁落，就如同龙化为可怜的鱼类；而把权力窃取到手的野心家，则如同老鼠变成吃人的猛虎一样。有人传说，尧年老德衰为舜所囚，舜南巡时死于苍梧，这些事情恐怕都与失权有关吧？舜死在湘南的九疑山，但九座山峰连绵相似，究竟何处是他的葬身之地呢？娥皇、女英在绿云般的丛竹间哭泣，哭声随风远逝，去而无应。二妃一边痛哭，一边抬头远望，舜帝的影子却茫茫不知其所，只有莽莽深幽的苍梧山映入眼帘。也不知道他们什么时候才能团聚，恐怕要等到苍梧山崩倒之日、湘水涸绝之时，二妃滴在潇湘竹上的泪痕才会消失吧！

［说明］

江淹有《古别离》，梁简文帝有《生别离》，《远别离》太白概本此。诗人借传说中舜帝与皇、英二妃的别离，来抒发对现实政治的感慨。唐玄宗晚年贪图享乐，荒废朝政，把政事交给李林甫、杨国忠，边防交给安禄山、哥舒翰，“太白熟观时事，欲言则惧祸及己，不得已而形之诗，聊以致其爱君忧国之志”。李白诗中强调人君如果失权，即使是圣哲也难保社稷、妻子。后来在马嵬驿事变中，唐玄宗和杨贵妃演出一场远别离的惨剧，可以说是被李白言中了。

［诗评］

此篇最有楚人风。所贵乎楚言者，断如复断，乱如复乱，而辞意反复行于其间者，实未尝断而乱也。使人一唱三叹，而有遗音。

——瞿蜕园、朱金城《李白集校注》

## 公无渡河

黄河西来决昆仑[1]，咆哮万里触龙门[2]。

波滔天，尧咨嗟。

大禹理[3]百川，儿啼不窥家[4]。

杀湍堙(tuān yīn)洪水，九州始蚕麻。

其害乃去，茫然风沙。

披发之叟狂而痴，清晨径流欲奚为？

旁人不惜妻止之，公无渡河苦渡之。

虎可搏，河难冯(píng)[5]，公果溺死流海湄(méi)。

有长鲸白齿若雪山，公乎公乎挂罥(juàn)于其间。

箜篌(kōnghóu)所悲竟不还。

**[注释]**

①昆仑：昆仑山。②龙门：指今陕西韩城东北的龙门山，黄河流经其间。③理：唐人避高宗讳，改“治”为“理”。④儿啼不窥家：传说大禹在外治水十三年，三过家门而不入，即使听见自己儿子的哭声也没有进去看一眼。⑤冯：徒步渡过河水。

**[诗解]**

黄河之水冲破昆仑山的阻挡，咆哮着奔流万里抵达龙门。洪水肆虐，波浪滔天，尧帝无可奈何，派大禹治水。大禹一心治水，不顾儿啼妻唤，三过家门而不入。终于阻断激流，将洪水堵塞，从此天下百姓才能安居乐业。洪水退去，水虽不致再为患，但仍常有风沙之患。那个传说中披头散发的老者真是疯癫得厉害，有什么事情非要大早晨过河才行？别人不怜悯他可以，可他的妻子不能不阻止他，她哭喊：“丈夫呀，你不能过河为什么偏要过河？”与老虎搏斗尚且有生还的希望，可这湍急的河流是无情的，难以徒步涉险；果然不出所料，最终丈夫溺水而亡，被激流冲走。水面上浮出一条大鲸鱼，张开的牙齿像雪山一样，丈夫就挂在那上面。妻子用箜篌弹奏着凄怆的曲子诉说着她的悲伤，最后也投河自尽。

**[说明]**

《公无渡河》是《相和歌辞》之一，即《箜篌引》。箜篌是一种弦乐器，形似今天的竖琴。据《古今注》记载，《箜篌引》为朝鲜津卒霍里子高的妻子丽玉所创作。有一天子高晨起撑船渡河，看见一个白发的狂夫，披散头发，提着酒壶，不顾河水汹涌只身过河，他的妻子在后边呼喊着，却没来得及阻止，结果狂夫溺水而死。狂夫的妻子悲痛欲绝，拿起箜篌弹奏，声音凄怆，曲终也投河自尽。子高回家后告诉妻子丽玉，丽玉听后感触很深，于是也用箜篌模仿狂夫妻子弹奏的曲子，闻者无不落泪。后来丽玉把曲子传给邻家女丽容，起名为《箜篌引》。李白的这首《公无渡河》大抵用此意。

夏禹

夏禹，亦称大禹，古代传说中的部落联盟首领，历史上有名的治水英雄。

**[诗评]**

“波滔天，尧咨嗟。大禹理百川，儿啼不窥家。杀湍堙洪水，九州始蚕麻。其害乃去，茫然风沙。”太白之极力于汉者也。然词气太逸，自是太白语。

——胡应麟《诗薮》

## 蜀道难

噫吁嚱(xī)[1]！危乎高哉！

蜀道之难，难于上青天！

蚕丛及鱼凫[2]，开国何茫然！

尔来[3]四万八千岁，不与秦塞[4]通人烟。

西当太白有鸟道[5]，可以横绝峨眉[6]巅。

地崩山摧壮士死[7]，然后天梯石栈相钩连。

上有六龙回日之高标[8]，下有冲波逆折之回川[9]。

黄鹤[10]之飞尚不得过，猿猱(náo)[11]欲度愁攀援。

青泥何盘盘[12]！百步九折[13]萦岩峦。

扪参历井仰胁息[14]，以手抚膺[15]坐长叹。

问君[16]西游何时还，畏途巉(chán)岩[17]不可攀。

但见悲鸟号古木，雄飞雌从绕林间。

又闻子规[18]啼夜月，愁空山[19]。

蜀道之难，难于上青天，使人听此凋朱颜[20]。

连峰去天不盈尺，枯松倒挂倚绝壁。

飞湍(tuān)瀑流争喧豗(huī)[21]，砯(pīng)[22]崖转石万壑雷。

其险也如此，嗟尔远道之人胡为乎来哉[23]！

剑阁峥嵘而崔嵬(wéi)[24]。

一夫当关，万夫莫开。

所守或匪亲[25]，化为狼与豺[26]。

朝避猛虎，夕避长蛇。

磨牙吮[27]血，杀人如麻。

锦城[28]虽云乐，不如早还家。

蜀道之难，难于上青天！

侧身西望长咨嗟[29]。

[注释]

①噫吁嚱：惊叹声，为蜀地方言。②蚕丛及鱼凫：蚕丛、鱼凫，传说中古蜀国的两个君主。扬雄《蜀王本纪》："蜀王之先，名蚕丛、柏灌、鱼凫、蒲泽、开明……从开明上至蚕丛，积三万四千岁。"③尔来：自从蚕丛、鱼凫开国以来。④秦塞：秦中在古代被称为四塞之国。塞，山川阻隔之处。⑤西当太白：西当，西面面对着。太白，山名，在今陕西眉县南。由于太白山地处京城长安之西，故云"西当太白"。鸟道：极言山路险窄，仅能容鸟飞过。⑥峨眉：山名，在今四川峨眉山市。⑦地崩山摧壮士死：据说秦惠王曾许嫁五位美女于蜀王，蜀王派五位力士去迎接。回到梓潼，见一大蛇钻入山穴之中，五力士共掣蛇尾，把山推倒，五力士被压死，五美女上山化为石，山也就成为五岭。⑧六龙回日：在古代神话中，羲和驾着六条龙拉的车子，载着太阳在空中运行。高标：山的最高峰。⑨回川：漩涡。⑩黄鹤：黄鹄，善飞的大鸟。⑪猱：一种猿类动物，善于攀援。⑫青泥何盘盘：青泥，岭名，是由秦入蜀的必经之路。盘盘，回旋曲折的样子。⑬百步九折：形容在极短的路程内，就要转许多弯。⑭扪参历井仰胁息：意谓山高入天，竟可以伸手摸到一路所见的星辰。扪，摸。历，经过。参、井，两星宿名，据古代天文学家所说，秦地属参宿的分野，蜀地属井宿的分野，由井到参是由蜀入秦的星空。胁息，以鼻屏气，两胁潜动以收敛呼吸。⑮膺：胸口。⑯君：这里泛指入蜀的人。⑰畏途巉岩：畏途，使人望而生畏的道路。巉岩，险峻的山岩。这里极言山路难行。⑱子规：杜鹃，又名杜宇，蜀地常见的一种鸟，相传为古蜀望帝魂魄所化，啼声哀婉动人，音似"不如归去"。⑲愁空山：愁于空山之中。这里指行人在空山之中听到子规哀啼而发愁。⑳朱颜：青春容颜。㉑喧豗：哄闹声。㉒砯：撞击声，这里是撞击的意思。㉓嗟：叹词，相当于"唉"。胡为：为胡，为什么。㉔剑阁：在今四川剑阁北，即大剑山和小剑山之间的一条栈道，又名剑门关。峥嵘：山高峻突兀的样子。崔嵬：高险而突兀不平的样子。㉕或匪亲：假若不是可靠的人。㉖狼与豺：比喻残害人民的叛乱者。后"猛虎""长蛇"意思与此相同。㉗吮：吸。㉘锦城：即锦官城，成都的别称。成都以产锦著名，古代曾设官专理，故称锦官城。㉙咨嗟：叹息。

西当太白有鸟道，可以横绝峨眉巅

[ 诗解 ]

又闻子规啼夜月，愁空山

多么危险！多么高峻伟岸！蜀道真是太难登攀，简直难于上青天！传说中蚕丛和鱼凫建立了蜀国，开国的年代实在久远，无法详谈！从那时至今约有四万八千年，秦蜀两地被秦岭所阻，人们从不沟通往返。西边的太白山只有仅容飞鸟通过的小道，通过那条小路，可以横越峨眉山顶端。山崩地裂把蜀国的五壮士压死了，两地才有天梯栈道相通连。你看那突兀的高山接天蔽日，山下则是冲波激浪、曲折回旋的河川。善于高飞的黄鹄尚且无法飞过，即使猿猴也愁于攀援。青泥岭多么曲折！绕着山峦盘旋，百步之内要绕岩峦转九道弯。山峰如此高峻，好像伸手就能摸到天上的星星，叫人不由得屏息，坐下来抚胸长叹。目睹了蜀道的险峻之后，我不由得询问前往蜀地的人何时归还，因为那可怕的山道实在难以登攀。那悲鸣的鸟儿在古树上不断啼叫，雄雌相随飞翔在山林之间。月夜中听到的是杜鹃悲惨的啼声，空谷传响，使人失色，更觉蜀道之难行。蜀道难行啊，简直难于上青天，人们听到这些怎能不脸色突变呢？山峰座座相连，离天还不到一尺，枯松老枝倒挂倚贴在绝壁之间。漩涡飞转，瀑布飞泻，争相喧闹着，水石相击像万壑鸣雷一般。既然前途如此艰险，为何还要从远方来到这个地方呢？剑阁那地方崇峻巍峨高入云端，只要一人把守，千军万马也难攻克。驻守的官员若不是可靠的亲信，难免要像豺狼一样踞此胡作非为。早上，你要提心吊胆地躲避猛虎；傍晚，你要防范长蛇来袭。豺狼虎豹磨牙吮血真叫人不安，毒蛇猛兽杀人如麻也令你胆寒。锦官城虽然是快乐的所在，但毕竟如此险恶，还不如早早回家。蜀道难行啊，简直难于上青天，侧身西望，令人不免感慨与长叹！

[ 说明 ]

《蜀道难》，古乐府曲名，古代诗人常用以描写蜀地道路的艰难。古蜀地本与中原隔绝，后秦惠王灭蜀国，使张仪筑都城，置蜀郡。这首诗大约是唐玄宗天宝（742—756）初年，李白第一次到长安时写的。诗人展开丰富的想象，着力描绘了秦蜀道路上奇丽惊险的山川，并透露了对社会的忧虑与关切。此诗风骚极致，以气行文，是李白的传世名作，也是中国诗歌史上最引人瞩目的奇构佳作之一。

[ 诗评 ]

至如《蜀道难》等篇，可谓奇之又奇。然自骚人以还，鲜有此体调也。

——殷璠《河岳英灵集》

## 梁甫吟

长啸《梁甫吟》①，何时见阳春②？
君不见，朝歌屠叟辞棘津③，八十西来钓渭滨！
宁羞白发照清水，逢时壮气思经纶④。
广张三千六百钩⑤，风期⑥暗与文王亲。
大贤虎变愚不测⑦，当年颇似寻常人。
君不见，高阳酒徒⑧起草中，长揖山东隆准公⑨！
入门不拜骋⑩雄辩，两女辍洗来趋风⑪。
东下齐城七十二⑫，指挥楚汉如旋蓬⑬。
狂客落魄尚如此，何况壮士当群雄！
我欲攀龙⑭见明主，雷公砰訇(hōng)震天鼓⑮。
帝旁投壶⑯多玉女，三时大笑开电光⑰，倏(shū)烁晦冥起风雨⑱。
阊阖(chāng hé)⑲九门不可通，以额扣关阍(hūn)者⑳怒。
白日不照吾精诚，杞国无事忧天倾㉑。猰貐(yà yǔ)磨牙竞人肉㉒，驺虞㉓不折生草茎。
手接飞猱(náo)搏雕虎，侧足焦原未言苦㉔。
智者可卷愚者豪㉕，世人见我轻鸿毛。
力排南山三壮士，齐相杀之费二桃㉖。
吴楚弄兵无剧孟，亚夫咍(hāi)尔为徒劳㉗。
《梁甫吟》，声正悲。
张公两龙剑，神物合有时㉘。
风云感会㉙起屠钓，大人屼(wù)屼㉚当安之。

## [注释]

①啸：吟唱。《梁甫吟》：亦作《梁父吟》，乐府《相和歌辞》楚调曲，声调悲凉。②阳春：阳光明媚的春天。这里喻指光明。③朝歌屠叟辞棘津：朝歌，殷商都城，在今河南。屠叟，指吕尚，即姜太公。棘津，黄河津渡石在今河南延津东北。相传吕尚五十岁时曾在棘津当小贩，七十岁时在朝歌宰牛。④经纶：整理丝线，常用来比喻治理国家大事。⑤广张：指每天设置钓具。三千六百钩：指吕尚在渭河边垂钓十年，共三千六百日。⑥风期：风度。这里引申为谋略。⑦大贤：指吕尚。虎变：指老虎身上花纹的变化。《易经·革卦》有"大人虎变"之句，比喻有雄才大略的人，行动变化莫测，骤然得志，非常人所能料。⑧高阳酒徒：西汉人郦食其的自称。⑨长揖：古时不分尊卑的相见礼，自上而下，拱手行礼。隆准公：指刘邦。据《史记·高祖本纪》记载，刘邦"隆准而龙颜"。隆，高。准，鼻子。⑩骋：发挥。⑪趋风：疾行如风。⑫东下齐城七十二：据《史记·郦生陆贾列传》记载，楚、汉在荥阳、成皋一带相持时，郦食其建议刘邦联齐孤立项羽。他受命到齐国游说，齐王田广表示愿以所辖七十余城归汉。⑬旋蓬：在空中飘旋的蓬草，这里形容轻而易举。⑭攀龙：据《后汉书·光武帝纪》记载，耿纯对刘秀说："天下士大夫所以跟随大王（指刘秀）南征北战，本来是希望攀龙鳞，附凤翼，以成就功名。"后人因以"攀龙附凤"比喻依附帝王建立功业。⑮雷公：传说中的雷神。砰訇：形容声音宏大。震天鼓：指打雷。⑯投壶：古时宴会时的娱乐活动，大家轮流把箭矢投入壶中，投中少者须罚酒。⑰三时：指春、夏、秋三个季节。大笑：指天笑，古人称不雨而有闪电为天笑。这里用以比喻朝廷政令无常。⑱倏烁：电光闪动的样子。晦冥：昏暗。⑲阊阖：神话中的天门。⑳阍者：指看守天门的人。㉑杞国无事忧天倾：典出《列子·天瑞》，相传古代杞国有人害怕天掉下来，无处藏身，愁得不吃不睡。㉒猰貐：古代神话里一种吃人的野兽，这里比喻阴险凶恶的人物。竞人肉：争吃人肉。㉓驺虞：古代神话中一种白质黑纹的虎，不伤人畜，不践踏新生之草。㉔侧足：指因恐惧而不敢正立。焦原：传说春秋时，莒国有一块宽五十步的大石，名叫焦原，下有百丈深渊，只有无畏的人才敢站上去。㉕可：却。卷：曲，这里指政治抱负不得施展。豪：骄横。㉖力排南山三壮士，齐相杀之费二桃：据《晏子春秋·谏下二》记载，齐景公手下有公孙接、田开疆、古冶子三勇士，有一次得罪了相国晏婴，晏婴便向齐景公建议除掉他们。他要景公给三人送去两只桃子，要他

刘邦

刘邦，字季，沛县丰邑（今江苏丰县）人，西汉王朝的开国皇帝，史称汉高祖。

们自己比较功劳的大小，功劳大的可以吃桃子。公孙接、田开疆叙功后先拿了桃子，古冶子认为自己的功劳比他们二人大得多，要他们把桃子拿出来。于是二人羞愧自杀，古冶子觉得对不起他们也自杀了。㉗吴楚弄兵无剧孟，亚夫咍尔为徒劳：剧孟，西汉洛阳（今河南洛阳）人，以任侠闻名。亚夫，即周亚夫，汉景帝时名将，沛县（今江苏沛县）人，曾任太尉，后任丞相。咍，讥笑。尔，指反叛的吴楚七国。据《史记·游侠列传》记载，汉景帝时，以吴王刘濞为首的吴楚七国诸侯起兵叛汉，景帝派周亚夫领兵去平乱。周亚夫到达河南时，找到了剧孟，便高兴地说："吴楚七国反叛，不用剧孟，可见他们必然失败。"㉘张公两龙剑，神物合有时：据《晋书·张华传》记载，西晋时丰城县令雷焕，在丰城掘地得到一个石制的剑匣，中有双剑，即古代传说中有名的宝剑干将和莫邪。他把干将给了张华，莫邪留着自佩。后来张华犯罪被杀，干将就此失踪。雷焕死后，他的儿子雷华有一天带着莫邪经过延平津（今福建南平东）。突然，剑从腰间跳进水中。过了一会儿，只见水上出现两条蛟龙。原来那把干将剑就在水中，莫邪入水是去与它会合的。两条龙就是两把宝剑的化身。㉙风云感会：风云际会。古人认为云从龙，风从虎，常以风云际会形容君臣相得，成就大业。㉚岘屼：危险，不安。

周亚夫

周亚夫，汉初名将周勃之子，以治军严整著称，被誉为真将军。

## ［诗解］

口中吟唱着《梁甫吟》，心中不免自问：阳光明媚的春天何时才会到来，让我在事业上大有作为？你知道吕尚吗？他五十岁的时候在棘津当小贩，七十岁的时候来到朝歌以宰牛为业，八十岁时到渭水边垂钓！看着倒映在水中的满头白发，他忍受住巨大的屈辱，坚持在这里钓鱼，相信自己总有一天会得到机会，发挥治国的才能。他每天摆设钓具，足足坚持了十年！他的治国方略，恰与文王暗合。像吕尚这样的贤士，际遇一变，就会像猛虎更换花纹一样绽放出耀眼的光彩，令常人无法预料；然而在落寞之时，他却如常人一样默默无闻。你知道自称高阳酒徒的郦食其吗？他出身草莽，然而在面见刘邦时却只作了长揖！他进门不拜，却以雄辩使刘邦折服；刘邦听罢，当即命侍女停止给自己洗脚，而后对郦食其以礼相待。后来，郦食其凭借自己的辩才，使齐国七十二座城池归汉；在楚汉相争的过程中，郦食其巧妙周旋，游刃有余。像他这样一个落魄之人尚且能够施展抱负，何况我这个足以抵挡群雄的壮士呢？我想攀龙附凤，求见明主，然而雷公却擂起了天鼓，企图用震耳欲聋的鼓声来恐吓我。而那一

我欲攀龙见明主，雷公砰訇震天鼓

国之主，此时却在美女的簇拥下做投壶的游戏。他们大笑时，天上就会闪现出耀眼的闪电；一时恼怒，又会使天地昏暗，风雨交加。尽管这样，我还是执着地以额叩关，冒死求见；没想到，我竟然触怒了守卫天门的阍者。太阳被乌云遮蔽，照不见我的精诚之心，反说我杞人忧天，没有必要担心上天倾覆。如今，乱臣贼子就像恶兽猰貐那样残害百姓；我却像猛虎驺虞那样，连草茎也不忍践踏。我有过人的才能与勇气，堪比古时徒手抓飞猱、斗猛虎的勇士；我即使站在常人不敢站立的巨石焦原上，也毫不畏惧。可是，如今天下黑白颠倒，贤能之士难以施展才华，庸碌之辈却骄横万分，因此世俗之人视我如鸿毛一般。当年齐国的三位勇士有排山之力，而相国晏婴只用了两个桃子就使他们三人相继自尽。汉初吴楚七国发动叛乱，周亚夫奉命平叛。他得知叛军没有任用剧孟，于是断言叛军必败。吟唱这《梁甫吟》，我的声调愈发悲切。我坚信，正如干将、莫邪两柄宝剑不会永久分离，我与“明主”虽然一时为小人阻隔，但终有会合之时。既然做过钓徒的吕尚最后能够受到重用，建立功勋，那么我自已也应该安时俟命，等待风云际会的时刻到来。

### [ 说明 ]

《梁甫吟》本是古代作为葬歌来使用的一支民间曲调，音调凄苦悲切。古辞今已失传，宋代郭茂倩在《乐府诗集》中收有诸葛亮所作一首，讲述了春秋时齐相晏婴“二桃杀三士”的历史故事，作者通过对死者的伤悼，愤怒地谴责了谗言害贤的阴谋。李白的这首诗也有“力排南山三壮士，齐相杀之费二桃”之句，明显沿用了诸葛亮的立意。此作大约写于天宝三载（744），李白“赐金放还”，离开长安之后。诗人借助姜太公、郦食其等人的故事和一些神话传说，表达了自已遭受挫折的愤懑之情和期盼明君知已的强烈愿望。全诗纵横跌宕，淋漓悲壮，是李白的代表作之一。

### [ 诗评 ]

长篇不失古意，此极难。将诸葛旧词二桃三士窜入夹点，局阵奇绝。

——王夫之《唐诗评选》

# 乌夜啼

黄云城边乌欲栖，归飞哑哑枝上啼。

机中织锦秦川女①，碧纱如烟隔窗语。

停梭怅(chàng)然忆远人②，独宿孤房泪如雨③。

[注释]

①机中织锦：指闺中织妇。秦川女：东晋窦滔的妻子苏氏，名蕙，字若兰，善属文。前秦苻坚当政时，窦滔曾为秦州刺史，被贬谪放逐到流沙。苏氏思夫心切，织锦作回文璇玑图诗寄给窦涛，诗文婉转循环，凄婉动人。这里泛指唐时关中一带征夫远戍的思妇。②停梭怅然忆远人：此句又作“停梭向人问故夫”。③独宿孤房泪如雨：此句又作“知在流沙泪如雨”。

机中织锦秦川女，碧纱如烟隔窗语

[诗解]

夕曛暗淡，返照外城，成群的乌鸦从远处飞回，在枝头盘旋，哑哑地啼叫。在这黄昏时候，乌鸦尚知要回巢，而远在天涯的征夫，到什么时候才能归来呢？思妇在屋中织锦，而在闺房之外，透过烟雾般的碧纱窗，就能够依稀看到她伶俜的身影，听到她低微的语音。思妇的心牢牢地系在远方的丈夫身上，悲愁郁结，无从排解，于是停下手中织布的梭子，追忆昔日的恩爱。此时此刻，思妇的种种思绪涌上心来，怎能不泪如雨下？

[说明]

《乌夜啼》为乐府旧题，内容多写男女离别相思之苦，李白这首诗的主题也与前代所作相类，但言简意深，别出新意，遂为名篇。

[诗评]

蕴含深远，不须语言之烦。

——沈德潜《唐诗别裁集》

# 乌栖曲

姑苏台①上乌栖时，吴王宫里醉西施。

**吴歌楚舞欢未毕，青山欲衔半边日。**

**银箭金壶[2]漏水多，起看秋月坠江波，东方渐高奈乐何[3]！**

［注释］

①姑苏台：相传吴王夫差耗费大量人力物力，用三年时间，筑成横亘五里的姑苏台。台上建春宵宫，造千石酒盅以备饮酒之用，并造天池龙舟，舟中盛陈伎乐。夫差日夜与西施在宫中饮酒嬉水。②银箭金壶：刻漏，古代利用漏水计时的器具。通过有刻度的立箭浮起的高度来表示时间。带孔的壶为漏，有刻度的箭为刻。③高：通“皜”，光明。乐：本作“尔”。

［诗解］

黄昏时分，乌鸦将栖之时，吴王夫差正在姑苏台上与西施纵酒享乐。吴楚之地的歌舞尚未结束，远处的青山却已经吞没了半边落日。时间就像刻漏里的水，一点一滴地流逝。一轮秋月，在时间的默默流逝中越过长空，此刻已经逐渐黯淡，坠入江波。东方已经发白，天就要亮了，寻欢作乐难道还能继续下去吗？

［说明］

《乌栖曲》是乐府《清商曲辞·西曲歌》旧题。现存南朝梁简文帝、徐陵等人的古题，内容大都比较靡艳，形式则均为七言四句，两句换韵。李白此篇，不但内容从旧题的歌咏艳情转为讽刺宫廷淫靡生活，形式上也作了大胆的创新。据唐孟棨《本事诗》记载，李白初至长安，贺知章见其《乌栖曲》，叹赏苦吟，说：“此诗可以泣鬼神矣。”末尾一句，既像是恨长夜之短的吴王所发出的欢乐难继、好梦不长的喟叹，又像是诗人对沉湎酒乐的吴王敲响的警钟。

［诗评］

乐极生悲之意写得微婉，未几而麋鹿游于姑苏矣。全不说破，可谓寄兴深微者……末缀一单句，有不尽之妙。

——乾隆御选《唐宋诗醇》

［诗人逸事］

传说李白小时候不喜欢读书，经常跑出去玩。一天，他跑到野外，看见一位老婆婆坐在矮凳上，手里拿着一根粗大的铁棒，在磨刀石上努力地磨着。李白不知道老婆婆在做什么，便好奇地问：“老婆婆，您在干什么呀？”“磨针。”老婆婆头也没抬，简单地回答了李白，依然认真地磨着手里的铁棒。李白不解地又问：“老婆婆，铁棒这么粗大，怎么能磨成小小的绣花针呢？”老婆婆说：“只要有恒心，什么事都做得到。”李白听了老婆婆的话很有感触，从此专心读书，成为历史上有名的大诗人。

# 战城南

去年战，桑干[1]源；今年战，葱河[2]道。

洗兵[3]条支海上波，放马[4]天山雪中草。

万里长征战，三军尽衰老。

匈奴以杀戮为耕作，古来惟见白骨黄沙田。

秦家筑城[5]备胡处，汉家还有烽火燃。

烽火燃不息，征战无已时。

野战格斗死，败马号鸣向天悲。

乌鸢(yuān)[6]啄人肠，衔飞上挂枯树枝。

士卒涂草莽，将军空尔为。

乃知兵者是凶器，圣人不得已而用之。

[ 注释 ]

①桑干：桑干河，在山西北部及河北西北部。②葱河：发源于西域葱岭的一条河，在今新疆境内。下文“条支”“天山”都是边疆地名。③洗兵：洗去兵器上的污秽。④放马：牧放战马。⑤秦家筑城：此指秦朝修筑长城之事。《史记·秦始皇本纪》记载：“乃使蒙恬北筑长城以守藩篱，却匈奴七百余里。”⑥鸢：一种小型的鹰，常啄食腐尸。

[ 诗解 ]

去年征战桑干河源头，今年转战葱河河畔；曾经在条支海中洗过兵器上的污秽，也在天山草原上放牧过疲惫的战马。唐朝兵士辗转万里，四处征战。长年远征使得广大士兵在无谓的战争中耗尽了青春年华和壮盛的精力。边疆民族不事农耕，而以战争劫掠为业。从古至今，不知有多少人战死在荒漠之中，最终只留下一片白骨黄沙。秦朝修筑长城防御胡人的地方，汉时仍然烽火高举。没有正确的政策，争斗便不可能停息。战争历来都是残酷的，悲壮而凄凉。战败的马匹在战场上悲鸣，寻找它的主人；而它主人的尸体却被乌鸦和鹰啄食，肠子都挂上枯树枝头。士卒作了无谓的牺牲，将

万里长征战，三军尽衰老

军到头来也一无所获。战争乃不祥之事，有德之君只有在不得已时才用到它。

### [说明]

《战城南》是汉乐府旧题，属《鼓吹曲辞》，为汉《铙歌》十八曲之一。汉乐府中的《战城南》主要是写战争的残酷，同样，李白这首诗意在抨击封建统治者穷兵黩武。天宝年间，唐玄宗轻动干戈，逞威边远，而又几经失败，给人民带来深重的灾难。一宗宗严酷的事实，汇聚到诗人胸中，同他忧国悯民的情怀产生激烈的矛盾。他将沉思、悲愤、内心呼喊倾吐而出，铸成这一名篇。

### [诗评]

古词云："战城南，死郭北，野死不葬乌可食。"又云："愿为忠臣安可得？"白诗亦本其意，而语犹惨痛，意更切至，所以刺黩武而戒穷兵者深矣。

——乾隆御选《唐宋诗醇》

## 原文

## 将(qiāng)进酒

君不见，黄河之水天上来①，奔流到海不复回！

君不见，高堂明镜悲白发，朝如青丝暮成雪！

人生得意②须尽欢，莫使金樽③空对月。

天生我材必有用，千金散尽还复来。

烹羊宰牛且为乐④，会须⑤一饮三百杯。

岑夫子，丹丘生⑥，将⑦进酒，杯莫停。

与君歌一曲，请君为我倾耳听。

钟鼓馔(zhuàn)玉⑧不足贵，但愿长醉不愿醒。

古来圣贤皆寂寞，惟有饮者留其名。

陈王昔时宴平乐，斗酒十千恣欢谑(xuè)⑨。

主人何为言少钱？径须沽⑩取对君酌(zhuó)。

五花马⑪，千金裘⑫，呼儿将出换美酒，与尔同销万古愁⑬。

### [注释]

①天上来：黄河发源于青海，因那里地势极高，故云"天上来"。②得意：有

兴致的时候。③金樽：金杯，指华美的酒器。④且为乐：姑且作乐。⑤会须：应该。⑥岑夫子，丹丘生：指岑勋和元丹丘，两人都是李白的好友。⑦将：请。⑧钟鼓馔玉：功名富贵的代称。钟鼓，即权贵人家的钟鸣鼎食。馔玉，以玉为食，形容饮食精美。⑨陈王昔时宴平乐，斗酒十千恣欢谑：陈王，指曹植，因封于陈（今河南淮阳一带），死后谥“思”，世称陈王或陈思王。此二句语本曹植《名都篇》：“归来宴平乐，美酒斗十千。”平乐，观名，汉明帝所建，在洛阳西门外，为汉代富豪显贵的娱乐场所。斗酒十千，一斗酒值十千钱，极言酒美。恣，放纵、无拘束。谑，玩笑。⑩沽：买或卖，这里指买。⑪五花马：毛色呈五种颜色的马，这里指名贵的马。⑫千金裘：价值千金的狐裘。⑬万古愁：形容愁苦之多。

岑夫子，丹丘生，将进酒，杯莫停

## [诗解]

你难道没有看见，汹涌奔腾的黄河之水，有如从天上倾泻而来？它滚滚东去，奔向大海，永远不会回还！你难道没有看见，在高堂上面对明镜，深沉悲叹那一头白发？早晨还是满头青丝，傍晚却变得如白雪一般！既然人生易老，那么每逢得意之时，就理应尽情欢乐，切莫让金杯空对皎洁的明月。上天造就了我这栋梁之材，就一定会有用武之地；即使千金散尽，也会重新得到。烹羊宰牛，姑且尽情享乐；今日相逢，我们要喝够三百杯。岑夫子，丹丘生，请快快饮酒，不要停下来。我为你们唱一首歌，请你们侧耳倾听。在钟鼓齐鸣中享受丰美食物的豪华生活算不得珍贵，我只求永远沉醉，不愿清醒。自古以来，那些所谓的圣贤无不感到孤独寂寞，只有寄情美酒的人才能留下美名。陈王曹植过去曾在平乐观大摆酒宴，即使一斗酒价值十千也在所不惜，只求恣意畅饮。主人啊，你为什么说钱已经不多？快快去买酒来让我们一起喝个够。牵来名贵的五花马，取出昂贵的狐裘，统统拿去换取美酒，让我们共同来消融这无穷无尽的万古长愁！

## [说明]

《将进酒》属汉乐府《鼓吹曲·铙歌》旧题，题目意译即“劝酒歌”，内容多写宴饮游乐。《将进酒》是李白咏酒的代表作，极能表现他的个性。此诗是李白天宝年（742—756）间离京后，漫游梁宋，与友人岑勋、元丹丘相会时所作。从诗的主要内容看，似乎写的都是及时行乐，看透人生，只愿长醉不愿醒的情感，相当消极。但深入理解李白的内心深处，就会发现李白不是真正的消极颓废，而是借酒发泄，以此来排解心中的苦闷，来表现对权贵和世俗的蔑视。在豪饮行乐中，实则深含怀才不遇之情。

[ 诗评 ]

读李诗者于雄快之中，得其深远宕逸之神，才是谪仙人面目。

——沈德潜《唐诗别裁集》

## 行行且游猎篇

边城儿，生年不读一字书，但知游猎夸轻趫(qiáo)①。

胡马秋肥宜白草②，骑来蹑影③何矜骄。

金鞭拂雪挥鸣鞘(shāo)④，半酣呼鹰出远郊。

弓弯满月不虚发，双鸧(cāng)迸落连飞髇(xiāo)。

海边观者皆辟易⑤，猛气英风振沙碛(qì)⑥。

儒生⑦不及游侠人，白首下帏(wéi)⑧复何益！

[ 注释 ]

①轻趫：轻捷矫健。②白草：牧草。干燥时呈白色，故名。③蹑影：亦作“蹑景”，比喻极其迅速。《文选》引曹植《七启》曰：“忽蹑景而轻骛，逸奔骥而超遗风。”李善注：“景，日景也。蹑之言疾也。”④鸣鞘：挥动鞭梢使其发声。鞘，鞭梢。⑤辟易：退避，多指受惊吓后控制不住而离开原地。⑥沙碛：沙漠。⑦儒生：原指遵从儒家学说的读书人，后来泛指读书人。⑧下帏：同“下帷”，放下室内悬挂的帷幕，指教书。后引申为闭门苦读。

弓弯满月不虚发，双鸧迸落连飞髇

[ 诗解 ]

边塞的健儿们，生下来不晓得读书识字，只知夸耀骑马射猎的矫健轻盈。胡地的马儿饱食秋草，膘肥体健；边塞健儿快马疾驰，身姿何等潇洒！挥动马鞭拂过雪地发出阵阵鸣响；酒至半酣，擎着雄鹰驰出郊外。拉弓如满月，箭不虚发，一箭而出，双鸟带着飞箭落地。北海边观看的人都纷纷惊慌地退去，健儿的勇猛英气震撼大漠。书生怎么能和游侠相比？闭门读书直到白头又有什么益处呢！

[说明]

《行行且游猎篇》是征戍十五曲中的校猎曲，多用来歌颂天子游猎之事。此篇是李白在幽燕一带漫游时，目睹边城健儿游猎时有感而作。李白少时，好任侠，他自称“十五好剑术”，且剑术高超，常使“四座皆扬眉”。魏颢在《李翰林集序》中提到李白参与争斗的情形：“少任侠，手刃数人。”李白自己也说“结发未识事，所交尽豪雄”，“托身白刃里，杀人红尘中”。

# 飞龙引二首

## 其一

黄帝铸鼎于荆山①，炼丹砂②。

丹砂成黄金，骑龙飞上太清③家，云愁海思令人嗟。

宫中彩女颜如花，飘然挥手凌紫霞，从风纵体登鸾车④。

登鸾车，侍轩辕⑤，遨游青天中，其乐不可言。

[注释]

①黄帝铸鼎于荆山：黄帝，传说是中华民族的始祖。荆山，山名，在今河南灵宝附近。据《史记·封禅书》载：“黄帝采首山铜，铸鼎于荆山下。鼎既成，有龙垂胡髯下迎黄帝。黄帝上骑，群臣后宫从上者七十余人，龙乃上去。”②丹砂：朱砂，色深红，古代道教徒用以化汞炼丹。③太清：道教三清之一，为元始天尊所居之地，其境在玉清、上清之上。只有成仙方能入此，故亦泛指仙境。④鸾车：神仙所乘的车。⑤轩辕：黄帝居于轩辕之丘，故轩辕又指黄帝。

[诗解]

黄帝采首山之铜，在荆山下铸造宝鼎，炼制仙丹。仙丹炼成后，黄帝和群臣、后宫乘龙飞入仙境。天上的彩云迷迷茫茫，变幻如海，找不到升天的途径，这不免让世间凡人空自感叹。天宫中披着七彩霓裳羽衣的宫女一定貌美如花，我真想乘风飞身而上，登上黄帝乘坐的鸾车。乘坐鸾车，陪伴在黄帝身边，一起遨游在青天之中，那种乐趣一定妙不可言。

## 其二

鼎湖①流水清且闲，轩辕去时有弓剑②，古人传道留其间。

后宫婵娟[3]多花颜，乘鸾[4]飞烟亦不还，骑龙攀天造天关[5]。

造天关，闻天语，屯云[6]河车载玉女。

载玉女，过紫皇[7]，紫皇乃赐白兔[8]所捣之药方。

后天而老凋三光[9]，下视瑶池见王母，蛾眉[10]萧飒(sà)如秋霜。

[注释]

①鼎湖：地名。古代传说黄帝在鼎湖乘龙升天。②轩辕去时有弓剑：相传黄帝与群臣、后宫乘龙飞天，那些小吏不能上去，于是都拽住龙髯不放，致使龙髯和黄帝使用的弓、剑都落到地上。③婵娟：这里指美女。④乘鸾：传说春秋时期秦国萧史善吹箫，娶秦穆公之女弄玉为妻。萧史教弄玉学箫作凤鸣声后，凤凰飞至其家。一日，夫妇俱乘凤凰升天而去。后因以“乘鸾”比喻成仙。⑤天关：天门。⑥屯云：积聚的云气。⑦紫皇：道教传说中最高的神仙之一。《太平御览》卷六五九引《秘要经》：“太清九宫，皆有僚属，其最高者，称太皇、紫皇、玉皇。”⑧白兔：指神话中月宫里的白兔。⑨后天：谓后于天，极言长寿，后用为祝寿之词。晋王嘉《拾遗记·炎帝神农》：“时有流云洒液，是谓‘霞浆’，服之得道，后天而老。”三光：指日、月、星。⑩蛾眉：蚕蛾触须细长而弯曲，故常用来比喻女子美丽的眉毛。

[诗解]

鼎湖的水静静地流动，清澈见底，这里就是传说中黄帝乘龙飞天时不小心把弓、剑遗落在人间的地方。天宫中美女如云，个个光彩照人；仙人们乘鸾而去，消失在浩渺烟波之中，一去不复返。如果再有机会能乘龙升天的话，我一定到达仙境，登上天门，去聆听天上神仙的谈话，并坐上伴着祥云的河车，载着美丽的仙女，去拜访紫皇；紫皇见到我一定会很高兴，并会赐给我天宫玉兔捣制的长生不老药。吃了仙药，我就可以长生不老，寿比天齐，活到日月星辰都消逝的时候；到那时，我再去看瑶池的西王母，她的眉毛就已经白如秋霜了。

[说明]

《飞龙引》属乐府中的《琴曲歌辞》。这两篇都是借黄帝升天的神话传说描写游仙的情景。

下视瑶池见王母，蛾眉萧飒如秋霜

[ 诗评 ]

《飞龙引》者，本为乐府鱼龙之曲，白则以黄帝之事言之，盖亦不泥于陈迹，而自出乎新意也。

——朱谏《李诗选注》

## 天马歌

天马来出月支窟①，背为虎文②龙翼骨。
嘶青云，振绿发③，兰筋④权奇走灭没。
腾昆仑，历西极，四足无一蹶。
鸡鸣刷燕晡(bū)秣(mò)越⑤，神行电迈蹑恍惚。
天马呼，飞龙趋，目明长庚臆双凫⑥。
尾如流星首渴乌⑦，口喷红光汗沟朱⑧。
曾陪时龙蹑天衢(qú)，羁金络月照皇都。
逸气棱棱凌九区⑨，白璧如山谁敢沽？
回头笑紫燕⑩，但觉尔辈愚。
天马奔，恋君轩，駷(sǒng)跃惊矫浮云翻。
万里足踯(zhí)躅(zhú)，遥瞻阊(chāng)阖(hé)门⑪。
不逢寒风子⑫，谁采逸景⑬孙？
白云在青天，丘陵远崔嵬⑭。
盐车⑮上峻坂(bǎn)，倒行逆施畏日晚。
伯乐剪拂⑯中道遗，少尽其力老弃之。
愿逢田子方⑰，恻然为我悲。
虽有玉山禾⑱，不能疗苦饥。
严霜五月凋桂枝，伏枥(lì)衔冤摧两眉。
请君赎献穆天子⑲，犹堪弄影舞瑶池。

[ 注释 ]

①月支窟：秦汉时西域的月氏国，位于今甘肃、青海一带，多产好马。②虎文：虎身上的斑纹。③绿发：乌黑的鬃毛。绿，乌黑发亮的颜色。④兰筋：马目上部的

周穆王八骏巡游

筋名。据说筋节坚者能行千里，故为骏马的代称。⑤鸡鸣刷燕晡秣越：天马早晨还在燕地刷洗，傍晚已经在越地进食了，形容马的奔跑速度极快。刷，给马刷洗。晡，即申时，下午三时至五时。秣，喂马的谷饲料。⑥长庚：太白金星，早晨出现叫启明，黄昏出现叫长庚。臆双凫：形容胸前两侧的肉像双凫一样张开。臆，胸。凫，水鸟名。⑦渴乌：翻车上的曲筒。《后汉书》载：“作翻车渴乌，施于桥西，用洒南北郊路。”章怀太子注：“渴乌，为曲筒，以气引水上也。”此言马首昂娇，状类渴乌。⑧口喷红光：此为良马的特征。汗沟朱：汗沟，马的前腋。汗沟呈红色是汗血宝马的特征。⑨九区：九州。⑩紫燕：紫燕骝，古代骏马名。⑪阊阖门：天门。⑫寒风子：古代传说中人名，以善于相马著称。⑬逸景：指快马。晋代陆云《与陆典书》：“晞世之宝，久隐岑崄之山；逸景之迹，永絷幽冥之坂。”⑭崔嵬：本指有石的土山，后泛指高山。⑮盐车：运载盐的车子。典出《战国策·楚策四》：“夫骥之齿至矣，服盐车而上太行。蹄申膝折，尾湛胕溃，漉汁洒地，白汗交流，中坂迁延，负辕而不能上。伯乐遭之，下车攀而哭之，解纻衣以幂之。骥于是俛而喷，仰而鸣，声达于天，若出金石者，何也？彼见伯乐之知己也。”后以“骥伏盐车”谓才华遭到抑制，处境困厄。⑯剪拂：修剪鬃毛，洗拭尘土。⑰田子方：春秋时期魏国人。据《韩诗外传》记载：“昔者田子方出，见老马于道，喟然有志焉，以问于御者曰：‘此何马也？’御曰：‘故公家畜也，罢而不为用，故出放也。’田子方曰：‘少尽其力，而老弃其身，仁者不为也。’束帛而赎之。穷士闻之，知所归心矣。”⑱玉山禾：传说中昆仑山上的禾苗。⑲穆天子：指周穆王。相传他曾坐八匹日行三万里的骏马，千里迢迢西赴昆仑山，拜访西王母，与其在瑶池宴饮酬酢。

## [诗解]

天马来自西方的月氏国，它脊背的毛色就像虎纹一样美丽，骨骼就像龙翼一样坚韧有力。天马仰天嘶鸣，声震云霄，漂亮的乌黑鬃毛也随之振动；它兰筋权奇，骨相神俊，飞驰起来，倏然而逝，看不清踪影。它腾迈昆仑，飞越西极，蹄下生风，从不失足。早上鸡鸣时它还在燕地刷毛理鬃，到了傍晚时分，它就已经在越地悠闲地吃草了。天马奔驰起来如同闪电一般，只见其影而不见其形。天马呼啸而过，如同飞龙一般，目似太白金星，胸似双凫，尾似流星，首似渴乌，口喷红光，汗流如血。它曾背负天子在天街上驰骋，羁闪金光，络如明月，光照皇都。它那豪逸之气，凌迈九州；

此时的天马，身价极高，就是堆积如山的白璧也难抵其值。至于紫燕骝之类的名马，跟它比起来，真是不值一提。然而，时过境迁，好景不长。如今，天马虽然依旧眷恋天子的车驾，它飞驰起来依然能够腾跃浮云，英姿不减当年。但是，它却只能遥望天门，踯躅而不得进了。没有寒风子这样的识马者，还有谁能认得逸景这样的名马呢？当初，它驾着穆天子的车驾，穿过浮云，跃过丘山，到西天与西王母相会，这是何等神气啊！现如今，它却拉着盐车在高峻的山坡上苦苦挣扎；盐车倒行下滑，此时天色已晚，它已精疲力尽。看到天马这样的遭遇，只有伯乐才会中途停车对其加以抚慰，感叹天马壮年尽其力而老年被遗弃。天马多么希望遇到像田子方这样的仁人啊，因为只有他才会对老马的命运感到悲恸并报以同情。即使有玉山上的仙禾，也难以疗救如今落魄天马的苦饥啊。五月严霜摧凋了桂枝，天马伏枥含冤而备感忧愁。请您将它赎献给穆天子，它就算不能出力拉车，但依然能够在瑶池上作一匹弄影的舞马。

［说明］

《天马歌》是古乐府车马六曲之一。据《汉书·武帝纪》记载，汉武帝听说西域大宛国有良马，马蹄坚利，踩石有迹，汗如赭血，速度极快。于是，派百余人的使团，带着一匹黄金马前去大宛国，希望以重礼换回大宛马，大宛国王不肯。汉使归国途中金马在大宛国境内被劫，汉使被杀害。汉武帝大怒，命李广利为贰师将军征伐大宛，斩杀大宛国王，挑取国中上等马数十匹，中等马以下三千余匹，率马罢战而归，史称“天马战役”。汉武帝作《西极天马歌》赞曰：“天马来兮从西极，经万里兮归有德。承灵威兮降外国，涉流沙兮四夷服。”李白的《天马歌》大约是在他流放夜郎途中被赦免后所作，诗中以天马老而见弃自喻，希望能重新被赏识，复有用世之意。

［诗评］

此篇为逸群绝伦之士不遇知己者叹，亦白自伤其不用于世而求知己于人也与！

——萧士赟《分类补注李太白诗》

# 行路难三首

## 其一

金樽清酒斗十千①，玉盘珍羞直万钱②。
停杯投箸③不能食，拔剑四顾心茫然。
欲渡黄河冰塞川，将登太行④雪满山。
闲来垂钓碧溪上⑤，忽复乘舟梦日边⑥。
行路难，行路难，多歧路，今安在？

长风破浪⑦会有时，直挂云帆济沧海。

[ 注释 ]

①樽：古代盛酒的器具。斗十千：形容酒价昂贵。②珍羞：珍贵的菜肴。羞，同“馐”。直：同“值”。③箸：筷子。④太行：太行山，在山西、河北交界处。⑤垂钓碧溪上：据《史记·齐太公世家》记载，吕尚年老垂钓于渭水边，后遇文王而得重用。⑥乘舟梦日边：相传伊尹在受商汤聘请的前夕，梦见自己乘船经过日月之旁。⑦长风破浪：据《宋书·宗悫传》载，宗悫少年时，叔父宗炳问他的志向，他说：“愿乘长风破万里浪。”后人用“乘风破浪”比喻施展政治抱负。

[ 诗解 ]

长风破浪会有时，直挂云帆济沧海

金樽盛着昂贵的美酒，玉盘装满价值万钱的佳肴。我举起酒杯想痛饮一番，却又把酒杯推开了；拿起筷子，却又把筷子放下了；我离开座席，拔出宝剑，举目四顾，心绪茫然。想渡黄河，冰雪却封冻了河川；要登太行，但大雪落满了高山。我胸怀壮志受诏入京，有幸接近皇帝，却不被重用，这不正像是遇到冰塞黄河、雪拥太行的情景吗！当年吕尚闲居，曾在碧溪垂钓；伊尹受聘前，梦里乘舟经过日月之旁。行路难啊，行路难！岔路何其多，前途在何处？我依然坚信，总有一天，我会乘长风破巨浪，高高挂起云帆，在沧海中勇往直前！

## 其 二

大道如青天，我独不得出。

羞逐长安社中儿，赤鸡①白狗赌梨栗。

弹剑作歌②奏苦声，曳裾王门③不称情。

淮阴市井笑韩信④，汉朝公卿忌贾生⑤。

君不见，昔时燕家重郭隗(wěi)⑥，拥篲(huì)折节无嫌猜⑦。

剧辛乐毅感恩分⑧，输肝剖胆效英才。

昭王白骨萦蔓草，谁人更扫黄金台？

行路难，归去来！

[注释]

①赤鸡：羽毛呈红色的鸡。②弹剑作歌：冯谖做了孟尝君的食客以后，觉得孟尝君对自己不够礼遇，于是经常弹剑而歌，表示要回去。后以“弹剑作歌”比喻怀才不遇。③曳裾王门：语出《汉书·邹阳传》：“饰固陋之心，则何王之门不可曳长裾乎？”后以“曳裾王门”比喻在王侯权贵门下做食客。④淮阴市井笑韩信：据《汉书·韩信传》记载，西汉开国功臣韩信是淮阴人。他出身平民，父母早逝，贫寒无依。淮阴屠户中有个年轻人想侮辱韩信，说他“虽长大，好带刀剑，怯耳”。并当众侮辱他说：“能死，刺我；不能，出我胯下。”韩信遂低下身来，从他的胯下爬了过去。街上的人都耻笑韩信，认为他是个怯懦之人。⑤贾生：贾谊，西汉著名的政论家，力主改革弊政，提出许多重要政治主张，却遭谗被贬，一生抑郁不得志。⑥郭隗：战国中期燕国大臣。他以古人千金买马骨为例，劝燕昭王广纳社会贤才。于是，昭王修筑黄金台以招揽贤士，并尊郭隗为师。此举天下震动，乐毅、邹衍、剧辛及其他有才能的人皆来归附燕国，燕国因此强大起来。⑦拥篲：拿扫帚扫门。这里表示恭恭敬敬迎接宾客或长者。篲，扫帚。折节：降低自己的身份。⑧剧辛：战国时燕将。原居于赵，闻燕昭王下诏求贤，乃由赵赴燕。乐毅：战国后期杰出的军事家，曾辅佐燕昭王振兴燕国，率军攻下齐国七十余城，报了强齐伐燕之仇。

韩信

韩信，淮阴（今江苏淮安）人，汉初著名军事家，在秦末之际，始投项梁，继随项羽，后归刘邦，辅佐刘邦建立西汉王朝。

[诗解]

天地如此之大，为什么只有我一个人找不到出路呢？我羞于去结交长安里社中的纨绔子弟，和他们一起斗鸡走狗，游戏赌博，以求得仕途上的平坦。和那些达官贵人交往，总感觉自己像冯谖在孟尝君门下做食客时那样，得不到应有的礼遇，这种滋味有说不出的苦。韩信未得志时，在淮阴曾受到市井无赖的嘲笑和侮辱。贾谊年轻有才，汉文帝本打算重用他，但由于受到大臣灌婴、冯敬等人的忌妒和反对，后来竟遭贬逐。我此时的遭遇和韩信、贾谊当年有什么不同呢？难道你没有看到当初燕国君臣互相尊重和信任的情景吗？燕昭王为了使国家富强，尊郭隗为师，筑黄金台，招贤纳士，使得乐毅、邹衍、剧辛等人纷纷来归，为燕昭王所用。燕昭王对于他们不仅言听计从，而且屈己下士，折节相待。当邹衍到燕国时，昭王亲自清扫道路迎接，甚至用衣袖挡住扫帚，以免灰尘飞扬。剧辛、乐毅等人感激昭王的恩德，恨不得剖开肚子，拿出自己的肝胆以示忠诚。可是今天朝廷昏庸，像燕昭王这样的明君早已经化为白骨埋葬在乱草之中，还有谁去打扫昔日的黄金台以招揽贤士呢？仕途如此艰难，既然朝廷容不下我，我只有拂袖而去，归隐山林了。

## 其　三

有耳莫洗颍(yǐng)川水①，有口莫食首阳蕨②。
含光混世③贵无名，何用孤高比云月。
吾观自古贤达人，功成不退皆殒身。
子胥既弃吴江上④，屈原终投湘水滨⑤。
陆机⑥雄才岂自保，李斯税驾苦不早⑦。
华亭鹤唳(lì)讵(jù)可闻，上蔡苍鹰何足道？
君不见，吴中张翰⑧称达生，秋风忽忆江东行。
且乐生前一杯酒，何须身后千载名？

[注释]

①有耳莫洗颍川水：传说帝尧曾多次向当时的贤人许由请教，后来表示想把君位传给他，但遭到许由严词拒绝。许由逃到了登封的箕山隐居起来，再也不愿与世俗社会交往。帝尧派人找到了他，想请他出任九州长官，他便跑到颍水边洗耳，表示不愿意听这种话。作者反用其意，认为许由掬水洗耳实为沽名钓誉。②有口莫食首阳蕨：蕨，这里指薇，前人误以薇、蕨为同一种草本植物。《史记·伯夷列传》："武王已平殷乱，天下宗周，而伯夷、叔齐耻之，义不食周粟，隐于首阳山，采薇而食之……遂饿死于首阳山。"作者认为伯夷、叔齐采薇而食也是沽名钓誉之举。③含光混世：据《高士传》记载，巢父对许由说："何不隐汝形，藏汝光？"意为不露锋芒，随世俯仰。④子胥既弃吴江上：伍子胥，名员，春秋时楚国人，其父兄为楚平王所杀。他逃至吴国，助吴王阖闾筑城练兵，发愤图强，后率吴兵攻下楚国都城。阖闾死后，伍子胥被吴王夫差逼迫自杀。《吴越春秋》中记载："吴王乃取子胥尸，盛以鸱夷之器，投之于江中。"⑤屈原终投湘水滨：屈原早年被楚怀王信任，后受奸人诽谤与排挤，被楚怀王逐出郢都，流落到汉北。后秦兵南下攻破郢都，屈

原在绝望和悲愤之下怀大石投汨罗江而死。⑥陆机：西晋文学家。据《晋书·陆机传》记载，陆机因宦人诬陷而被杀害于军中，临终叹曰："华亭鹤唳，岂可复闻乎？"⑦李斯：秦代著名政治家。他辅助秦始皇完成了统一六国的大业之后，官拜丞相，后为赵高所忌，于秦二世二年（前208）被腰斩于咸阳闹市。《史记·李斯列传》载，李斯临刑前对儿子说："吾欲与若复牵黄犬俱出上蔡东门逐狡兔，岂可得乎！"税驾：解驾，指休息。⑧张翰：字季鹰，西晋文学家。性格放纵不拘，酣饮恣游，时人号为"江东步兵"。《晋书·张翰传》载，有人劝他顾惜名声，他却说："使我有身后名，不如即时一杯酒。"齐王司马冏执政，召授为大司马东曹掾。当时王室争权，张翰托言见秋风起而思吴中莼羹、鲈鱼，弃官还乡。不久，齐王冏败，张翰因得免于难。

陆机

陆机，字士衡，吴郡吴县华亭人，西晋文学家、书法家，曾历任平原内史等职。在"八王之乱"中，因奸人陷害而死于军中。擅长草书，有《平复帖》传世。

［诗解］

许由你不是不想接受尧的领导吗？那么就别用颍川水洗耳朵！伯夷和叔齐不是不吃周朝的粮食吗？那么就不要吃首阳山的蕨！因为普天之下莫非王土，你们并不是真的归隐，只不过是沽名钓誉罢了。人生须含光混世，不务虚名，何必故作清高，自比云月呢？据我观察，自古以来那些贤人达士，功成名就后如果不退隐的话就会招来杀身之祸。伍子胥最后被吴王夫差逼迫自杀，弃尸江上；屈原被楚怀王逐出郢都，流放汉北，最后怀石投汨罗江而死。陆机胸怀雄才大略，还不是被人诬陷而死于军中？难道你没听说过"华亭鹤唳"的典故吗？李斯功成名扬后不及早退隐，以至于在临刑之前慨叹自己不能再与儿子一起出上蔡东门，牵着黄犬追逐狡兔。这些例子还用我一一列举吗？你难道没看到，西晋张翰见秋风乍起而思念起吴中的美味佳肴，遂弃官还乡得以避祸。我们真应该像张翰说的那样，只求现在能够饮酒行乐，何必在意千年之后人们对我们的评价呢？

［说明］

《行路难》是古乐府《杂曲歌辞》名，其内容多叙写社会道途艰难和离别悲伤。《行路难》是李白创作的一组诗歌。开元十年（722）诗人应诏入京，供奉翰林，试图施展自己经国济世的宏愿。但他很快感到受到排挤，找不到政治出路。在或去或留之时，他写下了这组诗。诗人此时心情复杂，失意、愤懑、迷惘、困惑、自负等种种情感交织在一起，感慨万千。诗中写世路艰难，充满了政治上遭遇挫折后的抑郁不平之感。

[ 诗评 ]

冰塞雪满，道路之难甚矣。而日边有梦，破浪济海，尚未决志于去也。后有二篇，则畏其难而决去矣。此篇被放之初，述怀如此，真写得“难”字意出。

——乾隆御选《唐宋诗醇》

[ 诗人逸事 ]

李白性情豪放，藐视权贵。有一次，他喝醉酒，曾在玄宗面前让当时最有权势的大宦官高力士为自己脱靴。玄宗十分想得到李白的诗文，就答应了。高力士认为这是奇耻大辱，就曲解李白的一些诗句来激怒杨贵妃。杨贵妃由此也深恨李白，玄宗每次让李白做官，杨贵妃都加以阻止。李白很苦闷，发出了“行路难”的感叹。天宝三载（744）春，李白上疏恳求离开京城。玄宗没有挽留他，赏赐给他一些财物就让他走了。

## 长相思

长相思，在长安。

络纬秋啼金井阑①，微霜凄凄簟(diàn)色寒②。

孤灯不明思欲绝，卷帏(wéi)望月空长叹。

美人如花隔云端，上有青冥③之高天，下有渌(lù)水④之波澜。

天长路远魂飞苦，梦魂不到关山难。

长相思，摧心肝。

[ 注释 ]

①络纬：虫名，又称莎鸡、络丝娘、促织。夏秋夜间振羽作声，声如纺线，故名。金井阑：井上的栏杆。②簟色寒：指竹席的凉意。③青冥：形容青苍幽远，常用来代指青天。④渌水：清澈的水。

[ 诗解 ]

在长安城中，有一个孤独的人，内心感到无比寂寞和空虚。暮秋的傍晚，阶下络纬凄切地鸣叫；天气渐凉，竹席上泛着微微寒意；一个人躺在竹席上，夜不能眠。昏黄的孤灯下，独自一人

孤灯不明思欲绝，卷帏望月空长叹

守着这份寂寞，这种滋味真叫人痛苦欲绝；起身卷起帏帐，抬头看看天上的那一轮明月，清寒凄幽，更让人哀叹。他所想念的那位如花美人的影子似乎远隔云端，可望而不可即。恍惚中，他梦魂飞扬，要去寻找他所思念的人。然而天高地远，上有幽远难及的青天，下有波澜动荡的江水。路途遥遥，关山迢递，梦魂依然无法和思念的人相聚。剩下的依然是梦中苦苦的思念，相思的苦楚像刀子一样在心肝上搅动，令人痛苦不已。

[说明]

《长相思》，属乐府《杂曲歌辞》，多写思归之怨。李白此诗拟其格而别有寄寓，豪放之外更兼含蓄。这首《长相思》大约是他离开长安后于沉思中回忆过往情绪之作，旨在抒写政治理想不能实现的苦闷。

## 上留田行

行至上留田，孤坟何峥嵘①！

积此万古恨，春草不复生。

悲风四边来，肠断白杨声。

借问谁家地，埋没蒿里茔（yíng）。

古老向予言，言是上留田。

蓬科②马鬣（liè）今已平，昔之弟死兄不葬，他人于此举铭旌③。

一鸟死，百鸟鸣；一兽走，百兽惊。

桓山之禽别离苦④，欲去回翔不能征。

田氏仓卒骨肉分，青天白日摧紫荆⑤。

交让⑥之木本同形，东枝憔悴西枝荣。

无心之物尚如此，参商⑦胡乃寻天兵？

孤竹⑧、延陵⑨，让国扬名。

高风缅邈（miǎo）⑩，颓波⑪激清。

尺布之谣⑫，塞耳不能听。

[注释]

①峥嵘：高峻的样子。②蓬科：同“蓬颗”，土坟上的荒草。③铭旌：古时竖在灵柩前标有死者官衔和姓名的旗幡。④桓山之禽别离苦：桓山，在今江苏铜山东

北。典出《孔子家语》："孔子在卫，昧旦晨兴，颜回侍侧，闻哭者之声甚哀，子曰：'回！汝知此何所哭乎？'对曰：'回以此哭声非但为死者而已，又有生离别者也。'子曰：'何以知之？'对曰：'回闻桓山之鸟生四子焉，羽翼既成，将分于四海，其母悲鸣而送之，哀声有似于此，谓其往而不返也。回窃以音类知之。'"后以桓山之泣比喻家人离散的悲痛。⑤青天白日摧紫荆：典出《续齐谐记》："京兆田真兄弟三人共议分财，生资皆平均，惟堂前一株紫荆树，共议欲破三片，翌日就截之，其树即枯死，状如火然。真往见之，大惊，谓诸弟曰：'树本同株，闻将分斫，所以憔悴，是人不如木也。'因悲不自胜，不复解树，树应声荣茂。兄弟相感，更合财宝，遂为孝门。"⑥交让：树名。据《述异记》记载："黄金山有楠树，一年东边荣，西边枯；后年西边荣，东边枯，年年如此。"⑦参商：参星与商星。据《左传·昭公元年》记载，黄帝有两个儿子，大的叫阏伯，小的叫实沉。二子不能和睦相处，每天动武。后来黄帝为避免两人争斗，把阏伯迁到商丘，去管心宿，也就是商星；把实沉迁到大夏，主管西方的参星。参宿在西，商宿在东，彼出此没，永不相见。后比喻兄弟不和睦，彼此对立。⑧孤竹：指商末孤竹国君墨胎氏二子伯夷和叔齐。孤竹君欲以次子叔齐为继承人。及父卒，叔齐让位于伯夷。伯夷以为逆父命，于是放弃君位，流亡国外。而叔齐亦不肯立，也逃到国外，和他的长兄一起过流亡生活。⑨延陵：指季札，春秋时期吴王寿梦的小儿子。吴王寿梦一心想把君主之位传给他，于是吴王的其他几个儿子都主动放弃了继承权。但是季札辞让了。于是他的哥哥诸樊、馀祭、馀昧弟兄几个商议，以兄终弟及的方式，最终传给季札，可是后来季札还是没有继位。这样，三哥馀昧死后，由馀昧的儿子继承了王位。季札因封于延陵，故称"延陵季子"。⑩高风：美善的风教、政绩。缅邈：久远、遥远。⑪颓波：向下流的水势。比喻衰颓的世风。⑫尺布之谣：据《史记·淮南衡山列传》记载，淮南王刘长谋反，被汉文帝流放，刘长途中绝食而死，民间作歌曰："一尺布，尚可缝；一斗粟，尚可舂。兄弟二人不相容。"

伯 夷

伯夷，商末孤竹君之长子。

## [诗解]

我走到上留田这个地方，看到一处新坟孤零零地立于野外。其他地方早已绿草茵茵，只有这座坟冢上春草还未长出，裸露的黄土似乎在向人们展示死者的幽怨。一阵风刮过凄凉的旷野，坟旁杨树上的叶子哗哗作响，像是有人在伤心地哭泣。是谁家的坟墓埋没在这荒凉的地方，无人洒扫？经当地老人介绍才知道，这里名叫上留田。当初，一个弟弟英年早逝，哥哥却置之不理，连他的尸首都不肯埋葬；当地人只好把他埋在这里，并按照习俗，在坟旁插上了旌幡。如今，长满荒草、状似马鬃的坟头已经被岁月抚平。得知此事，我感慨万分。连一只鸟死了，其他的鸟都哀鸣不止；一只野兽跑了，其他的野兽都惶惶不安。桓山之鸟将分赴四海，临行前总是盘旋不前，恋恋不舍。田氏兄弟急着分家，结果院中的紫荆树受到感应，当即枯死；而当他们决定不分家时，紫荆树又繁茂如初。相传黄金山上有一种交让树，东边和西边的枝条交替荣枯。没有思维的花草树木尚且如此，何况是骨肉兄弟呢？本是同宗同类，骨肉相连，为什么要像参商二星一样，你争我斗，彼此不相容呢？伯夷、叔齐与延陵季子都因推位让国而名扬天下，相比之下，今人不感到羞愧吗？看来淳朴的社会风气已经远去了，衰颓的世风泛滥开来，江河日下。昔日讽刺兄弟不睦的歌谣，如今人们都充耳不闻了。

［说明］

上留田，古地名，后亦为乐府曲名。晋代崔豹在《古今注·音乐》中提道：“上留田，地名也。其地人有父母死，兄不字其孤弟者，邻人为其弟作悲歌，以风其兄，故曰《上留田》。”李白诗中“弟死兄不葬”“他人于此举铭旌”之事与前人记载有所不同，可能是诗人在现实中目击类似之事，有感而发，故作《上留田行》以讽刺当时之事。

［诗评］

萧士赟说得之，白之从璘，虽曰迫胁，亦其倜傥自负，欲借以就功名故也。词气激切，若有不平之感……桓山之禽，盖白自比也。

——乾隆御选《唐宋诗醇》

## 春日行

深宫高楼入紫清①，金作蛟龙盘绣楹(yíng)。

佳人当窗弄白日，弦将手语②弹鸣筝。

春风吹落君王耳，此曲乃是《升天行》③。

因出天池④泛蓬瀛(yíng)，楼船蹙(cù)沓波浪惊。

三千双蛾献歌笑，挝(zhuā)钟考鼓宫殿倾，万姓聚舞歌太平。

我无为，人自宁。

三十六帝⑤欲相迎，仙人飘翩下云軿(píng)。

帝不去，留镐(hào)京⑥。

安能为轩辕，独往入窅(yǎo)冥？

小臣拜献南山寿，陛下万古垂鸿名。

[注释]

①紫清：紫微清都之所，天帝居住的地方。②弦将手语：弦与手摩擦而成声。③《升天行》：古乐府篇名。④天池：指唐代皇家的太液池。⑤三十六帝：道教传说有三十六天帝。⑥镐京：西周武王建都镐京，位于西安市长安区西北。这里代指国都。

[诗解]

皇宫深深，楼阁高耸入云，金色的蛟龙盘旋在堂前华丽的柱子上。美女们在窗前化妆打扮，玉手抚动琴弦。美妙的筝声随春风吹落，传入游乐的君王耳中，应该是那首《升天行》吧。泛舟在太液池上，如蓬莱仙境一般，楼船划破平静的湖面急促前进，惊起阵阵波浪。众多宫女奏起音乐，唱起歌曲，敲打钟鼓的声音都要令宫殿震倒，这天下百姓歌舞升平的场面是多么壮观啊！只要君王让人民休养生息，百姓就会安居乐业，天下自会太平。天庭上三十六个天帝要来迎接，仙人们驾着彩云翩然而下。但皇帝不愿意随他们而去，宁愿留在人间。皇帝岂能像轩辕氏那样乘龙飞天而去，而不顾他的子民，独自来往于青天之上呢？小臣我祝愿陛下寿比南山，英明之举万古流芳。

[说明]

《春日行》，时景二十五曲之一，本咏春游，李白拟作咏君王游乐之词。唐玄宗春日泛游太液池，召李白作辞。当时李白已酒醉翰林苑，乃命高力士扶以登舟，即兴而作。

[诗评]

此以王道讽求仙也。不直讥求仙，而曰："帝不去，留镐京，安能为轩辕，独往入窅冥？"以反规荒废万机之失，明不如王道太平之可慕也。孰谓太白不闻道，但赋凌云飘遥之气者？

——陈沆《诗比兴笺》

## 夜坐吟

冬夜夜寒觉夜长，沉吟久坐坐北堂。

冰合井泉①月入闺，金釭(gāng)②青凝照悲啼。

金釭灭，啼转多。

掩妾③泪，听君歌。

歌有声，妾有情。

情声合，两无违。

一语不入意，从君万曲梁尘飞④。

[ 注释 ]

①井泉：水井。②釭：油灯。③妾：古代妇女的自称。④梁尘飞：相传汉朝鲁人虞公擅长歌唱，发声清哀，振动梁尘。

[ 诗解 ]

冬夜夜寒觉夜长，沉吟久坐坐北堂

冬天的夜晚寒冷而漫长，一位女子百无聊赖，夜起坐在北屋低吟歌唱，消解难耐的寂寞。窗外的水井台上已经结了厚厚的一层冰，月光透过窗户将清辉洒落在女子的闺房，更为冬夜增添了一丝孤寒。凝望昏黄的烛光，泪止不住地往下流，泣声在低吟中已经不能掩盖。随着灯光越来越黯淡，哭啼声越来越大。那女子不时地擦拭眼泪，倾听着情郎歌唱。歌声缠绵，情意浓浓，好像诉说着彼此的爱意。两个人必须情意相投，才能忠贞不渝。如果有一丝虚情假意，就是他唱上一万首美妙的歌曲，女子也会不屑一听。

[ 说明 ]

《夜坐吟》，乐府歌辞名，始于鲍照，内容为抒写听乐曲时的感触。李白这首《夜坐吟》塑造的就是一个具有刚强性格的女性。诗中的女子追求的是建立在男女双方彼此平等相待、情投意合基础上的爱情，否则，即使对方唱出再多动人的歌曲她也不屑一听。

## 野田黄雀行

游莫逐炎洲①翠，栖莫近吴宫燕②。

吴宫火起焚巢窠(kē)，炎洲逐翠遭网罗。

萧条两翅蓬蒿③下，纵有鹰鹯(zhān)④奈尔何！

[ 注释 ]

①炎洲：海南四季炎热，故称炎洲。翠：此地多产翡翠鸟。②吴宫燕：筑巢于吴宫之燕。春秋吴都有东西宫。据汉代袁康《越绝书·外传记吴地传》记载："西宫在长秋，周一里二十六步，秦始皇帝十一年，守宫者照燕，失火烧之。"后以"吴宫燕"比喻无辜受害者。③蓬蒿：蓬草和蒿草，亦泛指草丛、草莽。④鹯：传说中

的一种猛禽，似鹞鹰。

［诗解］

鸟儿们呀，若想游玩，千万不能到炎洲和翡翠鸟追逐玩耍；若想栖息，千万不能接近吴宫的燕子窝。在吴宫筑巢虽好，可是经常会有人烧毁你们的巢穴；炎洲的翡翠鸟虽然无比华丽，可经常会有人设下网罗捕捉。可怜的鸟儿只有拍动两只疲惫的翅膀，在野外荒凉的乱草中找到一处容身之所；就算你是只雄鹰又能如何？还不是一样的命运？

［说明］

《野田黄雀行》，相和歌瑟调。至德元年（756），永王李璘出师东巡，李白应邀入幕，力劝永王勤王灭贼。永王不久即败北，李白也因之被系浔阳狱。这首诗大约是此时所作。诗中李白以鸟雀无处容身为喻，黯然自伤。

## 箜篌谣

攀天莫登龙，走山莫骑虎。
贵贱结交心不移，惟有严陵①及光武。
周公②称大圣，管蔡③宁相容！
汉谣一斗粟，不与淮南舂（chōng）④。
兄弟尚路人，吾心安所从？
他人方寸间，山海几千重？
轻言托朋友，对面九疑峰⑤。
多花必早落，桃李不如松。
管鲍⑥久已死，何人继其踪！

［注释］

①严陵：严光，字子陵，东汉著名隐士。少有高名，与刘秀一同游学。刘秀即位为光武帝后，严光乃隐姓埋名，避至他乡。刘秀思贤念旧，招其入京。二人交往仍如往日，并无君臣之分。②周公：周文王第四子，姓姬名旦，西周初期杰出的政治家、军事家和思想家，被尊为儒学奠基人。因封地在周（今陕西岐山北），故称周公或周公旦。③管蔡：管叔和蔡叔，是周武王的弟弟。周武王死后，成王年幼，周公摄政，管叔、蔡叔不服，扬言周公将不利于成王，和商纣王之子武庚一起作乱。周公三年东征，平定了管蔡之乱。管叔、武庚被杀，蔡叔被逐。④汉谣一斗粟，不与淮南舂：语出《史记·淮南衡山列传》："民有作歌歌淮南厉王曰：

'一尺布，尚可缝；一斗粟，尚可舂。兄弟二人不相容。'" 讲的是汉文帝与淮南王兄弟之间的恩怨故事。⑤九疑峰：山名，在湖南宁远南。其山九谷皆相似，故称"九疑"。⑥管鲍：指春秋时期的政治家管仲和鲍叔牙。管仲年轻的时候，常和鲍叔牙交往。管仲家贫，经常占鲍叔牙的便宜，但鲍叔牙始终待他很好，不因为这些事而有怨言。不久，鲍叔牙侍奉齐国公子小白，管仲侍奉公子纠。两位公子争夺君位，最终小白即位，是为齐桓公。当时管仲被囚禁，鲍叔牙知道他才华过人，于是将他推荐给齐桓公。后人常用"管鲍之交"来形容好朋友之间亲密无间、彼此信任的关系。

管仲

管仲，名夷吾，又名敬仲，字仲，春秋时期齐国著名的政治家、军事家，颍上（今安徽颍上）人。经鲍叔牙推荐，拜齐国上卿，被称为"春秋第一相"，辅佐齐桓公成为春秋时期的第一位霸主。

[ 诗解 ]

要想升天飞仙，千万不要骑龙；要想游历河川，千万不能骑着老虎。龙虎虽然能叱咤风云，但最终会给自己带来祸害。朋友相交应不分贵贱，不管以后是荣华富贵还是贫困潦倒，都不能忘掉朋友之间珍贵的友谊，就像东汉的严子陵和光武帝一样。周公堪称古代的圣贤，可是他的兄弟管叔和蔡叔竟然对他恶意陷害，不能相容！汉代歌谣中说："一尺布，尚可缝；一斗粟，尚可舂。"汉文帝却容不下淮南王，将他流放。骨肉兄弟尚且如同路人，我要结交的知己到哪里找啊？朋友虽然表面上亲密无间，可是内心却如同隔着千重山、千重海，真是咫尺天涯！和他们交往，就像面对着九疑山一样，让人分不清真假，茫然找不到边际。树上花开得太多，必然会早早凋谢；桃李开花虽然很美丽，但不如松柏能够四季常青。管仲和鲍叔牙这样彼此信任的朋友早已死去，不知道后世还有没有人像他们一样！

[ 说明 ]

《箜篌谣》，古乐府旧题，即《箜篌引》，又名《公无渡河》。李白这首诗是借用旧题名，大致说朋友结交当有始有终，内容上与《箜篌引》有所差别。

[ 诗评 ]

此诗亦有所指，观其引管仲及淮南事，疑亦与永王一案有关。

——瞿蜕园、朱金城《李白集校注》

# 雉朝飞

麦陇(lǒng)青青三月时，白雉(zhì)①朝飞挟两雌。
锦衣绮翼何离褷(shī)②，犊牧采薪③感之悲。
春天和，白日暖。
啄食饮泉勇气满，争雄斗死绣颈断。
《雉子斑》奏急管弦，心倾酒美尽玉椀(wǎn)。
枯杨枯杨尔生稊(tí)，我独七十而孤栖。
弹弦写恨意不尽，瞑目归黄泥。

## [ 注释 ]

①白雉：白色羽毛的野鸡。古人视其为瑞鸟。②离褷：亦作“褵褷”，毛羽始生貌。③犊牧采薪：战国琴师牧犊子终年放牧打柴，直至暮年仍是孤身一人。他见雉鸟都是成双成对地愉快飞翔，非常羡慕，愈加感到自己的孤独凄凉。后以犊牧采薪喻指老而无妻的人。

## [ 诗解 ]

阳春三月，万物生机勃勃，垄上青青的麦苗散发着春天的气息，一只白色的雄野鸡带着两只雌野鸡从田间飞起。雌鸟的新羽毛刚刚长出来，色彩鲜亮；我这个老而无妻的人看到这情景心中感到一片凄凉。春风和煦，太阳暖洋洋的。鸟儿在河边吃饱喝足，勇气满满；成熟的雄鸟为求得配偶在互相争斗，脖子上的羽毛散落一地，还不肯罢休。《雉子斑》曲调急促，赏心的美酒斟满玉碗。就连枯死的杨树在春天都能生出嫩芽，为什么我到了七十岁还没有伴侣？这种滋味是管弦音乐、诗词歌赋无法表达的，恐怕只有在我死后归入尘土，灵魂才能得以安息。

麦陇青青三月时，白雉朝飞挟两雌

## [ 说明 ]

《诗经》中曾以“雉之朝飞”作为爱情生活的象征，后琴曲继承了这一主题。战国琴师牧犊子见自己晚年仍孤身一人，心有所感，遂作《雉朝飞》：“雉朝飞兮鸣相和，雌雄群兮于山阿，我独伤兮未有室，时将暮兮可奈何？”李白依据旧题而成此作。据《乐府古题要解》记载，魏武帝时有个卢姓宫女，擅长此曲，可见它是源远流长的名曲。

## 上云乐

金天[1]之西，白日所没。
康老胡雏[2]，生彼月窟[3]。
巉(chán)岩[4]容仪，戌削[5]风骨。
碧玉炅(jiǒng)炅双目瞳，黄金拳拳[6]两鬓红。
华盖[7]垂下睫，嵩岳[8]临上唇。
不睹诡谲(jué)貌，岂知造化神？
大道是文康之严父，元气[9]乃文康之老亲。
抚顶弄盘古[10]，推车转天轮。
云见日月初生时，铸冶火精与水银[11]。
阳乌[12]未出谷，顾兔[13]半藏身。
女娲戏黄土[14]，团作愚下人。
散在六合间，蒙蒙若沙尘。
生死了不尽，谁明此胡是仙真[15]？
西海栽若木，东溟植扶桑[16]。
别来几多时，枝叶万里长。
中国有七圣[17]，半路颓鸿荒。
陛下应运起，龙飞入咸阳。
赤眉立盆子[18]，白水[19]兴汉光。
叱咤四海动，洪涛为簸扬。
举足踏紫微[20]，天关自开张。
老胡感至德，东来进仙倡。
五色师子[21]，九苞凤凰[22]。
是老胡鸡犬[23]，鸣舞飞帝乡[24]。
淋漓飒沓，进退成行。

能胡歌，献汉酒。

跪双膝，并两肘。

散花指天举素手。

拜龙颜，献圣寿。

北斗戾，南山[25]摧。

天子九九八十一万岁，长倾万岁杯。

凤凰

凤凰，又称朱鸟、丹鸟、火鸟、不死鸟等，是古代神话传说中的神鸟。传说凤凰每次死后，周身会燃起大火，然后其在烈火中重生，周而复始，从而获得永生。

[注释]

①金天：西方之天。②康老：西方老胡文康，传说中胡人神仙名。生自上古，长生不老，能歌善舞，又善弄凤凰、狮子。胡雏：胡人僮仆。③月窟：传说月的归宿处，这里泛指边远之地。④巉岩：本义是指山峰陡峭，这里形容长相奇特。⑤戌削：清瘦的样子。⑥黄金拳拳：金色而又弯曲的头发。⑦华盖：在道教中指眉毛。⑧嵩岳：嵩山，这里比喻高高的鼻梁。⑨元气：指天地未分之前的混沌之气。⑩盘古：中国神话中开天辟地首出创世的人。《太平御览》载："天地混沌如鸡子，盘古生其中。万八千岁，天地开辟，阳清为天，阴浊为地。盘古在其中，一日九变，神于天，圣于地。天日高一丈，地日厚一丈，盘古日长一丈，如此万八千岁，天数极高，地数极深，盘古极长，后乃有三皇。"⑪火精与水银：指太阳和月亮。汉代王充《论衡·说日》曰："夫日，火之精也；月，水之精也。"⑫阳乌：古代神话中太阳里面有三足乌。这里借指太阳。⑬顾兔：传说月中阴精积成兔形。这里借指月亮。⑭女娲戏黄土：古代神话传说中，在天地开辟之初，大地上并没有人类，是女娲用黄土创造了人类。开始时她用手捏，后来为了造更多的人，她就将绳子投入泥浆中，举起绳子一甩，泥浆洒落在地上，就变成了一群群的人。后人说，富贵的人是女娲亲手用黄土造的，而贫贱的人只是女娲用绳蘸泥浆甩落在地上变成的。⑮仙真：道家称升仙得道之人为仙真。⑯若木、扶桑：古代神话中的树名。⑰七圣：应指唐朝高祖、太宗、高宗、中宗、睿宗、玄宗六君，以及武后。⑱赤眉立盆子：赤眉，指汉末以樊崇等为首的农民起义军。因以赤色涂眉为标志，故称。《汉书·王莽传下》载，赤眉樊崇等众数十万人入关，立刘盆子为帝。⑲白水：水名，源出湖北枣阳东大阜山，相传汉光武帝旧宅在此。⑳紫微：紫微垣，星官名，三垣之一。《晋书·天文志上》称其"大帝之座也，天子之常居也，主命主度也"。㉑五色师子：五色狮子，道家传说中元始天尊的坐骑。㉒九苞凤凰：古时认为凤凰在外形和内在上有许多美质，有"凤有六象九苞"的说法。九苞是就内在而言的。㉓鸡犬：传说汉朝淮南王刘安修炼成仙后，

把剩下的药撒在院子里，鸡和狗吃了，也都升天了。㉔帝乡：传说中天帝住的地方。㉕南山：指终南山。

［诗解］

在遥远的西方，太阳落山的地方，传说中的胡人神仙文康就出生在那里。老胡文康仪容奇特，五官就像陡峭的山峰一样古怪，骨骼清瘦，风度不凡。他的双眼眼瞳碧绿而有光，头发金黄而弯曲，两鬓呈红色。眼眉下垂着长长的睫毛，高耸的鼻子像山峰一样耸立在嘴唇的上方。要不是看到这样离奇古怪的容貌，真不知道天地造物的神奇。大道是文康的严父，元气是文康的老母。文康站起身举起手可以像盘古一样摸到天顶，可以像推车一样推动天地转动。他说他曾看见日月出生时的情景，当时太阳和月亮没有铸造成功，三足乌还没有出谷，月中阴精还没有积成兔形，只是半隐着身子。女娲百无聊赖用黄土捏造了富贵之人，把泥浆洒落在地上，变成了一个个贫贱的人，然后把他们散落到天地间，茫茫然就像沙尘一样。文康生命不息，长生不老，谁又能说明他不是神仙呢？在西海栽上若木，在东海种植扶桑，过些日子再来看，神树的枝叶已经有几万里长了。唐朝开国以来共有七位君主，不想安禄山叛乱，两京覆没，天下就像上古时期的洪荒之世。陛下应运而起，即位于灵武，克复西京，大驾还都。安禄山已死，群贼又拥立他的儿子为首领，但这不足为患，这就像汉代赤眉军立刘盆子为天子一样，成不了什么气候。陛下您就像光武帝一样，励精图治，光复汉室。天下振动，寰宇洗清，陛下回京临朝，边关无事，贸易开通。西方的老胡文康感激陛下的恩德，不远万里来到长安朝拜。他带来了五彩狮子、九苞凤凰等戏剧舞蹈。那狮子就是跟随老胡升天的犬，凤凰就是跟随老胡升天的鸡。他们表演得酣畅淋漓，英姿飒爽，进退有序，排列成行。他们唱着胡歌，献上美酒。朝拜陛下时，他们双膝跪地，前臂举起，素手指天如散花状，给陛下祝寿。即便北斗、南山倾覆，陛下也能万寿无疆！

［说明］

乐府《神仙二十二曲》中有《上云乐》，又名《洛滨曲》。相传是梁武帝时所制，假想生于上古时期的西方神仙老胡文康，长得青眼高鼻金发，携弄孔雀、凤凰、白鹿，慕梁朝来游，伏拜祝千岁寿。李白拟作《上云乐》，在前人歌辞的基础上作了发挥，写西域胡人携狮子、凤凰来唐朝祝天子寿的盛况。

［诗评］

广平王复西京，此诗当是闻西京克复捷音以后而作。

——瞿蜕园、朱金城《李白集校注》

## 侠客行

赵客缦（màn）胡缨[①]，吴钩[②]霜雪明。

银鞍照白马，飒沓[③]如流星。

十步杀一人，千里不留行[4]。
事了拂衣去，深藏身与名。
闲过信陵饮，脱剑膝前横。
将炙啖朱亥，持觞(shāng)劝侯嬴[5]。
三杯吐然诺[6]，五岳倒为轻。
眼花耳热[7]后，意气素霓生。
救赵挥金椎(chuí)，邯郸先震惊。
千秋二壮士[8]，烜(xuǎn)赫大梁城。
纵死侠骨香，不惭世上英。
谁能书阁下，白首《太玄经》[9]？

[注释]

①赵客：战国时期燕赵一带多出侠士，所以后人称侠客一类的人物为燕赵之士。缦胡缨：一种没有文饰的粗制帽带。②吴钩：兵器，形状似剑而刃弯曲。吴王阖闾曾命令国中之人制作金钩，有人贪图吴王的重赏，杀了自己的两个儿子，以血衅金，因而成二钩，献给了吴王。后来，吴钩就用来泛指利剑宝刀。③飒沓：群飞的样子。这里指马行疾速。④十步杀一人，千里不留行：形容出手极快。典出《庄子·说剑》："臣之剑十步一人，千里不留行。"⑤将炙啖朱亥，持觞劝侯嬴：战国时期，信陵君礼贤下士，广纳门客，朱亥和侯嬴都曾受到信陵君的知遇和厚待。信陵君与二人啖肉共食，举杯同饮。炙，用火烤的肉。啖，吃。持觞，举杯同饮。⑥然诺：许诺。⑦眼花耳热：形容酒酣时的形态。⑧二壮士：指朱亥和侯嬴。⑨谁能书阁下，白首《太玄经》：西汉扬雄曾在皇帝藏书的天禄阁校勘经典，对《太玄经》有很深的研究。

[诗解]

燕赵一带多出侠士，他们头系粗制帽带，身佩宝刀，利刃明亮逼人。他们的白马佩着银鞍，奔驰起来如同天上的流星。侠士的宝剑锋利无比，剑术高超，所向无敌，在十步之内就能结束别人的性命；独行千里，也不会有任何阻碍。然而，他们不愿示恩于人，让人感恩戴德。每当事情办完之后，他们便拂衣而去，隐姓埋名，浪迹天涯。这些侠士闲来到信陵君门上饮宴，膝前横剑，志气威猛。信陵君曾与朱亥、侯嬴两位义士啖肉共食，举杯同饮。朱、侯二人豪爽重义，适逢知己，饮过三杯酒，便立下了为信陵君效命的决心。与他们的忠义相比，五岳都不再沉重。酒至半酣，他们二人更加意气风发，从而感动了苍天，天空中现出白虹。而后，朱亥槌杀晋鄙，一时震动了赵都邯郸。朱、侯的豪侠精神，千古传诵，万古不朽。他们的侠肝义胆、铮铮铁骨将永远垂照大梁都城。千年之后，究竟谁能彪炳史册呢？难道是为《太玄经》而白头的扬雄这样的儒生吗？

[说明]

《侠客行》，属于乐府《杂曲歌辞》。同类的诗题材多见于《汉书·游侠传》，以《游侠篇》或《游侠行》为名。李白这首诗是用乐府体吟咏传统的游侠题材。他通过歌颂慷慨悲歌、行侠仗义的勇士，以表达自己豪猛的壮志和立功边塞的决心。

# 卷二 乐府

# 关山月

明月出天山①，苍茫云海间。

长风几万里，吹度玉门关。

汉下白登道②，胡窥③青海湾。

由来④征战地，不见有人还。

戍客⑤望边色，思归多苦颜。

高楼⑥当此夜，叹息未应闲。

## [注释]

①天山：祁连山，在今甘肃、青海两省边界。②下：出兵。白登：在今山西大同东北。匈奴曾在此地围困汉高祖。③窥：窥伺，觊觎。④由来：自古以来。⑤戍客：出征远方、戍守边关的战士。⑥高楼：指住在高楼里的士兵的妻室。

戍客望边色，思归多苦颜

## [诗解]

征人戍守在天山之西，回首东望，看到明月正从天山升起；云海之间，一片苍茫。秋风吹拂下的边塞，到处散发着阵阵寒意。长风万里，吹向玉门关，也吹起了战士们浓郁的思乡之情。在这广阔的边塞之上，汉高祖刘邦曾经领兵征讨匈奴，结果在白登山被匈奴围困了七天七夜；而青海湾一带，则是唐军与吐蕃连年征战之地。从汉代到唐代，边地烽火一直没有停息，历代出征的战士几乎没有几人能够活着回到故乡。战士们望着边地的景象，思念家乡，脸上多现出愁苦的表情。他们推想自家高楼上的妻子，在此苍茫月夜，一定也叹息不已。

## [说明]

《关山月》是乐府旧题。《乐府古题要解》曰："'关山月'，伤离别也。"关山月既不是词牌，也不是作品风格。以《关山月》为主题就是写离别的感情。李白在这首诗里描写的是征人戍守边塞的生活，表达了诗人对国事的深切关注。

# 独漉篇

独漉(lù)[①]水中泥，水浊不见月。

不见月尚可，水深行人没。

越鸟从南来，胡雁亦北度。

我欲弯弓向天射，惜其中道失归路。

落叶别树，飘零随风。

客无所托，悲与此同。

罗帏舒卷，似有人开。

明月直入，无心可猜。

雄剑挂壁，时时龙鸣。

不断犀象[②]，绣涩苔生。

国耻未雪，何由成名？

神鹰梦泽，不顾鸱鸢(chī yuān)[③]。

为君一击，鹏抟九天。

［注释］

①独漉：河流名，在今河北，传说它湍急浚深、浊流滚滚，吞没过许多行人。②断犀象：形容刀剑锋利，可斩断犀象等巨兽。犀象，犀牛和象，这里代指乱臣贼子。③神鹰梦泽，不顾鸱鸢：据《幽明录》记载，楚文王得一神鹰，带到云梦泽打猎。此鹰对攻击凶猛的鸱、鸢毫无兴趣，只是瞪目远瞩云际。突然看见一物“鲜白不辨其形”，它即“竦翮而升，矗若飞电。须臾羽堕如雪，血下如雨。良久，有大鸟坠地，度其两翅，广数十里”。这“大鸟”就是被神鹰击落的九天巨鹏。

［诗解］

独漉之水，污泥满载，河水浑浊而映不出天上月亮的影子。映不出月亮的影子也是可以的，但它的水深不可测，不知道淹没了多少行人。安禄山的叛军不是正如肆虐的独漉水一样，吞噬了无数生灵吗！当中原罹乱时，我正孤身一人，漂泊在东南。眼看着越鸟南来、胡雁北度，我的心中不胜悲哀：那候鸟飞归的北方，不正是京师所在吗？而今陷于叛军的铁蹄之下，自己却只能避难客中，这实在令人痛苦！我客中漂泊、报国无门，一腔激愤，欲弯弓射天，又怕误伤了空中的候鸟，徒然使它们中道折翮，失却归路，这真叫人左右为难！眼望随风飘零的落叶，我不禁一声长叹：自己不是正如这风中落叶一样，飘荡无主吗？独伫空堂，发现门边的罗帏忽然飘拂起来，仿佛有人进来。原来，是清风吹开了罗帷，月光随之射进房中。这只是月光一次无心的造访，哪有什么深意呢？我的利剑此刻就挂在壁间，当四方兵乱之际，它便不时发出龙吟之声。然而令人伤怀的是，它却至今闲置不用，没有斩杀乱臣贼子的机会，只能在那里渐生潮气，长出青苔。梦泽的神鹰对攻击凶猛的鸱、鸢毫无兴趣，它只愿奋力一搏，为主人猎取九天之上的大鹏鸟。我也甘愿像这神鹰一样，搏击长空，施展抱负，一雪国耻，以成就一世英名。

越鸟从南来，胡雁亦北度

［说明］

《独漉篇》为乐府《拂舞歌》五曲之一，古辞以“刀鸣鞘中，倚床无施。父仇不报，欲活何为”，抒写了身在污浊之世，儿女为父复仇的激愤之情。这首《独漉篇》是李白仿古之作。全诗可分六小段，沈德潜说：“中作六解，似岭断云连，若离若合。”反映了李白以天下为已任，把为国雪耻建功立业作为第一奋斗目标的伟大抱负。

## 登高丘而望远海

登高丘，望远海。

六鳌(áo)骨已霜①，三山流安在？

扶桑②半摧折，白日沉光彩。

银台金阙③如梦中，秦皇汉武空相待④。

精卫⑤费木石，鼋鼍(yuán tuó)⑥无所凭。

君不见骊山、茂陵尽灰灭⑦，牧羊之子来攀登⑧。

盗贼劫宝玉⑨，精灵⑩竟何能？

穷兵黩武今如此，鼎湖飞龙⑪安可乘？

［注释］

①六鳌：鳌，传说中海里的大鳌。传说渤海的东面是无边无际的大海，上面浮着岱舆、员峤、方丈、瀛洲、蓬莱五座神山，山上长有长生不老药。由于仙山常随波流动，天帝命禺疆用十五只鳌把它顶住，使其不再漂泊。后来有个龙伯国的巨

人，一次就钓去了六只鳌，并把它们杀死，烧灼骨骼，用以占卜。因此，员峤、岱舆两山沉入海中，只剩下其余三山。骨已霜：骨头都已发白了。②扶桑：神话中树木名。传说太阳每天在咸池沐浴后，渐渐升起，升高到扶桑树梢的时候，天刚刚微明。③银台金阙：黄金白银建成的亭台宫阙，指神仙居住的地方。④秦皇汉武：秦始皇和汉武帝。空相待：秦始皇派遣方士入海求长生不老药，方士一去不返，没有结果；汉武帝迷信神仙，派方士去蓬莱山求见仙人安期生，想取得长生不老药，结果也成为泡影。⑤精卫：传说中的鸟名。据《山海经》记载，炎帝的小女儿名叫女娃，因在东海游玩淹死，化为精卫鸟。它不停地从西山衔木石，欲填没东海。⑥鼋鼍：鼋，大鳖。鼍，鼍龙，俗称猪婆龙，鳄鱼的一种。传说周穆王征越国，曾在九江架鼋鼍为桥渡江。⑦骊山：在今陕西临潼东南，秦始皇的陵墓筑在此中。茂陵：汉武帝刘彻的陵墓，在今陕西兴平东北。⑧牧羊之子来攀登：据《汉书·刘向传》记载，牧童在骊山牧羊，有一只羊进入山洞中，牧童用火照明，到洞里去寻羊，以致引起一场大火，把秦始皇的外棺烧掉了。⑨盗贼劫宝玉：据《晋书·索靖传》记载，赤眉军曾取走汉武帝陵园中的一部分金银财宝。"盗贼"是作者沿用统治者对农民起义军的蔑称。⑩精灵：指秦始皇、汉武帝的神灵。⑪鼎湖飞龙：指黄帝铸鼎成仙之事。

## [诗解]

登上高山，远望大海。传说中那六只天帝派来驮负神山的巨鳌被龙伯国的巨人钓起以后，早已变成了一堆白骨，蓬莱、方丈、瀛洲三座仙山不知道现在是否还在？大海上波浪滔天，连太阳都被遮住了光彩，仙山上的仙树恐怕都被摧折了。由此看来，长生不老的神仙之说是不存在的，只害得秦始皇、汉武帝白白地追求了一番。大海如此深广，精卫是不可能用树枝和石子把海填平的，鼋鼍为梁之说也无所凭据。秦始皇和汉武帝的陵墓早已经灰飞烟灭，这些地方就连牧童都可以随意攀登。盗贼曾来这里挖掘珍宝，对于这些事情，两位帝王的灵魂又能怎么样呢？相比之下，如今的执政者不顾百姓安危大肆征战，杀人开边，就算建立了不世之功，又怎能得道飞仙呢？

秦始皇遣使求仙

## [说明]

《登高丘而望远海》，为乐府《相和歌辞》旧题。这首诗作于天宝十载（751）。诗人从登高望海引出一系列的联想，表示对古代仙山琼阁等传说的怀疑，并嘲笑了秦皇、汉武求仙的愚蠢行为。

## 阳春歌

长安白日照春空，绿杨结烟桑袅风①。

披香殿②前花始红，流芳发色③绣户中。

绣户中，相经过。

飞燕皇后④轻身舞，紫宫夫人绝世歌⑤。

圣君三万六千日，岁岁年年奈乐何！

### [注释]

①袅风：微风，轻风。②披香殿：汉代长安的宫殿名，在未央宫中。③流芳发色：散发香气，显露颜色。④飞燕皇后：赵飞燕。她本是长安宫中的侍女，后为阳阿公主的舞女。汉成帝见而喜欢，召她入宫，初封婕妤，后封为皇后。⑤紫宫夫人：指汉武帝最宠爱的李夫人。绝世歌：指李夫人之兄李延年所作的《北方有佳人》："北方有佳人，绝世而独立。一顾倾人城，再顾倾人国。宁不知倾城与倾国，佳人难再得。"诗中的"佳人"，就是指李夫人。

赵飞燕

赵飞燕，原名宜主，汉成帝时入宫，封为婕妤，后被立为皇后。因其舞姿轻盈如燕飞，故称"飞燕"。

### [诗解]

阳春三月，暖暖的阳光照耀着长安城；碧空下，杨树的枝条已经抽出嫩芽，在和煦的春风吹拂下，如轻烟曼舞。披香殿前的花儿正含苞待放，已经显露出红色，在绣房内散发着芬芳。从绣房前经过，不禁联想到汉成帝皇后赵飞燕曼妙的身段、舞姿和紫宫夫人倾国倾城之貌。但春日里皇宫内园中这些美好的景色，都在历代帝王之家被消磨了，世人无法欣赏，实在可惜。

### [说明]

《阳春歌》为乐府《清商曲辞》旧题。在这首诗中，诗人描写了阳春三月的景色，字里行间充满了对春天的喜爱之情。

## 杨叛儿

君歌《杨叛儿》，妾劝新丰①酒。

何许最关人②？乌啼白门③柳。

乌啼隐④杨花，君醉留妾家。

博山炉中沉香火⑤，双烟一气凌紫霞。

### [注释]

①新丰：汉代县名，在今陕西临潼东北。六朝以来以产美酒而著称。②最关人：最牵动人心的，最让人动情的。③白门：本是刘宋都城建康（今江苏南京）城门。因为南朝民间情歌常常提到白门，所以成了男女欢会之地的代称。④隐：隐没，这里指乌栖息在杨花丛中。⑤博山炉：一种炉盖作重叠山形的熏炉。沉香：一种名贵的香木，放到水里就会沉下去。

### [诗解]

一对热恋的青年男女正在欢聚。女子哼唱着情歌小曲，劝男子畅饮新丰美酒。在这温馨幸福的时刻，什么事物最牵动这对幸福之人的心呢？是日暮时分的乌啼围绕着白门前的垂柳啼叫。乌鸦归巢之后渐渐停止啼鸣，在柳叶杨花之间甜蜜地憩息了。男子陶醉在柔情蜜意中，不忍离去，于是留宿在女子家里。帷幕内，熏炉散发着阵阵沉香的香味，炉中飘出两股清烟，双双飞入云霞。而男子醉留女子家中，正像沉香投入炉中，爱情的火焰立刻燃烧起来。

君歌《杨叛儿》，妾劝新丰酒

### [说明]

《杨叛儿》本北齐时童谣，后来成为乐府诗题，为乐府西曲歌名。相传南朝齐隆昌（494）时，女巫之子杨旻随母入内宫，长大后，为何后所宠爱。当时童谣云："杨婆儿，共戏来所欢"讹传为"杨伴儿""杨叛儿"，并演变为西曲歌。李白此诗与《杨叛儿》童谣的本事无关，而与乐府《杨叛儿》关系十分密切。

# 山人劝酒

苍苍云松，落落绮皓[1]。
春风尔来为阿谁[2]？胡蝶忽然满芳草。
秀眉霜雪颜桃花，骨青髓绿长美好。
称是秦时避世人，劝酒相欢不知老。
各守麋鹿志[3]，耻随龙虎争[4]。
欻(xū)[5]起佐太子，汉皇乃复惊。
顾谓戚夫人，彼翁羽翼成。
归来商山下，泛若云无情。
举觞(shāng)酹(lèi)巢由[6]，洗耳[7]何独清！
浩歌望嵩岳，意气还相倾[8]。

［注释］

①落落：豁达、开朗。绮皓：指秦朝末年四位白发苍苍的老人，他们隐居在商山，人称“商山四皓”。汉高祖刘邦素来敬重他们四人的贤名，想让他们辅佐自己，但被拒绝。后来，吕后用张良的计谋，让太子亲自去恭请四位长者出山，四人才决定辅佐太子。他们四人与太子同去见高祖刘邦，太子的地位由此才得以巩固。②阿谁：谁人。③麋鹿志：指隐居山野的志向。④龙虎争：指刘邦和项羽的楚汉之争。⑤欻：忽然，突然。⑥酹：用酒洒地以祭拜。巢由：巢父和许由。⑦洗耳：这里借用了许由掬水洗耳的典故。相传尧欲让天下于许由，许由不想听，就洗耳于颍水之滨。⑧相倾：意气相投。

［诗解］

松柏苍翠挺拔，高入云端，商山四皓的胸襟豁达开朗。又到了温暖的春日，春风为谁而轻轻吹拂？小草绿了，花儿开了，芳香弥漫满园，蝴蝶在绿叶丛花间翩翩飞舞。商山四皓眉目清癯，一派超逸绝俗的神仙风骨。他们自称是秦代避乱世而居的人，归隐在林间过着闲适无忧的生活，饮酒谈笑间，不知老之将至。他们各自守着隐居山野的志向，以卷入项羽和刘邦的楚汉之争为耻。汉朝基业确立后，刘邦多次请商山四皓出山辅佐，他们都没有答应。可是，他们忽然间辅佐了刘邦的太子，刘邦为此惊叹不已。刘邦回头告诉戚夫人说，他虽然想改换戚夫人的儿子继承大业，但无奈太子羽翼已成，有贤人辅佐而改动不得了。巢父和许由归隐在商山之下，像飘忽不定的云一样无意于尘世。我不禁举杯，把酒洒在地上以祭拜巢父和许由，洗耳不闻世事，是多么清静啊！我唱着浩歌，仰望着贤人所居的嵩岳，觉得自己和他们的志向十分相投。

苍苍云松，落落绮皓

[说明]

《山人劝酒》为乐府《琴曲歌辞》旧题。在这首诗里，诗人借隐逸之士来抒发自己的归隐之意，以及对仕途不顺的无奈和感伤。

[诗人逸事]

李白从少年时起，就羡慕品行高洁的隐士。他十八九岁的时候经人引见，来到大匡山向有名的隐士赵蕤学习。大匡山也叫戴天山、大康山，在今四川江油西南。学习之余，他们在自己居住的山林里，饲养了许多奇禽异鸟。这些美丽而驯良的鸟儿，由于饲养惯了，定时飞来求食，好像能听懂人的话语似的，一声召唤，便从四处飞落阶前，甚至在人的手里啄食谷粒，一点都不害怕。这件事被传为奇闻，最后竟使四川江油太守亲自到山中观看鸟儿们的就食情况。太守见他们能指挥鸟儿的行动，认定他们有极高的修为，便想推荐二人去参加道科的考试。可是，两人都婉言谢绝了。

# 于阗采花

于阗(tián)①采花人，自言花相似。

明妃②一朝西入胡，胡中美女多羞死。

乃知汉地多明姝，胡中无花可方比。

丹青能令丑者妍③，无盐④翻在深宫里。

自古妒蛾眉⑤，胡沙埋皓齿⑥。

[注释]

①于阗：古代西域的国名，在今新疆和田一带。②明妃：指王昭君。③丹青能令丑者妍：据说汉元帝按照画工绘图招幸官人，很多宫女都贿赂画工，让画工把自己画得美些。王昭君不肯贿赂画工，画工就把她的样貌画得很丑，所以她无缘与汉元帝相见。后来匈奴派使者来汉朝和亲，王昭君被选中远嫁匈奴。出嫁前入宫辞别汉元帝，汉元帝见之，悔恨不及，将画工毛延寿等处死。丹青，这里指画家。④无盐：战国时齐国一位相貌极丑的女子，宣王立她为后。这里代指丑女。⑤蛾眉：美女的代称。⑥皓齿：美女的代称。

明妃一朝西入胡，胡中美女多羞死

[ 诗解 ]

西域于阗的采花人，自认为天下的花虽出自不同地域，但大体上都差不多，女人大概也是如此。自从明妃王昭君远嫁匈奴，胡地原来自认为貌美的女子都惭愧得要死。这时才知道汉地多出美女，胡地的女子是不能与之相提并论的。只可惜王昭君不肯贿赂画工才被画丑，以致得不到汉元帝的召见，而让那些相貌丑陋的女子占据皇宫后妃的位置。自古以来有多少貌美女子，因为被人妒忌，不被明主赏识，像被弃置在荒漠胡地的王昭君一样，抑郁终老。

[ 说明 ]

《于阗采花》为乐府《杂曲歌辞》旧题。李白借王昭君身陷胡虏事，感伤君子生不逢时，为谗妒所蔽，有才能的人被埋没，那些无能的人反而受到重用。

[ 诗评 ]

此篇是借事引喻，以刺时君昏聩，借听于人，而贤不肖易置者，读之令人感叹。

——萧士赟《分类补注李太白诗》

## 鞠歌行

玉不自言如桃李[①]，鱼目笑之卞(biàn)和耻[②]。

楚国青蝇[③]何太多？连城白璧[④]遭谗毁。

荆山长号泣血人[⑤]，忠臣死为刖(yuè)足鬼[⑥]。

听曲知宁戚，夷吾因小妻[⑦]。

秦穆五羊皮，买死百里奚[⑧]。

洗拂青云上，当时贱如泥。

朝歌鼓刀叟[⑨]，虎变磻(pán)溪中。

一举钓六合[⑩]，遂荒营丘东。

平生渭水曲，谁识此老翁？

奈何今之人，双目送飞鸿⑪。

## [注释]

①玉不自言如桃李:《史记·李将军列传》有“桃李不言，下自成蹊”语，比喻人不善于言谈而很优秀。②鱼目：指伪造的劣质品。张协有诗“鱼目笑明月”。卞和：春秋时代楚国人。相传他在荆山发现一块被石头包裹的美玉，先后献给楚厉王、楚武王。他们都以为卞和是在欺诈，于是先后斩去了他的两只脚。楚文王即位，卞和抱石哭于荆山下，文王得知此事，便命令玉工加工，果然得到了美玉，世称和氏璧。③青蝇：比喻颠倒黑白的小人。④连城白璧：指和氏璧。赵惠王得和氏璧，秦昭王愿意用十五城作为交换，因此后世称和氏璧“价值连城”。⑤泣血人：指在荆山之下哭泣的卞和。⑥忠臣死为刖足鬼：卞和本是忠臣，但两次被君王截去自己的脚。⑦听曲知宁戚，夷吾因小妻：春秋时期，齐国人宁戚想入朝为官，为齐桓公效力，但他没有见齐桓公的理由，就作为别人的车夫，将车停在齐国的东门之外。齐桓公出来后，他就叩击牛角而歌“浩浩乎白水”，歌声十分悲切。齐桓公让管仲接待他。管仲不知宁戚所歌之意，面带忧虑之色。管仲的小妾说，这是宁戚想要为国家效力啊！管仲就把宁戚的意图告诉了齐桓公，齐桓公就任宁戚为佐助，齐国得到了很好的治理。⑧百里奚：春秋时期虞国人，曾为楚国奴隶。秦穆公知其贤能，以五张羊皮把他赎回，拜为大夫。⑨鼓刀叟：指吕尚。相传他七十岁时在朝歌操刀屠牛。⑩钓六合：取得天下。⑪双目送飞鸿：卫灵公与孔子说话，见到天上的飞雁，就抬头观望，无意与孔子交谈，孔子见此情景就走了。这里指想对君王谈治国王霸之策，却无人肯听，欲报国而无门。

听曲知宁戚，夷吾因小妻

## [诗解]

美玉自知“桃李不言，下自成蹊”的道理，不去主动炫耀；但那些小人却不懂得谦虚、不争是一种美德，反而鱼目混珠，不分优劣，把劣质的当成好的，把美玉当成引以为耻的东西。堂堂楚国，颠倒黑白的小人怎么那么多呢？价值连城的美玉屡次遭到中伤和毁弃。怀抱美玉而痛哭于荆山下的卞和，本是忠信之臣，却被楚王砍去双脚。宁戚报国无门，在桓公门前歌唱小曲，曲意经过管仲小妾的解释，他才最终获得了齐桓公的重用。百里奚流亡到楚国，秦穆公用五张羊皮把他赎回来，并任用为大夫。朝歌的屠夫吕尚来到渭水之滨垂钓，终于得到周文王的重用。周武王取得天下以后，封吕尚在齐国营丘之地，治理齐国。吕尚一生都在渭水之滨垂钓，有谁认识他呢？如今，当政者只是顾盼天上的飞鸿，却无视贤人的报国之心。

［说明］

《鞠歌行》为乐府旧题，属于《相和歌辞》。李白在这首诗中借卞和、宁戚、百里奚、吕尚等人抒发了自己强烈的用世之心。他期望施展自己的抱负，但报国无门，于是通过诗作来表达他抑郁不得志的愤懑。

［诗评］

太白此词，始伤士之遭谗废弃，中则羡乎昔贤之遇合有时，终则重叹今人不能如古人之识士也。亦借此自况云尔。

——萧士赟《分类补注李太白诗》

## 幽涧泉

拂彼白石，弹吾素琴。

幽涧愀(qiǎo)①兮流泉深，善手明徽高张清②。

心寂历③似千古，松飕飗(sōu liú)兮万寻④。

中见愁猿吊影而危处兮，叫秋木而长吟。

客有哀时失职而听者，泪淋浪⑤以沾襟。

乃缉商缀羽⑥，潺湲(chányuán)成音。

吾但写⑦声发情于妙指，殊不知此曲之古今。

幽涧泉，鸣深林。

［注释］

①愀：忧愁的样子。②善手：高手，这里指弹琴的高手。明徽：徽，指琴徽，系琴弦的绳，这里代指琴。古代用金玉、水晶等宝物装饰以显示琴的明亮晶莹，故称明徽。高张：弹琴的手法。古代有诗："高张生绝弦，声急由调起。"③寂历：寂寞。④寻：八尺为一寻。⑤淋浪：泪流不止的样子。⑥缉商缀羽：指奏乐。商、羽都是五声之一。⑦写：同"泻"，流出。这里指发出声音。

［诗解］

拿起白玉拨子，拂动琴弦，开始弹奏我心爱的琴。清澈的山泉缓缓流入山涧，清幽而深远，像是满载着绵绵不断的淡淡忧愁；我弹琴的技术娴熟，手法高超，琴弦在我的拨弄下传出美妙的音符，纯净而美妙。琴声似乎承载了我太多的凄怨。幽涧边的松树高耸入云，在秋风的吹拂下发出瑟瑟的声响，诉不尽我心中凄苦的寂寞。一只愁猿吊在高危之处，发出凄惨的哀鸣；它的鸣叫声回荡在山谷丛林中，更加凄厉哀绝，久久不散。座中听琴的过客，有哀时失志的，听到琴声感慨万千，泪湿沾襟。琴曲接近尾声，我缓缓拨动琴弦，结束了此曲。我只是借琴声以抒发自己的情怀，真不知道古今以来与我有同样情怀的人竟如此之多。琴声如幽涧中潺潺流淌的泉水，在深林中鸣荡不已。

[说明]

《幽涧泉》，乐府旧题，属于《琴曲歌辞》。李白在这首诗里抒发自己哀时失志的苦闷之情。他的抑郁苦闷之情无处倾诉，只能借幽咽的琴声传达。

## 结袜子

燕南壮士吴门豪[①]，筑中置铅鱼隐刀。

感君恩重许君命，太山一掷轻鸿毛[②]。

[注释]

①燕南壮士：指高渐离，战国时期燕国人，擅长击筑。荆轲前去刺杀秦王之前，高渐离在易水边击筑为其送行。后来荆轲刺秦王失败，他便隐姓埋名。秦始皇统一天下后，听说他擅长击筑，就命人熏瞎他的眼睛，让他为自己击筑。他在筑内暗藏铅块，扑击始皇，没有扑中而被杀害。易水在燕之南界，因此称“燕南”。吴门豪：指专诸，春秋时期吴国人。吴国的公子阖闾想杀掉吴王僚而夺位，伍子胥就把他推荐给公子阖闾。公子阖闾摆设宴席邀请吴王，专诸把匕首藏在鱼腹中进献。虽然刺杀成功，但他自己也被当场杀害。专诸刺杀吴王是在吴国王宫中，所以称“吴门”。②太山一掷轻鸿毛：此句取自司马迁《报任少卿书》：“人固有一死，或重于泰山，或轻于鸿毛，用之所趋异也。”太山，即泰山。

荆轲刺秦王

荆轲，战国末期人，喜好读书击剑，应燕国太子丹的请求去刺杀秦王，没有成功，反被秦王所杀。

[诗解]

燕南壮士高渐离，吴门豪客专诸，他们的英名侠气无处不存，无处不在。高渐离在筑中暗藏铅块伏击秦始皇；专诸将匕首暗藏在鱼腹中刺杀吴王僚，他们两人的壮志豪情至今被人们所称颂。高渐离、专诸之所以置个人生死于不顾，是为了实践自己“士为知己者死”的人生信条。他们为报知遇之恩，早已将生死置之度外；人固有一死，或重于泰山，或轻于鸿毛；壮士的生命应该像“泰山”那样重，而不能像“鸿毛”那样轻。

[说明]

《结袜子》，乐府旧题，在古乐府中属《杂曲歌辞》。

## 王昭君二首

### 其一

汉家秦地月，流影照明妃①。
一上玉关道②，天涯去不归。
汉月还从东海出，明妃西嫁无来日。
燕支③长寒雪作花，蛾眉④憔悴没胡沙。
生乏黄金枉图画⑤，死留青冢⑥使人嗟。

[注释]

①明妃：指王昭君。②玉关道：玉门关，在今甘肃敦煌西北。③燕支：焉支山，在今甘肃永昌东南。④蛾眉：美女的代称。⑤枉图画：被图画冤枉，这里指画工把王昭君画得很丑。⑥青冢：指王昭君墓，在今内蒙古呼和浩特市。相传她的墓上草色常青。

[诗解]

秦时明月到了汉时依旧高悬，苍茫大地间只有月亮的流影与王昭君相随。她从此便走出了玉门关，远赴天涯，再也不会回来。汉时的明月依旧从东面升起，但西行远嫁的王昭君再也没有归来之日。焉支山外凄冷无比，常年飘雪，一个绝世美女就这样在荒芜的胡地容颜憔悴，老死他乡，怎不令人感伤！

一上玉关道，天涯去不归

就因为她没有钱贿赂画工，画工就把她画得很丑，所以始终没有得到皇帝的召幸，从此便注定了这悲剧的命运；死后，她的坟墓留在异乡，令人嗟叹不已。

## 其　二

昭君拂玉鞍，上马啼红颊。
今日汉宫人，明朝胡地[1]妾。

［注释］

①胡地：古代泛指北方和西部少数民族居住地区，这里指匈奴领地。

［诗解］

昭君手拂着玉鞍，踏上了出塞的路程；她在马上想起自己将永远远离自己的故土，归来无期，不禁泪流满面，泪水濡湿了她的脸颊。今天，她还是汉宫之人，明天就要成为胡人的妻妾。人生的命运如此多变，不知明日胡地的生活，迎接她的将会是什么。

［说明］

《王昭君》，乐府旧题，属于《相和歌辞》。汉元帝时，后宫嫔妃众多，就命画工给后宫佳丽画像，按图召幸，于是很多宫女贿赂画工把自己画得美些，以得到皇帝的召幸。王昭君不肯贿赂画工，画工就把她的样貌画得很丑，所以她一直无缘与元帝相见。匈奴派使者来汉朝求美女和亲，结果王昭君被选中远嫁匈奴。昭君出嫁前入宫辞别汉元帝，其容貌光彩照人，汉元帝悔恨不及，但考虑不能失信于匈奴，无可奈何，只得准许昭君出塞。后来，元帝追究画工失责，将画工毛延寿等处死。汉人怜昭君远嫁，为她作歌辞，题名曰《王昭君》。

# 中山孺子妾歌

中山孺子妾，特以色见珍。
虽不如延年妹[1]，亦是当时绝世人。
桃李出深井[2]，花艳惊上春[3]。
一贵复一贱，关天岂由身？
芙蓉老秋霜，团扇[4]羞网尘。
戚姬髡(kūn)发入舂(chōng)市[5]，万古共悲辛。

［注释］

①延年妹：李延年的妹妹李夫人，有倾国倾城之貌，受汉武帝宠爱。②深井：

庭中天井。③上春：指孟春，春季的第一个月。④团扇：汉成帝时，班婕妤失宠，供养于长信宫，作了一首《团扇歌》，以表达自己失宠后的心情。⑤戚姬髡发入舂市：汉高祖刘邦时，戚夫人得宠。高祖驾崩以后，吕后成为皇太后，用残酷的手段整治戚夫人，剃掉她的头发，挖去她的双眼，并将其放入脏臭的猪圈中。髡发，剃掉头发。舂市，古代女囚舂米劳作之所。

班婕妤

班婕妤，楼烦（今山西宁武）人，左曹越骑校尉班况女，班固、班超和班昭姑母。汉成帝时被立为婕妤，善诗赋，有美德，后色衰见弃，作《团扇歌》自况。

[ 诗解 ]

中山王的孺子妾，只是凭着美丽的容貌而得到中山王的宠爱。虽然说比不上李延年的妹妹李夫人，但仍然是当时的绝色佳人。庭院天井中生出的桃树和李树，花开在初春季节，分外艳丽。一贵一贱，自己怎么能够决定呢？全在于上天的安排。芙蓉花在秋霜之中渐渐老去，行将凋零；美人的团扇很久不用，已经落满了灰尘。戚夫人在高祖时曾是多么受宠！后来却被剃掉头发，送入舂市；万古以来，失意之人的悲辛都是一样的啊！

[ 说明 ]

《中山孺子妾歌》，乐府旧题，属于乐府《杂歌谣辞》。诗人在这首诗里表达了失意之人的苦闷与心酸。

[ 诗评 ]

以鲍照《行路难》意致作艳诗，此公三头六臂，采娶今古，作一玩弄，直由本等圆彻，好向异类中行，非但拗一章法也。

——王夫之《唐诗评选》

## 荆州歌

白帝城①边足风波，瞿塘②五月谁敢过？

荆州③麦熟茧成蛾，缫(sāo)丝④忆君头绪多，拨谷⑤飞鸣奈妾何！

［注释］

①白帝城：在今四川奉节白帝山上。②瞿塘：瞿塘峡，长江三峡之一，峡中水流险急多暗礁。夏历五月涨水时，行舟更加危险。③荆州：在今湖北江陵。④缫丝：抽茧成丝。这里指思绪。⑤拨谷：布谷鸟，五月飞鸣，鸣叫声像呼唤情哥哥一样。

［诗解］

白帝城边，风波甚多，瞿塘峡本就水流险急，行舟时极易触到水中的暗礁；五月水流上涨之时，谁敢在瞿塘峡中行舟？荆州的麦子熟了，蚕茧吐完蚕丝，生命殆尽，破茧化成飞蛾；少妇的思绪交错，就像蚕丝那样纷乱，理也理不清；布谷鸟在窗外鸣叫，似乎是在呼唤自己的情郎，使少妇思夫的情绪更加浓郁，她真不知道此时该如何整理自己的这份感情。

［说明］

《荆州歌》，乐府旧题，属于《杂曲歌辞》。李白的这首诗，模拟旧题，描写了闺中少妇一人独居、思念情郎的怀春情绪。

［诗评］

此歌有汉谣之风。唐人诗可入汉魏乐府者，惟太白此首。

——杨慎《李诗选》

## 久别离

别来几春未还家，玉窗五见樱桃花。

况有锦字书①，开缄②使人嗟。

至此肠断彼心绝，云鬟绿鬓③罢梳结，愁如回飙(biāo)④乱白雪。

去年寄书报阳台⑤，今年寄书重相催。

东风兮东风，为我吹行云⑥使西来。

待来竟不来，落花寂寂委⑦青苔。

［注释］

①锦字书：前秦苻坚时，秦州刺史窦滔被流放在边远之地，他的妻子思念他，就织锦为文，写成璇玑回文诗寄给丈夫，其诗回环均可读，且凄婉动人。②缄：封。③云鬟绿鬓：形容女子头发浓密如云，而且很有光泽。④回飙：旋风。⑤阳台：传说楚王梦到与巫山神女欢会，神女离开时对楚王说："旦为朝云，暮为行雨，朝朝暮暮，阳台之下。"⑥行云：取"旦为朝云，暮为行雨"之意。⑦委：堆积。

[诗解]

云鬟绿鬓罢梳结，愁如回飙乱白雪

自从分别以后，丈夫不知几个春天没有回家了；又是个温暖的春日，隔窗望去，樱桃花已经开放。这样美好的季节，丈夫还没有归来。这时远方又有书信传来，开启之后，女子不禁嗟叹不已，肝肠寸断，悲痛欲绝。她愁绪万千，像旋风吹动雪花那样纷乱，连头发也懒得梳理。丈夫去年寄信说将要回来了，今年寄信仍只是重新诉说将要归来之意。女子渴盼东风捎去她的思念，使丈夫早些回家。可是，寂寞的她却没有等到丈夫归来，只看见满地落花堆积，青苔蔓延整个台阶。

[说明]

《久别离》，乐府《杂曲歌辞》。李白这首诗写的是女子等待久别不归的丈夫，盼其早日归来的思念之情。

## 白头吟

锦水①东北流，波荡双鸳鸯。
雄巢汉宫树，雌弄秦草芳。
宁同万死碎绮翼②，不忍云间两分张③。
此时阿娇④正娇妒，独坐长门愁日暮。
但愿君恩顾妾深，岂惜黄金买词赋？
相如作赋得黄金，丈夫好新多异心。
一朝将聘茂陵女，文君因赠《白头吟》。
东流不作西归水⑤，落花辞条羞故林⑥。
兔丝⑦固无情，随风任倾倒。

谁使女萝⑧枝，而来强萦抱？

两草犹一心，人心不如草。

莫卷龙须席⑨，从⑩他生网丝。

且留琥珀（hǔ pò）枕，或有梦来时。

覆水再收岂满杯？弃妾已去难重回。

古来得意不相负，只今惟见青陵台⑪。

[ 注释 ]

①锦水：锦江，在今四川成都南。②绮翼：鸳鸯美丽的翅膀。③分张：分离。④阿娇：指汉武帝的陈皇后。陈皇后失宠，退居长门宫，愁闷悲思，请司马相如作了一篇《长门赋》表达自己的悲伤之情。⑤东流不作西归水：用《子夜歌》“不见东流水，何时复归西”的语意。⑥羞故林：羞于重返故乡的树林。⑦兔丝：菟丝，一种寄生植物，茎细如丝，寄生缠绕在其他植物上。⑧女萝：松萝。菟丝有时缠在女萝上，这里比喻男女之间的爱情。⑨龙须席：用龙须草编织的席子。⑩从：任凭。⑪青陵台：战国时宋康王所筑，在今河南商丘。康王舍人韩凭妻子何氏长得貌美出众，为康王所夺，夫妻二人先后自杀。康王非常愤怒，把他们分开埋葬，后来两人的坟上长出连理枝，根交于下，枝错于上，人称相思树。树上有鸳鸯一对，交颈悲鸣，音声感人。后人提到青陵台，往往会想起这个凄惨的爱情故事。

[ 诗解 ]

锦江之水潺潺流向远方，一对鸳鸯在水波荡漾处快乐相伴。它们虽然来自不同的地方，一个家在长安宫殿的树上，一个家在芳草丛生的地方，但彼此心心相许，宁愿共死也不忍分离。此时阿娇失宠了，长门宫前无限凄凉；她常常愁苦地独坐到天黑，但愿汉武帝还能够顾念往日的恩情。为了实现这个心愿，她又岂会顾惜黄金而不请司马相如为自己作赋呢？相如作赋得了黄金，就喜新厌旧，对卓文君怀有异心了。他要聘茂陵一女子为妾，卓文君十分伤心，作《白头吟》以相赠。从来没有见过东流之水返回西去的，凋零落败的花朵也羞于重返

陈阿娇

陈阿娇，馆陶长公主刘嫖的女儿，汉武帝刘彻的皇后，自幼深得外祖母窦太后的宠爱。窦太后去世，汉武帝独揽大权后，阿娇逐渐被冷落。

故林。菟丝本就无情，随风倾倒。是谁让女萝枝前来与它萦抱在一起？自然界的两草尚且如此，人心却不如草那样执着坚定。不要把龙须席子卷起来，任它落满灰尘，生满蛛网。暂且留着琥珀枕头，或许彼此还会有相梦时候。覆水难收，弃妾难以重回。自古以来，至死不相负的爱情，只有青陵台的韩凭和他妻子的故事。

[说明]

《白头吟》，传说最初为卓文君所作。司马相如要娶茂陵女子为妾，卓文君作《白头吟》以自绝，相如才打消念头。李白在这首诗里借女子的失宠来抒发自己不得志的抑郁之情。

[诗评]

太白诗固多寄托，然必欲事事牵合，谓此指废王皇后事，殊支离也。

——沈德潜《唐诗别裁集》

## 采莲曲

若耶溪①旁采莲女，笑隔荷花共人语。
日照新妆水底明，风飘香袂(mèi)②空中举。
岸上谁家游冶郎③，三三五五映垂杨。
紫骝(liú)④嘶入落花去，见此踟蹰(chí chú)⑤空断肠。

[注释]

①若耶溪：在今浙江绍兴南。②袂：衣袖。③游冶郎：出游寻乐的青年男子。④紫骝：毛色枣红的好马。⑤踟蹰：徘徊。

[诗解]

若耶溪旁采莲的女子，在荷花间快乐地谈笑。阳光照耀下的溪水澄清明亮，女子美丽的脸庞映在水面上，衣袖在微风中轻轻飘扬。溪岸上，那是谁家出游寻乐的青年男子，他们也出来踏青了，三个一群，五个一伙，在垂杨边笑谈。但他们骑着紫骝马很快又离开了，只见马嘶鸣处，落花点点，这让采莲的女子看后非常感伤，她们徘徊不去，独自惆怅。

若耶溪旁采莲女，笑隔荷花共人语

[说明]

《采莲曲》，属乐府《清商曲辞》，兴起于梁武帝时，后人多有拟作。这首诗清丽明快，带有民歌色彩。

## 司马将军歌

狂风吹古月①，窃弄章华台②。
北落③明星动光彩，南征猛将如云雷。
手中电曳④倚天剑，直斩长鲸海水开。
我见楼船壮心目，颇似龙骧(xiāng)下三蜀⑤。
扬兵习战张虎旗⑥，江中白浪如银屋。
身居玉帐临河魁⑦，紫髯若戟冠崔嵬⑧。
细柳开营揖天子，始知灞(bà)上为婴孩⑨。
羌笛横吹《阿亸(duǒ)回》⑩，向月楼中吹《落梅》⑪。
将军自起舞长剑，壮士呼声动九垓⑫。
功成献凯⑬见明主，丹青画像麒麟台⑭。

[注释]

①古月："胡"的隐语，这里指叛将康楚元、张嘉延。②窃弄：非法弄兵。章华台：楚灵王所筑，旧址在今湖北，这里代称荆、襄一带。③北落：星名，即北落师门。位置在北方，古代常用此星占卜战争胜负。④电曳：像闪电一样挥动。⑤龙骧：指西晋益州刺史王濬。太康元年（280），他率领军队东下，直取吴国的都城，接受了吴军的投降，官至大将军。三蜀：指蜀郡、广汉、犍为三郡，皆在今四川境内。⑥虎旗：熊虎旗，古时主将的军旗。⑦玉帐：指主将所居的军帐，坚固不可侵犯，像玉制的帐篷一样。临河魁：在河魁星的方位设置军帐。古人认为军中主将须根据时历选择一定的方位设置军帐。⑧崔嵬：高耸的样子。⑨细柳开营揖天子，始知灞上为婴孩：据《史记·绛侯周勃世家》记载，文帝后元六年（前158），匈奴侵犯边境，朝廷任命刘礼、徐厉、周亚夫率军屯驻灞上和棘门、细柳（古代西北的两个要塞，在今陕西渭河沿岸）等地，以防匈奴的袭击。一次，文帝亲往劳军，先到灞上、棘门，刘礼、徐厉恭敬地迎送，军门内外，通行无阻。后到细柳，军中戒备森严，车驾被阻不得入。文帝下诏后，周亚夫才传令开营门，请皇帝下马徐行。周亚夫仅以军礼相见，没有跪拜。事后，文帝对将士们说："这才是真正的将军！灞上和棘门两处队伍，就像孩子们在做游戏，容易受到敌人的袭击。"李白引用这

个典故，称赞南征将领治军严谨。⑩羌笛：由西方部族传入的笛子，这里泛指笛。《阿亸回》：乐曲名，即《阿滥堆》。⑪《落梅》：乐曲名，即《梅花落》。⑫九垓：九重天。⑬献凯：献捷，军队得胜后进献俘虏及战利品。⑭麒麟台：麒麟阁，在汉代的未央宫内。汉宣帝时，画功臣霍光、苏武等十一人图像在麒麟阁上。

［诗解］

叛将康楚元、张嘉延非法弄兵，窃取荆州。北落星的光彩明亮闪耀，预示着战争胜利在望；南征猛将密集如云，气势如雷。倚天长剑像闪电一样挥动，直斩长鲸，劈开海水。我看到楼船这样壮阔，就像王濬当年率领军队东下，直取三蜀，接受吴军投降的景象。扬兵开战，虎旗张扬，杀声震天，江中顿时白浪翻滚，犹如银屋。指挥的将军在河魁星的方位设置军帐，身居玉帐之内；将军紫髯若戟，头冠崔嵬，十分威武雄壮。天子驾临，细柳营开；天子见细柳治军严谨，纪律严明，才知道灞上的队伍，就像孩子们在做游戏，很容易受到敌人的袭击。羌笛横吹《阿亸回》曲子，月光笼罩下的戍楼中吹起《梅花落》。将军舞起长剑，壮士呼声震天。军队得胜归来，向明主报功之时，希望自己的画像能被画在未央宫的麒麟台上。

［说明］

《司马将军歌》，乐府《征伐王曲》调名，是李白模仿《陇上歌》而作的乐府诗。诗中歌颂南征将士威武的气概和严肃的纪律，表达了诗人对平定康、张叛乱的必胜信念。

# 君道曲

大君[①]若天覆，广运[②]无不至。

轩后爪牙常先、太山稽[③]，如心之使臂。

小白鸿翼于夷吾[④]，刘葛鱼水本无二[⑤]。

土扶可成墙，积德为厚地[⑥]。

［注释］

①大君：指天子。②广运：东西为广，南北为运。③轩后：黄帝。常先、太山稽：传说此二人是黄帝的臣子。④小白：齐桓公。夷吾：管仲。⑤刘葛鱼水本无二：刘葛，指刘备和诸葛亮。刘备曾说："孤之有孔明，犹鱼之有水也。"⑥积德为厚地：这里指君王施恩惠于臣民，就像大地一样孕育万物。

［诗解］

天子好像上天覆盖大地一样，东西南北没有不孕育其中的。黄帝的两个臣子常先、太山稽，竭力辅佐黄帝，就像黄帝的左膀右臂。齐桓公重用管仲，齐国才得以称霸诸侯；刘备重用诸葛亮，二人如同鱼水一般不能相离。土尚可扶起为墙，如果君王能够像大地一样厚载万物，那么国家定会兴旺昌盛。

[说明]

李白在这里抒发的，是自己不被重用的抑郁之情和欲图报国的壮志雄心。

## 结客少年场行

紫燕①黄金瞳，啾（jiū）啾摇绿鬃②。
平明相驰逐，结客洛门③东。
少年学剑术，凌轹（lì）白猿公④。
珠袍曳锦带，匕首插吴鸿⑤。
由来万夫勇，挟此生雄风。
托交从剧孟⑥，买醉入新丰。
笑尽一杯酒，杀人都市中。
羞道易水寒，从令日贯虹⑦。
燕丹事不立，虚没秦帝宫。
武阳⑧死灰人，安可与成功？

[注释]

①紫燕：骏马的名字。②啾啾：马的鸣叫声。绿：乌黑发亮的颜色。③洛门：长安的一处城门。④凌轹白猿公：相传越国的一名女子擅长剑术，在路上遇见了一名老翁，自称袁公。老翁与女子比试剑术，没有取胜，便飞上树，变成了一只白色的猿猴。凌轹：欺凌，辱蔑。⑤吴鸿：宝剑，吴钩的代称。⑥剧孟：汉代著名侠士。⑦日贯虹：白虹贯日，形容志气威猛。⑧武阳：指秦武阳，是荆轲刺秦王时的副手。他见到秦王后特别惊恐，让秦王有所察觉。

[诗解]

紫燕这匹骏马有着黄金色的眼珠，嘶鸣时摇动着它颈上那乌黑发亮的鬃毛。它一路奔驰，天刚亮的时候就到了长安的洛门。少年自幼学习剑术，白猿公曾败在他手下，飞上树化为一只猿猴。他穿着饰有珠宝的锦袍，腰间插着匕首和吴钩。他天生就有万夫不当之勇，如今腰间佩有宝剑就更显出一派雄风。他与豪侠剧孟结为好友，二人一见如故，一同去新丰畅饮美酒。少年志气豪猛，在都市中，杯酒之间就可以结束一个人的性命。不要说易水寒冷如冰，且看白虹贯日，气势豪雄。只可惜荆轲刺秦没有成功，徒然死在秦宫之中。秦武阳进入秦宫之后面如死灰，让他这样的人做助手，事情怎么会取得成功呢？

［说明］

《结客少年场行》，乐府旧题，属于《杂曲歌辞》。李白在这首诗里表达了他任侠使气的豪猛情怀以及渴望建功立业的壮志。

# 长干行二首

## 其　一

妾发初覆额①，折花门前剧②。
郎骑竹马③来，绕床④弄青梅。
同居长干里⑤，两小无嫌猜⑥。
十四为君妇，羞颜未尝开。
低头向暗壁，千唤不一回。
十五始展眉，愿同尘与灰。
常存抱柱信⑦，岂上望夫台⑧？
十六君远行，瞿塘滟滪(yàn yǔ)堆⑨。
五月不可触，猿声天上哀。
门前迟⑩行迹，一一⑪生绿苔。
苔深不能扫，落叶秋风早。
八月胡蝶来，双飞西园草。
感此⑫伤妾心，坐愁⑬红颜老。
早晚下三巴⑭，预将书报家。
相迎不道远⑮，直至长风沙⑯。

［注释］

①初覆额：指头发还短，盖不住额头。覆，掩盖。②剧：玩耍，游戏。③骑竹马：把竹竿当成马来骑。④床：井床，井上的栏杆。⑤长干里：里巷名，故址在今江苏南京秦淮河南，靠近长江。⑥嫌猜：嫌疑和顾忌。⑦常存抱柱信：据《庄子·盗跖》记载，有一个叫尾生的人，与一女子约好在一座桥下相会。女子临期未

至，潮水忽然上涨，尾生不肯失信于女子，抱着桥柱等待，结果被水淹死。⑧望夫台：望夫山。据《太平寰宇记》记载，古代有人久出不归，其妻登山望夫，后来变成一块石头。⑨滟滪堆：瞿塘峡峡口的一个危险的石滩。冬季水位低，它会突出江面；五月江水上涨，就没入江中，船只经过此处容易触礁。⑩迟：一作“旧”。⑪一一：一处处。⑫此：指蝴蝶双飞。⑬坐愁：因愁。⑭早晚：什么时候。三巴：巴郡、巴东、巴西的总称。⑮不道远：不管多远。⑯长风沙：地名，在今安徽安庆东长江边上，距离长干里约七百里。

八月胡蝶来，双飞西园草

[诗解]

女子回忆童年时与丈夫一起长大，那时女子还小，头发刚刚覆额，她和丈夫在门前无忧无虑地玩折花的游戏，绕着井栏互相追逐，以投掷青梅为乐。他们共同居住在长干里，彼此青梅竹马，两小无猜。十四岁时，女子嫁给了丈夫，尽管对方是童年的伙伴，但出嫁时仍然羞涩不已。女子低着头，朝向墙壁的方向，任男子呼唤千遍也羞涩得难以抬起头来。女子十五岁时，感情在眉宇间显现了出来，她愿意永远和丈夫结合在一起，至死不渝。小夫妻但愿同生共死，常怀尾生抱柱的信念，哪里想到将来会上望夫台呢？女子十六岁的时候，丈夫远行经商，而所去的方向又是长江三峡中的险途。想到那哀猿长啸的恶劣环境，想到高浪急流下的暗礁滟滪堆，女子不由得为丈夫担惊受怕。今日女子触景生情，她看到门前丈夫离家时徘徊的足迹，已经长满了青苔，盖上了落叶，再加上西园双飞的蝴蝶，叫人格外伤感。因为忧愁的煎熬，女子的容貌憔悴了，刻骨的相思折磨着她的心。少妇寄语远方的丈夫：你不论什么时候回来，预先都要给家里捎封书信，好让我去迎接你。即使到七百里外的长风沙去迎候，我也不会嫌远。

[诗评]

儿女情事，直从胸臆中流出。萦回曲折，一往情深。

——乾隆御选《唐宋诗醇》

## 其　二

忆妾深闺里，烟尘不曾识。

嫁与长干人，沙头候风色。

五月南风兴，思君下巴陵[1]。
八月西风起，想君发扬子[2]。
去来悲如何！见少离别多。
湘潭[3]几日到？妾梦越风波。
昨夜狂风度，吹折江头树。
淼（miǎo）淼暗无边，行人在何处？
好乘浮云骢（cōng）[4]，佳期兰渚东。
鸳鸯绿蒲上，翡翠锦屏中。
自怜十五余，颜色桃花红。
那[5]作商人妇，愁水复愁风。

[注释]

①巴陵：郡县名称，在今湖南岳阳。②扬子：渡口名称，在今江苏扬州。③湘潭：今湖南湘潭。④浮云骢：汉文帝的骏马名，此泛指良马。⑤那：奈何，无奈。

[诗解]

想起我当初在春闺绣房中未嫁的时候，年纪尚小，不懂得世间男女的情愁。自从嫁给做商人的丈夫后，我经常在长江的渡头，伴着江风，顶着秋月，等候丈夫归来，这时我才明白思念与等待的苦楚。每当五月，南风吹起，柳絮飘飞的时候，我就在想，此时丈夫应该到达巴陵了吧！八月西风吹起，秋意浓浓的时候，我就在想丈夫此时应该从扬州出发，正在回家的路上了。不管是离去还是归来，都让人感到那么感伤！因为相见的日子总是短暂，而离别总是那么漫长。从湘潭出发，几天才能到达家中呢？我希望他能够一路上没有风波，早日顺利返回家中。然而，昨天夜晚，狂风不止，吹断了江岸边的柳树。江中波浪滚滚，暗无边际，不知丈夫现在何处？真想乘上一匹骏马，到兰渚东面去迎接他。一对鸳鸯在绿色的江水边相互依偎，一双翡翠鸟在枝间紧紧相随。可怜我只有十五岁的年纪，面如桃花般美丽，无奈嫁给了商人，每日为远行在外的丈夫担忧，怕江中多风浪，路途难行。

嫁与长干人，沙头候风色

[ 说明 ]

《长干行》，乐府旧题《杂曲歌辞》调名，原为长江下游一带民歌，其源出于《清商西曲》，多描写船家妇女的日常生活。长干，地名，今江苏南京秦淮河南，古时有长干里，靠近长江。行，古诗的一种体裁。李白《长干行》是一篇以商人妇思夫为题材的富于民歌风味的作品。全篇通过人物的独白，以景物为衬托，描述了幼小相处、结婚、远别等几个生活片段，把叙事、写景、抒情巧妙地融为一体。诗的基调爽朗明快，真挚动人。

[ 诗评 ]

人负轻捷妍媚之才者，每于换韵疾佻，结句疏宕。太白尤甚。

——钟惺、谭元春《唐诗归》

## 古朗月行

小时不识月，呼作白玉盘。
又疑瑶台①镜，飞在青云端。
仙人垂两足②，桂树何团团？
白兔捣药成，问言与谁餐？
蟾蜍(chán chú)蚀圆影，大明③夜已残。
羿昔落九乌④，天人清且安。
阴精此沦惑⑤，去去不足观。
忧来其如何？凄怆摧心肝。

[ 注释 ]

①瑶台：神话中西王母的居所，在昆仑山。②仙人垂两足：传说月亮里有仙人和桂树，先看见仙人的两只脚，月亮渐渐升起，就看到仙人的全身，然后看见桂树。③大明：这里指月亮。④羿昔落九乌：传说尧帝时十个太阳同时升起，草木焦枯。尧帝命令后羿射掉九个太阳，只留下一个，这样人民才得以安定。乌，三只脚的乌鸦，传说为太阳的精魂。⑤阴精：指月亮。沦惑：沉没，这里指民间传说月亮被蟾蜍吃掉。

[ 诗解 ]

小时候天真烂漫，对月亮没有什么认识，只把它称为白玉盘。月光如此皎洁可爱，我又怀疑它是仙人瑶台之上的一块明镜，飘飞在青云之端。月亮渐渐升起，越发明朗，宛若仙境般美丽。古代神话说，月中有仙人、桂树、白兔。当月亮初升的时候，先看见月中仙人的两只脚，而后逐渐看见仙人和桂树的全貌。此时，月亮已经圆了，那桂树为何也像月亮一样圆？月中白兔在捣药，不知这药给谁吃？好景不长，月亮渐渐由圆而蚀，这就是蟾蜍食月所造成的；月亮被蟾蜍啮食而残损，变得晦暗不明。当初后羿射落了九个太阳，只留下一个，使天、人都免除了灾难。希望有这样的英雄来为民除害，射掉蟾蜍，复将月明。然而，现实毕竟是现实，我深感失望：月亮既然已经沦没而迷惑不清，还有什么可看的呢？不如趁早走开吧。我心中的忧愤不仅没有解除，反而加深了。

［说明］

《朗月行》，乐府古题，属于《杂曲歌辞》。李白沿此旧题，称《古朗月行》。此作大概是李白针对当时黑暗腐朽的政治而发出的感慨。唐玄宗晚年沉湎于声色犬马，宠幸杨贵妃，权奸、宦官、藩镇把国家搞得乌烟瘴气。诗中“蟾蜍蚀圆影，大明夜已残”正是对这一昏暗局面的精妙描述。但是，诗人并没有点明主旨，而是借助通篇隐语，化现实为幻景，以蟾蜍蚀月来影射社会现实，说得极其曲折。诗中一个又一个新奇的想象，充分展现出诗人起伏不平的感情。诗句如行云流水一般，富有魅力，发人深思，体现出李白雄奇奔放、清新俊逸的诗风。

## 上之回

三十六离宫[①]，楼台与天通。
阁道[②]步行月，美人愁烟空。
恩疏宠不及，桃李伤春风。
淫乐意何极？金舆向回中[③]。
万乘出黄道[④]，千旗扬彩虹。
前军细柳[⑤]北，后骑甘泉[⑥]东。
岂问渭川老[⑦]，宁邀襄野童[⑧]？
但慕瑶池宴[⑨]，归来乐未穷。

［注释］

①三十六离宫：指上林苑有离宫三十六所。②阁道：复道，高楼之间架空的通道。③金舆：天子的车驾。回中：宫殿名。④黄道：古人想象中太阳绕地运行的轨道。⑤细柳：细柳营。⑥甘泉：汉宫名，故址在今陕西淳化西北甘泉山。⑦渭川老：指渭水河畔垂钓的吕尚。⑧襄野童：黄帝出访圣人，到襄阳城时迷了路，就向一个牧童问路，又问他治国之道。牧童以“除害马”为喻作答，被黄帝称为“天师”。⑨瑶池宴：瑶池是古代神话中神仙居住之地，在昆仑山上，西王母曾于此宴请远

道而来的周穆王。

［诗解］

上林苑有离宫三十六所，楼台高耸入云，与天相连。月亮在高楼之间架空的通道上流转，美人在烟雾迷茫中带着点点愁绪。自从失宠之后，恩情渐渐淡了，桃李似乎也在春风中为美人今日的孤寂而伤怀。君王的恣意享乐什么时候才到尽头？希望他的车驾早日回宫。想象中皇帝的万乘车驾绕着太阳的轨道疾驰行进，旌旗像彩虹一样飘扬。皇帝的队伍浩浩荡荡，前军直抵细柳营之北，后军还在甘泉宫以东。不知当今的皇帝能不能像周文王那样起用在渭水河畔垂钓的吕尚，也不知道君王是否能向襄野牧童询问治国之道。他只想着像周穆王那样去赴西王母的瑶池宴，归来之后还回味无穷。

［说明］

《上之回》，汉《鼓吹铙歌十八曲》之一。这首诗借美人的失宠表达了对唐明皇巡幸游仙，不关心国事，不重用人才的愤懑之情。

［诗评］

诗言汉武巡幸回中，不过溺志于神仙之事，岂为求贤哉？明皇亦好神仙，此其讽谏之作与！

——萧士赟《分类补注李太白诗》

## 独不见

白马谁家子？黄龙[①]边塞儿。

天山三丈雪，岂是远行时？

春蕙[②]忽秋草，莎鸡[③]鸣曲池。

风摧寒梭响，月入霜闺[④]悲。

忆与君别年，种桃齐蛾眉。

桃今百余尺，花落成枯枝。

终然独不见，流泪空自知。

［注释］

①黄龙：古代城池名，又名龙城，在今辽宁朝阳一带。此处泛指边塞地区。②蕙：蕙兰，兰花的一种，春日开花。③莎鸡：虫名，又称纺织娘、络纬，振翅作声如织丝。④霜闺：秋闺。此处指秋天深居闺中的女子。

[ 诗解 ]

骑在白马上翩翩而驰的，是谁家的少年？原来那是在龙城边塞戍城立功的征戍之人。天山如今天寒地冻，积雪厚有三丈，这个时候怎么适合远行呢？春日的蕙兰忽而枯萎，变成了秋草，闺中的美人也已经到了迟暮之年；在这凄清落寞的深秋，曲池边传来纺织娘的叫声。那是风吹动寒梭发出的声响；月亮伴着清霜，更显出秋天深居闺中的女子的无限伤悲。还记得与丈夫离别的那年，门前种的桃树与她齐眉。如今桃树已经高百余尺了，花开花落许多年过去，很多枝条已经枯萎了。始终不见丈夫归来，只有凄伤的眼泪独自空流。

蕙

蕙，我国栽培最久、最普及的兰花之一，今称之为“蕙兰”，开花时，有沁人肺腑的幽香。

[ 说明 ]

《独不见》，乐府《杂曲歌辞》旧题。这首诗描写的是闺中女子对丈夫的思念之情。

[ 诗评 ]

太白诗：“天山三丈雪，岂是远行时？”又云：“水国秋风夜，殊非远别时。”“岂是”“殊非”，变幻二字，愈出愈奇。

——杨慎《升庵诗话》

## 白纻(zhù)辞三首

### 其　一

扬清歌，发皓齿，北方佳人东邻子①。

且吟《白纻》停《绿水》②，长袖拂面为君起。

寒云夜卷霜海空，胡风吹天飘塞鸿，玉颜满堂乐未终。

[ 注释 ]

①北方佳人：指李延年所作诗歌《北方有佳人》中塑造的绝世美女，即李夫人。东邻子：指貌美的女子。宋玉《登徒子好色赋》：“天下之佳人莫若楚国，楚国之丽者莫若臣里，臣里之美者莫若臣东家之子。”②《绿水》：舞曲名。

[诗解]

女子轻启皓齿，便发出了曼妙的歌声；貌美如花，真如李延年所歌的《北方有佳人》里的女子那样的倾国倾城之貌，又如宋玉东邻子那样貌美无双，无人能与其相比。今日逢君到来，她十分高兴，为君轻轻舞动长袖，显出她轻盈的舞姿。外边夜卷寒云，秋霜浓浓，胡地的秋夜如此寒冷，只有塞鸿飘飞；在遥远的胡地遇到知已，真是让人感到快乐的事，屋内满堂的欢快依旧延续。

## 其 二

馆娃①日落歌吹深，月寒江清夜沉沉。

美人一笑千黄金②，垂罗舞縠(hú)③扬哀音。

郢(yǐng)中《白雪》④且莫吟，《子夜》⑤吴歌动君心。

动君心，冀君赏。

愿作天池双鸳鸯，一朝飞去青云上。

愿作天池双鸳鸯，一朝飞去青云上

[注释]

①馆娃：官名。春秋时期吴王夫差为西施所造，故址在今苏州西南灵岩山上。②一笑千黄金：指女子笑容娇美，一笑价值千金。③縠：轻纱。④郢中《白雪》：指美妙的音乐。郢中，楚国。《白雪》，古歌曲名，被视为高雅音乐的典范。⑤《子夜》：乐府曲名。

[诗解]

已经是日落时分，在这月寒江清的夜晚，馆娃宫中传来了阵阵哀婉的歌声。女子笑容娇美，价值千金，她舞动衣袖，唱出了哀伤的曲子。不唱郢中《白雪》，是因为曲高和寡，能懂得相和的人太少了；唱的是易让人动情的《子夜》吴歌，希望能够得到君王的恩赏。愿与君王做天池的一对鸳鸯，一同飞到青云之上。

## 其 三

吴刀剪彩缝舞衣①，明妆丽服夺春晖。

扬眉转袖若雪飞，倾城独立②世所稀。

《激楚》《结风》③醉忘归，高堂月落烛已微，玉钗挂缨④君莫违。

[注释]

①吴刀：吴地出产的剪刀，以锋利著称。彩：指彩色的丝织品。②倾城独立：形容女子貌美。③《激楚》《结风》：都是歌曲名。④玉钗挂缨：宋玉出行，夜间投宿，主人之女殷勤留客，引入兰房，“以其翡翠之钗，挂臣冠缨”。后用作男女狎昵的典故。

[诗解]

女子漂亮的彩色丝制舞衣是用吴地出产的剪刀裁制而成的，她明妆丽服，比今日的春光还要灿烂。她的一举一动都是那么迷人，扬眉转袖之间，好像片片雪花在轻盈地飞舞。她的容貌真是倾国倾城，为世间所罕见。听歌的君子陶醉在她的歌声中，忘却了时间，忘记了归去；月亮已经落下，屋内烛光已微，希望君子能够在此留宿，不要辜负了她的一片痴情。

[说明]

《白纻辞》，乐府《舞曲歌辞》旧题。

## 妾薄命

汉帝重阿娇，贮之黄金屋①。

咳唾落九天，随风生珠玉②。

宠极爱还歇，妒深情却疏。

长门一步地，不肯暂回车。

雨落不上天，水覆难再收③。

君情与妾意④，各自东西流。

昔日芙蓉花⑤，今成断根草⑥。

以色事他人，能得几时好？

[注释]

①汉帝重阿娇，贮之黄金屋：此指汉武帝“金屋藏娇”的典故。②咳唾落九天，随风生珠玉：此处化用《庄子·秋水》“子不见夫唾者乎？喷则大者如珠，小者如雾，杂而下者不可胜数也”之语。③水覆难再收：传说吕尚妻子马氏，不堪贫困而离开了他。到吕尚富贵的时候，她又回来请求和好。吕尚取了一盆水泼在地上，令其收之，不得。吕尚就对她说：“若言离更合，覆水定难收。”④君：指汉

武帝。妾：指阿娇。⑤芙蓉花：指水芙蓉，即荷花。⑥断根草：比喻失宠。

[ 诗解 ]

汉武帝曾经十分宠爱阿娇，为她筑造金屋供她居住。武帝对她娇宠万分，即使她的唾沫落下，也会被认为像珠玉那样珍贵。娇宠到极点，恩爱也就停歇了，武帝对她的情意渐渐淡漠。阿娇被贬长门宫后，即使与武帝的寝宫相距很近，武帝也不肯回车，在阿娇那里暂作停留。雨落之后再不会飞上天空，覆水也难再收回。武帝与阿娇的情意已经离散，东西分离。往日美丽的荷花，今日成了凄凉的断根之草。如果凭借姿色侍奉他人，相好的日子是十分短暂的。

长门一步地，不肯暂回车

[ 说明 ]

《妾薄命》，《杂曲歌辞》旧题。这首诗写的是阿娇失宠之事，但诗人借此事表达了自己的认识：“以色事他人，能得几时好？”李白认为如果想始终得到君王的恩宠，就一定要有真本领，而不是以色侍人。李白在这首诗里，表达的是对那些没有真正本领，光靠谄媚来侍奉君主的朝中臣子的不满，并指出他们的谄媚不会维持多长时间，自己这样的贤人终会得到君王的重用。

[ 诗评 ]

太白之诗，其旨出于国风，往往寄兴深远。

——萧士赟《分类补注李太白诗》

## 幽州胡马客歌

幽州胡马客，绿眼虎皮冠。
笑拂两只箭，万人不可干。
弯弓若转月，白雁落云端。
双双掉[①]鞭行，游猎向楼兰[②]。
出门不顾后，报国死何难？

天骄五单于③，狼戾④好凶残。
牛马散北海⑤，割鲜⑥若虎餐。
虽居燕支山⑦，不道朔雪寒。
妇女马上笑，颜如赪（chēng）玉盘。
翻飞射鸟兽，花月醉雕鞍。
旄头⑧四光芒，争战若蜂攒⑨。
白刃洒赤血，流沙为之丹。
名将古谁是？疲兵良可叹。
何时天狼⑩灭？父子得安闲。

[ 注释 ]

①掉：摇动。②楼兰：汉代西域国名，故地在今新疆若羌县一带。汉昭帝时，楼兰王反叛，多次杀掉汉使。元凤四年（前 77），大将军霍光遣傅介子刺杀楼兰王。③五单于：西汉后期，匈奴诸王争相自立，分为五个部落，五个单于相互攻击。单于，匈奴最高首领的称呼。④狼戾：狼本性凶暴。⑤北海：匈奴居住地，在今贝加尔湖。⑥鲜：新杀的禽兽。⑦燕支山：在甘肃永昌东南，绵延于祁连、龙首二山之间。⑧旄头：即昴宿，二十八宿之一，象征胡人。⑨攒：聚集。⑩天狼：星名，象征边境敌寇。

幽州胡马客，绿眼虎皮冠

[ 诗解 ]

居住在幽州之地的胡人，样貌十分奇特；他们长着绿眼珠，头上戴的是虎皮帽。他们十分喜好弯弓射箭，箭术之高，万人不能抵挡。他们弯弓成弯月的形状，白雁就落下了云端。唐军摇鞭，向楼兰进发，准备对胡人进行讨伐。可是，将领们没有好好分析战争局势，只知出门而不顾后果，只知报国而不顾士兵的生死。胡人将领像狼一样凶恶残暴。他们吃的是北海间养的牛马，像老虎一样以新杀的禽兽为食。他们虽然居住在燕支山，但不觉得朔雪的奇寒。在冰雪之中，妇女可以在马上谈笑，面色姣好，如同红润的玉盘。妇女们也有一身好本领，可以翻身射鸟兽，也能在雕鞍上驰骋。胡人的军队如明星般光芒四射，而唐军没有做好战前准备，打起仗来像一窝蜂一样聚集。结果兵败了，战士的血空洒边漠。领兵的名将是谁？率领疲兵杀敌，真是让人感叹不已。什么时候才能消灭边境敌寇，使得中原的父子得到安闲？

### [ 说明 ]

《幽州胡马客歌》，梁《鼓角横吹曲》旧题有《幽州马客吟》。幽州，在今河北北部及辽宁西南一带。唐玄宗喜事边功，宠任藩将。天宝十载（751），高仙芝败于大食，安禄山败于契丹。李白这首诗就是当时所作，讽刺安禄山等人不认真分析当时的战争局势，轻易率领疲兵发动战争，以致遭到惨败。

### [ 诗评 ]

明皇喜事边功，宠任藩将。天宝十载，高仙芝败于大食，安禄山败于契丹。是时之作，必刺禄山也。“出门不顾后，报国死何难”，诘之也。“名将古谁是？疲兵良可叹”，伤之也。言切而意悲矣。

——乾隆御选《唐宋诗醇》

# 卷三　乐府

# 门有车马客行

门有车马客，金鞍耀朱轮。
谓从丹霄①落，乃是故乡亲。
呼儿扫中堂，坐客论悲辛。
对酒两不饮，停觞(shāng)泪盈巾。
叹我万里游，飘飖(yáo)三十春。
空谈帝王略，紫绶(shòu)②不挂身。
雄剑藏玉匣，阴符③生素尘。
廓落④无所合，流离湘水滨。
借问宗党⑤间，多为泉下人。
生苦百战役，死托万鬼邻。
北风扬胡沙，埋翳(yì)⑥周与秦。
大运且如此，苍穹(qióng)宁匪仁？
恻怆竟何道？存亡任大钧⑦。

[注释]

①丹霄：指朝廷。②紫绶：紫色丝带。古代高级官员用于系印章或衣饰。③阴符：古兵书名，这里泛指兵书。④廓落：孤寂的样子。⑤宗党：宗族，乡党。⑥埋翳：掩埋，掩盖。⑦大钧：指天或自然。

[诗解]

对酒两不饮，停觞泪盈巾

门前车马喧腾，原来有乘着朱轮金鞍的贵宾来访。他说他从朝廷而来，回归故乡，见到故乡的人感到亲切。我赶紧呼唤自己的小儿子打扫中堂招待客人，坐在一起共同谈论人生的悲辛。我们相对而坐，桌上的两觞酒还没饮尽，停下酒杯，我们就泪流满面了。我哀叹自己漂泊万里，已经三十年过去了。可怜我的半生，空谈王霸之略，却始终没有得到朝廷的重用。我的雄剑空藏在玉匣之中，已经很久没有用过了；兵书上浮满了灰尘，也好久没有人听我谈论这些用兵之策了。在朝廷中没有人和我的意见相同，我只得像屈原一样流落到湘水之滨。真正懂得我的知己，多已在九泉之下。生来苦于百战，在征战中死去的人太多太多了，因此我死去之后可以与众多的鬼魂为邻。北风扬起胡沙，掩埋了周秦两朝。大运尚且如此，难道是上天不仁？心里无限伤感凄怆，又能说什么呢？就让一切顺其自然，随从天意吧。

［说明］

《门有车马客行》，乐府《相和歌辞》旧题。李白在这首诗里表达了自己被弃置不用的无奈与愤慨。

［诗评］

本瑟调曲曹植《门有万里客》也。陆机、张华拟辞，大率言问讯其客，备叙市朝迁谢，亲友凋丧之意。白辞同，而“空谈帝王略，紫绶不挂身”等语，微寓自叹，“胡沙埋翳周与秦”，亦咏其时事云。

——胡应麟《诗薮》

## 君子有所思行

紫阁连终南①，青冥天倪(ní)②色。
凭崖望咸阳，宫阙罗北极。
万井③惊画出，九衢(qú)④如弦直。
渭水银河清，横天流不息。
朝野盛文物⑤，衣冠何翕赩(xī xì)⑥？
厩马散连山，军容威绝域⑦。
伊皋运元化⑧，卫霍⑨输筋力。
歌钟⑩乐未休，荣去老还逼。
圆光过满缺，太阳移中昃(zè)⑪。
不散东海金，何争西辉匿？
无作牛山悲⑫，恻怆泪沾臆。

［注释］

①紫阁：终南山峰名。终南：山名，秦岭主峰之一，在陕西西安南。一称南山，即狭义的秦岭。②天倪：天际，天边。③万井：古代以地方一里（一平方里）

为一井，万井即一万平方里。这里指南北大街纵横交错。④九衢：纵横交叉的大道，繁华的街市。⑤文物：文采物色，指礼乐典章制度。⑥翕艳：光色盛貌。⑦绝域：极远之地。⑧伊皋：伊，伊尹，商代名相。皋，皋陶，舜的大臣，掌刑狱之事。后二人常被并称，喻指良相贤臣。元化：大自然的运转变化，亦比喻帝王的德化。⑨卫霍：指西汉名将卫青和霍去病，皆以征伐匈奴著称。⑩歌钟：伴唱的编钟。⑪中昃：日过午而渐西斜。⑫牛山悲：亦作“牛山叹”。《晏子春秋·谏上十七》：“景公游于牛山，北临其国城而流涕曰：‘若何滂滂去此而死乎？’”后以“牛山叹”“牛山泪”“牛山悲”“牛山下涕”喻为人生短暂而悲叹。

紫阁连终南，青冥天倪色

**[ 诗解 ]**

紫阁山峰和终南山相连，远处天边的颜色青翠鲜明。凭崖远望，可以看到咸阳城，城里宫阙众多，似乎能与北极相接。城内的南北大街交错纵横，好像画里画的那样，繁华的街市像弓弦那样笔直。渭河的水清澈明净，奔流不息。朝廷的礼乐典章制度非常完善，高官重臣的衣冠光色鲜亮。祁连山边经常有战争发生，汉朝的军威浩荡，声播西域。有像伊尹和皋陶这样的良相贤臣辅佐，又有卫青、霍去病这样的武将为朝廷出战效力，所以才有今日昌盛的局面。宫内歌舞升平，欢乐未歇；月圆月缺，如今我也已经老去。日头正旺时都没有尽情散发自己的光彩，又何必在夕阳西下时去争那些许的光辉呢？不要为人生的短暂而悲叹恻怆，也不要泪满衣襟。

**[ 说明 ]**

《君子有所思行》，乐府《杂曲歌辞》旧题。在这首诗里，李白抒发了自己不得重用的无奈和愤懑，以及“老骥伏枥，志在千里”的情怀。

## 东海有勇妇

梁山感杞妻[①]，恸哭为之倾。
金石忽暂开，都由激深情。
东海有勇妇，何惭苏子卿[②]？
学剑越处子[③]，超腾若流星。

捐躯报夫仇，万死不顾生。

白刃耀素雪，苍天感精诚。

十步两躩(jué)跃，三呼一交兵。

斩首掉国门，蹴(cù)踏④五藏行。

豁此伉俪(kàng lì)⑤愤，粲然大义明。

北海李使君⑥，飞章奏天庭。

舍罪警风俗，流芳播沧瀛(yíng)⑦。

名在列女籍，竹帛已光荣。

淳于免诏狱，汉主为缇萦(tí yíng)⑧。

津妾一棹歌，脱父于严刑。

十子若不肖⑨，不如一女英。

豫让⑩斩空衣，有心竟无成。

要离杀庆忌⑪，壮夫所素轻。

妻子亦何辜？焚之买虚声。

岂如东海妇，事立独扬名！

［注释］

①梁山：山名，在今山东东平。杞妻：春秋齐大夫杞梁之妻，或云孟姜。齐庄公四年（前550），齐袭莒，杞梁战死，其妻迎丧于郊，哭甚哀，遇者挥涕，城为之崩。后演为孟姜女哭长城的传说。②苏子卿：苏武，字子卿。他奉汉武帝之令，出使匈奴，被囚禁北海牧羊十九年，坚贞不屈。后来汉武帝去世，昭帝即位，汉朝与匈奴修好，苏武归汉。③越处子：越女，春秋时期越国南林会稽一个山野少女。她在竹林中奇遇一化身老翁的通灵白猿。白猿以竹枝为剑与少女对阵而败，遂长啸一声而去。少女悟出用剑法，与越王勾践坐而论剑，动静之术，虚实之法，无不精通。越王称其“当世莫胜越女之剑”。④蹴踏：踩，踢。⑤伉俪：夫妇。⑥北海李使君：李邕，字泰和，唐朝广陵江都（今江苏扬州）人，曾任北海太守，人称李北海。⑦沧瀛：大海。这里指东方海隅之地。⑧淳于免诏狱，汉主为缇萦：淳于，即淳于意，西汉初期著名医学家，因常拒绝到朱门高第出诊，被富豪权贵罗织罪名，送京都长安受肉刑。其幼女淳于缇萦毅然随父西去京师，上书汉文帝，痛切陈述父亲廉洁无罪，自己愿意身充官婢，代父受刑。文帝被感动，宽免了淳于意，且废除了肉刑。⑨不肖：品行不好，没有出息。⑩豫让：春秋时晋国人，为晋卿智瑶家臣。晋出公二十二年（前453），赵、韩、魏共灭智氏。豫让用漆涂身，吞炭使嗓

子变哑，暗伏桥下，谋刺赵襄子未遂，后为赵襄子所捕。临死时，求得赵襄子衣服，拔剑击斩其衣，以示为主复仇，然后伏剑自杀。⑪要离杀庆忌：庆忌是吴王僚的儿子，有万夫不当之勇，阖闾杀王僚夺位后，庆忌逃亡卫国，招兵买马，欲报杀父之仇。阖闾想除掉庆忌，伍子胥就推荐要离。要离施苦肉计使吴王断己一臂，又杀其妻、子，之后投奔庆忌。庆忌对其深信不疑，终为要离所杀。

淳于免诏狱，汉主为缇萦

［诗解］

杞梁死后，他的妻子在梁山脚下哭泣，梁山为她的一片至诚所感动，为之倒倾。只要是一往情深，至诚一片，金石都会为之打开。东海有勇妇，气节不亚于苏子卿。她向越处子学剑，腾奔若流星。她不惜自己的生命，为夫报仇，即使死一万次也绝不后悔。她的利刃光芒四射，如同白雪般耀眼，连苍天都被她的真情所感动了。她身手不凡，十步之内两次跳跃，三声呼叫之间过一次招。她在闹市杀掉仇人，为夫报仇，而后迅速隐藏踪迹，其行为大义粲然。北海太守李邕，把她的事迹奏到朝廷。天子免去了她杀人的罪过，把她作为烈妇忠妇的典型给予表彰，并以她来警明风俗，使她的美名远播苍茫大地。她名在《列女传》中，彪炳史册，已经很光荣了。淳于意之所以能免于刑狱，是因为他的幼女缇萦打动了汉文帝。如果十个儿子都没有出息，那还不如生一个女中豪杰。豫让临死前求得赵襄子的衣服，拔剑击斩其衣，以示为主复仇，然而毕竟没有真正如愿。要离谋杀庆忌，向来是被壮夫所轻视的。要离的妻子和孩子是无辜的，焚烧他们的尸体是为了获得虚名，这怎么能够与东海勇妇相比呢？东海勇妇为夫报仇成功，留下了万古美名！

［说明］

天宝三载（744），李白离开长安，来到临淄。他在太守李邕的陪同下，游览了孟姜庙、杞梁墓和淳于意墓等胜迹。李白有感于东海勇妇的英烈事迹，作了此诗。在这首诗里，李白以高度的热情，讴歌了齐地勇妇不辞万死为夫报仇的义勇行为，流露出诗人除暴安良的侠义思想。

[诗评]

《东海有勇妇》，为夫报仇，必实有其事，而注家不详。

——查慎行《初白庵诗评》

# 白马篇

龙马[①]花雪毛，金鞍五陵豪[②]。
秋霜切玉剑[③]，落日明珠袍[④]。
斗鸡事万乘[⑤]，轩盖[⑥]一何高！
弓摧南山虎，手接太行猱(náo)。
酒后竞风采，三杯弄宝刀。
杀人如剪草，剧孟同游遨。
发愤去函谷[⑦]，从军向临洮。
叱咤经百战，匈奴尽奔逃。
归来使酒气[⑧]，未肯拜萧曹[⑨]。
羞入原宪[⑩]室，荒径隐蓬蒿。

[注释]

①龙马：按照古人说法，马八尺以上为龙。②五陵豪：指高门贵族的豪迈气概。③秋霜：形容剑的颜色如秋霜一般。切玉：形容刀剑锋利。④明珠袍：镶珠的衣袍。⑤万乘：指天子。周制，天子地方千里，出兵车万乘；诸侯地方百里，出兵车千乘，故称天子为“万乘”。⑥轩盖：带篷盖的车，为显贵者所乘。⑦函谷：古代关塞名，在今河南。⑧使酒气：因酒使气。⑨萧曹：西汉名相萧何和曹参。⑩原宪：孔子的弟子，字子思，家里非常贫困。

[诗解]

我有一匹宝马，它高八尺，毛色纯正，能显示出高门贵族的豪迈气概。我身佩锋利的宝剑，闪耀着寒光；身穿镶珠的衣袍，在落日下发出灿然的光彩。我这个斗鸡徒也能侍奉万乘天子，我的车盖是多么的高！我可以用弓箭射杀南山之虎，可以伸手捉太行猕猴。饮酒之后，我们常常竞逞风采。喝下三杯酒，我便舞弄起宝刀。我杀人就像剪草那样快。我与剧孟结为好友，一同遨游。我发愤去边塞立功，在临洮从军。叱咤风云，经历了百战，匈奴被打得到处奔逃。杀敌归来趁着酒气，不肯承认自己的才能居于萧何和曹参之下，更以原宪隐居蓬蒿，居住在荒径陋室为耻。

[ 说明 ]

《白马篇》，乐府《杂曲歌辞》旧题。李白在这首诗里表现了自己任侠使气的精神特质，以及他期望建功边塞的热切心情。

## 怨歌行

十五入汉宫，花颜笑春红。
君王选玉色①，侍寝金屏②中。
荐枕③娇夕月，卷衣④恋春风。
宁知赵飞燕，夺宠恨无穷。
沉忧能伤人，绿鬓⑤成霜蓬。
一朝不得意，世事徒为空。
鹔鹴(sù shuāng)换美酒⑥，舞衣罢雕龙。
寒苦不忍言，为君奏丝桐⑦。
肠断弦亦绝，悲心夜忡忡(chōng)⑧。

[ 注释 ]

①玉色：美女。②金屏：锦帐。③荐枕：侍寝。④卷衣：侍寝。⑤绿鬓：黑亮的头发。⑥鹔鹴换美酒：西汉司马相如贫困时曾以鹔鹴换酒。鹔鹴，古书所载一种水鸟，可以制裘，这里指裘衣。⑦丝桐：指琴。丝为琴弦，桐为琴身。⑧忡忡：忧虑的样子。

[ 诗解 ]

十五岁来到汉宫中，正是青春烂漫的年纪，她微微地一笑就会让春天的美景为之羞愧。君王选美女，她被选中服侍君王的寝息。柔曼的夕月下，她娇羞的俏丽模样让君王恋恋不舍。可否知道赵飞燕，她夺宠后别的女子对她恨意无穷。但青春总是不能永驻的，黑发终会变白。

宁知赵飞燕，夺宠恨无穷

在宫廷中，只要一朝不得意，世事都会成空。一旦不得宠，只能用裘衣换酒喝，舞衣也是很寒酸的。那样的寒苦不堪言表，只能偷偷为君王弹奏一曲以抒感伤之情。肠断弦也绝，心中无限伤悲而不能成音。

[说明]

《怨歌行》，乐府《相和歌辞》旧题。这首诗借美人在宫中得宠与失宠不定的悲惨命运，来抒发诗人自己得不到君王恩宠的失意心情。

[诗评]

《怨歌行》，苦辞也。王僧虔《技录·相和歌·楚调十曲》有《怨诗》，亦曰《怨歌行》，亦曰《明月照高楼》。

——萧士赟《分类补注李太白诗》

# 塞下曲六首（录五首）

## 其　一

五月天山[①]雪，无花只有寒。
笛中闻《折柳》[②]，春色未曾看。
晓战随金鼓[③]，宵眠抱玉鞍。
愿将腰下剑，直为斩楼兰[④]。

[注释]

①天山：指祁连山。②《折柳》：《折杨柳》，古乐曲名。③金鼓：以金装饰的珍贵的鼓。古代军队作战时要击鼓前进。“金鼓”与下文“玉鞍”对举，金和玉都是修饰语。④楼兰：汉代西域国名，在今新疆境内。这里指楼兰国王。据《汉书·西域传》记载，楼兰地处汉通西域的要冲，汉使经过常被杀害。西汉大将军霍光派傅介子设计杀死了楼兰王。这里借用典故表示愿意身赴绝域，为国立功。

五月天山雪，无花只有寒

[诗解]

五月，内地正值盛夏，而祁连山还在大雪纷飞。那里没有鲜花盛开，只有彻骨的寒冷。战士们只能在笛声中听到《折杨柳》的乐曲，却看不到柳色青青的春景。他们在边疆十分辛劳，拂晓随鼓声与敌作战，晚上抱着马鞍露宿守卫。战士们来戍守边塞，早已把生死置之度外。他们愿意腰挎宝剑，身赴楼兰绝域，为国立功。

[诗评]

太白“五月天山雪，无花只有寒。笛中闻《折柳》，春色未曾看”，一气直下，不就羁缚。

——沈德潜《说诗晬语》

## 其 二

天兵①下北荒，胡马欲南饮②。

横戈从百战，直为衔恩甚③。

握雪海④上餐，拂沙陇(lǒng)头⑤寝。

何当破月氏⑥，然后方高枕⑦。

[注释]

①天兵：指汉朝军队。②胡马欲南饮：这里指匈奴妄图向南侵扰。南饮，南下饮马。③直：只。衔恩：受恩。甚：很多。④海：大沙漠。⑤陇头：田野。⑥月氏：汉代西域国名，在今甘肃西部。⑦高枕：高枕无忧。《汉书·匈奴传》：“故北狄不服，中国未得高枕安寝也。”

[诗解]

汉朝军队意欲攻下北方荒漠，匈奴妄图侵扰南方，双方都期望在战争中取得胜利，好夺取更多的土地。汉军的战士们在战场奋力拼杀，是因为他们受到朝廷和皇帝的恩典很多。他们在沙漠上抟雪而食，在田野里拂沙露宿，条件虽然很艰苦，但绝不后退。什么时候才能消灭月氏，中原才能高枕无忧。

## 其 三

骏马似风飙(biāo)①，鸣鞭出渭桥②。

弯弓辞汉月③，插羽破天骄④。

阵解星芒尽⑤，营空海雾⑥消。

功成画麟阁⑦，独有霍嫖姚⑧。

[注释]

①飙：暴风。②鸣鞭：挥鞭。因鞭挥动即发出响声，故称。渭桥：长安城西面

咸阳东南渭水河上的一座大桥，是古代从长安到西域的要道。③辞汉月：指离开中原。④羽：指箭，因箭杆上有羽毛。天骄：指匈奴。据《汉书·匈奴传》记载，匈奴首领单于曾自称："胡者，天之骄子也。"⑤阵解：指队伍瓦解。星芒：星的光芒。古代迷信说法，当客星的光芒变成白色时战争就要爆发。⑥海雾：喻指战场上烟尘弥漫。⑦功成画麟阁：麟阁，即麒麟阁，汉高祖时造。据《汉书·苏武传》记载，汉宣帝甘露三年（前51），曾画十一位功臣像于阁上。这里是用画像于麒麟阁来表示卓越的功勋。⑧霍嫖姚：指霍去病。汉武帝时抗击匈奴的名将，因功封嫖姚校尉。

功成画麟阁，独有霍嫖姚

[ 诗解 ]

骏马奔驰疾如暴风，兵士们挥动马鞭驰骋出渭水河桥，奔赴西域战场。他们带着弓箭离开中原，是为了击破傲慢无礼的胡人。经过一场战争，胡人的队伍瓦解，战场上烟尘弥漫，汉军取得了胜利。击破胡人后，功臣的画像将画于麒麟阁，这样的战功只有霍去病能够担当得起。

[ 诗评 ]

总为末二语作，前六句直尔赫奕，正以激昂见意。俗笔开口便怨。

——王夫之《唐诗评选》

## 其　四

塞虏[①]乘秋下，天兵出汉家。

将军分虎竹[②]，战士卧龙沙[③]。

边月随弓影，胡霜拂剑花。

玉关殊未入[④]，少妇莫长嗟。

[ 注释 ]

①塞虏：对匈奴的贬称。②分虎竹：古代发给将帅的兵符，分铜虎符和竹使符两种，朝廷和领兵将领各执一半，发兵或调动军队时对合起来作为凭信。分虎竹，指受命带兵出征。③龙沙：也称白龙堆。这里泛指塞外沙漠之地。④玉关殊未入：出征将士还远没有入玉门关。玉关，即玉门关。殊，远。

[ 诗解 ]

匈奴乘着秋天兵强马壮的时候，大举南侵，汉军派出兵力进行反击。将军受命带兵出征于塞外沙漠之地。战士们夜晚行军十分艰苦，月光伴着弓影，霜花拂着剑锋。战士还远没有进入玉门关，少妇可不要长叹呀。

## 其 五

烽火①动沙漠，连照甘泉云②。
汉皇③按剑起，还召李将军④。
兵气天上合⑤，鼓声陇(lǒng)底⑥闻。
横行负⑦勇气，一战静妖氛⑧。

[ 注释 ]

①烽火：古代边境上夜间举火报警的信号。②连照甘泉云：意谓报警的信号传到京城。据《史记·匈奴列传》记载："胡骑入代（郡名）勾注（山名）边，烽火通于甘泉、长安。"甘泉，陕西淳化有甘泉山，秦时在此山造甘泉宫，汉武帝曾加以修理，作为避暑处。③汉皇：指汉武帝。④李将军：指西汉名将李广，善骑射。文帝时击匈奴有功，为武骑常侍。武帝时任右北平太守，匈奴数年不敢犯界，称之为"飞将军"。后随大将军卫青攻匈奴，以失道被责，遂自杀。⑤兵气：战斗气氛。合：满，弥漫。⑥陇底：山坡下。⑦负：凭，靠。⑧妖氛：指侵扰边疆的匈奴。

[ 诗解 ]

边境上燃起烽火，沙漠上又兴起战事。报警的信号迅速传到了京城。汉武帝十分愤怒，按剑而起，再次召见将军李广。战斗气氛顿时弥漫中原大地和边境地区，战争十分激烈，擂动的鼓声在山坡下都能清楚地听到。前进依靠的是勇气，汉武帝期望一次战役就能平息匈奴的侵扰之患，使边塞永享太平。

[ 说明 ]

《塞下曲》，唐代的新乐府辞，其源出自汉乐府的《出塞曲》，内容主要描述边塞的征戍生活。这组诗以汉武帝平定匈奴侵扰的史实，谱写了一曲热情洋溢的战斗颂歌。诗中描绘了将士们餐雪卧沙、日夜奋战的动人景象。这一组诗以乐观高亢的基调和雄浑壮美的意境反映了盛唐的精神风貌。

[ 诗评 ]

以太白之才咏关塞，而悠悠闲淡如此，诗所以贵淘炼也。

——邢昉《唐风定》

# 来日大难

来日一身，携粮负薪。

道长食尽，苦口焦唇。

今日醉饱，乐过千春。

仙人相存①，诱我远学。

海凌三山②，陆憩(qì)五岳③。

乘龙天飞，目瞻两角。

授以神药，金丹满握。

蟪蛄(huì gū)④蒙恩，深愧短促。

思填东海，强衔一木⑤。

道重天地，轩师⑥广成。

蝉翼九五⑦，以求长生。

下士⑧大笑，如苍蝇声。

[注释]

①存：询问。②三山：指蓬莱、方丈、瀛洲三座仙山。③五岳：指南岳衡山、东岳泰山、西岳华山、北岳恒山、中岳嵩山。④蟪蛄：蝉的一种，其生命极其短暂，春生夏死，不知春秋。⑤思填东海，强衔一木：此处借用精卫填海的典故。⑥轩师：指黄帝的老师广成子。黄帝立为天子十九年，听说广成子在崆峒山上，就去拜访，向广成子询问大道。⑦蝉翼九五：看待帝位如蝉翼一样轻。九五，指帝位。⑧下士：指世俗之人。

[诗解]

我独自一人，携粮负薪外出。道路太漫长了，带的粮食都吃完了；口渴也没有水可以饮用，嘴唇都焦躁干裂了。只要今日能够吃饱喝足，那就是世上最快乐的事情。仙人来向我询问，让我跟从他去远方游学。我随他越过海上的蓬莱三山，在陆地上的五岳暂作休息。我乘着巨龙在天上遨游，那种感觉真是无比畅快。神仙授我以仙药，我把金丹紧紧握在手里。蟪蛄蒙受了恩典，为自己短暂的生命感到惭愧。它要想报恩，就如同精卫衔着西山木石填海一样，根本起不到什么作用。天地间以道为正事，为此，黄帝拜访了广成子，并以他为师。黄帝地位如此高贵，但他看待帝位如蝉翼一样轻，只把长生看成是人生第一重要的事。那些世俗之人不理解他们高傲的情怀，对他们大肆嘲笑，笑声卑微得就像苍蝇发出的声响。

[说明]

《来日大难》，即古《善哉行》，以《善哉行》的首句而命名。

[诗评]

李白常谓寄兴深微，五言不如四言，七言又其靡也。非有志于古者不能作此语。此题本属寓言，白诗亦是拟古，辞旨恍惚，奇谲可喜，故存之以备一体。

——乾隆御选《唐宋诗醇》

## 玉阶怨

玉阶①生白露，夜久侵罗袜②。

却下水精帘③，玲珑④望秋月。

[注释]

①玉阶：玉石砌成的台阶，常作为台阶的美称。②罗袜：用丝绸缝制的袜子。③却：还。下：放下。水精帘：用水晶制成的垂帘，多用于形容帘子华美。④玲珑：清晰明亮的样子。

玉阶生白露，夜久侵罗袜

[诗解]

宫女独立玉阶之上，浓重的露水浸透了罗袜，她却还在痴痴等待。深夜寒气袭人，她回房放下窗帘，却还在凝望秋月。

[说明]

《玉阶怨》，属《相和歌·楚调曲》，与《婕妤怨》《长信怨》等曲一样，从古代所存歌辞看，都是专写“宫怨”的乐曲。这是一首宫怨诗，描写幽居深宫的妇女的苦闷心情。全诗没有一个字正面写“怨”，却暗含着一种强烈的幽怨。

[诗评]

太白此篇，无一字言怨，而隐然幽怨之意见于言外，晦庵所谓圣于诗者此与！

——萧士赟《分类补注李太白诗》

# 襄阳曲四首

## 其　一

襄阳行乐处，歌舞《白铜鞮(dī)》①。
江城回渌(lù)水，花月使人迷。

**［注释］**

①《白铜鞮》：南朝齐梁时候的歌谣，在襄阳一带流行。

**［诗解］**

襄阳城里行乐的地方，唱的是《白铜鞮》，那里载歌载舞，好不热闹。清澈的江水在襄阳城边迂回。那里的花是如此美丽，那里的月是如此迷人。此情此景，怎能不让人流连！

## 其　二

山公醉酒时，酩酊(mǐngdǐng)高阳下①。
头上白接䍦(lí)，倒着还骑马。

**［注释］**

①山公醉酒时，酩酊高阳下：山公，指晋代征南将军山简，字季伦。据《世说新语·任诞》记载：“山季伦为荆州，时出酣畅，人为之歌曰：‘山公时一醉，径造高阳池。日暮倒载归，酩酊无所知。复能骑骏马，倒着白接䍦。举手问葛彊：何如并州儿？’”

**［诗解］**

山简醉酒时酩酊倒卧在高阳池。他头上倒戴着白头巾，还骑在马上归来，好不惬意！

羊祜

羊祜，字叔子，泰山南城（今山东平邑）人，西晋著名军事家。博学多才，善于写文，长于论辩，官至征南大将军。

## 其　三

岘(xiàn)山临汉江，水绿沙如雪①。
上有堕泪碑②，青苔久磨灭。

[注释]

①水绿沙如雪：一作“水色如霜雪”。②堕泪碑：晋代羊祜镇守襄阳时，常常登岘山，置酒赋诗。羊祜死后，百姓为其在岘山建碑立庙，每年祭祀。见到此碑者都流泪，杜预因而称此碑为“堕泪碑”。

[诗解]

岘山临近汉江，那里的江水碧绿，白沙似雪。岘山之上有堕泪碑，是百姓为纪念羊祜而建的；如今碑上的字迹已经磨灭不见，只有青苔覆盖在石碑之上。

### 其　四

且醉习家池[①]，莫看堕泪碑。

山公[②]欲上马，笑杀襄阳儿。

[注释]

①习家池：汉代侍中郎习郁在岘山南边有一个鱼池，晋征南将军山简镇守襄阳时，常在此醉饮。②山公：指山简。

[诗解]

暂且醉倒在习家池，耽于这种醉饮的快乐，不要看让人感伤的堕泪碑。如果征南将军山简在醉时意欲上马而行，就会让襄阳满街孩童见之发笑。

[说明]

《襄阳曲》，即《襄阳乐》，乐府《清商曲辞》旧题。这组诗表达了李白对酒的钟爱，以及意欲通过饮酒来忘却烦忧的情怀。

## 大堤曲

汉水临襄阳，花开大堤[①]暖。

佳期[②]大堤下，泪向南云[③]满。

春风复无情，吹我梦魂散。

不见眼中人，天长音信断。

[注释]

①大堤：在襄阳城外，东临汉江，西自万山。②佳期：指美好的春日。③南云：陆机《思亲赋》中有“指南云以寄款，望归风而效诚”句。后来，“南云”指思念家乡或是怀念亲人之词。

[诗解]

汉水临近襄阳城，襄阳城已经有花盛开，城外的大堤也变得暖和起来了。大堤下美好的春日总让人看不尽，只是看到这样的美景总会让人想起家乡，思乡的泪水弥漫在整个大堤上。总觉得春风无情，屡屡吹散我回家的梦。已经很久没有看到我的亲人了，相隔万里，音信难通，想起来怎不让人伤怀！

[说明]

《大堤曲》是南朝乐府旧题，属于《清商曲辞》。这首诗里诗人触景伤情，抒发的是作者对家乡的无限思念之情。

[诗评]

幽秀绝远俗艳。胡应麟谓：太白，人知其华藻，而不知其神骨之清。于此亦见一斑。

——乾隆御选《唐宋诗醇》

## 清平调词三首

### 其一

云想衣裳花想容，春风拂槛①露华浓。

若非群玉②山头见，会向瑶台月下逢③。

[注释]

①槛：栏杆。②群玉：山名，传说中西王母居住的地方。因山中多玉石，所以得名。③会：应该。瑶台：传说中西王母居住之处。

[诗解]

看到天上美丽缥缈的云彩就会想起贵妃飘逸的衣裳，看到园中盛开的花朵就会想起贵妃那美丽的容颜；此时正是温暖的春季，春风轻轻拂过栏杆，花朵上还羞答答地带着些露水，晶莹透亮。贵妃仪态出众，犹如仙人，如果不是曾经在群玉山头见过她，那就一定曾在瑶台下与她相逢过。

### 其二

一枝红艳露凝香①，云雨巫山②枉断肠。

借问汉宫谁得似？可怜③飞燕倚新妆。

[注释]

①一枝红艳露凝香：指牡丹花而言。②云雨巫山：宋玉作《高唐赋》描写楚王与巫山神女欢会，神女离去时辞别说："妾在巫山之阳，高丘之阻，旦为朝云，暮为行雨。朝朝暮暮，阳台之下。"后用来指男女欢会离别。③可怜：可爱。

[诗解]

一枝红艳的花朵上露水凝香，那是它从天上掉落，与情人相别时痛断心肠的泪水。如果要问汉宫中谁能和它的美艳相比，只有赵飞燕倚靠新妆才能与其相提并论。

## 其三

名花倾国两相欢①，
长得君王带笑看。
解释②春风无限恨，
沉香亭③北倚阑干。

杨贵妃

杨贵妃，即杨玉环，号太真，蒲州永乐（今陕西华阴）人。天宝四载（745）入宫，得唐玄宗宠幸，封为贵妃。她精通音律，擅歌舞，喜好弹琵琶。

[注释]

①名花：指牡丹花。倾国：指杨贵妃。②解释：消除。③沉香亭：亭子名称，在唐兴庆宫龙池东。

[诗解]

今日有牡丹花与美人两相为伴，十分欢洽，惹得君王带着笑容细细观看。君王的笑消除了春风带来的无限恨意，使得春风在沉香亭北驻足，倚在栏杆上欣赏这里的美景与佳丽。

[说明]

《清平调》，唐代大曲名，《乐府诗集》编入近代曲辞中，后用作词牌。此诗作于天宝二年（743）暮春李白供奉翰林时。正是牡丹花开的季节，玄宗乘夜召见太白，杨贵妃亦乘步辇来到此处。春暖花开，唐明皇十分高兴，诏选梨园子弟前来助兴。唐明皇以一句"赏名花，对妃子，焉用旧乐词"，令李白速进《清平调》三首，并令李龟年歌之。

[诗评]

三章合花与人言之，风流旖旎，绝世丰神。或谓首章咏妃子，次章咏花，三章合咏，殊见执滞。

——沈德潜《唐诗别裁集》

## 鼓吹入朝曲

金陵控海浦(pǔ)①，渌(lù)水带吴京②。

铙(náo)歌列骑吹③，飒沓④引公卿。

搥钟速严妆⑤，伐鼓⑥启重城。

天子凭玉几，剑履若云行。

日出照万户，簪裾⑦烂明星。

朝罢沐浴⑧闲，邀游阆风亭。

济济双阙下⑨，欢娱乐恩荣。

[注释]

①金陵：今江苏南京。控海浦：指控制长江出海口。②带：环绕。吴京：指金陵。三国吴都在金陵，故称吴京。③列骑吹：骑兵排列成行，在马上奏乐。④飒沓：歌声飘扬繁盛的样子。⑤搥：敲击。严妆：整齐装束。⑥伐鼓：击鼓。⑦簪裾：显贵达官的服饰。⑧沐浴：指休沐。古时官员每五天休假一天，称“休沐”，后泛指休假。⑨济济：众多的样子。双阙：官门前两旁的望楼。此处泛指官殿。

[诗解]

金陵地势险要，控制着长江的出海口；金陵城内环境优美，有一条清水盈盈环绕。骑兵排列成行，演奏铙歌，飘扬的歌声引得公卿贵族也前来欣赏。奏乐时，那些表演的人装束整齐，敲击洪钟，发出阵阵气势雄壮的乐声。天子倚靠在玉几旁，和着节奏，腰间的宝剑摇动，好像在云间飘行。第二天，太阳出来了，照耀着大地，显贵达官的服饰在阳光

金陵控海浦，渌水带吴京

的照射下灿若明星。上朝完毕之后，他们利用休息的时间在阆风亭游览。宫门前两旁的望楼上，公卿众多，他们能够得到皇家的恩宠，都感到无限欢愉。

［说明］

《鼓吹入朝曲》，乐府《鼓吹曲辞》旧题。这首诗写的是金陵都城歌舞欢快的盛况，描写了天下太平，百姓和乐，一派欣欣向荣的社会景象。

## 秦女休行

西门秦氏女①，秀色如琼花。
手挥白杨刀②，清昼杀仇家。
罗袖洒赤血，英声凌紫霞。
直上西山去，关吏相邀遮③。
婿为燕国王④，身被诏狱⑤加。
犯刑若履虎⑥，不畏落爪牙。
素颈未及断，摧眉伏泥沙。
金鸡忽放赦⑦，大辟(pì)得宽赊(shē)⑧。
何惭聂政姐⑨，万古共惊嗟。

［注释］

①西门秦氏女：左延年《秦女休行》："始出上西门，遥望秦氏庐。秦氏有好女，自名为女休。"诗用其意。②白杨刀：宝刀名。③邀遮：拦截。④婿为燕国王：相传秦女休为东汉末年燕王之妻。婿，夫婿。⑤诏狱：奉皇帝的诏命拘禁罪犯的监狱。⑥履虎：踩在虎尾上。比喻处境危险。⑦金鸡忽放赦：指大赦，赦免罪行。⑧大辟：死刑。宽赊：宽大赦免。⑨聂政姐：聂政为人报仇，刺杀韩相，然后毁容自杀。韩国把他的尸首暴露街头，悬赏千金，购问其姓名。政姐听说这件事，哭诉说："今死而无名，父母既殁矣，兄弟无有，此为我故也。夫爱身不扬弟之名，吾不忍也。"于是抱尸而哭，最后死在聂政尸体旁边。

［诗解］

西门有秦氏女，长得秀色如花。她手里挥舞着一把白杨刀，清早就找仇家报仇去了。杀了仇人，她的罗袖上洒满了血迹，她的英雄豪气充斥在紫霞之上。她报完仇，径直回西山去，官吏把她拦截了下来。她本为燕王之妻，燕王身陷诏狱之中。官吏对她用刑，她的处境十分危险；可是，她仍意气凛然，毫不畏惧那些官吏爪牙。只要她的头还没断，她就不会让恶势力得逞，不会向他们屈服。突然遇到了天下大赦，她被宽大处置，赦免了死刑。她和聂政姐姐相比，有什么自愧不如的呢？她们都是万古流芳的女侠英豪！

[说明]

《秦女休行》，乐府《杂曲歌辞》旧题。

[诗评]

女休事奇烈，第重述一过，便堪击节，太白拟乐府，有不与本辞为异，正复难及者，此类是也。

——胡震亨《李诗通》

## 秦女卷衣

天子居未央①，妾侍卷衣裳。
顾无紫宫②宠，敢拂黄金床。
水至亦不去③，熊来尚可当④。
微身奉日月⑤，飘若萤之光。
愿君采葑(fēng)菲，无以下体妨⑥。

[注释]

①未央：汉代宫阙名称。②紫宫：指天子居住之处。③水至亦不去：据《列女传》记载，一次楚昭王出游，把夫人贞姜留在渐台之上。昭王听说江水将要袭来，便命使者接夫人离开。使者忘记带符，贞姜不肯违背“召宫人必以符”的规定，使者只好返回取符。当使者回来的时候，大水已经冲塌渐台，贞姜因此丧命。④熊来尚可当：汉元帝观斗兽，有熊逃出圈，攀槛欲上殿。左右皆惊走，只有冯婕妤上前，当熊而立，保护元帝。⑤日月：比喻皇帝。⑥愿君采葑菲，无以下体妨：此处化用

水至亦不去，熊来尚可当

《诗经》中“采葑采菲，无以下体”之语。葑、菲，是植物的名称。根部虽然长得丑，但并不损害叶的味道。比喻夫妇应该以礼仪相合，不可以因为颜色衰老而相弃。

［诗解］

天子居住在未央宫，我卷衣为君王侍寝。我知道自己没有皇帝的百般恩宠，所以不敢在帝王面前骄纵造次；只是期望能够常伴在君王的左右，为他守护一生。没有他的命令，即使水淹没我的身体，付出生命也在所不惜；猛熊若对君王构成威胁，我愿为他阻挡。自己身份如此卑贱，微身侍奉君王，已经感到很满足了；希望君王能够懂得我的一片真情意，不要因为颜色衰老而将我遗弃。

［说明］

乐府《杂曲歌辞》有《秦王卷衣》，言咸阳春景及其宫阙之美，秦王卷衣以赠所欢也。而李白这首诗与《秦王卷衣》十分不同。李白这首诗表达的是对爱情忠贞的看法，对爱情应该始终如一，不能因为彼此年老色衰而背弃对方。其实，在这首诗里，也隐含着李白自己的用世情怀，他希望为君王效力，不会因年老而放弃这一理想。

# 东武吟

好古笑流俗①，素闻贤达②风。
方希佐明主，长揖辞成功。
白日在高天，回光烛微躬③。
恭承凤凰诏④，欻(xū)起云萝中⑤。
清切紫霄迥⑥，优游丹禁⑦通。
君王赐颜色，声价凌烟虹。
乘舆拥翠盖，扈从金城东⑧。
宝马丽绝景⑨，锦衣入新丰⑩。
依岩望松雪，对酒鸣丝桐。
因学扬子云，献赋甘泉宫。
天书美片善，清芬⑪播无穷。
归来入咸阳，谈笑皆王公。
一朝去金马⑫，飘落成飞蓬。
宾客日疏散，玉樽亦已空。

才力犹可倚，不惭世上雄。

闲作《东武吟》，曲尽情未终。

书此谢知己，吾寻黄绮翁⑬。

[注释]

①流俗：流行的习俗。②贤达：指有才德、声望的人士。③烛：照耀。微躬：自谦。④凤凰诏：指皇帝的诏书。⑤欻：忽然。云萝中：指隐者居住的地方。⑥清切：清贵而接近天子的官职。紫霄：帝王的居处。⑦丹禁：帝王宫禁。⑧扈从：随从皇帝出行。金城：指长安。⑨绝景：绝美的风景。⑩新丰：古代县名，唐代的温泉宫在此。⑪清芬：好名声。⑫金马：代指唐代的翰林院。⑬黄绮翁：指夏黄公和绮里季。这里指代商山四皓。

[诗解]

我十分喜好古风，常常嘲笑流俗的轻薄；我一向受有才德、声望的人士的熏陶，目睹了贤达之士的风采。我特别希望能够辅佐明主，建立一番功业后归隐山林，过一种悠游的日子。终于有了这样的机会，太阳的光辉也照耀在我的身上。我恭敬地承奉了皇帝的诏命，突然就从隐居之地出山了。能进入宫廷接近天子，能目睹帝王居处的高迥雄伟，还能够进入帝王的禁宫，那是皇帝对我多高的礼遇啊！因为受到了君王的宠赐，所以我的身价倍增。我威风地乘着翠盖车舆，跟随皇帝从长安东门出游。骑在宝马上，沿途是看不尽的绝美景色。就这样，我穿着锦衣随皇帝到了新丰温泉宫。温泉宫的景色真是别有一番天地，高高的劲松挺立，还有美酒和听不厌、看不尽的美妙歌舞。面对如此美景，我也不禁效仿扬雄，向皇帝献赋一篇。文章写得很好，为我传播了声名。归来后进入咸阳，在朝廷上与我谈笑的人都是些王公贵族。可是，一旦离开了翰林院，我就如飞蓬般漂泊无依。先前围绕在自己身边的宾客渐渐地散去了，玉樽里再也没有了美酒。我自认为，自己的才华是可以和天下的英豪相比的。闲来作了首《东武吟》，曲已尽，但情还没终了。我写这首诗是为了酬谢知己；此后，我将去深山中寻找商山四皓一同隐居。

清切紫霄迥，优游丹禁通

[说明]

《东武吟》，乐府《相和歌辞》旧题。这首诗描写了李白曾伴随皇帝左右、风光无限的昔日时光，以及今日的冷落无依，表达了希望辅佐明主、建功立业的热切愿望，以及他对现实的些许无奈。

[诗评]

此诗乃太白放黜之后，作此以别知己者。抱材于世，始遇而卒不合，见知而不见用。眷恋不忘之意，悠悠然见于辞外，亦可慨叹也已。

——萧士赟《分类补注李太白诗》

## 邯郸才人嫁为厮养卒妇

妾本丛台①女，扬蛾入丹阙。

自倚颜如花，宁知有凋歇？

一辞玉阶下，去若朝云②没。

每忆邯郸城，深宫梦秋月。

君王不可见，惆(chàng)怅至明发③。

[注释]

①丛台：台名，在赵国邯郸城内。②朝云：指男女辞别。③明发：黎明。

[诗解]

我本是邯郸人，容颜初展时就进入了深宫之中。我倚仗自己貌美如花，哪里知道也有君王恩情淡薄，以致失宠的一天？曾记得与君王最后的相见，那时他与我在玉阶辞别，相约再会的日期，如今却如朝云般影迹无踪。在深宫一人独居，常常想起小时候在邯郸城里的美好时光，可惜那些欢快无忧的日子已经一去不复返了，而今只有凄清的深宫和相伴的寒秋之月。等不到君王，真是无限惆怅，一直悲伤无眠，直到天亮。

[说明]

《邯郸才人嫁为厮养卒妇》，乐府《杂曲歌辞》旧题。这首诗描写的是后宫女子失宠后的无聊与苦闷心情，诗人借女子的境况来表达自己不得志的抑郁之情。

[诗评]

太白《邯郸才人嫁为厮养卒妇》诗，妙在不说目前之苦，只追想宫中乐处，文章于虚里摹神，所以超凡入圣耳。

——马位《秋窗随笔》

## 出自蓟北门行

虏阵①横北荒，胡星耀精芒②。

羽书③速惊电，烽火昼连光。
虎竹④救边急，戎车森已行。
明主不安席⑤，按剑心飞扬。
推毂(gǔ)⑥出猛将，连旗登战场。
兵威冲绝幕⑦，杀气凌穹(qióng)苍。
列卒赤山下⑧，开营紫塞傍⑨。
孟冬⑩风沙紧，旌旗飒凋伤。
画角⑪悲海月，征衣卷天霜⑫。
挥刃斩楼兰，弯弓射贤王⑬。
单于一平荡，种落⑭自奔亡。
收功报天子，行歌归咸阳。

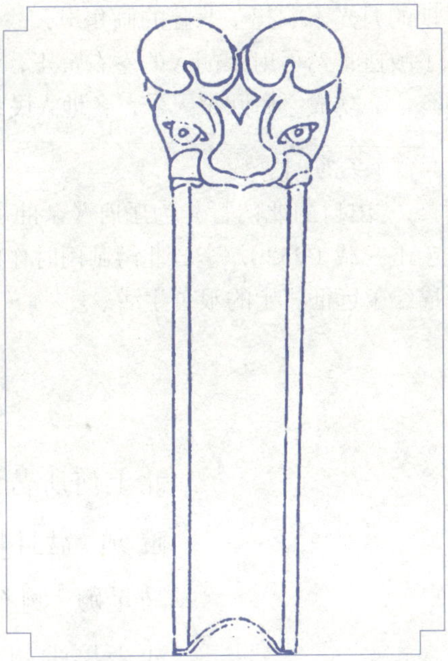

汉虎符

虎符，常用青铜或黄金做成伏虎形状，是古代传达命令或调兵时所用的凭证。其分为两半，将帅和皇帝各执一半，使用时两半互相符合才可以调兵。

[注释]

①虏阵：指敌阵。②胡星：指旄头星。古人认为旄头星是胡星，当它特别明亮时，就会有战争发生。精芒：星的光芒。③羽书：同“羽檄”。这里指告急的文书。④虎竹：泛指古代发给将帅的兵符。⑤不安席：寝不安席，形容焦急得不能安眠。⑥推毂：相传是古代一种仪式，大将出征时，君王要为他推车，并郑重地嘱咐一番，授之以指挥大权。毂，车轮。⑦绝幕：极远的沙漠。幕，通“漠”。⑧列卒：布阵。赤山：山名，在今辽宁西部。⑨开营：设营，扎营。紫塞：指长城，因城土紫色，故名。⑩孟冬：初冬。⑪画角：古代管乐器。形如竹筒，本细末大，用竹木或皮革制成，外加彩绘，军中用以报告昏晓。⑫卷：凝聚。天霜：古人认为霜是从天上落下来的，故称“天霜”。⑬贤王：匈奴贵族封号，负责辅助单于处理军政事务。⑭种落：种族，部落。这里指匈奴所属的部落。

[诗解]

胡虏横行于北方，胡星闪耀着光芒，胡人又一次发动了侵略战争。告急的文书快如闪电，报警的烽火日夜燃烧。汉朝救边的将领接受皇帝的命令出征，战车严谨地列队前进。英明的皇帝十分着急，不能安眠；他按着宝剑，驱除胡虏的决心十分坚定。大将出征讨伐胡人时，君王亲自为他推车，并郑重地对他叮嘱一番，授之以指挥大权。极远的沙漠上顿时扬起了战争的烽烟，杀气顿时充斥边塞。军队在赤山安兵布阵，在长城边设营扎寨。北方的初冬风沙十分猛烈，旌旗飒飒，飘扬在万物凋伤的边塞。边地的月光下响起了悲壮的画角声，战士的军衣上凝聚了层层寒霜。汉军将士挥刀斩杀了敌酋，弯弓射杀胡人的左右贤王，终于打败了单于的部队，匈奴所属的部落便各自奔亡。功成之后回报天子，各地人民纷纷行歌庆贺，一直迎接获胜的军队回到咸阳。

［说明］

《出自蓟北门行》为乐府《杂曲歌辞》调名，内容较多地涉及行军征战之事。天宝十一载（752），李白北游蓟门时作此诗。诗中歌颂了反击匈奴侵扰的战争，同时也描绘了远征将士的艰苦生活。

## 北上行

北上何所苦？北上缘①太行。
磴(dèng)道②盘且峻，巉(chán)岩凌穹(qióng)苍。
马足蹶③侧石，车轮摧高岗。
沙尘接幽州④，烽火连朔方⑤。
杀气毒⑥剑戟，严风裂衣裳。
奔鲸⑦夹黄河，凿齿⑧屯洛阳。
前行无归日，返顾思旧乡。
惨戚⑨冰雪里，悲号绝中肠。
尺布不掩体，皮肤剧⑩枯桑。
汲(jí)水涧谷阻，采薪陇坂(lǒngbǎn)⑪长。
猛虎又掉尾⑫，磨牙皓⑬秋霜。
草木不可餐，饥饮零露浆⑭。
叹此北上苦，停骖(cān)⑮为之伤。
何日王道平，开颜睹天光⑯。

［注释］

①缘：沿着。②磴道：上山的石径。③蹶：摔倒。④幽州：安禄山盘踞下的范阳。乾元元年（758）复改范阳郡为幽州。⑤朔方：郡名，在今宁夏回族自治区以北和内蒙古自治区西南一带。也泛指北方。⑥毒：凝成。⑦奔鲸：奔突的鲸鱼，指安禄山的部将。⑧凿齿：传说中的野兽，“齿长三尺，其状如凿”，这里喻指安禄山。⑨戚：忧愁。⑩剧：甚。⑪陇坂：山冈上的斜坡。⑫掉尾：摇尾。指老虎扑食时的

凶态。⑬皓：白。⑭零露浆：树上滴下来的露水。⑮停骖：停车。骖，驾在车前两旁的马。⑯睹天光：重见光明。

［诗解］

安禄山攻占洛阳后，给当地人民带来了深重的灾难；逃难的人们不得不离乡背井，沿着太行山北上。他们在北上的途中过着风餐露宿的日子。太行山路极其难走，磴道盘旋而险峻，山崖高耸入云。马在坡道上行走，被斜石绊倒，车轮也被崎岖不平的高岗所摧折。自从安禄山在范阳叛变，率军南下后，战火就延及了整个北方。叛变的军队杀气凝注在剑戟上，严酷的寒风把他们的衣裳都吹裂了。安禄山的部将在黄河边起兵，安禄山则在洛阳自称大燕皇帝。流离失所的人们知道继续北上前行没有归路，就回头张望，倍加思念故乡。他们只得在冰雪里凄惨露宿，哀绝悲号。身上衣不掩体，皮肤皲裂甚至干枯。他们想要取水，但无奈涧谷险阻；他们想要砍柴，但山坡太长。猛虎摆尾食人，磨利的獠牙像秋霜一样惨白。无奈之下，这些无辜的百姓只能吃草木充饥，饮露水解渴。感叹北上之苦，停下马车为之悲伤。什么时候国家才能太平，使人民喜笑颜开、重见光明？

［说明］

《北上行》，乐府《征行曲》调名，多写从军征役之苦。原作《苦寒行》，李白取其句首两字，改名为《北上行》。安禄山攻占洛阳后，给当地人民带来了深重的灾难。诗中抓住逃难人民“北上缘太行”的经过和心情，具体地表现了当时人民在战乱中离乡背井、餐风饮露的痛苦生活，也反映出作者渴望天下太平的思想。

［诗评］

按《北上行》者，征行之曲，言行役者之苦也。太白此诗，其作于至德后乎！隐然有《国风》爱君忧国、劳而不怨、厌乱思治之意，读者其勿忽诸！

——萧士赟《分类补注李太白诗》

## 短歌行

白日①何短短！百年苦易满。
苍穹(qióng)浩茫茫，万劫太极长②。
麻姑③垂两鬓，一半已成霜。
天公见玉女，大笑④亿千场。
吾欲揽六龙，回车挂扶桑⑤。
北斗酌(zhuó)美酒⑥，劝龙各一觞(shāng)。
富贵非所愿，为人驻颓光⑦。

[注释]

①白日：白昼。这里泛指时光。②万劫：万世。太极：本意是天地未分之前混而为一的状态，这里借指太初时代。③麻姑：神话传说中的仙女。④大笑：据《神异经·东荒经》记载，东王公经常和玉女作以箭投壶的游戏，每次投一千二百支，投不中的，天公就为之大笑。⑤扶桑：传说中生于海上的仙树，高数千丈，大一千余围，两干同根，为太阳所出之处。⑥北斗酌美酒：用北斗当勺子舀酒喝。北斗星排列的形状像一只勺子。《诗经·小雅·大东》："维北有斗，不可以挹酒浆。"这里是反用其意。⑦颓光：流逝的时光。

[诗解]

时光多么短促！人生百年很快就要过去。宇宙是那么广阔邈远，从太初到如今，人间已经历了万世。神话传说中的仙女麻姑低垂的两鬓现在有一半已经斑白。天公已经为东王公和玉女的投壶游戏大笑了上亿场。我要挽住六龙，转回太阳所乘的车，拴在扶桑树上。我要以北斗作酒勺，斟上美酒，请六龙各喝一杯。富贵并不是我想要的，只希望流逝的时光，能长久为我驻足。

麻姑垂两鬓，一半已成霜

[说明]

《短歌行》，乐府《相和歌·平调曲》调名，内容多写人生短促，及时行乐。这首诗利用乐府旧题，赋予新的含义，通过奇妙的神话传说，揭示了生命有限、宇宙无穷的规律。"吾欲揽六龙，回车挂扶桑"，显示了作者珍惜年华、奋发有为的精神。全诗构思新颖，基调积极，具有浓厚的浪漫主义色彩。

[诗评]

乐府诗古皆有此词，言人寿不可得长，思与知友及时为乐，并自戒勖之意，太白此词虽拟之，然其词意则出于《骚》，肆为诞词以寄兴而已。

——萧士赟《分类补注李太白诗》

## 空城雀

嗷(áo)嗷空城雀，身计何戚促！

本与鹪鹩①群，不随凤凰族。
提携四黄口②，饮乳未尝足。
食君糠秕余，常恐乌鸢③逐。
耻涉太行险，羞营覆车粟④。
天命有定端，守分⑤绝所欲。

[注释]

①鹪鹩：鸟名，似黄雀而小。②黄口：雏鸟。③鸢：俗称老鹰。④覆车粟：因翻车而洒落的粟米。据《艺文类聚》记载："杨宣为河内太守，行县，有群雀鸣桑树上，宣谓吏曰：'前有覆车粟，此雀相随，欲往食之。'行数里，果如其言。"⑤分：名分，职分。

[诗解]

嗷嗷待哺的空城雀，生计是多么窘迫啊！它本与鹪鹩为群，不随凤凰飞舞。哺育着四只雏鸟，粮食常常不足。吃人间秕糠的时候，常常畏惧猛禽来追逐。不愿去冒飞过太行的危险，羞于争食翻车洒落的粟米。天命自有定数，应当安守着自己的本分，时时消除自身的私欲。

[说明]

《空城雀》，乐府《杂曲歌辞》旧题。诗人在这首诗里表达的是自己志向不得伸展，又不想屈节钻营，只能过着悲苦日子的愤懑与无奈之情。

# 卷四 乐府

# 发白马

将军发白马①，旌节渡黄河。
箫鼓聒(guō)川岳，沧溟涌涛波。
武安有震瓦②，易水无寒歌③。
铁骑若雪山，饮流涸(hé)滹(hū)沱④。
扬兵猎月窟⑤，转战略朝那⑥。
倚剑登燕然⑦，边烽列嵯(cuó)峨。
萧条万里外，耕作五原⑧多。
一扫清大漠，包虎戢(jí)金戈⑨。

## [注释]

①白马：白马津，在今河南滑县。②武安有震瓦：据《史记》记载，秦国伐魏，驻军在武安西，鼓噪勒兵，武安屋瓦尽振。武安，在今河北武安。③易水无寒歌：荆轲刺秦之前，高渐离慷慨悲歌，为之送行。歌曰：“风萧萧兮易水寒，壮士一去兮不复还。”④滹沱：河名，在河北西南部。⑤月窟：传说月的归宿处。⑥略：夺取。朝那：古代城市名，旧址在今宁夏固原。⑦燕然：燕然山，在今蒙古国境内。⑧五原：郡名，治所在今陕西定边。⑨包虎戢金戈：用虎皮包裹兵器，表示不再用兵打仗。《礼记》记载：“武王克殷反周，倒载干戈，包之以虎皮。”戢，收藏兵器。

## [诗解]

将军从白马津出发，招展旌旗跨渡黄河。箫鼓声震动川岳，气势壮大如海上涌起的波涛。战事浩大，把屋瓦全都震落了；战场上兵士气势昂扬，没有慷慨的悲歌。行进的兵马盔明甲亮，白如雪山；战马众多，能饮干滹沱河水。战争在最西部的月窟发起，后来又转战到朝那。拄剑登上燕然山，望见边境战争频繁，烽火不断。万里之外十分萧条，只有五原耕作繁忙。希望朝廷能够一扫大漠对中原的威胁，此后不再动干戈。

扬兵猎月窟，转战略朝那

[说明]

《发白马》，属乐府《杂曲歌辞》旧题。

## 陌上桑

美女渭桥东，春还事蚕作。
五马①如飞龙，青丝结金络。
不知谁家子，调笑来相谑(xuè)。
妾本秦罗敷，玉颜艳名都。
绿条映素手，采桑向城隅。
使君且不顾，况复论秋胡②。
寒螀(jiāng)爱碧草，鸣凤栖青梧。
托心自有处，但怪旁人愚。
徒令白日暮，高驾空踟蹰(chí chú)。

[注释]

①五马：汉代太守出行时乘坐五马之车，此言车驾之盛。②秋胡：春秋时期鲁国人。他成婚五日就赴陈做官，五年后回家，在路上看到一个采桑的妇人。秋胡调戏妇人，许以千金，被严词拒绝，到家里才知道那个被自己调戏的采桑妇竟是自己的妻子。秋胡十分惭愧，他的妻子则因悲愤而投河自尽。

[诗解]

美女在渭桥东边采桑，春天正是忙于蚕事的时候。这时，突然有个乘坐五马之车的人疾驰经过此地，他的马装饰华美，还饰有金络。不知这是哪家公子，竟前来调笑采桑女。采桑的人本是秦罗敷，她的美貌在整个都城都是有名的。嫩绿的桑条映着她那洁白的纤纤细手，她正在都城的一角采桑。就连州郡官长都调戏她不得，何况是秋胡那样的轻薄

妾本秦罗敷，玉颜艳名都

之徒呢！寒蝉喜爱碧草，鸣凤栖息在青翠的梧桐树上。她自己心中已经有中意之人，只怪旁人愚钝，不知道她已托心于人。她只让他们从白天空等到日暮，停下车来空自踟蹰。

［说明］

《陌上桑》，乐府《相和歌辞》旧题。这首诗赞扬了秦罗敷的坚贞自洁，并以此寄托了诗人对国、对君的忠诚。

## 枯鱼过河泣

白龙改常服，偶被豫且制[①]。
谁使尔为鱼？徒劳诉天帝。
作书报鲸鲵(ní)[②]，勿恃风涛势。
涛落归泥沙，翻遭蝼蚁噬(shì)。
万乘慎出入，柏人[③]以为诫。

［注释］

①白龙改常服，偶被豫且制：据《说苑·正谏》记载："吴王欲从民饮酒，伍子胥谏曰：'不可。昔白龙下清泠之渊，化为鱼，渔者豫且射中其目。'"豫且，捕鱼者的名字。②鲸鲵：大鱼。雄的叫鲸，雌的叫鲵。《韩诗外传》记载："夫吞舟之鱼，大矣，荡而失水，则为蝼蚁所制，失其辅也。"③柏人：据《史记》记载：汉高祖从平城过赵，赵王待之以礼，而高祖甚慢易之，赵相贯高怒。后高祖又过赵，贯高等于柏人县馆复壁中布下伏兵欲杀之。高祖欲宿，心动，问曰："县为何名？"对曰："柏人。"高祖曰："柏人者，迫于人也。"遂不宿而去。"柏"古音与"迫"相近。

［诗解］

白龙一改其龙的面目，化为鱼，跃下清冷之渊，被打鱼的豫且射中眼睛。白龙遭受这样的不幸，都怪它自己，谁让它当时化为了鱼呢？它只能徒劳地向天上的玉帝哭诉。真想作书信一封寄给鲸鲵，告诉它们不要倚仗风涛的势力。一旦风涛平落归于泥沙，它们就会遭到被蝼蚁吞噬的命运。贵为天子的万乘之君，一定要谨慎出入，要戒备那些图谋不轨的歹人。

［说明］

《枯鱼过河泣》，属于乐府《杂曲歌辞》旧题。这首诗以鱼拟人，应该是遭遇祸患的人警告伙伴的诗。这首诗中，"枯鱼作书"的确是奇想，突出了汉乐府寓言体歌辞活泼的想象力。

## 丁都护歌

云阳上征去①，两岸饶商贾。

吴牛喘月②时，拖船一何苦！

水浊不可饮，壶浆③半成土。

一唱《都护歌》，心摧④泪如雨。

万人凿盘石⑤，无由达江浒⑥。

君看石芒砀(dàng)⑦，掩泪悲千古。

［注释］

①云阳：今江苏丹阳。上征：逆水向上游行驶。②吴牛喘月：形容天气酷热。吴牛，南方一带的水牛。据说吴牛怕热，在夏天夜晚看到月亮也当成太阳，喘气不止。③壶浆：壶里的水。④摧：折裂。⑤盘石：大石头。⑥江浒：江边。⑦芒砀：芒山、砀山，在今安徽、江苏、山东三省的交界处。古时芒山、砀山一带盛产文石（有纹理的石头）。一说，芒砀是叠韵联绵词，形容石头粗重难移。此处形容盘石又多又大。

吴牛喘月时，拖船一何苦

［诗解］

从云阳沿运河行船北上，两岸商贾众多。在天气炎热的时候，船工拉纤行船是多么辛苦啊！天气如此炎热，劳动强度如此大，纤夫们自然干渴难耐。他们口渴时只能就河取水，然而河水还浑浊不堪，不能饮用；舀起一壶水，有一半是沙土，这哪是人喝的水呢？纤夫们悲伤地唱起了拉船的号子《都护歌》，其声凄切哀怨；他们口唱心悲，泪如雨下。纤夫们拖船非常艰难，开凿的大石不计其数，即使有万人之力也无法运到江边。石头又大又多，是采之不尽、输之难竭的，纤夫之苦也足以感伤千古了。

［说明］

《丁都护歌》，乐府《清商曲·吴声歌》旧题。《古今乐录》记载，南朝宋高祖刘裕的女婿徐逵之被鲁轨所杀，宋高祖派府内直督护丁旿去办理丧事。徐逵之的妻子向丁旿询问收葬的情况时，每问必叹一声“丁都护”，其声哀切，后人因其声而制曲，题为《丁都护歌》。天宝六载（747），李白漫游江南润州（今江苏镇江）一带时，目睹船工长途运石的悲惨生活，有感而作此诗。本篇用旧题写新意，全诗倾注了对劳动人民的同情。

［诗评］

落笔沉痛，含意深远，此李诗近杜者。

——乾隆御选《唐宋诗醇》

## 相逢行

朝骑五花马①，谒帝出银台②。
秀色谁家子，云车珠箔(bó)开③。
金鞭遥指点，玉勒近迟回④。
夹毂(gǔ)⑤相借问，疑从天上来。
蹙(cù)入青绮门⑥，当歌共衔杯。
衔杯映歌扇，似月云中见。
相见不得亲，不如不相见。
相见情已深，未语可知心。
胡为守空闺，孤眠愁锦衾。
锦衾与罗帏(wéi)，缠绵会有时。
春风正澹荡⑦，暮雨来何迟？
愿因三青鸟⑧，更报长相思。
光景不待人，须臾发成丝。
当年⑨失行乐，老去徒伤悲。
持此道密意，无令旷⑩佳期。

［注释］

①五花马：毛色呈五种颜色的马，这里指名贵的马。②银台：唐代大明宫有左右银台门，翰林院在右银台门内。③云车：绘有云纹的车。珠箔：车上的珠帘。④勒：马络头。迟回：徘徊不前。⑤夹毂：形容两辆车相靠特别近。毂，车轮中

相见情已深，未语可知心

央穿轴之处。⑥蹙：急迫。青绮门：长安的一处古城门。⑦澹荡：荡漾。⑧三青鸟：神话中的鸟名，西王母的使者。后用来代指信使。⑨当年：又作“少年”或“壮年”。⑩旷：荒废。

[ 诗解 ]

早上骑着名马，拜谒了皇帝后，走出银台。不知是谁家的公子，驾着绘有云纹的车，珠帘轻轻掀开。他用金鞭遥指远处，可他身下的宝马却迟迟徘徊不前。他的车和女子的车相靠得特别近，他便向女子打听道路；女子长得太美了，所以他怀疑女子是从天上下来的。两个人急迫地踏入青绮门，伴随着歌曲共同举杯。女子举杯，十分娇羞地用歌扇掩映着自己的脸庞，好像月亮掩映在云层中，不能明晰地看到。相见却不能亲近，还不如不见。相见情就会更深，即使没有交谈也知道彼此的心意。为什么要独守空闺，抱着锦衾彻夜难眠？锦衾与罗帏，尚且缠绵难舍。春风正在荡漾，春雨为何来得这样迟，到黄昏才下起来？愿通过三青鸟这爱情的信使，来表达他们彼此的相思之情。时光是不会等人的，人的头发须臾间就会变白。少年的时候耽于行乐，老了以后只能独自伤悲。让青鸟捎去此封密函，不要荒废了他们彼此相约的佳期。

[ 说明 ]

《相逢行》，乐府《相和歌辞》旧题。这首诗表面上写的是男女间彼此钟情而不能相伴的刻骨相思之情，实际上抒发的是诗人自己能见到帝王，却不能与他成为知己的无限遗憾之意。

[ 诗评 ]

按古辞言相逢年少，问知其家之豪盛。此则言相逢其人，仍不得相亲。恐失佳期，回环致望不已，较古辞用意尤深。

——胡应麟《诗薮》

## 千里思

李陵①没胡沙，苏武还汉家。

迢迢五原关②，朔雪乱边花。

苏武

苏武，字子卿，杜陵（今陕西西安东南）人，代郡太守苏建之子，曾任中厩监，后拜中郎将。天汉元年（前100），奉汉武帝的命令出使匈奴。

一去隔绝国[3]，思归但长嗟。

鸿雁向西北，因书报天涯。

[注释]

①李陵：西汉将领。汉武帝命令将军李广利抗击匈奴，别将李陵军于居延北千余里被匈奴大军围困，兵败而降。②五原关：在唐盐州五原县（今属内蒙古）境内。③绝国：绝远之国。

[诗解]

汉武帝时，李陵被匈奴大军围困，兵败后投降匈奴，从此他的一生就埋没在胡沙边塞之地；苏武出使匈奴被扣留，不屈服匈奴，就在北海牧羊，十九年后才得以重返汉朝。五原关迢迢万里，朔雪纷飞，大如花瓣。从此一去就相隔在绝远之国，思念家乡却不能归来，只能长嗟短叹。鸿雁年年飞向西北，希望它们能够替自己传递书信，寄到远方亲人手中。

[说明]

《千里思》，乐府《杂曲歌辞》旧题。这首诗表达的是对那些滞留在胡地、不能归汉之人的无限同情。

## 树中草

鸟衔野田草，误入枯桑里。

客土植危根[1]，逢春犹不死。

草木虽无情，因依尚可生。

如何同枝叶，各自有枯荣？

[注释]

①客土：异地的土壤。危根：入土不深容易拔起的根。

[诗解]

鸟衔来野地里的草，却误入了枯桑丛里。草根浅浅地生长在异地的土壤上，适逢春天还不会枯死。草木虽然无情，凭借彼此的依靠尚可以生存。为什么同一棵树上的枝叶，命运却各不相同，各有枯荣呢？

[说明]

《树中草》，乐府《杂曲歌辞》旧题。在这首诗里，诗人抒发了对命运飘忽不定的感伤。

## 君马黄

君马黄，我马白。
马色虽不同，人心本无隔。
共作游冶盘[①]，双行洛阳陌。
长剑既照曜(yào)，高冠何赩(xì)赫。
各有千金裘，俱为五侯[②]客。
猛虎落陷阱，壮士时屈厄。
相知在急难[③]，独好亦何益？

[注释]

①盘：游乐。②五侯：河平二年（前27），汉成帝同日封其舅王谭、王商等五人为侯，世称五侯。③急难：指兄弟相救于危难之中。

[诗解]

你的马是黄色的，我的马是白色的。马的颜色虽然不同，但人心本没有什么相隔。我们一起来游乐玩耍，双双行驶在洛阳的街头巷陌。我们都腰挎明闪闪的宝剑，戴着装饰华丽的高冠。我们都有价值千金的狐裘，都是五侯的门客。猛虎有时候也会不小心落在陷阱里面，壮士有时也会陷于危难之中。兄弟之间的情意只有在急难中才能真正体现，如果只是自己一个人获利，又有什么好处呢？

[说明]

《君马黄》，汉《鼓吹铙歌十八曲》之一。在这首诗里，李白抒发的是知己难得的苦闷之情。

[诗评]

此诗其伤朋友之道缺乎，抑白遭诬被谤之时所作也耶？婉而不迫，可谓得国风之

娥皇、女英

娥皇、女英，中国古代传说中尧的两个女儿，同嫁帝舜为妻。

体矣。

——萧士赟《分类补注李太白诗》

# 拟　古

融融白玉辉，映我青蛾眉。
宝镜似空水，落花如风吹。
出门望帝子①，荡漾不可期②。
安得黄鹤羽，一报佳人知③。

### [注释]

①帝子：指尧的女儿娥皇、女英。②荡漾不可期：意谓天地相距甚远，无法与神女相会。③安得黄鹤羽，一报佳人知：取自江淹《去故乡赋》："愿使黄鹤兮报佳人。"

### [诗解]

在寂静的夜晚，月亮轻柔地洒下融融的光辉，照出佳人娇美的脸庞。月亮圆如宝镜，洒下的光辉如水一样轻柔；落花飘零，似乎是轻风吹拂的缘故。我默然地走出房门，仰望着天上的神女，但天上与地下两相隔，不可能有相约结合的那天。怎么才能唤来黄鹤，让它把我的倾慕之情告知神女呢？

### [诗人逸事]

李白年轻时，曾在绵州彰明县（今四川江油）做过县中小吏。他为人不拘小节，有一次牵牛从县令府第堂下经过。县令夫人很生气，要责罚李白，李白连忙上前谢罪，并作诗："素面倚栏钩，娇声出外头。若非是织女，何必问牵牛？"一旁的县令听了，连忙制止自己的夫人，并让李白专门伺候自己的笔墨等事。

# 折杨柳

垂杨拂绿水，摇艳①东风年。
花明玉关雪，叶暖金窗烟。
美人结长想②，对此心凄然。
攀条折春色，远寄龙庭③前。

[注释]

①摇艳：美丽的枝条随风飘扬。②长想：又作“长恨”。③龙庭：又叫龙城，是匈奴祭天、大会诸部之地。

[诗解]

春天来了，垂杨飘荡在白云绿水间，它那美丽的枝条随着春风飘扬，好不娇美。适逢生机勃勃的春天，此处花儿争相开放，但玉门关边塞此时却是冰雪交加。美人每当想起这些，都会倍感惆怅；她在金窗前独自凭依，看绿叶云空，心中更有无限离愁；面对此景心中常会荡起一种凄凉之感。真想攀折柳条，寄到情郎所在的龙城，让他明白自己的一片相思。

[说明]

《折杨柳》，属于乐府《横吹曲辞》旧题。此首诗抒写女子在春光明媚的日子里，触景生情，引起了对征戍在外的丈夫的思念之情。

## 紫骝马

紫骝（liú）①行且嘶，双翻碧玉蹄②。

临流不肯渡，似惜锦障泥③。

白雪关山远，黄云海戍迷。

挥鞭万里去，安得念④春闺？

[注释]

①紫骝：暗红色的马。②碧玉蹄：化用沈佺期《骢马》：“四蹄碧玉片，双眼黄金瞳。”③障泥：披在马腹两侧以挡溅起的尘泥的马具。④念：又作“恋”。

[诗解]

紫骝马在行进途中不时发出嘶鸣，在地上踢踏着它那碧玉般的马蹄。来到河边，它不肯过河，好像是爱惜它身上锦织的障泥。在白雪映照下，通往关山的路显得更加遥远；如今黄云弥漫，天

紫骝行且嘶，双翻碧玉蹄

空黯淡，迷住了通往征戍之地的路途。骑在马上的征客故作潇洒地挥鞭向万里之外前行，怎么能够留恋家中的她呢？

[ 说明 ]

《紫骝马》，乐府《横吹曲辞》旧题。这首诗表达的是诗人即将赶往边塞建功立业的矛盾心情。他十分渴望建功立业，但踏上遥远的征途时总不免对家乡有些依恋之情。

胡风吹代马，北拥鲁阳关

## 豫章①行

胡风吹代②马，北拥鲁阳关③。
吴兵照海雪④，西讨何时还？
半渡上辽津⑤，黄云惨无颜。
老母与子别，呼天野草间。
白马绕旌旗，悲鸣相追攀。
白杨秋月苦，早落豫章山⑥。
本为休明人⑦，斩虏素不闲⑧。
岂惜战斗死？为君扫凶顽。
精感石没羽⑨，岂云惮⑩险艰？
楼船若鲸飞，波荡落星湾⑪。
此曲⑫不可奏，三军发成斑⑬。

[ 注释 ]

①豫章：今江西南昌。②代：古国名，在今山西东北部和河北蔚县一带，其地盛产良马。③鲁阳关：古关名，在今河南鲁山，是古代的军事要地。④吴兵：吴地征来的兵。照海雪：指吴兵旗帜鲜明，如同海中的雪浪。⑤上辽津：上辽水，今名潦水，源出江西奉新西，流经永修，与修水汇合。⑥豫章山：泛指豫章境内的高山。⑦休明人：太平时候的人。⑧闲：通“娴”，熟悉。⑨精感石没羽：据《史记·李将军列传》记载，李广在边塞打猎时，曾把草中的石头误认为是隐伏的老虎，立即弯弓射去，射出的箭竟深深地陷入石中。后来再射，再不能入石。精，精诚。羽，箭。⑩惮：惧怕。⑪落星湾：也叫落星湖，在今江西鄱阳湖西北。⑫此曲：指《豫章行》。⑬发成斑：头发变成花白颜色。

[ 诗解 ]

唐朝的军士要远离家乡，讨伐胡虏；他们的战马在胡风的吹拂下，鬃毛尽卷起来，更显飒爽强健；往北去就是军事要地鲁阳关了。这时唐军的大部队也已经出发了，吴兵旗帜鲜明，如同海中的雪浪；不知道他们此次西征什么时候才能归来？大军正在上辽津渡河，当时黄云蔽空，天色黯淡。母亲与儿子离别，十分悲痛，呼号不绝，她们把自己的儿子送到郊野，仍然不愿离去，因为她们不知道再次相见会在何时。旌旗飘扬，白马嘶鸣，征人已经离去了，可她们仍哭着久久追攀，不愿回去。秋天最是悲凉的季节，豫章山上的白杨苦闷无依，叶子早早便凋零了。士兵们本是太平时代的人，生来就对斩杀胡虏的事并不熟悉。他们只期望能够为君主扫除敌寇，怎会爱惜自己的生命，害怕在战争中死亡呢？李广在边塞打猎时，把草中的石头误认为是隐伏的老虎，射出的箭深深地陷入石中；战士们身在边塞，同样也是怀抱一腔报君建功的热忱，怎会惧怕危险呢？战船急驰如鲸飞一般，落星湾波涛荡漾。《豫章行》这首曲子不可以奏响，因为那太悲凉了，会令三军将士感到无限悲伤，头发变得斑白。

[说明]

《豫章行》，乐府《相和歌·清调曲》调名。此诗是写豫章山上白杨变为洛阳宫栋梁的根株分离之苦。上元元年（760），李白寓居豫章。当时安史余党仍骚扰河南。诗人目睹吴地人民应募从军、奔赴战场的悲壮情景，有感而作此诗。诗中对出征战士寄予同情和希望，鼓励他们英勇作战。

## 沐浴子

沐芳莫弹冠，浴兰莫振衣。
处世忌太洁，至人贵藏晖①。
沧浪有钓叟②，吾与尔同归。

[注释]

①藏晖：掩藏其光芒。②沧浪有钓叟：沧浪之滨渔父对屈原说："沧浪之水清兮，可以濯吾缨；沧浪之水浊兮，可以濯吾足。"

[诗解]

用香膏洗过头之后，大多数人都会拍打一下自己所戴的帽子，以弹去它上面的灰尘；用兰草煎水洗过澡后，大多数人会抖抖自己的衣衫，以抖落上面的不洁之物。但希望你沐浴过后不要这样做，因为人生在世，十分忌讳把什么事情都搞得那么洁净无瑕，真正达到至高境界的人是懂得掩藏其光芒的。沧浪之滨有一个深知进退行藏的渔父，我想随他一同归去。

[说明]

《沐浴子》，属于乐府《杂曲歌辞》旧题。诗人在这首诗里表达的是自己对人生处世的一种独特的认识，其中流露出他对人生不得意的无奈之情。

[ 诗评 ]

白因《渔父》一篇反其意而用之，盖其涉世之久，英气将敛，故云然耳。不然，与世浮沉，漫无介节，胡广中庸，冯道长乐，其可嗤又何如耶！

——乾隆御选《唐宋诗醇》

## 静夜思①

床前看月光②，疑是地上霜。

举头望山月③，低头思故乡。

[ 注释 ]

①静夜思：在静静的夜晚所引起的思念。②床：井栏。看月光：一作“明月光”。③望山月：一作“望明月”。

举头望山月，低头思故乡

[ 诗解 ]

看到月光洒落到井栏前的空地上，宛如地上结了层白霜。仰首看那空中的一轮明月，不由得低下头来沉思，愈加想念自己的故乡。

[ 说明 ]

《静夜思》是诗人离开家人后写的诗。全诗仅短短四句，共二十个字，却意味深长地表达出一位远在他乡的游子对故乡深深的怀念之情。

## 渌水曲

渌(lù)水明秋日，南湖采白蘋(pín)①。

荷花娇欲语，愁杀荡舟人。

[ 注释 ]

①白蘋：水草名，俗称“田字草”。叶子是四方的，中折如十字，夏天开花。

[诗解]

一潭清澈的湖水在这个明朗的秋日更显澄澈鲜亮，女子们在幽美的南湖边悠悠地采撷着白蘋。荷花如此娇艳欲滴，如同女子美丽的面庞；她们姿态轻盈，虽未启唇但嘴角已经漾起了笑意；她们可望而不可即，这让在湖中荡舟的人感到无限伤感。

[说明]

《渌水曲》，属于乐府《琴曲歌辞》旧题。诗仅短短四句，却形象生动地展现了一幅水乡女子荡舟采蘋的风俗画卷，勾勒出了人物瞬间的心理动态。

[诗评]

少陵“春去春来洞庭阔，白蘋愁杀白头人”，太白“荷花娇欲语，愁杀荡舟人”，风神摇漾，一语百情。李、杜洵敌手也。

——马位《秋窗随笔》

## 从军行

从军玉门[①]道，逐虏金微山[②]。

笛奏《梅花曲》[③]，刀开明月环。

鼓声鸣海上[④]，兵气拥云间。

愿斩单于首，长驱静铁关[⑤]。

[注释]

①玉门：指玉门关。②金微山：今阿尔泰山。东汉窦宪曾在此击破北匈奴。③《梅花曲》：指笛曲《梅花落》。④海上：意指大漠之上。海，瀚海。⑤铁关：指铁门关，在今新疆境内。

[诗解]

将士们在玉门关从军，曾在金微山击破匈奴，驱逐胡虏。有人吹奏起《梅花落》，这是战士们在庆祝战争的胜利。鼓声在大漠上鸣起，士兵们的英勇豪气弥漫在云间。只愿能亲取单于的首级，长驱直入，平定铁门关。

[说明]

《从军行》，乐府《相和歌辞》旧题。李白在这首诗里表达了在战场上建功立业的强烈愿望。

## 秋 思

春阳如昨日，碧树鸣黄鹂。
芜然蕙草①暮，飒尔凉风吹。
天秋木叶下②，月冷莎鸡③悲。
坐愁群芳歇，白露凋华滋④。

春阳如昨日，碧树鸣黄鹂

［注释］

①蕙草：香草名。②天秋木叶下：《楚辞·九歌》中有“袅袅兮秋风，洞庭波兮木叶下”句。③莎鸡：俗称纺织娘，又称促织。④华滋：繁盛的枝叶。

［诗解］

今日的春光如同昨天一样明媚，碧树绿草间，有黄鹂鸟在唧唧鸣叫。但突然之间，蕙草就枯萎凋零了，衰飒的秋风吹来阵阵凉意，让人顿感忧伤。已经进入秋天，落叶纷纷而下，一片凄清的景象。冰冷的月光下纺织娘正在悲鸣，只因为秋露渐浓，群芳凋零。

［说明］

《秋思》，乐府《琴曲歌辞》旧题。

## 春 思

燕①草如碧丝，秦②桑低绿枝。
当君怀归③日，是妾断肠时。
春风不相识，何事入罗帏④？

［注释］

①燕：今河北北部、辽宁南部一带。②秦：指长安一带。③怀归：思念家乡。④罗帏：丝织的帷幕。

［诗解］

燕地的春草刚刚发芽，细嫩得像丝一样；秦地的桑树低垂着嫩绿的树枝。当你心里想着归家的日子时，正是我想你想得柔肠寸断的时候。春风与我不相识，为什么要吹入我的罗帐里来？

[ 说明 ]

我国古典诗歌中的“春”字通常语意双关，既指春天，又可以用来比喻男女之爱。这首《春思》中的“春”就包含这两方面的意思。本诗以相隔遥远的燕秦两地春天景物起兴，别具一格。秦地思妇触景生情，想起了远方的丈夫，颇为伤怀。她申斥春风，正是明志自警，恰到好处。

## 秋 思

燕支[①]黄叶落，妾望白登台[②]。
海上碧云断，单于[③]秋色来。
胡兵沙塞[④]合，汉使玉关回。
征客无归日，空悲蕙草[⑤]摧。

[ 注释 ]

①燕支：燕支山，在今甘肃永昌东南。②白登台：在今山西大同东白登山上。匈奴冒顿单于曾经围困汉高祖于此地。③单于：这里指唐代的单于都护府，治所在今内蒙古和林格尔西北。④沙塞：北方边塞多沙漠，所以称为沙塞。⑤蕙草：香草名，常用来比喻女子的品性美好。

[ 诗解 ]

燕支山上的黄叶已经簌簌落下了，女子独自登上燕支山向远方的白登台望去，希望能够见到征戍在外的丈夫。如今胡地大漠已经笼罩在一片凉凉的秋意中，不见夏日的碧云蓝天了。胡兵兵合一处，在战争中暂时占有优势，这一消息已经从玉门关传到京城。可悲的是出征在外的丈夫又不能回来了，而蕙草已渐渐枯萎，女子也已经随着岁月的流逝渐渐老去了，这怎不让人伤悲？

燕支黄叶落，妾望白登台

[ 诗评 ]

神藻飞动，乃所谓龙跃天门，虎卧凤阙也。以此及“塞虏乘秋下”相比拟，则知五言近体正闰之分。

——王夫之《唐诗评选》

# 子夜吴歌四首（录二首）

## 秋 歌

长安一片月，万户捣衣[①]声。

秋风吹不尽，总是玉关[②]情。

何日平胡虏，良人[③]罢远征。

[ 注释 ]

①捣衣：古代妇女把织好的布帛铺在平滑的砧板上，用木棒敲平，以求柔软熨帖，好裁制衣服。②玉关：玉门关。③良人：指丈夫。

[ 诗解 ]

长安城里今夜月明如昼，正适合捣衣；在这明朗的月夜，长安城沉浸在一片此起彼落的砧杵声中。这特殊的秋声不禁勾起了妇人的思夫之情。月朗风清，阵阵秋风不断，送来砧杵声，声声都是思妇对玉关征人的思念。什么时候才能扫平胡虏，丈夫得以重返家园呢？

长安一片月，万户捣衣声

[ 说明 ]

《子夜吴歌》，又名《子夜歌》，乐府《吴声歌曲》调名。内容多写妇女思念情人的哀怨之情。《子夜吴歌》四首分别以春夏秋冬四季为背景，描写长安女子对远方征人的思念。这组诗语言朴素，含意深远，富有民歌色彩。

## 冬 歌

明朝驿使[①]发，一夜絮[②]征袍。

素手[③]抽针冷，那堪把[④]剪刀。

裁缝寄远道，几日到临洮[⑤]？

[ 注释 ]

①驿使：古时传递公文、邮件的人。②絮：在衣服里铺絮。③素手：指妇女洁

白的手。④把：拿着。⑤临洮：郡名，在今甘肃境内。此处泛指边地。

[诗解]

明天清晨驿使就要出发了，妇人必须连夜絮好征袍，好及时给远方征戍的丈夫寄去。女子洁白的手捻着针，来回密密地缝着，像她这样纤弱的细手怎能拿得动重重的剪刀呢？天气渐渐转凉了，现在边塞也已经奇寒无比了吧？不知道远方的丈夫身上有没有添衣，只希望今夜能把征袍赶做出来，明日好为丈夫寄去；这征袍几天才能寄到临洮，送到丈夫的身边呢？

[诗评]

《冬歌》纯从侧面落笔，通过形象刻画与心理描写结合，塑造出一个活生生的思妇形象，成功表达了诗歌的主题。结构上一波未平，一波又起，起得突兀，结得意远，情节生动感人。

——周啸天《唐诗鉴赏辞典》

## 对酒行

松子栖金华①，安期②入蓬海。

此人古之仙，羽化③竟何在？

浮生速流电，倏(shū)忽变光彩。

天地无凋换，容颜有迁改。

对酒不肯饮，含情欲谁待④？

赤松子

赤松子，上古仙人，神农时掌管雨水的官。

[注释]

①松子：指赤松子，传说中古代的仙人。金华：山名，在今浙江金华北。相传赤松子在此山得道，羽化成仙。②安期：指安期生，传说中的仙人，居住在东海仙山。③羽化：成仙。④对酒不肯饮，含情欲谁待：化用王粲《公燕诗》："今日不极欢，含情欲待谁？"

[诗解]

赤松子栖居在金华山上，安期生居住在东海的蓬莱仙山。他们都是古代的仙人，不知今日他们是否还在？人生浮幻如梦，如闪电般转眼即逝，忽然一下子就到了暮年。几十年间，天地并没有多大的变化，改变的只有人的容颜。人生易逝，谁能不感慨万千呢？眼前虽然有盛宴美酒，但欢情不畅，没有举杯的心情。

[说明]

《对酒行》，属于乐府《相和歌辞》旧题。在这首诗里，诗人表达的是对天地久长而人生易逝的深沉感慨。

[诗评]

人非元气，安得与之久徘徊。白固非不达于理者，岂复以冲举为可待耶？蓬莱烟雾，聊以寄兴。此诗乃似胸臆间语，自然流出者耳。

——乾隆御选《唐宋诗醇》

# 估客行

海客①乘天风，将船远行役。

譬如云中鸟，一去无踪迹。

[注释]

①海客：海商。

[诗解]

海商常常划着船出外远行，乘着疾风离家万里。他们好像云中的飞鸟，飞去后再也寻不到踪迹。

[诗人逸事]

李白曾在江陵遇见了受三代皇帝崇敬的道士司马承祯，并送上自己的诗文。司马承祯见李白气宇轩昂，仪表不凡，就十分欣赏，看到他的诗文后，更是赞叹不已，夸赞他“有仙风道骨，可与神游八极之表”。李白因司马承祯如此高的评价而欢欣鼓舞，遂写下了《大鹏赋》自况。

# 捣衣篇

闺里佳人年十余，嚬（pín）蛾①对影恨离居。

忽逢江上春归燕，衔得云中尺素书②。

玉手开缄长叹息，狂夫犹戍交河北③。

万里交河水北流，愿为双鸟泛中洲④。

君边云拥青丝骑⑤，妾处苔生红粉楼。

楼上春风日将歇，谁能揽镜看愁发！

晓吹员管⑥随落花，夜捣戎衣向明月。

明月高高刻漏⑦长，真珠帘箔(bó)掩兰堂⑧。

横垂宝幄(wò)同心结⑨，半拂琼筵(yán)苏合香⑩。

琼筵宝幄连枝⑪锦，灯烛荧荧照孤寝。

有使凭⑫将金剪刀，为君留下相思枕。

摘尽庭兰不见君，红巾拭泪生氤氲(yīn yūn)⑬。

明年若更征边塞，愿作阳台⑭一段云。

**[注释]**

①嚬蛾：皱眉。嚬，同“颦”。②尺素书：指书信。古人曾以小幅绢、帛写信，故称。③狂夫：这里指丈夫。交河：汉车师前国王庭交河城，在今新疆吐鲁番。④中洲：水中陆地。⑤君：指丈夫。云拥：像云一样簇拥，形容众多。青丝骑：用青丝做缰绳的坐骑。⑥员管：乐器名。⑦刻漏：古代滴水的计时器。这里指时间。⑧兰堂：散发香气的堂室。⑨宝幄：珍贵的帐幔。同心结：用锦带系成的连环回文样式的结子，用作男女相爱的象征。⑩琼筵：珍美的筵席。苏合香：一种珍贵的香料。⑪连枝：连理枝，比喻夫妻恩爱。⑫凭：倚仗。⑬氤氲：烟雾弥漫的样子，这里形容泪眼模糊。⑭阳台：借用楚王梦巫山神女之事。神女与之辞别时说：“朝朝暮暮，阳台之下。”

闺里佳人年十余，嚬蛾对影恨离居

**[诗解]**

空闺独守的佳人年纪十余岁，常常对镜皱眉，顾影自怜，因无期限的离居而愁苦。忽然看到江上的春燕从南方归来，为她捎来一封书信。佳人打开书信，不禁长长叹息，自己的丈夫现在还戍守在交河北边的边塞。万里交河的水悠悠流向北面，佳人愿与丈夫相见，共做一对鸳鸯甜蜜地浮游。而如今丈夫身在军中，手揽青丝缰绳，佳人居住的楼台上却生满了青苔。楼上春风吹尽，这一天又要过去，怎忍心揽镜看新生的丝丝愁发！清晨，佳人常常随落花吹奏员管排遣寂寞；晚上，则独自对着明月捣衣。明月高悬在天空，时间一点点过去，她的屋中却还是一片冷清，只有珠帘与她相伴。室内垂着珍贵的帐幔，挂着同心结，散发着迷人的芳香，但灯烛孤照，连枝锦被却只有一人孤寝。佳人夜夜思君，常常泪流满面。她用金剪刀为丈夫裁制了一个相思枕，希望有使者为丈夫带去。摘尽庭中兰花仍然不见丈夫归来，只有用红巾擦拭脸上的泪痕。明年若还有戍守边塞的征召，她愿化作一片流云，如此便能朝朝暮暮陪伴在夫君的身边。

[诗评]

末句曰："明年若更征边塞，愿作阳台一段云。"意谓滔滔不归，则惟有托梦以从其夫于四方上下耳，此亦极其怀思之形容也与！

——萧士赟《分类补注李太白诗》

## 少年行

君不见，淮南少年游侠客，白日球猎夜拥掷。
呼卢[①]百万终不惜，报仇千里如咫尺。
少年游侠好经过，浑身装束皆绮罗。
兰蕙相随喧妓女，风光去处满笙歌。
骄矜自言不可有，侠士堂中养来久。
好鞍好马乞与[②]人，十千五千旋[③]沽酒。
赤心用尽为知己，黄金不惜栽桃李[④]。
桃李栽来几度春，一回花落一回新。
府县尽为门下客，王侯皆是平交人。
男儿百年且乐命，何须徇[⑤]书受贫病？
男儿百年且荣身，何须徇节甘风尘？
衣冠半是征战士，穷儒浪作[⑥]林泉民。
遮莫[⑦]枝根长百丈，不如当代多还往。
遮莫姻亲连帝城，不如当身自簪缨[⑧]。
看取富贵眼前者，何用悠悠身后名？

[注释]

①呼卢：古代的博戏。②乞与：给予。③旋：漫然，随意。④栽桃李：这里指交朋友。⑤徇：又作"读"。⑥浪作：使作。⑦遮莫：尽管，任凭。⑧簪缨：古代达官贵人的冠饰，这里指仕宦高官。

[诗解]

你难道不知道，淮南的少年游侠，白天游猎晚上投壶。他们玩博戏，一日散尽百万家财也不惋惜；他们若要报仇，即使在千里之外也让人觉得近在咫尺。少年游侠喜好交游，浑身上下装束华贵，遍身绮罗。他们身边常有美女香花为伴，所到之处皆是笙歌飘飞。他们看起来虽然骄纵，其实却很谦和，与他们结交的人都是高人侠士。他们的好鞍好马都送给了自己的友人，遇见相投之人散尽千金也不爱惜。对知己绝对是一片赤诚，他们散尽千金，年年如此，所以结交了很多朋友。府县官员都是他们的门下客，王侯都与他们平起平坐。男儿生来就应该享尽人生的欢乐，何必要苦读诗书，遭受贫穷和疾病？男儿此生应当声名显赫，何必为了所谓的名节而沉没于尘土之中呢？高官贵族多半是有征战军功之人，只有穷酸文人喜欢生活在幽闭的林泉之间。就算死后根基绵长，也不如今生多多结交朋友，往来欢乐。男儿生来就应该豪气冲天，自己建立功业，不要凭借与帝王的姻亲关系而居高位。只管尽情享受眼前的荣华富贵，何必贪图身后的虚名呢？

兰蕙相随喧妓女，风光去处满笙歌

[说明]

《少年行》，乐府《杂曲歌辞》旧题。古代诗人一般以此题咏少年壮志，以抒发其慷慨激昂之情。李白的《少年行》，一组两首，这里所选的是其中的一首。两首《少年行》皆沿用乐府旧题，以寥寥数语勾勒了豪侠少年的形象，摹写了其个性特征。

## 长歌行

桃李得日开，荣华照当年。
东风动百物，草木尽欲言。
枯枝无丑叶，涸(hé)水吐清泉。
大力运天地，羲(xī)和①无停鞭。
功名不早著，竹帛②将何宣？
桃李务青春③，谁能贳(shì)④白日？
富贵与神仙，蹉跎成两失。

秋霜不惜人，倏忽侵蒲柳

金石犹销铄，风霜无久质。

畏落日月后，强欢歌与酒。

秋霜不惜人，倏(shū)忽侵蒲柳⑤。

[ 注释 ]

①羲和：神话中羲和驾太阳车在天空运行。②竹帛：史册。③青春：春天。④贳：借。⑤蒲柳：蒲与柳质性柔弱且树叶早落，这里用来比喻人的早衰。

[ 诗解 ]

桃李盛开的日子，荣华灿烂照耀当年。春风吹动万物，大地上处处充满了蓬勃的生机，草木都意欲彰显自己最美的一面。在这万物复苏的季节，枯枝上不会长出丑叶，干涸之泉也会吐出清流。天地万物都随着大自然的规律不停运转，羲和驾着太阳车没有停鞭休息的时候。如果功名不及早建立，自己的功勋怎会彪炳史册呢？桃李花开时须是春天，谁能让白天永久停留呢？富贵与神仙，两者是不能同时得到的，再蹉跎下去两者都会失去。金石尚且能够销铄，风霜尚且没有固定的形质，何况是人呢？害怕等到日下月升之后，只能在歌与酒之间强颜欢笑，虚度光阴。秋霜是不会等人的，突然之间蒲树与柳树的叶子就凋落了；随着时间的流逝，人也会忽然之间变得衰老。

[ 说明 ]

《长歌行》，属于乐府《相和歌辞》旧题。这首诗表达的是诗人渴望及早建功立业，功垂千古、名留史册的强烈的用世之心。

[ 诗评 ]

虚字有力，便生出情来。如“桃李务青春”“春风不相识”“春风知别苦”之类是也。“识”字说得春风有心，“务”字说得桃李有事。

——徐文弼《诗法度针》

## 长相思

日色欲尽花含烟，月明如素愁不眠。

赵瑟初停凤凰柱①，蜀琴欲奏鸳鸯弦②。

此曲有意无人传，愿随春风寄燕然③，忆君迢迢隔青天。

昔时横波目，今作流泪泉。

不信妾肠断，归来看取明镜前。

［注释］

①赵瑟：指瑟，古代弦乐器。赵国人善弹瑟，故称。凤凰柱：雕饰凤凰形状的瑟柱。②蜀琴：古人诗中常以蜀琴喻佳琴。鸳鸯弦：虚指，是为了与凤凰柱相对。③燕然：燕然山，在今蒙古国境内。

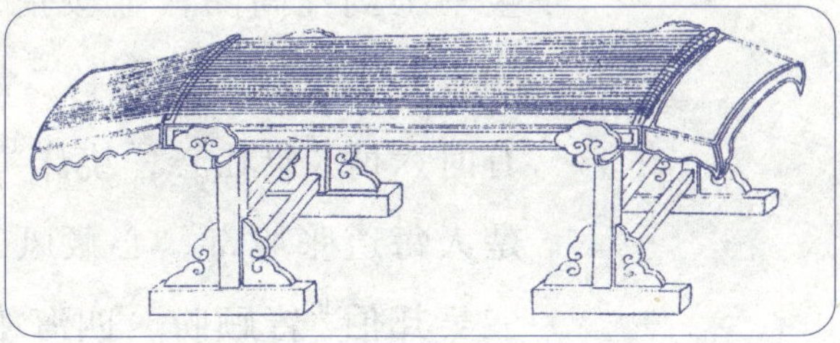

瑟

瑟，古代弦乐器，形状似琴，通常有二十五根弦，常与琴或笙合奏。

［诗解］

夕阳西下暮色朦胧，轻烟笼罩花蕊。月华如练，我思念着情郎终夜不眠。弹奏完柱上雕饰凤凰的赵瑟之后，又想再弹奏蜀琴。这曲调饱含情意，可惜无人传递；但愿它随着春风，送到遥远的燕然山；忆情郎呵！情郎他迢迢隔在天那边。当年递送秋波的双眼，而今成了泪泉。您若不信我思念得肝肠寸断，请归来看看明镜前我的容颜！

［说明］

《长相思》，属于乐府《杂曲歌辞》旧题。李白这首诗以春花春月起兴，写女思男。望月怀思，抚琴寄情，忆君怀君，悱恻缠绵。真有“人比黄花瘦”之叹。

## 猛虎行

朝作猛虎行，暮作猛虎吟。

肠断非关陇(lǒng)头①水，泪下不为雍门琴②。

旌旗缤纷两河道③，战鼓惊山欲倾倒。

秦人半作燕地囚④，胡马翻衔洛阳草。

一输一失关下兵⑤，朝降夕叛幽蓟(jì)城⑥。

巨鳌(áo)⑦未斩海水动，鱼龙⑧奔走安得宁？

颇似楚汉时，翻覆无定止。

朝过博浪沙，暮入淮阴市。

张良未遇韩信贫，刘项存亡在两臣。

暂到下邳受兵略，来投漂母作主人。
贤哲栖栖[9]古如此，今时亦弃青云士[10]。
有策不敢犯龙鳞[11]，窜身南国避胡尘。
宝书玉剑挂高阁，金鞍骏马散故人。
昨日方为宣城客，掣铃[12]交通二千石。
有时六博[13]快壮心，绕床[14]三匝呼一掷。
楚人每道张旭奇，心藏风云[15]世莫知。
三吴邦伯[16]皆顾盼，四海雄侠两追随。
萧曹曾作沛中吏，攀龙附凤[17]当有时。
溧阳酒楼三月春，杨花茫茫愁杀人。
胡雏绿眼吹玉笛，吴歌《白纻》飞梁尘。
丈夫相见且为乐，槌牛挝鼓会众宾。
我从此去钓东海[18]，得鱼笑寄情相亲。

［注释］

①陇头：陇山。古乐府《陇头歌》："陇头流水，鸣声幽咽。遥望秦川，心肠断绝。"②雍门琴：雍门子周以琴见孟尝君，孟尝君涕泪涟涟，曰："先生之鼓琴，令文（孟尝君名）若破国亡邑之人也。"③两河道：指唐代的河北、河南两道。天宝十四载（755），安禄山反于范阳，河北、河南诸郡相继陷落。④秦人：指关中的百姓。燕地：在今河北北部及辽宁南部一带，是安禄山叛军的根据地。⑤一输：指的是高仙芝、封常清之败。安禄山攻陷洛阳，高仙芝、封常清两人退守潼关，不战自溃，伤亡惨重。一失：指的是唐玄宗在战略上的重大失误。玄宗一怒之下，杀了高仙芝、封常清二人。⑥朝降夕叛：起初，河北诸郡纷纷起来抗击安禄山，但不久之后，他们又归降了安禄山。幽蓟：幽州、蓟州，泛指河北一带。⑦巨鳌：指安

张旭

张旭，字伯高，吴郡（今江苏苏州）人，唐代大书法家，以草书最为知名，被称为"草圣"，因其常于醉中以头发濡墨大书，如醉如痴，又被称作"张颠"。

禄山。⑧鱼龙：指百姓。⑨栖栖：惶惶不安。⑩青云士：怀有远大志向的人。⑪犯龙鳞：指触怒君主。⑫掣铃：唐代官府多悬铃于外，出入则牵铃以通报。⑬六博：古代一种博戏。⑭床：古代坐具。⑮心藏风云：怀藏不平凡的志向与才能。⑯邦伯：周代官名，此指地方长官。⑰攀龙附凤：这里指随皇帝建功立业。⑱钓东海：据《庄子·外物》记载，有一位任国公子胸怀大志，用巨大的渔竿为钓具，以五十头牛为饵，在会稽山上垂钓，后来钓到一条世所罕见的大鱼。诗人借用此典，意在表明自己的雄心壮志。

[诗解]

安史叛军如猛虎一般荼毒生灵，为此，我作《猛虎行》一首。我之所以肠断泪下，并不是因为古乐府歌辞“陇头流水，鸣声幽咽，遥望秦川，心肠断绝”的忧伤曲调勾起了我的思乡之情，也不是因为听了雍门子周悲切动人的琴声而想起了自己的伤心之事，而是因为国家陷入水深火热之中，人民正遭受着深重的灾难。安禄山发动叛乱不久，河北道、河南道便相继陷落。安禄山攻破洛阳之后，朝廷派高仙芝率兵至陕州抵抗，结果为叛军所败，高仙芝的部下大半被叛军俘获。天子闻此大怒，遂命宦官边令诚斩杀高仙芝于军中。事实上，草率地杀掉大将是失策的表现。起初，常山太守颜杲卿起兵讨逆，河北十七郡皆归朝廷，等到颜杲卿被叛军击败，河北诸郡再次复归贼手。安史叛军如同海中巨鳌，搅得海水翻滚，以致海中的鱼龙奔走不宁。叛军来势汹汹，东都洛阳很快就沦陷了，战争的局势就如同楚汉相争时的拉锯状态。我由此联想起历史上决定汉朝命运的两个人：谋臣张良和大将韩信。他们在未遇明主之前，也与自己现在的情况差不多。张良在博浪沙袭击秦始皇，结果误中副车，被秦军追捕，他便隐姓埋名，亡命下邳，后来在下邳圯桥上遇到黄石公，得授《太公兵法》。韩信在淮阴时曾遭遇市井无赖的胯下之辱；他无以为生，在城下垂钓，靠漂絮老妇的饭食充饥。后来，韩信投汉，汉高祖起初并未重用他，他就在一个月夜逃亡了。像张良、韩信这样的贤士，尚且有困顿的境遇，像汉高祖那样的明主，还有不明之时，如今的有志之士受到冷落也就不足为怪了。我纵有治国之策，也不敢触犯君主，只好随着逃难的人群来到南方，并将宝书玉剑挂在高阁之上，将金鞍骏马送与故人。我无事可做，只得在诸侯门下做客。昨天我是宣城太守家里的筵上客，在那里与太守交流，我满腔的豪情壮志无处抒发，故而只能在赌场中大玩六博戏，一吐愤懑之情。张旭的才能和为人是很值得称赞的，他胸怀大志，非常人所能窥测。他不仅深得吴郡地方长官的赏识，而且深

张良

张良，字子房，汉初开国谋臣。

为海内雄侠所钦佩。他曾做过常熟县尉，而汉初名臣萧何、曹参曾做过沛中吏，想必你日后也会得到皇帝重用，做出一番大事业。阳春三月，我们在溧阳酒楼欢饮，杨花纷纷扬扬，令人惆怅万千。胡人僮仆吹着玉笛，吴歌《白纻》奏起，使梁上尘埃为之震动。大丈夫相见权且作乐，与宾朋击鼓欢饮。我此行将要像任国公子一样钓鳌东海，如果钓到大鱼，必将寄给诸位，以表友人之情。

[说明]

《猛虎行》，属于乐府《相和歌辞》旧题。李白以此题写自己安史之乱后的遭遇。至德元年（756）春天，李白因避安史之乱，离开宣城南赴剡中途中，遇大书法家张旭于溧阳（今江苏溧阳），作此诗以赠张。这首诗叙述安禄山攻占东都洛阳，劫掠中原的暴行及诗人眼见河山破碎、社稷危亡、生灵涂炭而忧心如焚的思想感情。

# 去妇词

古来有弃妇，弃妇有归处。
今日妾辞君，辞君遣①何去？
本家零落尽，恸哭来时路。
忆昔未嫁君，闻君却周旋②。
绮罗锦绣段，有赠黄金千。
十五许嫁君，二十移所天③。
自从结发④日未几，离君缅山川。
家家尽欢喜，孤妾长自怜。
幽闺多怨思，盛色无十年。
相思若循环，枕席生流泉。
流泉咽不扫，独梦关山道。
及此见君归，君归妾已老。
物情恶衰贱，新宠方妍好。
掩泪出故房，伤心剧秋草。
自妾为君妻，君东妾在西。
罗帏(wéi)到晓恨，玉貌一生啼。
自从离别久，不觉尘埃厚。

常嫌玳瑁(dài mào)⑤孤，犹羡鸳鸯偶。
岁华⑥逐霜霰(xiàn)，贱妾何能久？
寒沼落芙蓉，秋风散杨柳。
以此憔悴颜，空持旧物还。
余生欲何寄，谁肯相牵攀？
君恩既断绝，相见何年月？
悔倾连理杯⑦，虚作同心结。
女萝附青松，贵欲相依投。
浮萍失绿水，教作若为⑧流？
不叹君弃妾，自叹妾缘业⑨。
忆昔初嫁君，小姑才倚床。
今日妾辞君，小姑如妾长。
回头语小姑，莫嫁如兄夫。

[注释]

①遣：一作“欲”。②周旋：古时进退揖让之礼。③二十移所天：妇人未嫁时以父母为天，出嫁以后以丈夫为天。④结发：成婚。⑤玳瑁：动物名，甲壳可以做装饰品。⑥岁华：年岁，时间。⑦连理杯：夫妇新婚时合饮之杯。⑧若为：如何。⑨缘业：来源于佛教用语，也称业缘。后多指男女之间的因缘。

幽闺多怨思，盛色无十年

[诗解]

自古以来就有被弃的妇人，但她们被弃之后都有家可归。今日的我却无可奈何，辞别自己的夫君，该去哪里栖身呢？如今自己的娘家已经没有亲人健在了，不知道哪里才能容得自己安身，只得在当初出嫁的路上恸哭。记得还没嫁到夫君家的时候，听说夫君能以礼相待，进退揖让，对人很是谦和。夫君家里经济富足，以绮罗锦绣、黄金百千作为聘礼。十五岁时，我家应许了这门亲事，二十岁时嫁到夫家。但我们成婚没有几天，丈夫就去了远方；我与他山川相隔，无法相见。家家都是欢天喜地，只有我一人常常自怜，倍觉孤单。在幽闺中常常产生思怨之情，想着美好的年华就要在这凄清中耗去，不免感伤。我对丈夫日日思念，常常在夜里哭泣。不能与丈夫在现实中相见，我便时常在睡梦中踏过关山万里，与丈夫相会。终于等到丈夫回家的那一天，但我容颜已老，再也得不到丈夫的宠爱了。丈夫的新宠正值青春，她貌美如花，完全夺去了丈夫的心。面对此情，我不禁掩泪悲泣，如秋草般绝望伤心。自从成为你的妻子，我们便东西分离，不能长相聚首。罗帏空寂，我常常哭泣到天明。离别日久，我也无心再打扫庭屋，任它落满灰尘。一个人孤寂的日子里，常常会羡慕鸳鸯能相陪相伴。时间一年年过去，我的青青容颜怎么能长久呢？如今的我，已经是人老珠黄，早已过了貌美如花的年纪。如今容颜憔悴，空持有原先的定情旧物。不知余生将寄居何处，谁肯与我相伴相依？我们之间的恩情既然已经断绝，不知什么时候才有再次相见的机会？如今想来，连理杯、同心结那样的爱情象征，是可望而不可即的。女萝和青松相互依偎，不离不弃，才有美好的爱情。浮萍若是失去了绿水，还不知会流向哪里呢！不为丈夫的抛弃而感叹，而是自叹自己与丈夫无缘相守。记得初嫁到丈夫家时，小姑刚刚学会走路。今日当我离开的时候，小姑已经长得像我这么高了。回过头来告诉小姑，千万不要嫁给像你哥哥这样的夫君啊！

[ 诗评 ]

此篇是顾况《弃妇词》也。后人添增数句，而窜入于太白集中，语俗意重，斧凿之痕斑斑可见。可谓作伪心劳日拙者矣。

——萧士赟《分类补注李太白诗》

# 卷五　古近体诗

# 襄阳歌

落日欲没岘山①西，倒着接䍦(lí)②花下迷。
襄阳小儿齐拍手，拦街争唱《白铜鞮(dī)》③。
傍人借问笑何事，笑杀山公醉似泥④。
鸬鹚(lú cí)杓⑤，鹦鹉杯⑥。
百年三万六千日，一日须倾三百杯。
遥看汉水鸭头绿⑦，恰似葡萄初酦醅(pō pēi)⑧。
此江若变作春酒，垒曲便筑糟丘台⑨。
千金骏马换小妾⑩，笑坐雕鞍歌《落梅》⑪。
车旁侧挂一壶酒，凤笙龙管⑫行相催。
咸阳市中叹黄犬⑬，何如月下倾金罍(léi)⑭？
君不见晋朝羊公一片石⑮，龟头⑯剥落生莓苔。
泪亦不能为之堕，心亦不能为之哀。
清风朗月不用一钱买，玉山自倒⑰非人推。
舒州杓⑱，力士铛⑲，李白与尔同死生。
襄王云雨今安在⑳，江水东流猿夜声。

[注释]

①岘山：又名岘首山，在今湖北襄阳南，东临汉水，为襄阳南面要塞。西晋羊祜镇襄阳时曾登此山，置酒吟咏。②倒着接䍦：此处借用山简酒后倒戴头巾骑马而回的典故。③《白铜鞮》：曲名，也叫《襄阳白铜鞮》。④醉似泥：醉得不省人事，像一堆泥。⑤鸬鹚杓：一种形如鸬鹚的舀酒的杓子。⑥鹦鹉杯：似鹦鹉嘴形状的酒器。⑦鸭头绿：翠绿的颜色。⑧酦醅：没有滤过的重酿酒。⑨曲：酒曲，酿酒时用。糟丘：据《韩诗外传》记载，夏桀筑酒池，池中可以航船，酒糟堆得像土山，十里外都能望得见。⑩骏马换小妾：据《独异志》记载，曹彰见到一匹骏马，十分喜爱，想得到它，马主人舍不得出让，曹彰就用美妾与他交换。⑪《落梅》：曲名，即《梅花落》。⑫凤笙：笙形如凤。龙管：指笛，相传笛声如龙鸣。⑬叹黄犬：秦相李斯被杀时曾对他的儿子说："我想与你再牵黄犬出上蔡东门逐狡兔，哪里还可能呢！"⑭金罍：古代酒器，木制饰金，刻着云雷纹，故称。⑮羊公：指羊祜，字叔子，西晋大将。一片石：指纪念羊祜的石碑。羊祜镇守襄阳时，常到岘山游览。死后，襄阳人在岘山羊祜生前常憩息的地方，建碑纪念他，看到碑的人莫不

千金骏马换小妾，笑坐雕鞍歌《落梅》

流泪。晋人杜预称之为堕泪碑。⑯龟头：旧时石碑下面常刻有一个名叫赑屃的动物，头伸出碑前。传说它能负重，故刻以负碑。因形状像龟，故称龟头。⑰玉山自倒：玉山，形容仪容美好。山简称赞嵇康为人，平时好像高峻独立的青松，喝醉了酒的时候，就像玉山摇摇欲倒的样子。后因以玉山自倒形容喝醉了酒。⑱舒州杓：舒州，今安徽潜山。唐时这里出产的酒器很出名。⑲力士铛：用力士瓷制成的温酒器。力士瓷是唐代豫章（今江西南昌）出产的一种名瓷。⑳襄王：指楚襄王。云雨：宋玉《高唐赋》中说，楚王曾经游于高唐地方，梦中与巫山神女相会。神女临去时说自己“旦为朝云，暮为行雨”。

[ 诗解 ]

我就像当年的山简一样，终日饮酒游乐，喝得烂醉如泥；每当日落西山，山简就倒戴着头巾，骑着马，沿着缀满野花的篱笆摇摇晃晃地回家来了。每当这时，襄阳的儿童常常拦住他拍手唱歌，引起街上路人的喧笑。人生百年，一共三万六千日，每天都应该痛饮三百杯酒，那是多么美妙的事情！酒酣意浓之时，透过朦胧的醉眼朝四面看，远远地望见襄阳城外碧绿的汉水，幻觉中就好像刚刚酿好的葡萄酒一样。这汉江若是能变成春酒，那么单是用来酿酒的酒曲，就足够垒成一座糟丘台了。我醉骑在骏马雕鞍之上，唱着《梅花落》，身后还跟着车子，车上不但挂着酒壶，还载着乐伎，正在演奏劝酒的乐曲。我在洋洋自得之际忽然发现，这样的纵酒生活，就连历史上的王侯也不能和自己相比！秦丞相李斯不是被秦二世斩杀于长安吗？临刑时对他的儿子说：“我想与你再牵黄犬出上蔡东门逐狡兔，哪里还可能呢！”还有西晋的羊祜，镇守襄阳时常到岘山游览，他死后襄阳人在岘山树碑纪念，见到此碑的人常常落泪。可是，这碑到了今日又有什么意义呢？如今碑文也已经剥落，再没有人为之堕泪了！这两个人一个生前即未得善终，一个身后虽有人为之树碑，但也难免湮没于历史之中，哪里比得上月下畅饮这般快乐而又现实呢！清风朗月可以不花一文钱而尽情享用，酒醉之后，像嵇康一样倒在风月中，该有何等潇洒，何等惬意！快拿来舒州杓、力士铛，与我一起将生死一并忘掉吧！即便是当年在巫山遇到神女的楚襄王又怎能和我们比拟？他早已随着东逝的江水，在猿啼悲鸣中化为子虚乌有了。

[说明]

开元十三年（725），李白从巴蜀东下。两年后，他在湖北安陆和故相许圉师的孙女结婚。襄阳离安陆不远，这首诗很有可能写于这一时期。这是李白的怀古之作，也是一首醉歌。李白在诗中用醉汉的心理和眼光来看待周围的世界，实际上，他这是在用更具诗意的眼光来看待一切，思索一切。

[诗评]

宋欧阳永叔曰："落日欲没岘山西，倒着接䍦花下迷。襄阳小儿齐拍手，大家争唱《白铜鞮》"，此常语也。至于"清风朗月不用一钱买，玉山自倒非人推"然后见其横放，其所以惊动千古者固不在此乎！

——萧士赟《分类补注李太白诗》

# 江①上吟

木兰之枻(yì)沙棠舟②，玉箫金管③坐两头。

美酒樽中置千斛(hú)④，载妓⑤随波任去留。

仙人有待乘黄鹤⑥，海客无心随白鸥⑦。

屈平⑧词赋悬日月，楚王⑨台榭空山丘。

兴酣⑩落笔摇五岳，诗成笑傲凌沧洲⑪。

功名富贵若长在，汉水亦应西北流。

[注释]

①江：指汉江。②木兰：香木名，又名紫玉兰。枻：船桨。沙棠：树名。这种树产于昆仑山，人吃了它的果实，入水就可以不沉。传说汉成帝曾以沙棠木为舟。③玉箫金管：用金玉装饰的箫笛。④樽：酒器。置：盛放。斛：量器名，唐代十斗为一斛。⑤妓：歌女。⑥乘黄鹤：传说曾有仙人骑黄鹤飞过汉水。⑦海客无心随白鸥：海客，住在海滨的人。无心，指没有机诈之心。据《列子·黄帝》记载，海边有一人喜欢白鸥，每天凌晨就坐在海边，成群的白鸥飞来与他做伴。一次他的父亲叫他捉一只白鸥，从此白鸥就再也不到他的身边来了。⑧屈平：屈原，战国楚人。曾辅佐楚怀王，任左徒、三闾大夫，主张彰明法度，任用贤才，东联齐国，西抗强秦。楚顷襄王时被放逐，长期流浪在沅湘之间。后愤而自沉于汨罗江。⑨楚王：指楚怀王和楚顷襄王，他们是屈原生活时代的楚国国君。⑩酣：浓。⑪笑傲：嘲笑和轻视。沧洲：古时常用以指隐士或神仙居住的地方。

[ 诗解 ]

一只豪华的游船，以沙棠做船身，以木兰做船桨；船的两头坐着吹奏箫笛的歌妓。我满斟千斛美酒，听歌女演奏，任凭兰舟在江中随意飘荡。高飞成仙须待黄鹤再来，这实在渺茫无期。还是像海边人那样不存私欲，时时与白鸥为伍吧！屈原的皇皇辞赋如日月高悬，辉耀千古，而楚王豪华的亭台楼阁却早已荡然无存，只剩下一片荒丘。想到这里我诗兴浓烈，醉酒赋诗，落笔之际气势磅礴，雄健无敌，可以撼动山岳。诗成后傲然卓立，笑傲在山水之间。权势和富贵是不可能常在的，否则汉江之水就该向西北倒流了。

屈原

屈原，名平，字原，战国末期楚国人，中国最伟大的浪漫主义诗人之一，开创了“香草美人”的文学表现形式。

[ 说明 ]

诗题一作《江上游》，大约是李白三四十岁客游江夏时所作。这首诗以江上的遨游起兴，表现了诗人对庸俗、局促的现实的蔑视和对自由、美好生活的追求。

[ 诗评 ]

此达者之词也。汉水无西北流之理，功名富贵不能常在，亦独是乎！

——萧士赟《分类补注李太白诗》

## 侍从宜春苑，奉诏赋龙池柳色初青、听新莺百啭歌[1]

东风已绿瀛（yíng）洲草，紫殿红楼觉春好。

池南柳色半青青，萦烟袅娜拂绮城。

垂丝百尺挂雕楹（yíng），上有好鸟相和鸣，间关早得春风情。

春风卷入碧云去，千门万户皆春声。

是时君王在镐（hào）京[2]，五云垂晖耀紫清[3]。

仗出金宫随日转，天回玉辇绕花行。

始向蓬莱看舞鹤，还过茝（zhǎi）若[4]听新莺。

新莺飞绕上林苑，愿入《箫韶》[5]杂凤笙。

[ 注释 ]

①宜春苑：唐朝时东宫的宜春北苑。龙池：唐朝时兴庆宫池。②镐京：西周武王建都镐京。这里借指国都。③紫清：紫微清都之所，天帝居住的地方。这里借指皇宫。④莅若：宫殿名。⑤《箫韶》：乐曲名，相传为舜所制。

池南柳色半青青，萦烟袅娜拂绮城

[ 诗解 ]

东风送暖，宜春苑龙池中的小岛上已经绿草茵茵，与周围的紫殿红楼相衬托更加显得春天色彩绚丽。龙池南面的柳树已经抽出嫩黄的新叶，在春风的吹拂下如袅袅烟雾缭绕在皇宫内院中。柳树上一根根细细的枝条如同碧绿的丝绦垂挂在雕栏楹柱上；柳枝上成对的鸟儿在嬉戏鸣叫，声音婉转动听，似乎早已经闻到春天来临的气息。春风吹走天上的云层，阳光明媚，温暖和煦，人们都知道这是春天来临的征兆。此时陛下您在长安城内春游，五色祥云笼罩皇城。仪仗队走出金碧辉煌的皇宫，陛下您驾乘玉辇来到宜春苑游玩，苑内路旁的花有些已经开放。您先来到龙池中小岛上看仙鹤舞动，又来到莅若宫听雏莺鸣叫。雏莺飞入上林苑，快活地鸣叫着飞来飞去，仿佛在说愿意与《箫韶》里的凤凰共同歌唱。

[ 说明 ]

天宝年间，李白被召供奉翰林，职务是草拟文告，陪侍皇帝左右。玄宗每有宴请或郊游，必命李白侍从，利用他敏捷的诗才赋诗纪实。这首诗就是当时李白随唐玄宗春游时所写下的。

[ 诗评 ]

《听新莺歌》首叙境，次出莺，次以莺合境，次出人，次收归莺，而以自意结，甚有法度。

——吴乔《围炉诗话》

## 玉壶吟[1]

烈士[2]击玉壶，壮心惜暮年[3]。

三杯拂剑舞秋月，忽然高咏涕泗涟[4]。

凤凰初下紫泥诏[5]，谒帝称觞（shāng）登御筵（yán）。

揄（yú）扬九重万乘主[6]，谑（xuè）浪赤墀（chí）青琐贤[7]。

朝天数换飞龙马[8]，敕赐珊瑚白玉鞭。

世人不识东方朔[9]，大隐金门是谪仙[10]。

西施宜笑复宜嚬（pín），丑女效之徒累身[11]。

君王虽爱蛾眉[12]好，无奈宫中妒杀人。

[注释]

①玉壶吟：据《世说新语·豪爽》记载，东晋王处仲酒后常吟唱曹操《步出夏门行》中“老骥伏枥，志在千里；烈士暮年，壮心不已”的悲壮诗句，一面唱，一面用如意敲打吐痰用的玉壶，结果壶口都被敲缺了。《玉壶吟》即以此为题。②烈士：壮士。③壮心：雄心。暮年：垂暮之年，即老年。④涕：眼泪。泗：鼻涕。涟：流不断。⑤凤凰初下紫泥诏：《十六国春秋》记载，后赵武帝石虎下诏时，坐在高台上，让木制的凤凰衔着诏书往下飞。后称皇帝的诏书为凤诏。紫泥，甘肃省陇南市武都区的一种紫色泥，性黏，古时用以封诏书。⑥揄扬：赞扬。九重：这里指皇帝居住的地方。万乘主：这里指唐玄宗。⑦谑浪：戏谑不敬。赤墀：皇宫中红色的台阶。青琐：刻有连锁花纹并涂以青色的宫门。贤：指皇帝左右的大臣。⑧朝天：朝见皇帝。飞龙马：古时皇帝有六个马厩，其中飞龙厩所养的都是上等好马。这里泛指宫中的良马。⑨东方朔：字曼倩，西汉平原厌次（今山东惠民）人。汉武帝时为太中大夫，为人诙谐滑稽，善辞赋。他曾说：“古人隐居于深山，我却认为宫殿中也可以隐居。”这里是以东方朔自喻。⑩大隐：旧时指隐居于朝廷。晋王康琚《反招隐诗》：“小隐隐陵薮，大隐隐朝市。”金门：又名金马门，汉代宫门名，这里指朝廷。谪仙：被贬入凡间的仙人。李白友人贺知章曾称他为“谪仙人”，李白很喜欢这个称呼，常用以自称。⑪西施宜笑复宜嚬，丑女效之徒累身：《庄子·天运》中有一则故事，美女西施因病而皱着眉头，邻居丑女东施见了觉得很美，就学西施也皱起眉头，结果显得更丑。这两句是用东施效颦的典故来揭露当时权贵庸碌无能而又装腔作势的丑态。嚬，通“颦”，皱眉。⑫蛾眉：古时称美女。这里是作者自比。

三杯拂剑舞秋月，忽然高咏涕泗涟

［诗解］

有抱负、志向高远的人总是在酒后击节吟唱，感叹暮年而壮心不已。酒后在秋月下拔剑起舞，忽然内心愤慨，高歌泪下。当初我奉诏入京朝见皇帝，登御宴举杯畅饮。歌颂赞扬圣明的君主，在朝堂上戏谑皇帝左右的大臣。我上朝时经常换乘皇家马厩中的飞龙名马，手拿着皇帝赏赐的用珊瑚、白玉装饰的名贵马鞭。我就像东方朔一样才华横溢，大隐于朝堂之上，只是世间的俗人没人识得。那些权贵庸碌无能而又装腔作势，在我看来比东施效颦还要可笑。当今皇帝虽然爱惜我的才华，对我加以宠信，同僚不胜艳羡，但也有人因此而产生了忌恨之心。

［说明］

这首诗大约写于天宝三载（744）诗人供奉翰林的后期，赐金放还的前夕。诗人在长安的三年中，虽然过着荣登御筵、赤墀朝见及数换龙马、敕赐玉鞭的豪华生活，但他觉得皇帝对自己只是以近幸之臣相待，并不重用，和古代东方朔的处境没有什么两样。加之群奸当道，谗毁屡至，因此他在诗里不仅抒写了“壮心惜暮年”，抱负无法实现的苦闷，还以东施效颦为喻，来表现自己鄙视权贵、耻与为伍的傲岸性格，反映了诗人当时内心的抑郁和愤慨。

## 扶风豪士[1]歌

洛阳三月飞胡沙[2]，洛阳城中人怨嗟。
天津[3]流水波赤血，白骨相撑如乱麻。
我亦东奔向吴国[4]，浮云四塞道路赊（shē）[5]。
东方日出啼早鸦，城门人开扫落花。
梧桐杨柳拂金井[6]，来醉扶风豪士家。
扶风豪士天下奇，意气相倾山可移[7]。
作人不倚将军势[8]，饮酒岂顾尚书期[9]？
雕盘绮食[10]会众客，吴歌赵舞[11]香风吹。
原、尝、春、陵六国时[12]，开心写意君所知。
堂中各有三千士，明日报恩知是谁？
抚长剑，一扬眉，清水白石何离离[13]！
脱吾帽，向君笑[14]，饮君酒，为君吟。
张良未逐赤松去，桥边黄石知我心[15]。

[注释]

①扶风豪士：指安史之乱发生后由扶风逃难到吴地的豪士。扶风，郡名，在今陕西凤翔一带。②洛阳三月飞胡沙：指安禄山叛军攻陷洛阳。③天津：桥名，在洛阳西南洛水之上。④吴国：这里泛指我国东南一带。⑤浮云四塞：形容逃难的人像浮云一样从四面八方涌来，充塞了道路。赊：远，长。⑥金井：围栏上有华美雕饰的井。⑦意气相倾：表示互相敬慕。山可移：形容友谊的深厚。⑧作人：为人。不倚将军势：这是反用辛延年《羽林郎》“依倚将军势，调笑酒家胡”的诗意，称赞豪士不依仗他人的权势。⑨饮酒岂顾尚书期：称赞豪士的不凡，不但好客，而且不把高官放在眼里。据《汉书·陈遵传》记载，西汉陈遵嗜酒好客，每次宴会，总关上大门留客不放。一次有个刺史虽与尚书有约，也无法走脱。直到陈遵酒醉后，才由陈母从后门将他放出。尚书，官名，古代协助皇帝处理政务的大臣。期，约会。⑩绮食：精致、丰盛的酒菜。⑪吴歌赵舞：泛指出色的歌舞。古时吴地的人善歌，赵地的人善舞。⑫原、尝、春、陵：指战国时期著名的贵族平原君、孟尝君、春申君、信陵君四公子。他们门下各有食客数千人。六国：指战国时齐、楚、燕、韩、魏、赵六国。⑬清水白石何离离：比喻自己胸襟阔达，光明磊落。清水白石，即水清石现的意思。乐府《艳歌行》：“语卿且勿眄，水清石自见。”离离，清晰可见。⑭脱吾帽，向君笑：脱帽欢笑，是当时从北方部族传来的一种礼俗。⑮张良未逐赤松去，桥边黄石知我心：张良，字子房，汉初大臣，汉王朝建立后，封为留侯。逐，跟随。赤松，即赤松子，古代神话中的仙人。张良晚年曾有“愿弃人间事，从赤松子游”的念头。黄石，即黄石公，又称圯上老人。传说张良刺秦始皇失败后，逃亡至下邳（今江苏邳州市），遇老人于桥上，授以《太公兵法》，并说十三年后相见于济北谷城山下。十三年后，张良随刘邦过济北，果然在谷城山下得黄石。

[诗解]

三月，安禄山的叛军攻陷洛阳城，叛军在洛阳城中肆意横行，无恶不作，百姓叫苦连天，怨声载道。天津桥下的河水都被血染成了红色，死人骨骸如乱麻一样堆积在一起。百姓纷纷逃难，我也带领家人跋山涉水，千里迢迢逃到南方；东南这一带远离战火，宁静安逸。清晨太阳刚刚升起，鸟儿就在树上欢快地啼叫；城门早早打开，有人已经开始打扫路边的落花。一口围有华美井栏的水井旁栽着梧桐和杨柳，在春风吹拂下，枝叶迎风摆动；我来到扶风豪士家求得一醉。扶风豪士乃天下之奇士，为人不倚仗权势，豪爽仗义，热情好客；席上极尽酒食之乐、声色之欢。战国四公子天下闻名，但三千食客中真正报恩出力的是何人？脱帽欢笑，向你表示敬意。今天我喝着你的酒，为你作这首歌。张良未随赤松子远游世外，桥边的黄石能理解我像张良一样的胸怀。

[说明]

天宝十五载（756），安禄山在洛阳称帝。他手下的士兵在洛阳城中肆意横行，无恶不作。百姓纷纷逃难，李白也带领家人逃到南方。三月，他在溧溪（今江苏溧阳）参加扶风豪士家的一次宴会，并写下了这首《扶风豪士歌》。诗人将洛阳被占领的凄惨情况与东南一带暂时宁静的景象进行对比，真实地再现了洛阳失守后的悲惨景象。在称赞豪士的热情好客时，也抒发了诗人以天下为己任，要为国建功立业的胸怀。

东方日出啼早鸦，城门人开扫落花

［诗评］

流离中有如此风韵，如此调荡。高适《少年行》“未知肝胆向谁是，令人却忆平原君”已为佳句。及观太白“原、尝、春、陵”数语，其意气犹觉旷荡，比高警策。“抚长剑”以下，是太白真处。末句尤调笑入神，不可及。

——杨慎《李诗选》

## 梁园[1]吟

我浮黄河去京阙[2]，挂席欲进波连山[3]。
天长水阔厌远涉[4]，访古始及平台[5]间。
平台为客忧思多，对酒遂作《梁园歌》。
却忆蓬池阮公咏，因吟渌(lù)水扬洪波[6]。
洪波浩荡迷旧国[7]，路远西归安可得？
人生达命[8]岂暇愁？且饮美酒登高楼。
平头[9]奴子摇大扇，五月不热疑清秋。
玉盘杨梅为君设，吴盐[10]如花皎白雪。
持盐把酒但[11]饮之，莫学夷齐[12]事高洁。
昔人豪贵信陵君[13]，今人耕种信陵坟[14]。
荒城[15]虚照碧山月，古木尽入苍梧云[16]。
梁王[17]宫阙今安在？枚马[18]先归不相待。

舞影歌声散渌池⑲，空余汴(biàn)水⑳东流海。
沉吟此事㉑泪满衣，黄金买醉未能归。
连呼五白行六博㉒，分曹赌酒酣驰晖㉓。
歌且谣，意方远。
东山高卧㉔时起来，欲济苍生未应晚。

## [注释]

①梁园：又名梁苑，故址在今河南商丘东，是汉代梁孝王游乐和接待各方来客的宾馆。②京阙：京城，指长安。③挂席：扬帆。波连山：形容波涛汹涌。④远涉：渡水远行。⑤平台：台名，在梁园内。春秋时宋平公所筑，梁孝王曾予扩建。⑥却忆蓬池阮公咏，因吟渌水扬洪波：蓬池，据《述征记》记载，在大梁西南的尉氏县（今河南尉氏）。阮公，指阮籍，三国时期魏国诗人，曾作有《咏怀诗》，共八十余首。阮籍在诗中对当时的社会现实加以讽刺。但诗意隐约，且流露出忧愁孤独的悲愤情绪。《咏怀诗》其二十中说："徘徊蓬池上，还顾望大梁。渌水扬洪波，旷野莽茫茫。"此处即借用此句之意。⑦迷：分辨不清。旧国：指长安。⑧达命：对命运持达观的态度，实际上是对人生的消极看法，一切听其自然，随遇而安。这里是李白蔑视权贵的愤激之辞，借以表示不值得因权贵的谗毁而忧愁。⑨平头：头巾名。⑩吴盐：吴地出产的盐。⑪但：只。⑫夷齐：伯夷、叔齐，商末孤竹君的两个儿子。⑬信陵君：魏无忌，战国时魏安王之弟，封于信陵（今河南宁陵），号信陵君。魏安王二十年（前257），他设法取得兵符，击杀将军晋鄙，夺取兵权，救赵胜秦。后十年为上将军，联合五国击退秦将蒙骜的进攻。门下有食客三千人，是战国著名的四公子之一。⑭信陵坟：信陵君的坟墓，在今河南开封市郊。⑮荒城：指魏都大梁（今河南开封）。⑯苍梧云：传说有白云自苍梧山飘入大梁。⑰梁王：指梁孝王。⑱枚马：枚，指枚乘，字叔，西汉辞赋家，淮阴（今江苏淮安）人。马，指司马相如，字长卿，西汉辞赋家，蜀郡成都（今四川成都）人。二人都曾在梁园做过梁孝王的宾客。⑲渌池：清澈的池水。这里指蓬池。⑳汴水：古水名。㉑此事：指上述的往事。㉒连呼五白行六博：形容当时宾主博戏狂欢的情景。五白，五子皆白。古

我浮黄河去京阙，挂席欲进波连山

代一种以“五木”为博具的博戏，共有五子，上黑下白，掷得五子皆黑或皆白为胜采。掷时欲得胜，故呼五白。六博，一种博戏，共有棋子十二枚，六黑六白，两人相博，每人六枚，故名。㉓曹：两人一对。驰晖：飞驰的时光。㉔东山高卧：指谢安早年隐居东山，等待时机。

荒城虚照碧山月，古木尽入苍梧云

[ 诗解 ]

我乘船经黄河离开长安，扬起风帆，却看到眼前波涛如山，滚滚袭来。路途漫长，水面辽阔，实在令人觉得枯燥。终于，我到达了古代梁园平台的旧址。作为平台的过客，我忧思不断，一边饮酒，一边写下《梁园歌》。我回忆起阮籍吟诵的诗句：“徘徊蓬池上，还顾望大梁。渌水扬洪波，旷野莽茫茫。”如今路途遥远，风沙弥漫，使我辨不清都城的方向，我又怎么能够西归长安呢？人生在世，应当达观一点，哪有闲暇去发愁呢？还是登上高楼痛饮美酒吧！戴着平头巾的小奴摇着大扇，使这炎热的五月如同秋天般凉爽。玉盘里的杨梅专门为你而准备，吴盐如同雪花一样洁白。我们只管蘸盐吃杨梅、举杯饮美酒，千万不要像伯夷、叔齐那样故作清高，不食周粟，最后饿死在首阳山上。从前，这个地方有一位贵族豪士信陵君，如今，他的坟地早已成了别人的耕地。如今的大梁城月光虚照，一片衰败景象，只剩参天古木和飘荡的流云。梁孝王的宫殿如今又在哪里呢？枚乘和司马相如又在何处？当年的舞影歌声全都化入蓬池之中，只剩下汴水东流入海，不再回头。提起这些旧事，我不禁流下眼泪，泪水打湿了衣衫；我用黄金买酒求醉，是因为我难回长安。于是，我和别人赌博取乐，消磨时光。唱起歌谣，以表达我的情志。我就像隐居东山的谢安一样，迟早有一天会时来运转，到那时济世安民，也不算晚。

[ 说明 ]

这首诗一名《梁苑醉酒歌》。梁园，汉代梁孝王所建。平台，春秋时宋平公所建。这两处遗迹，分别在唐时的大梁和宋州。李白是离开长安后来到这一带的。此时距他被唐玄宗“赐金放还”已三年，但理想落空、宏图不能施展的抑郁悲愤之情丝毫未减。这首诗就表达了这种悲苦心情，同时抒发了作者眷念京城而又欲归不得的愁思，表现了他对权贵的蔑视，但也流露出随遇而安的消极情绪。

# 鸣皋歌送岑征君①

若有人②兮思鸣皋，阻积雪兮心烦劳。

洪河凌兢不可以径度③，冰龙鳞兮难容舠④。

邈仙山⑤之峻极兮，闻天籁之嘈嘈⑥。

霜崖缟皓以合沓兮⑦，若长风扇海，涌沧溟之波涛。

玄猿绿罴⑧，舔舕崟岌⑨，危柯振石，骇胆慄魄，群呼而相号。

峰峥嵘以路绝，挂星辰于岩嶅⑩。

送君之归兮，动鸣皋之新作。

交鼓吹兮弹丝，觞清泠之池阁⑪。

君不行兮何待？若返顾之黄鹄⑫。

扫梁园之群英，振《大雅》于东洛⑬。

巾征轩⑭兮历阻折，寻幽居兮越巘崿⑮。

盘白石兮坐素月⑯，琴松风兮寂万壑⑰。

望不见兮心氛氲⑱，萝冥冥兮霰纷纷⑲。

水横洞⑳以下渌，波小声而上闻。

虎啸谷而生风，龙藏溪而吐云。

冥鹤清唳㉑，饥鼯㉒嚬呻。

块㉓独处此幽默兮，愀空山而愁人。

鸡聚族以争食，凤孤飞而无邻。

蝘蜓㉔嘲龙，鱼目混珍。

嫫母㉕衣锦，西施负薪。

若使巢由桎梏于轩冕兮㉖，亦奚异于夔龙蹩躠于风尘㉗？

哭何苦而救楚㉘？笑何夸而却秦㉙？

吾诚不能学二子沽名矫节以耀世兮㉚，固将弃天地而遗身。

白鸥兮飞来，长与君㉛兮相亲。

## [注释]

①鸣皋：又名九皋山，在今河南嵩县东北。相传有白鹤飞鸣于此，故名。岑征君：李白的好友岑勋。征君，古时候用来称那些被朝廷征召过而不愿受职的人。②人：指岑征君。③洪河：大河。凌兢：寒冷而令人战栗。径度：直渡。④冰龙鳞：冰块呈锯齿状，参差如龙鳞。舠：小船。⑤仙山：指鸣皋山。⑥天籁：自然界的声响。嘈嘈：声音嘈杂众多。⑦霜崖：白雪覆盖的山崖。缟皓：洁白的样子。以：而。合沓：重重叠叠。⑧玄猿：黑色的猿。绿罴：熊的一种，毛色乌黑发亮。⑨舔舕：吐舌的样子。崟岌：山峰险峻。⑩岩嶅：多石的山崖。⑪觞：饮酒。清泠：指梁园的清泠池。⑫若返顾之黄鹄：苏武《古诗四首》中有"黄鹄一远别，千里顾徘徊"之句，这里化用其意。返顾，形容分别时依依不舍的样子。⑬振：振兴。《大雅》：《诗经》的一部分，这里借指古代优秀的文学传统。东洛：洛阳。⑭巾征轩：用帷幕盖住的远行的车子。⑮巘崿：山崖的别名。⑯盘白石：盘腿坐在白石之上。坐素月：坐在皎洁的月光下。⑰琴：弹琴。松风：指《风入松》，琴曲名。⑱心氛氲：内心烦乱。氛氲，即纷缊。⑲萝：女萝，植物名。霰：雪珠。⑳横洞：汪洋无际的样子。㉑唳：鹤、雁等鸣叫。㉒鼯：鼯鼠，形似蝙蝠，常在夜里飞鸣，鸣声像人的哭叫声。㉓块：孤独。㉔蝘蜓：壁虎。㉕嫫母：传说中黄帝的妃子，貌丑，后用作丑女的代称。㉖巢由：巢父和许由，相传是帝尧时不愿做官的隐士。桎梏：脚镣手铐，这里指束缚。轩冕：古代高官用的车和帽，这里指做官。㉗奚异：何异，有什么不同。夔龙：传说是舜时的两个贤臣，夔为乐官，龙为谏官。蹩：匍匐而行的样子。风尘：指民间。㉘救楚：据《战国策·楚策》记载，春秋时期吴楚交战，吴军攻破了楚都，楚国大夫申包胥赶到秦国求援，在秦国的宫殿上哭了七天七夜，感动了秦哀公，最后秦国发兵救楚。㉙却秦：据《战国策·赵策》记载，秦军围困赵都邯郸，魏王派将军辛垣衍劝赵尊秦为帝。鲁仲连赶到辛垣衍面前，大讲秦国称帝之害，使他不敢再说尊秦为帝的话，秦将闻之退兵五十里。㉚沽名：有意做以猎取名声。矫节：矫揉造作，装出节操很好的样子以赚取好评。㉛君：指岑征君。

盘白石兮坐素月，琴松风兮寂万壑

## [诗解]

送友人去鸣皋山，想象那里应该是冰封雪飘，一片寒冷的气象；想起路途阻险重重，我不禁为朋友感到心情忧烦。大河寒冷令人战栗，不可以直接渡过去；冰块呈锯齿状，参差如龙鳞，实在难以容得下小船通过。遥远的鸣皋山多么高峻啊！能听到自

巢 父

巢父，相传为尧时的一位有德之士，帝尧敬重他的才德，想把帝位禅让于他。巢父不愿做官，跑到颍河岸边，在一棵大树下筑巢而居，巢父的名字由此而来。

然界的多种音响。皎洁的白雪覆盖重叠的山崖，像大风扇动海水，掀起了层层的波涛。险峻的山峰，使猿熊惊颤吐舌；高危的树枝和摇晃的巨石，更使它们丧魂落魄，群相呼号。山势高峻仿佛无路可通，星星像挂在山崖一样。为了送友人岑征君归隐，我写了这首题为《鸣皋歌》的新诗。各种乐器在交替演奏，我在梁园的清泠池饮酒与友人相送。友人你为什么迟迟不肯出发，在等待什么呢？好像黄鹄将飞走时反复回头那样依恋不舍。友人在文学上的成就很高，扫尽了梁园内所有的杰出人物，振兴了古代优秀的文学传统。他乘坐用帷幕盖住的车子经历了艰难险阻，去寻求幽居之地。想象今后友人将要在寂静的群山中，独自盘坐在皎洁的月光下弹琴，我就感到无限感伤。想着再也望不见他，我的内心就很烦乱，心中就好像存有阴霾一样堵得难受。清澈的水汹涌地往下流，声音虽小，但山上也能听到。虎在山谷中怒吼，引起了狂风；龙在深溪里腾起，吐出了云雾。凄厉的鹤鸣声在山谷中回荡，饥饿的鼯鼠在痛苦地呻吟。想起友人将孤独地住在这僻静的地方，凄怆地面对空山，就更使人愁闷。群鸡为争食而相斗，凤凰独飞而无伴。壁虎居然嘲笑巨龙，鱼目竟敢冒充珍珠。丑女穿着锦袍，美女却背着柴薪。如果硬叫巢父和许由去做官，就同夔、龙被废弃于民间一样，都是不适其志的。申包胥为什么悲苦地哭求秦哀公救楚呢？鲁仲连谈笑退秦兵，又有什么值得夸耀的呢？我不愿学这两个人沽名钓誉。只希望白鸥飞来，让它时常与友人为伴。

[说明]

天宝四载（745）冬，梁园积雪三尺，李白在园内清泠池上作诗，送岑征君去鸣皋山。诗中想象岑征君旅途中冰封雪飘、山高水深的艰险情景，刻画了鸣皋山幽深寂静的环境，也抒发了自己遭受排斥的不平心情。特别是诗的后半，通过一连串的比喻，生动地勾勒出一幅统治阶级内部尔虞我诈、争权夺利的图画。“鸡聚族以争食，凤孤飞而无邻”等句，不仅揭露和抨击了当时政治的黑暗，也表达了自己不愿与权奸为伍的耿直性格。这首诗在语言、结构方面富于变化，设想的奇妙、气势的奔放，使人无法预测。这也是李白歌行体中较好的一首。

# 横江词六首

## 其　一

人道横江[1]好，侬[2]道横江恶。

一风三日[3]吹倒山，白浪高于瓦官阁[4]。

人道横江好，侬道横江恶

[注释]

①横江：横江浦，在今安徽和县东南，是长江下游的一个渡口。②侬：我，吴地（今江苏南部一带）人自称为侬。③一风三日：连刮三天大风。④瓦官阁：又称升元阁，梁武帝在瓦官寺所建，在金陵城西南面。

[诗解]

人人都说横江好，但是我觉得横江地势险恶无比。这里能连刮三天大风，风势之猛烈能吹倒山峰，江中翻起的白浪有瓦官阁那么高。

## 其　二

海潮南去过寻阳[1]，牛渚由来险马当[2]。

横江欲渡风波恶，一水牵愁万里长。

[注释]

①海潮：倒灌进长江的海水。南去：从横江浦流往寻阳的水是西南向，所以说南去。寻阳：今江西九江一带。②牛渚：牛渚矶，又名采石矶，在安徽当涂长江边，北部突入江中，山下有矶，是唐代大江南北的重要渡口之一。险马当：险过马当。马当，山名，在今江西彭泽县东北，山形似马，横枕长江，回风撼浪，船行艰阻。

[诗解]

倒灌进长江的海水从横江浦向南流去，途中要经过寻阳；牛渚山北部突入江中，山下有矶，地势本就十分险要。马当山横枕长江，回风撼浪，船行艰阻；横江欲渡，风波十分险恶，这一条水路不知会牵出离别之人几万里的愁绪。

## 其　三

横江西望阻西秦[1]，汉水东连扬子津[2]。

白浪如山那可渡？狂风愁杀峭帆人[③]。

[ 注释 ]

①阻西秦：指视线为横江如山的白浪所阻，望不到长安。西秦，即西方之秦，借指长安。②汉水：汉江，长江的最大支流，发源于陕西西南部，东南流经湖北至武汉入长江。扬子津：古代长江下游的重要渡口之一，在今江苏扬州南，长江北岸。③峭帆人：指船夫。峭帆，高耸的船帆。

[ 诗解 ]

从横江向西望去，视线为横江如山的白浪所阻，望不到长安，汉江东边与扬子津相连。江中的白浪翻滚如山，如此险阻怎么能够渡过呢？狂风让将要出行的船夫发起愁来。

## 其 四

海神来过恶风回，浪打天门[①]石壁开。

浙江[②]八月何如此？涛似连山喷雪来。

[ 注释 ]

①天门：山名，由东、西梁山组成。东梁山位于当涂西南方，西梁山位于和县以南，两山隔江相对如门，故称天门。②浙江：钱塘江。钱塘江潮水汹涌，夏历八月十八更为猛烈。

[ 诗解 ]

横江江上常有急风暴雨到来，汹涌的浪涛把天门山劈成两半。钱塘江八月的潮水比起它来怎样？横江上的波涛好似连山喷雪而来。

## 其 五

横江馆前津吏迎[①]，向余东指海云生[②]。

郎[③]今欲渡缘何事？如此风波不可行！

[ 注释 ]

①横江馆：横江浦渡口的驿馆。津吏：管理渡口的小吏。②海云生：指海上升起了云雾，这是风雨将至的预兆。③郎：古时对年轻男子的称呼。这里是津吏对作者的称呼。

横江馆前津吏迎，向余东指海云生

[诗解]

我在横江浦渡口的驿馆前受管理渡口的小吏相迎，他向我指着东边，告诉我海上升起了云雾，风雨即将来临。他对我说："你这样急着横渡到底为了什么事情呢？如此大的风波，可不能出行啊！"

## 其 六

月晕[1]天风雾不开，海鲸东蹙（cù）[2]百川回。

惊波一起三山[3]动，公无渡河[4]归去来。

[注释]

①月晕：环绕月亮周围的彩色光带，是起风的预兆。②东蹙：迫向东南。蹙，急促。③三山：山名，在今江苏南京西南长江边，三峰并列，故名。④公无渡河：乐府《相和歌辞》调名。据《古今注》记载，朝鲜水夫霍里子高早起撑船，见一白发狂夫横渡急流，其妻阻之不及，狂夫堕河死，妻弹箜篌而唱："公无渡河，公竟渡河，渡河而死，当奈公何！"曲终，也投河而死。这里是借用乐府曲调名诫人，横江水势湍急，勿轻易渡江。

[诗解]

横江之上经常月晕起风，整日笼罩在风雾中；江里的海鲸迫向东南，百川倒流。波涛大浪一起，声势浩大，三山都会为之摇动；横江水势湍急，千万不要轻易渡江；如果轻易过江，将有去无回。

[说明]

开元十四年（726），李白来到了横江浦，面对白浪滔天的长江，以夸张的手法，描绘了一幅汹涌澎湃的长江天险图。这组诗汲取了民歌的格调，语言自然，形象动人。《横江词》六首，多写横江浦波高浪险的景象和行人被阻的心情。诗句自然流畅，感情朴实真率，深受南朝乐府民歌的影响。

[诗评]

太白《横江词六首》，章虽分，意如贯珠。俗本以第一首编入长短句，后五首编入七言绝，首尾冲决，殊失作者之意。

——杨慎《李诗选》

# 金陵城西楼[1]月下吟

金陵夜寂凉风发，独上高楼望吴越[2]。

白云映水摇空城[3]，白露垂珠滴秋月。

月下沉吟久不归，古来相接眼中稀。

解道澄江净如练[4]，令人长忆谢玄晖[5]。

[注释]

①西楼:《景定建康志》卷二十一“李白酒楼”条下引有此诗，注云：指城西孙楚酒楼。②吴越：今江苏苏州至浙江绍兴一带。③空城：指城中寂无声息，像无人居住的空城。④解道：懂得说。练：洁白的熟绢。⑤谢玄晖：谢朓，字玄晖，南齐著名诗人。他的《晚登三山还望京邑》诗中有云：“余霞散成绮，澄江净如练。”

金陵夜寂凉风发，独上高楼望吴越

[诗解]

金陵的夜晚静寂而孤独，秋风吹起，已经有了丝丝的寒意；我独自一人登上城西的孙楚酒楼，登高临风，遥望吴越大地。俯视白云和城垣的影子倒映在江面上，微波涌动，恍若白云、城垣在轻轻摇荡；仰观垂落的露珠，在月光映照下，像珍珠般晶莹，仿佛是从月亮中滴出。我伫立在月下，沉思默想，久久不肯归去；人世混浊，知音难遇，不仅我眼前知音稀少，自古以来有才华、有抱负的人当时也都是如此。谢玄晖吟诵的“澄江净如练”的诗句我能理解，我因此对他永远怀念。

[说明]

李白游金陵时，月夜独登城西孙楚酒楼作此诗。诗中通过水摇空城、白露垂珠的夜景描绘，抒发了对南齐诗人谢朓的追慕和自己的孤寂心情。

# 卷六 古近体诗

# 秋浦歌十七首（录十四首）

## 其　一

正西望长安，下见江水流

秋浦(pǔ)①长似秋，萧条使人愁。
客愁②不可度，行上东大楼③。
正西望长安，下见江水流。
寄言向江水，汝意忆侬④不？
遥传一掬(jū)泪，为我达扬州。

**[注释]**

①秋浦：地名，原属于安徽宣州，后又归属池州，今位于安徽贵池。②客愁：羁旅之愁。③大楼：山名，位于安徽池州以南。④侬：我，吴地方言。

**[诗解]**

秋浦总是像秋天一样，景物萧瑟使人愁苦。羁旅之愁多得无法丈量，我缓缓地登上了大楼山。向着西面眺望长安，只看到下面奔流不息的江水。对着江水说：“你是否还记得我？”希望江水为我传送一掬忧国之泪，寄往扬州。

## 其　二

秋浦猿夜愁，黄山堪白头。
清溪非陇(lǒng)水①，翻作断肠流。
欲去不得去，薄游②成久游。
何年是归日？雨泪下孤舟。

**[注释]**

①清溪：位于秋浦境内。陇水：河流名，源出陕西西南的陇山。②薄游：短暂的游览。

**[诗解]**

秋浦夜里猿声的啼叫充满哀愁，黄山都要愁白了头。清溪并不是陇水，但清溪却像陇水一样是使人愁断肠的水流。想要离去却回不去，原本短暂的出游成了长久的出游。什么时候才是我回去的日子呢？泪水如雨落在孤舟之上。

山鸡羞渌水，不敢照毛衣

## 其　三

秋浦锦驼鸟[①]，人间天上稀。

山鸡[②]羞渌（lù）水，不敢照毛衣。

[注释]

①锦驼鸟：又名楚雀，羽毛华美无比。

②山鸡：山鸡毛色颇美，自己也很珍爱。据说它整天对着水看自己的影子，最后因目眩落水而死。

[诗解]

秋浦的锦驼鸟羽毛华美无比，不管是在人间还是天上都很罕见。山鸡见了它都感到羞愧，不敢在水中映照自己的羽毛了。

## 其　四

两鬓入秋浦，一朝飒已衰。

猿声催[①]白发，长短尽成丝。

[注释]

①催：催生。

[诗解]

来到秋浦，一朝之间原本的飒爽之态已经变得衰老。婉转凄绝的猿啼催生出白发，长发短发都成了银丝。

[诗评]

李太白往来江东，此州所赋尤多。如《秋浦歌》十七首及《九华山》《清溪》《白笴陂》《玉镜潭》诸诗是也。《秋浦歌》云："秋浦长似秋，萧条使人愁。"又云："两鬓入秋浦，一朝飒已衰。猿声催白发，长短尽成丝。"则池州之风物可见矣。然观太白此歌，高妙乃尔，则知《姑孰十咏》决为赝作也。杜牧之池州诸诗，正尔观之，亦清婉可爱，若与太白诗并读，醇醨异味矣。

——陆游《入蜀记》

## 其五

秋浦多白猿，超腾①若飞雪。

牵引条上儿，饮弄水中月。

[注释]

①超腾：形容动作敏捷。

[诗解]

秋浦有很多白猿，动作敏捷地嬉戏，就好像飞舞的雪花。母猿牵引着枝条上的小猿，一边饮水，一边玩水中捞月的游戏。

## 其六

愁作秋浦客，强看秋浦花。

山川如剡(shàn)县①，风日似长沙②。

[注释]

①剡县：剡中，今浙江嵊州，此地山岩秀美，草木繁盛，风景十分宜人。②风日似长沙：秋浦之地四时景色优美，如同长沙一带。

[诗解]

忧愁地做一个秋浦之地的游客，勉强观看秋浦的花。蓦然发现，秋浦的山川之美如同剡县，秋浦的风物之美如同长沙。

## 其七

醉上山公①马，寒歌宁戚②牛。

空吟白石烂③，泪满黑貂裘④。

[注释]

①山公：山简。②宁戚：春秋时人。相传当时齐桓公夜出迎客，闻宁戚击其牛角唱道："南山矸，白石烂，生不遭尧与舜禅。短布单衣适至骭，从昏饭牛薄夜半，长夜漫漫何时旦？"齐桓公听闻之后赶紧召见，后来

宁戚

宁戚，春秋时期莱国棠邑（今山东平度）人，一说为卫国人。齐桓公时，他管理农事，奖励耕种，薄取租赋，促进了齐桓公霸业的完成，著有《相牛经》一卷。

拜他为大夫。③白石烂：古歌《饭牛歌》中语，后用来代指《饭牛歌》。④黑貂裘：苏秦游说秦王，但秦王始终没用采纳他的建议。最终苏秦的黑貂裘衣都穿破了，百镒黄金也用完了，失意归乡，受到家人的冷落。

[诗解]

醉酒之后骑上山公的骏马，寒夜唱起宁戚的饭牛歌。空自唱着《饭牛歌》，眼泪洒满了黑貂裘。

## 其八

秋浦千重岭，水车岭①最奇。
天倾欲堕石，水拂寄生②枝。

[注释]

①水车岭：位于秋浦西南方向七十余里，地形十分陡峭，又临深渊，水流冲击发出富有节奏的声音。②寄生：一种寄生植物，不需要像一般的植物那样扎根于泥土，而是攀附于别的植物枝干上，吸取别的植物的养料维持生命。

[诗解]

秋浦之地崇山峻岭，山势陡峭，尤以水车岭最为奇特。好像青天都要倾斜，危石都要掉下来；下面翻腾的水浪时时拂动着寄生的枝条。

## 其九

江祖一片石①，青天扫画屏。
题诗留万古，绿字锦苔生。

[注释]

①江祖一片石：江祖，山名，位于安徽贵池西南方向二十五里处。江祖山中有一奇石，从水流中突出，有数十丈，相传上面留有仙人的遗迹，称为江祖石。

[诗解]

江祖山中有一块奇石，它的身影在碧空的映衬下如同一座画屏。题在石上流传千古的诗，字迹上已长满了碧绿的苔藓。

## 其十

千千石楠①树，万万女贞②林。
山山白鹭满，涧涧白猿吟。

君莫向秋浦，猿声碎客心。

[ 注释 ]

①石楠：树名，二月开花，花朵比较细碎。②女贞：树名，四季常青。

[ 诗解 ]

千万株石楠树，到处是女贞林。山山飞满白鹭，涧涧都是猿啼声。你不要去秋浦，那里的猿啼声会使羁客心碎。

[ 诗评 ]

《周南·采蘋》章，连用六“于以”字，《十九首·青青河畔草》连用六叠字句，白诗祖之。

——乾隆御选《唐宋诗醇》

## 其十一

逻人横鸟道[①]，江祖出鱼梁[②]。

水急客舟[③]疾，山花拂面香。

[ 注释 ]

①逻人：又作“逻叉”，江边一巨石之名。因为其形状像鲁莽的大汉突出水面，阻挡水流，故称之为“逻人”。鸟道：形容道路非常窄，仅能容鸟通过。②鱼梁：以土石之坝修于水上，阻拦水势，中间留一缺口，可将竹筐放置于此捕鱼。③舟：又作“行”。

[ 诗解 ]

逻人石横在狭窄的水道上，江祖石阻拦在鱼梁处。水流很急，游客的小舟行驶得也很快，迎面扑来山花的香气。

## 其十二

渌水净素月[①]，月明白鹭飞。

郎听采菱女，一道夜歌归。

[ 注释 ]

①素月：皎洁的明月。

渌水净素月，月明白鹭飞

[ 诗解 ]

澄净的碧水如同皎洁的明月，明月下有白鹭飞翔。青年男子听到采菱女的歌声，便与其一起唱着夜歌归去。

## 其十三

炉火①照天地，红星乱紫烟。

赧（nǎn）郎明月夜②，歌曲动寒川。

[ 注释 ]

①炉火：开矿处的冶炼之火。②赧郎：指被炉火照红了脸的冶炼工人。明月夜：为月夜增添光彩。明，动词，使之明亮。

[ 诗解 ]

炉火照亮了天地，火星混着紫烟升空。被炉火映红了脸的男子为月夜增添光彩，他们的歌声震动了寒冷的河川。

## 其十四

白发三千丈，缘愁似个①长。

不知明镜里，何处得秋霜②？

[ 注释 ]

①个：这样。②秋霜：形容发白如霜。

[ 诗解 ]

满头的白发有三千丈，只因为我的忧愁无穷无尽，也像这么长。不知道明镜中的我，头发从什么地方染上了秋霜，竟如此斑白。

[ 说明 ]

天宝十三载（754），李白从广陵、金陵至秋浦，这里是江南著名的风景胜地。《秋浦歌十七首》即作者此次游历秋浦所作，整组诗从不同角度对秋浦风景以及民情之美进行了讴歌，同时抒发了诗人怀才不遇的苦闷和感慨。

# 当涂赵炎少府粉图山水歌①

峨眉②高出西极天，罗浮直与南溟连③。

名工绎思④挥彩笔，驱山走海置眼前。

满堂空翠⑤如可扫，赤城霞气苍梧烟⑥。

洞庭潇湘意渺绵⑦，三江七泽情洄沿⑧。

惊涛汹涌向何处？孤舟一去迷归年。

征帆不动亦不旋，飘如随风落天边。

心摇目断兴难尽，几时可到三山⑨巅？

西峰峥嵘喷流泉，横石蹙（cù）⑩水波潺湲（chányuán）。

东崖合沓⑪蔽轻雾，深林杂树空芊（qiān）绵⑫。

此中冥昧⑬失昼夜，隐几寂听无鸣蝉。

长松之下列羽客⑭，对座不语南昌仙⑮。

南昌仙人赵夫子⑯，妙年历落青云士⑰。

讼庭⑱无事罗众宾，杳（yǎo）然如在丹青⑲里。

五色粉图安足珍？真仙可以全吾身。

若待功成拂衣去，武陵桃花⑳笑杀人。

[ 注释 ]

①当涂：地名，今安徽当涂。少府：县尉，主管地方治安。粉图：粉壁上的图画。②峨眉：今四川峨眉山。③罗浮：山名，位于今广东增城东。南溟：南海。④绎思：指艺术构思。绎，抽出，理出头绪。⑤空翠：翠绿色的山水之态。⑥赤城：山名，位于今浙江天台北，山上土石呈赤色，好似红霞缭绕。苍梧：苍梧山，位于今湖南宁远一带。⑦渺绵：悠远，不尽。⑧三江七泽：指水流很多。洄：逆水而上。沿：顺水而下。⑨三山：指蓬莱、方丈、瀛洲三山，为神仙居住之山。⑩蹙：迫，这里有阻挡之意。⑪合沓：重峦叠嶂的样子。⑫芊绵：草木茂盛的样子。⑬冥昧：幽冥昏暗。⑭羽客：指道士。汉代曾有道士身穿羽衣，象征得道成仙可以腾空之意，因此羽客即指道士。⑮南昌仙：汉成帝时，南昌县尉梅福离家修道，相传最终得道成仙。⑯赵夫子：指赵炎。⑰历落：胸怀坦荡。青云士：高雅之士。⑱讼

惊涛汹涌向何处？孤舟一去迷归年

庭：指赵炎办公的衙门。⑲丹青：画。⑳武陵桃花：陶渊明笔下的桃花源，这里代指隐居之所。

[ 诗解 ]

峨眉山高高耸峙直插云天，罗浮山绵延与南海相连。名师巧妙构思挥彩笔，高山大海都驱至眼前。满堂都是翠绿的美景，好像可以打扫一样；赤城的红霞、苍梧的云烟皆在眼前。洞庭、潇湘之水绵延缥缈，江水湖泽相互交错。惊涛骇浪要流向何处？孤舟一去不知何时才能返还。征帆不动也不回旋，就像随风飘落在天边。我心情激动，目光被阻断，意兴难尽，什么时候才能到达神仙居住的三山之巅？西峰峥嵘瀑布飞泻，又遭横石阻拦，水流缓慢。东崖峰峦叠嶂烟雾弥漫，林深树杂，草木繁盛。林中幽冥不分昼夜，静静聆听，也没有蝉鸣之声。高高的松树下聚集着一些道人，对坐无语的是南昌仙。南昌仙人赵炎，胸怀坦荡，志趣高雅，正当妙年。衙署无事，便请来宾客，在画中肆意徜徉。五彩的图画有什么值得珍惜的呢？真正的得道成仙可以保全我身。等到功成名就之时拂衣而去，在武陵桃源之地开心生活以至终老。

[ 说明 ]

李白题画诗不多，此篇可谓其此类作品中难得的佳作。诗人通过对山水壁画的传神描述，不仅再现了画工的精湛技艺，同时也淋漓尽致地展示了自己复杂的情感。诗人以极具才情的笔触展示了粉图中大自然的宏伟，视野开阔，气势磅礴。

[ 诗评 ]

通篇皆赋题目，只此是达胸情。始知作诗贵本色，不贵着色。

——严羽

## 永王东巡歌十一首（录十首）

### 其　一

永王正月东出师①，天子遥分龙虎旗②。
楼船一举风波静，江汉翻为雁鹜池③。

永王正月东出师，天子遥分龙虎旗

[ 注释 ]

①永王：唐玄宗第十六子，名璘，安史之乱中，被唐玄宗委以要职，掌管部分兵权。正月：指至德二载（757）正月。②龙虎旗：指军队所举的将领、主帅的旗，象征着犹如龙虎一样威猛。③江汉：指长江和汉水。雁鹜池：西汉时期梁孝王为了饲养一些禽类以供观赏而修建了此池。

[ 诗解 ]

永王正月出兵东下，与天子相隔遥远，十分威猛。永王一举义师，风波立刻就平息了，汹涌的长江、汉水变成了饲养禽类的雁鹜池。

## 其 二

三川北虏乱如麻①，四海南奔似永嘉②。

但用东山谢安石③，为君谈笑静胡沙④。

[ 注释 ]

①三川：地名，位于今洛阳，因为境内有黄河、洛水、伊水三川，故名。北虏：北面的胡虏，指安史叛军。②四海南奔似永嘉：安史之乱中，两京受迫，百姓举家迁徙的境况与永嘉之乱极为相似。四海，全国，在此指中原地区的百姓。永嘉，晋怀帝永嘉五年（311），洛阳被攻陷，当时上至官员下至百姓三万余人被杀，中原地区的百姓往南躲避祸患。③谢安石：谢安，字安石，在抵抗前秦入侵时指挥自若，终破苻坚于淝水。④静胡沙：平定叛乱，安定北方。

[ 诗解 ]

三川之地胡虏遍地都是，中原百姓向南逃奔的情景就像永嘉之乱一样。倘若能够起用谢安石这样的人，谈笑间就能平定叛乱。

[ 诗评 ]

永王璘之行师，盖横暴之极者，太白以安石起之，欲其务镇静也……一说太白尝臣东山，此云安石当是自况。若然，置永王于何地？青莲亦不应放诞至此。

——唐汝询《唐诗解》

雷鼓嘈嘈喧武昌，云旗猎猎过寻阳

## 其 三

雷鼓①嘈(cáo)嘈喧武昌，云旗猎猎②过寻阳。

秋毫不犯三吴③悦，春日遥看五色光④。

[ 注释 ]

①雷鼓：响声像打雷一样大的鼓。②猎猎：军旗在风中飘扬的声音。③三吴：指吴兴、吴郡、丹阳三地。④五色光：指彩云，古时视彩云为吉祥的象征。

[ 诗解 ]

鼓声犹如打雷一样响亮，震动了武昌，高高飘扬在上空的军旗已经过了寻阳。军队对百姓秋毫无犯，三吴的百姓都十分欢悦，在和煦的春日遥遥地看到了五彩祥云。

## 其　四

龙盘虎踞帝王州①，帝子②金陵访古丘。
春风试暖昭阳殿③，明月还过鳷(zhī)鹊楼④。

［注释］

①龙盘虎踞：形容地势十分险要。帝王州：指金陵。②帝子：指永王。③昭阳殿：六朝时金陵的一座宫殿。④鳷鹊楼：六朝时金陵的楼台名。

［诗解］

金陵地势险要，永王到金陵访求古迹。春风开始吹暖昭阳殿，明月依然照耀着鳷鹊楼。

## 其　五

二帝巡游俱未回①，五陵②松柏使人哀。
诸侯不救河南地③，更喜贤王④远道来。

［注释］

①二帝：指唐玄宗、唐肃宗。巡游：这里指出逃，是一种委婉的表达方式。②五陵：指唐高祖、太宗、高宗、中宗和睿宗的陵墓。③诸侯：指统帅各路军队的将领。河南地：这里特指洛阳。④贤王：指永王。

［诗解］

两位帝王出逃都还未归，祖先陵墓前的松柏使人哀伤。各路将领都不救助洛阳，贤明的永王远道而来特别使人惊喜。

## 其　六

丹阳北固是吴关①，画出楼台云水间。
千岩烽火连沧海，两岸旌旗绕碧山。

［注释］

①丹阳：地名，三吴之一，位于今江都、丹徒一带。北固：山名。

［诗解］

丹阳的北固山是吴地的关隘，站在北固山上，俯视沿江名胜，像屏障中画出的一般。千万座山上的烽火与海相连，两岸的旌旗围绕着碧绿的高山。

## 其 七

王出三江按五湖[①]，楼船跨海次扬都[②]。

战舰森森罗虎士[③]，征帆一一引龙驹[④]。

［注释］

①按：巡行。五湖：指太湖。②次：驻扎。扬都：指扬州。③虎士：像虎一样勇猛的士兵。④征帆一一引龙驹：指永王的军队水陆并进。征帆，代指战船。龙驹，骏马。

［诗解］

永王兵出三江巡行五湖，渡江跨海驻扎在扬州。战舰威武，兵士勇猛，永王大军水陆并进。

## 其 八

长风挂席[①]势难回，海动山倾古月[②]摧。

君看帝子浮江日，何似龙骧(xiāng)出峡[③]来。

［注释］

①长风挂席：船借风势行驶得十分迅速。②古月：暗指胡人。③龙骧出峡：这里指西晋龙骧将军王濬从成都取道三峡水路进军伐吴之事。

［诗解］

船借风势飞速行驶，势不可当，水军威力无比，震得海动山倾，胡人很快就会被打垮。你看永王从水路顺江而行，与当年龙骧将军取道三峡水路进军伐吴是多么相似啊！

## 其 九

帝宠贤王入楚关[①]，扫清江汉始应还。

初从云梦开朱邸[②]，更取金陵作小山[③]。

［注释］

①帝：指唐玄宗。楚关：泛指今湖南、湖北一带。②朱邸：古时诸侯的府邸大门为朱红色，故称朱邸。③小山：西汉时期淮南王刘安在自己的府苑内为门客安排的住所，这里借指永王府。

[ 诗解 ]

玄宗宠信永王，永王入军楚关，将江汉一带的胡虏扫荡殆尽之后才回去。刚刚在云梦建立府邸，夺取了金陵之后还会在那里修建新的永王府。

## 其 十

试借君王玉马鞭①，指挥戎虏坐琼筵(yán)。

南风②一扫胡尘静，西入长安到日边③。

[ 注释 ]

①玉马鞭：代指军权。②南风：暗指永王屯兵于南方的军队。③日边：皇帝身边。

[ 诗解 ]

试图向君王暂借兵权，坐在盛大的宴席中从容不迫地指挥剿灭胡虏的战争。永王的军队平定了胡人的叛乱后，就会西入长安到皇帝跟前告捷。

[ 说明 ]

天宝十四载（755），安禄山在范阳起兵造反，第二年攻陷潼关。京师震恐，唐玄宗仓皇出逃四川，途中命其第十六子永王李璘经营长江流域。至德元年（756）十二月下旬，永王引水师顺江东下，途经九江时，三请李白出庐山。诗人应召，参加了李璘幕府，随军途中写下了《永王东巡歌十一首》。李白第二次从政活动虽然以悲惨的失败告终，但他燃烧着爱国热情的诗篇却并不因此减色。在唐绝句中，像《永王东巡歌》这样饱含政治热情，把立足现实和追求理想结合起来，运用浪漫主义手法创作的作品不可多得。这一组诗形象飞动，语气夸张，写得兴致淋漓，千载以下读之，仍凛凛有生气。

南风一扫胡尘静，西入长安到日边

[ 诗评 ]

太白之从永王璘，世颇疑之，《唐书》载其事甚略，亦不为明辨其是否。独其诗自序云："半夜水军来，浔阳满旌旃。空名适自误，迫胁上楼船。徒赐五百金，弃之若浮烟。辞官不受赏，翻谪夜郎天。"然太白岂从人为乱者哉？盖其学本出纵横，以气侠自任，当中原扰攘时，欲借之以立奇功耳。故其《东巡歌》有“但用东山谢安石，为君谈笑静胡沙”之句。其卒章乃云“南风一扫胡尘静，西入长安到日边”，亦可见其志矣。大抵才高意广如孔北海之徒，固未必有成功，而知人料事，尤其所难。议者或责以璘之猖獗，而欲仰以立事，不能如孔巢父、萧颖士察于未萌，斯可矣，若其志亦可哀矣。

——蔡启《蔡宽夫诗话》

## 峨眉山月歌

峨眉山月半轮秋，影入平羌[①]江水流。

夜发清溪[②]向三峡，思君不见下渝州[③]。

### [注释]

①平羌：青衣江，流经峨眉山前，最终流入岷江。②清溪：位于峨眉山附近。③渝州：地名，今重庆市。

夜发清溪向三峡，思君不见下渝州

### [诗解]

峨眉山上悬挂了半轮秋月，月影映入平羌江，江水缓缓而流。夜间在清溪乘船发往三峡，思念你却见不到你，只求快些顺水直下渝州。

### [说明]

本诗作于李白青年时出游期间，应在游历成都之后，夔门之前。本诗以“峨眉山月”开起，五个地名巧妙地安插在诗句中，勾勒了自己的行程，并且在峨眉山月的笼罩中燃起了浓浓的思乡之情。

### [诗评]

王右丞《早朝》诗，五用衣服字，李供奉《峨眉山月歌》五用地名字，古今脍炙。然右丞用之八句中，终觉重复，供奉只四句，而天巧浑成，毫无痕迹，故是千秋绝调。

——金献之《唐诗选脉会通》

## 清溪行

清溪清我心，水色异诸水。

借问新安江[①]，见底何如此？
人行明镜中，鸟度屏风里。
向晚猩猩啼，空悲远游子。

［注释］

①新安江：源于安徽黄山，东流入浙江。

［诗解］

清溪洗涤我的心灵，水色与一般的溪水之色不同。请问新安江，清澈见底能否与清溪相比？人好像是行走在明镜中，鸟有如在屏风里飞翔。傍晚猩猩哀鸣，徒然使游子悲伤。

［说明］

此诗是作者于天宝十二载（753）游历池州时所作，是一首情景交融的作品。清溪似乎颇受李白的喜爱，诗人写下了大量与之有关的诗作。本诗主要描写了清溪水清澈这一特点，寄寓着诗人喜清厌浊的情怀。

［诗评］

《复斋漫录》云：山谷言："船如天上坐，人似镜中行。"又云："船如天上坐，鱼似镜中悬。"沈云卿诗也。老杜云："春水船如天上坐。"祖述佺期之语也，继之以"老年花似镜中看"，盖触类而长之。予以云卿之诗，原于逸少《镜湖》诗所谓"山阴路上行，如坐镜中游"之句。然李太白《入青溪山》亦云："人行明镜中，鸟度屏风里。"虽有所袭，然语益工也。

——胡仔《苕溪渔隐丛话》

## 临路歌

大鹏飞兮振八裔[①]，中天摧[②]兮力不济。
余风激[③]兮万世，游扶桑兮挂石袂（mèi）[④]。
后人得之传此[⑤]，仲尼亡兮谁为出涕[⑥]？

［注释］

①八裔：八方。②摧：摧折。③激：激荡、激励。④游扶桑兮挂石袂：扶桑，古代神话中的一种神树，在太阳升起的地方。古代又经常将君王比为太阳，因此"游扶桑"暗指到了君王身边。石袂，应为"左袂"，即左袖之意。此句比喻自己虽然到了君王身边，却没有机会大展宏图。⑤此：指大鹏摧折。⑥仲尼亡兮谁为出涕：相传鲁哀公时，鲁国曾捕获一只麒麟，孔子知道后，认为麒麟乃仁兽，为其夭折而

伤心不已。

[ 诗解 ]

大鹏振翅高飞啊，撼动了四面八方；飞到半空啊，翅膀折断，无力翱翔。然而其遗风仍可激荡万世；我曾游览扶桑，左袖却不幸被其枝条挂住。后人得知后相传此事，而仲尼已亡，又有谁会为此发出感慨？

[ 说明 ]

《临路歌》，疑为《临终歌》，是李白的临终之作，也是其自撰的墓志铭。大鹏对李白而言是一个带有浪漫色彩的非凡英雄，是诗人精神的化身，然而此刻他这只大鹏再也不能飞翔了，于是他为大鹏也为自己唱出了这支悲壮的《临终歌》。本诗对其一生进行了回顾，长歌当哭，显示了他在生命的最后阶段对人生依然流露出无比的眷念，并为自己不能施展抱负而惋惜和感慨。

孔子

孔子，名丘，字仲尼，春秋末期鲁国陬邑（今山东曲阜东南）人，中国古代著名的思想家、教育家，儒家学派的创始人。

# 卷七 古近体诗

孟浩然

孟浩然，唐代著名诗人，襄州襄阳（今湖北襄阳）人，世称孟襄阳，因其未曾入仕，又被称为孟山人。他大半生居住在襄阳城南岘山附近的涧南园，诗多写山水田园的清幽境界，为当世诗坛所推崇。

# 赠孟浩然

吾爱孟夫子[①]，风流[②]天下闻。

红颜弃轩冕[③]，白首卧松云[④]。

醉月频中圣[⑤]，迷花[⑥]不事君。

高山安可仰[⑦]，徒此揖清芬[⑧]。

[注释]

①孟夫子：孟浩然，著名山水田园诗人，一生未入仕宦。②风流：指纵情吟诗喝酒、不受羁绊的生活方式。③红颜：指青年时期。弃轩冕：指舍弃高官厚禄。轩，高官乘坐的车子。冕，高官所戴的帽子。④卧松云：闲卧松下云间，即隐居。⑤醉月：喝酒赏月。中圣：古时把清酒称为圣人，浊酒称为贤人，中圣在此指喝醉酒。⑥迷花：迷恋花木，以花为友象征着品行高洁。⑦高山安可仰：《诗经·小雅·车辖》有云："高山仰止，景行行止。"李白在借高山来表达自己对孟浩然的敬仰之情。⑧揖：拱手，在此表示尊敬。清芬：比喻孟浩然的高洁品行。

[诗解]

我很欣赏孟浩然，潇洒不羁，名闻天下。他青年之时就舍弃高官厚禄归隐，晚年依然隐居山林。他常常沉醉于喝酒赏月，迷恋花木不侍君主。其品格如高山一般，别人难以达到，在此只能表达我的敬意。

[说明]

本诗作于开元二十七年（739）诗人游历襄阳造访孟浩然之时。李白在此诗中高度赞扬了孟浩然不仕官宦的高洁品格，对孟浩然隐居田园，纵情吟诗喝酒的生活显示出无限的神往和羡慕。

[诗评]

至于太白赠浩然诗，前云"红颜弃轩冕"，后云"迷花不事君"，两联意颇相似。刘文房《灵祐上人故居》诗，既云"几日浮生哭故人"，又云"雨花垂泪共沾巾"，此与太白同病。兴到而成，失于检点。意重一联，其势使然；两联意重，法不可从。

——谢榛《四溟诗话》

# 赠从兄襄阳少府皓

结发[1]未识事，所交尽豪雄。
却秦不受赏[2]，击晋宁为功[3]？
小节岂足言？退耕春（chōng）陵[4]东。
归来无产业，生事如转蓬[5]。
一朝乌裘敝，百镒[6]黄金空。
弹剑[7]徒激昂，出门悲路穷。
吾兄青云士[8]，然诺[9]闻诸公。
所以陈片言，片言贵情通。
棣华[10]傥不接，甘与秋草同。

[注释]

①结发：古时男子成年之时开始束发，这里是指年轻的时候。②却秦不受赏：指战国时鲁仲连为赵退却秦军却拒不受赏的典故。秦国围困赵国都城邯郸，赵求救于魏，但魏畏惧秦国，不敢出兵救赵，并派辛垣衍游说赵国奉秦为帝。此时鲁仲连恰巧在邯郸，就前去拜见平原君，并亲自面见辛垣衍，陈述奉秦为帝的危害。最终辛垣衍欣然听从了他的建议联赵抗秦，秦畏惧退军。平原君十分感激鲁仲连，以千金相赠，但鲁仲连坚决拒收。③击晋：指战国时期朱亥跟随信陵君用铁锤击杀晋鄙，夺符救赵之事。宁为功：不居功。④春陵：地名，位于今湖南宁远北。李白曾跟随胡紫阳学道，寄居春陵以东的随州。⑤生事：生计。如转蓬：形容生活不稳定。⑥镒：古代重量单位，一镒相当于二十四两，一说一镒相当于二十两。⑦弹剑：这里用冯谖弹剑作歌的典故。⑧青云士：高洁之士。⑨然诺：信守诺言。⑩棣华：比喻兄弟。

[诗解]

年少时，不谙世事，所结交的尽是豪杰之士。做事像鲁仲连那样，退却秦军却不受赏，又像朱亥击杀晋鄙，击退秦军一样，岂能居功？做大事者，对于细枝末节岂能计较？我决定退耕于春陵以东。回来之后已没有产业，生活很不稳定，犹如随风飘转的蓬草。我现已如同苏秦一样裘衣破旧，散尽了百镒黄金。我空有冯谖弹剑那样的激昂之情，却出门感叹穷困。我的兄长是高义之士，信守诺言众所周知。所以我向你陈言求助，述说我们的感情。倘若兄长你不接济我，我甘心像秋草一样枯萎。

[说明]

此诗作于李白漫游吴越后又回到湖北之时。李白为人不惜钱财，正所谓“千金散尽还复来”。他曾有过游历扬州不到一年，就“散金三十余万”之说。此诗所述是其漫游花尽积蓄导致生活潦倒，向其堂兄李皓求助之事。

## 赠何七判官昌浩①

有时忽惆怅(chàng)，匡坐②至夜分。

平明③空啸咤，思欲解④世纷。

心随长风去，吹散万里云。

羞作济南生⑤，九十诵古文⑥。

不然⑦拂剑起，沙漠⑧收奇勋(xūn)。

老死阡陌⑨间，何因扬清芬⑩？

夫子今管乐⑪，英才冠⑫三军。

终与同出处⑬，岂将沮溺⑭群？

**[注释]**

①何七判官昌浩：何昌浩行七，此时正出任幽州节度使的判官。②匡坐：正坐。③平明：黎明。④解：解除，排除。⑤济南生：伏生，名胜，西汉时人，济南人。西汉时传播《尚书》的人都出自他的门下。⑥古文：这里指《尚书》。⑦不然：不这样。⑧沙漠：指北面的边疆战场。⑨阡陌：田间小路，指代乡野。⑩清芬：高洁的品行。⑪夫子：指何昌浩。管乐：指管仲和乐毅。管仲为春秋齐桓公之相，辅佐齐桓公称霸。乐毅为战国时期燕国名将，为燕国洗刷前耻。⑫冠：超过。⑬出处：出仕和隐居，这里专指出仕。⑭沮溺：指长沮和桀溺，春秋时期的两位隐士。

有时忽惆怅，匡坐至夜分

**[诗解]**

有时忽然会很惆怅，正襟危坐到半夜。只能在黎明时分大声呼喊宣泄，想要为世间解除纷乱。有心随风而去，吹散万里阴云。羞作西汉的伏生，九十岁了还在诵读《尚书》。不能那样，要拔剑而起，在北面的边疆建立奇勋。

倘若老死于乡野之间，怎能发扬高洁的品行？你就是当今的管仲、乐毅，英才超过全军。我终将与你一起出仕建立功勋，岂能像长沮、桀溺一样隐居？

［说明］

此诗作于上元二年（761），安史之乱已延续了七年，诗人虽已近暮年，仍想为国排解纷争，建立功勋，而不愿做只知诵读古文的“济南生”，也不愿做隐居山野的长沮、桀溺。这首诗表达了诗人不甘老死于草莽，想要乘风破浪、大展宏图的雄心壮志。

# 卷八 古近体诗

# 秋日炼药院镊①白发，赠元六兄林宗

木落识岁秋，瓶冰知天寒。
桂枝②日已绿，拂雪凌云端。
弱龄③接光景，矫翼攀鸿鸾。
投分④三十载，荣枯同所欢。
长吁望青云，镊白⑤坐相看。
秋颜入晓镜，壮发凋危冠⑥。
穷与鲍生⑦贾，饥从漂母餐⑧。
时来极天人⑨，道在岂吟叹？
乐毅方适赵⑩，苏秦⑪初说韩。
卷舒⑫固在我，何事空摧残？

乐毅

乐毅，中山灵寿（今河北灵寿西北）人，战国后期杰出的军事家，拜燕上将军，受封昌国君，辅佐燕昭王振兴燕国。

[注释]

①镊：拔掉。②桂枝：化用了古代郄诜的典故，以郄诜喻指元林宗才华之出众。《晋书·郄诜传》记载：武帝于东堂朝会诸臣，向郄诜询问道："卿自以为如何？"郄诜回答说："若论贤良对策，臣为天下第一，犹桂林之一枝，昆山之片玉。"③弱龄：少年。④投分：意气相投。⑤白：白发。⑥危冠：高高的帽子。⑦鲍生：指鲍叔牙。他辅佐齐桓公称霸，官至宰相，以知人善交著称，与管仲之交为一段美谈。⑧饥从漂母餐：典出《史记·淮阴侯列传》。韩信少年时虽有才能却无人赏识，处于饥寒交迫之中，河边一漂洗衣服的老妪看见韩信饥饿难耐的样子，就将自己的饭给韩信吃。韩信非常感激，发誓要报答老妪，但老妪却不求其报答。后喻指不得志时受人接济。⑨时：建功立业之时。极天人：身居高位。⑩乐毅方适赵：乐毅，原为中山人，后被燕国拜为上将军，率兵讨伐齐国，以雪前耻。乐毅主张联合赵、楚、魏，于是燕王派其游说赵国。适，到达。⑪苏秦：战国时期纵横家，曾游说六国共同抗秦。⑫卷舒：出仕与隐居。

[诗解]

由树木凋落可知秋天来临，由瓶水结冰可知天气寒冷。桂枝日渐繁茂，高到可以拂落云端的白雪。少年时我们已相识，都希望能大有所为。我俩志趣相投，现在已经相识三十年，荣辱与共，欢乐同享。长叹一声望着青云，拔掉头上白发仔细观看。衰老的容颜映入镜中，头发已经掉落，只能戴着高冠。贫穷之时与你成为知交，饥饿之时有你给我提供餐饭。若有建功立业的机会就会直上青云，但如果世道好，如今又怎么会感叹呢？我就像乐毅刚刚到达赵国，苏秦刚刚游说韩国一样，尚未施展抱负。如果出仕还是隐居完全在于我的心意，我又怎会徒然遭受折磨？

[说明]

李白一生郁郁不得志，始终未被重用，于是不能施展抱负的遗憾变成了其诗歌表达的主题之一。此篇正属于这类诗作。诗人发已斑白，可依然报国无门，空有余恨。

[诗评]

按太白少年与元丹丘结为方外之交，二人先后入朝，元丹丘去京未久，太白亦被谮放归，与此诗“投分三十载，荣枯同所欢”正合。岂林宗即是元丹丘欤？设太白与林宗弱冠相交，则是时当已年五十矣。

——詹锳《李白诗文系年》

## 忆襄阳[1]旧游赠马少府巨

昔为大堤[2]客，曾上山公楼[3]。

开窗碧嶂[4]满，拂镜沧江流。

高冠佩雄剑，长揖韩荆州[5]。

此地别夫子[6]，今来思旧游。

朱颜君未老，白发我先秋[7]。

壮志恐蹉跎，功名若云浮。

归心结远梦，落日悬春愁。

空思羊叔子[8]，

堕泪岘(xiàn)山头。

[注释]

①襄阳：地名，位于今湖北襄阳一带。②大堤：位于襄阳府城外，东临汉江。③山公楼：山公，即山简，曾任襄阳太守。山公楼应是其遗迹。④碧嶂：层峦叠嶂的青山。⑤长揖韩荆州：韩荆州，即韩朝宗，曾任荆州大都督府长史兼襄州刺史。李白曾经谒见他，长揖不拜。⑥夫子：指马巨。⑦秋：衰老。⑧羊叔子：晋代羊祜。

昔为大堤客，曾上山公楼

[ 诗解 ]

昔日曾做大堤的游客，也曾登临山公楼。打开窗向外看，都是层峦叠嶂的青山；擦拭明镜，感觉到沧江水奔流不息。戴着高高的帽子，佩带宝剑，谒见韩荆州。曾经在此与你离别，今天前来追忆与你一起交游的情景。你朱颜未老，我却已经白发如霜。曾经抱有凌云壮志担心岁月蹉跎，如今功名于我如浮云一般。归隐之心促生远游之梦，落日悬挂，引发了春愁。突然思念起羊祜，还有那立在岘山之巅的堕泪碑。

[ 说明 ]

此诗是李白重游襄阳之时所作。往事历历在目，诗人如今已头发斑白，却还未建立功名，心中感慨万千。

# 卷九 古近体诗

# 赠王判官，时余归隐居庐山屏风叠[1]

昔别黄鹤楼[2]，蹉跎淮海秋。
俱飘零落叶，各散洞庭流。
中年不相见，蹭蹬（cèngdèng）[3]游吴越。
何处我思君？天台[4]绿萝月。
会稽风月好，却绕剡（shàn）溪回。
云山海上出，人物镜中[5]来。
一度浙江北，十年醉楚台。
荆门倒屈宋[6]，梁苑倾邹枚[7]。
苦笑我夸诞[8]，知音安在哉？
大盗割鸿沟[9]，如风扫秋叶。
吾非济代[10]人，且隐屏风叠。
中夜[11]天中望，忆君思见君。
明朝拂衣去，永与海鸥群。

中年不相见，蹭蹬游吴越

## [注释]

①屏风叠：今江西庐山五老峰下，形如九叠屏风。②黄鹤楼：旧址在今湖北武昌长江南岸，相传始建于三国时期。③蹭蹬：不得志。④天台：山名，在今浙江天台北。⑤镜中：形容水清如镜。⑥荆门：山名，在今湖北宜都市西北。倒：压倒。屈宋：指屈原和宋玉。⑦梁苑：梁园，汉梁孝王的苑囿。倾：压倒，倾倒。邹枚：指邹阳和枚乘，他们曾做客于梁孝王处。⑧夸诞：浮夸，荒诞。⑨大盗：指安禄山叛军。鸿沟：今河南贾鲁河，楚汉相争时，曾一度以鸿沟为界。这里形容安禄山所割据的区域很大。⑩济代：济世，匡时济世。⑪中夜：夜半。

## [诗解]

昔日你我在黄鹤楼分别之后，我一直游离在淮海一带，大好时光也全都虚度。想当年，你我在洞庭湖分离，如同落叶一样各自飘零，如同洞庭湖的支流一样分散各方。时值中年依然没能再相见，失意的我独自一人在吴越漫游。我在什么地方思念你呢？是天台山的月光照耀着绿萝的地方。会稽的风光是多么美好，剡溪在周围萦回。云山仿佛从那海上生出来，水清如镜，人行走在水边，就像是从镜子中走来。自从北渡浙江以后，十年的时间都在楚王的宫殿楼台上饮酒吟诗，沉醉不已。才智压倒了那荆门的屈原、宋玉，也可以令梁园的邹阳和枚乘倾倒。才华如此卓绝，却不知知音在何处，对此我只能苦笑。而今时局动乱，安禄山叛军猖獗，像秋风扫落叶一样割据中原。而我却不是那个可以拯救时局的人，只好在这屏风叠隐居。夜半时分，我仰望天空，思念着你，想要和你相见。明天我就要拂衣归去了，从此以后永远和海鸥为伴，隐居避世。

[说明]

至德元年（756），李白隐居在庐山的屏风叠。当时安禄山叛军势力猖獗，洛阳以北的广大地区都沦陷于叛军之手，而都城长安也在这一年被叛军攻破。时局非常危急，李白想要为国效力却又无人赏识，心情十分悲愤和失望。这首诗就是诗人情感的真实写照。

## 在水军宴赠幕府诸侍御

月化五白龙[①]，翻飞凌九天。
胡沙惊北海，电扫洛阳川。
虏箭雨宫阙，皇舆成播迁[②]。
英王受庙略[③]，秉钺(yuè)[④]清南边。
云旗卷海雪，金戟罗江烟。
聚散百万人，弛张在一贤。
霜台降群彦[⑤]，水国奉戎旃(zhān)[⑥]。
绣服[⑦]开宴语，天人[⑧]借楼船。
如登黄金台[⑨]，遥谒紫霞仙。
卷身编蓬下[⑩]，冥机四十年。
宁知草间人[⑪]，腰下有龙泉？
浮云在一决[⑫]，誓欲清幽燕[⑬]。
愿与四座公，静谈金匮[⑭]篇。
齐心戴朝恩，不惜微躯捐。
所冀旄头[⑮]灭，功成追鲁连[⑯]。

胡沙惊北海，电扫洛阳川

[注释]

①月化五白龙：据《十六国春秋》记载，后燕慕容熙建始元年（407），太史丞梁延年梦到月亮变成了五条白龙。在梦中，他解释说，月亮是臣子的象征，而飞

龙是帝王的象征。月亮变成龙，预示着要有臣子来做皇帝。在此，李白是用这个典故比喻安史之乱。②皇舆：皇帝坐的车子，这里代指唐玄宗。播迁：指流亡。③英王：英明之王，这里是指永王李璘。庙略：指朝廷的策划。④秉钺：比喻执掌军事大权。⑤霜台：指御史台，这里用来赞美永王的幕府。群彦：群贤。⑥奉戎旃：指参加军队。戎旃，军旗。⑦绣服：这里指诸侍御。⑧天人：指永王李璘。古人常将王室贵族称为“天人”。⑨黄金台：战国时期燕昭王所筑之台，台上尽是黄金，用来招纳四方贤士。⑩卷身：屈身。编蓬：喻指平民的居所。⑪草间人：隐居草泽中的人。⑫决：决开。⑬幽燕：指安禄山的根据地。⑭金匮：周初吕尚的兵书名称。⑮旄头：即昴星，古代当作胡星，这里指安史叛军。⑯鲁连：鲁仲连，战国时鲁仲连曾为赵国退秦军，事后不愿受赵国的封赏。这里是说诗人要效法鲁仲连功成身退。

[诗解]

据说梦见月亮变化成飞龙，直飞于九天之上，天下就会有祸乱发生。现今天下也是如此，安禄山叛军起兵于范阳，气焰嚣张，来势汹汹，很快就长驱直入，攻占了长安。胡人的箭像雨点一般密集地射向了天子所居的宫阙，天子只好仓皇起驾出逃，奔向了四川。在国事危难之际，英明的永王奉天子之命，执掌了军中大权，要肃清这些胡人的叛乱。大军纷出，只见军旗到处高扬招展，如同海水卷起白雪一样的浪花；武器林立，如同江上的烟雾一般。永王一人统率着这百万大军，只见他气度恢宏，指挥若定，进退张弛自如。四周的贤人名士也纷纷慕名而来，加入永王军中。群贤聚集，永王在黄金台上大摆宴席，招待群士。我们身处其中，十分欣喜欢悦，如同得见紫霞中的仙人。想我屈身久居于草莽之间，长达四十余年，虽然身为布衣，但是一直都在韬光养晦，关心着国事。你们可曾知道，我这个草莽之人，腰间佩带着龙泉宝剑？而那些安史叛军就如同浮云一样，将会被我的宝剑一下子斩灭。我发誓要参加到这场战争之中，将那些叛军肃清。我希望和在座的诸公一同谈论军政谋略。然后齐心协力，不惜自己区区一身，为国尽力，报答朝廷的恩遇。将那安史叛军一举攻灭，然后像鲁仲连一样，功成身退，隐居而去。

[说明]

天宝末年，安史之乱爆发，李白走向南方避难，先到达了宣城，后又隐居到庐山。当时永王李璘奉玄宗之命，担任江淮兵马都督、扬州节度使，占据了江淮地区，途中经过庐山时召李白入幕。李白感到自己一展身手的时机终于来了，意气风发，经常为永王出谋划策。这首诗就是写于李白在永王军中时。

# 卷十　古近体诗

# 赠从弟冽[1]

楚人不识凤，重价求山鸡[2]。
献主昔云是，今来方觉迷。
自居漆园[3]北，久别咸阳[4]西。
风飘落日去，节变流莺啼。
桃李寒未开，幽关[5]岂来蹊？
逢君发花萼(è)[6]，若与青云齐。
及此桑叶绿，春蚕起中闺。
日出布谷鸣，田家拥锄犁。
顾余乏尺土，东作谁相携[7]。
傅说降霖雨[8]，公输造云梯[9]。
羌戎[10]事未息，君子悲涂泥[11]。
报国有长策[12]，成功羞执珪(guī)[13]。
无由[14]谒明主，杖策还蓬藜(lí)[15]。
他年尔[16]相访，知我在磻(pán)溪[17]。

傅说

傅说，商朝武丁时的宰相，因在傅岩（今山西平陆东）地方从事版筑，被武丁起用。

[注释]

①冽：李冽，李白的堂弟。②楚人不识凤，重价求山鸡：据《笑林》记载，从前楚国有一个人，看见一只山鸡，误以为是凤凰，就高价买了来，打算献给楚王。不想山鸡死了，但是楚王依然为其诚心感动，重赏了他。③漆园：在今山东菏泽北（一说是在河南商丘北），庄周曾在那里做过漆园吏。④咸阳：秦朝都城，即后来的长安。⑤幽关：指幽静冷落的门户，比喻自己门庭冷落，独处幽居。⑥君：指李冽。花萼：指花和萼，这里比喻兄弟友爱。⑦东作：指春耕。携：提携，这里指做伴。⑧傅说：商朝时武丁的大臣，相传他原本是奴隶，后来被武丁发现并予以重用，成了著名的贤臣。降霖雨：此指傅说被武王发现并重用，就像是久旱的庄稼喜逢甘霖一样。⑨公输造云梯：公输，即公输班，春秋时期鲁国人，有名的巧匠。据说他曾为楚国制造出了攻城用的云梯，用来攻打宋国。⑩羌戎：指当时侵扰唐边界的吐蕃。羌，古代西北方的部族。戎，古代对西方部族的通称。⑪涂泥：涂炭。⑫长策：深谋远虑，长远有效的策略。⑬执珪：指得到官爵。珪，代表爵位的玉器。⑭无由：没有机会。⑮杖策：策杖，拄着拐杖。蓬藜：野草，这里是指乡间隐居之处。⑯尔：你，指李冽。⑰磻溪：在今陕西宝鸡南，相传是当年吕尚钓鱼

之处，文王就是在此地发现了他。

[ 诗解 ]

当年有一个楚人，不认识山鸡，误以为是传说中的凤凰，便高价买下送给楚王。我当年身入长安，也像那个楚人一样信心满满，想要用满腔忠心报效君王，而直到今天，我才发现自己当初陷入了迷途。我自从长安归来以后就一直居住在山东，已经很久了。每天太阳升升落落，季节在黄莺的鸣叫声中几度变换。春天刚到，桃树、李树的花朵还没有盛开，那些攀折的人还没有到来，而我这个幽居之人的门庭当然就更为冷落，怎么会有人来访？但是，你和我的兄弟之情，却可以与青云并齐了。在那桑叶发绿的时候，村中的女子们就要开始忙碌地养蚕了。晴朗的天气里，布谷鸟在山间鸣叫，农人们在田地里开始了辛勤的耕作。但是我却没有土地，有谁会带上我一同前去耕作呢？如果我能像傅说一样得到君王的重用，那么我就如同那久旱的庄稼得到了甘霖，我也会像公输班制作出云梯一样为国立功。边地的战事还没有停止，生灵正在遭受战火的荼毒，我却没有机会一展身手，只能白白地叹息，无能为力。我有那报效国家的长远策略，想要以此为国尽忠立功，取得战功以后也不想获取官爵。可惜，我没有机会前去拜谒君王，以陈心愿，只好拄着拐杖走向山野之间。以后你要是想寻访我的话，就去当年吕尚钓鱼的磻溪吧。

[ 说明 ]

这首诗写于天宝五载（746），是李白离开长安以后居住于山东时所作。诗中反映了诗人的矛盾心情：他认为自己胸怀报国的壮志豪情，又有满腹才华，却没有一展身手的机会，只好隐居，却又心有不甘，而且躬耕也缺乏相应的条件。诗中用“楚人不识凤，重价求山鸡”“傅说降霖雨，公输造云梯”等典故，表示了自己不受重用的悲愤，同时也传达出了自己虽然受到排挤，但仍有为边地动乱担忧的胸怀天下之意。

白玉一杯酒，绿杨三月时

## 赠钱征君少阳

白玉①一杯酒，绿杨三月时。
春风余几日？两鬓各成丝。
秉烛唯须饮，投竿也未迟。
如逢渭水猎②，犹可帝王师。

[ 注释 ]

①白玉：指白玉酒杯。②渭水猎：相传

吕尚年老之时，垂钓于渭水之滨，当时正值周文王猎于渭水之阳，于渭水岸边遇到吕尚，和他谈论得十分投机，便予以重用。吕尚得以大展身手，为文王立下了宏伟功绩。这里是用吕尚得遇的故事来勉励友人，同时也是诗人的自慰之语。

[诗解]

在这阳春三月，你我共饮这白玉杯中的美酒；此时杨柳葱茏，碧绿可喜。时光易逝，春天还剩下几天呢？转眼间你我的两鬓已经有了白发。光阴珍贵，你我需要秉烛夜游，夜以继日地饮酒享乐，投竿垂钓也不算太迟。如果能像吕尚那样在渭水之滨遇到文王出猎的话，你也一定能够大展才华，成为帝王之师，名垂千古。

[说明]

钱少阳是一个隐士，很有才华，颇得李白赏识。钱少阳其时年已八十余岁，李白在另一首诗《赠潘侍御论钱少阳》中说他是"眉如松雪齐四皓"，对他十分推重。这首诗就是赠予钱少阳的，赞扬其年老而仍怀出仕建功的抱负，同时也是诗人的自慰自勉之语，蕴涵着诗人的暮年壮志。

[诗评]

盖才气豪迈，全以神运，自不屑束缚于格律对偶，与雕绘者争长。然有对偶处仍自工丽，且工丽中别有一种英爽之气，溢出行墨之外。

——赵翼《瓯北诗话》

## 赠汪伦

李白乘舟将欲行，忽闻岸上踏歌①声。

桃花潭②水深千尺，不及汪伦送我情。

[注释]

①踏歌：民歌的一种，两脚踏着拍子歌唱。②桃花潭：在今安徽泾县西南。

[诗解]

李白登上了小船将要离开之际，忽然听到岸上传来一阵优美的歌声，原来是好朋友汪伦前来踏歌相送。眼前这桃花潭水虽然深达千尺，依然比不上汪伦前来相送的这份深情啊。

[说明]

据宋蜀本《李白集》记载，这首诗下面还有这样一段注解："白游泾县桃花潭，村人汪伦常酝美酒以待白，伦之裔孙至今宝其诗。"这首诗是当时李白在泾县的桃花潭游玩时所作，当时村人汪伦酿造美酒款待李白，两人交情甚笃。李白离开此地时，汪伦专门赶来送别，李白便写了这首诗相赠，而汪伦的后人也一直保存着这首诗。据詹锳的《李白诗文系年》所记载，这首诗应当作于天宝十四载（755）秋。

［诗评］

诗有四格，曰兴、曰趣、曰意、曰理。太白《赠汪伦》曰："桃花潭水深千尺，不及汪伦送我情。"此兴也。

——谢榛《四溟诗话》

［诗人逸事］

李白是个非常爱酒的人，因酒结识了许多有名之士。他与汪伦的结识也是因酒而起。一年，李白来到宣州，宣州有个有名的隐士汪伦。汪伦一心想结识酒仙、诗仙李白，听说李白到了宣州便取出自家的陈酿，直奔宣州闹市摆摊卖酒。浓浓的酒香吸引了不少人驻足。但是当人们问价时，无不以为汪伦是个疯子。原来，汪伦要价是一斗酒十千钱。不一会儿，有一人来到汪伦的酒摊前面。这次汪伦连钱都不要，直接要客人品尝。此人尝了酒之后，连连称赞酒香。问价时，汪伦说："'金樽清酒斗十千'，先生买得起吗？"此人愣住了。这时汪伦就笑了起来，原来他认出来人就是李白，他来摆酒摊就是为了与李白相识。之后，李白在汪伦家里小住了几天，到处游玩。两人结下了深厚的友谊，李白还写下了脍炙人口的《赠汪伦》。

# 卷十一　古近体诗

# 淮南卧病书怀，寄蜀中赵征君蕤①

吴会②一浮云，飘如远行客③。
功业莫从就④，岁光屡奔迫⑤。
良图俄弃捐⑥，衰疾乃绵剧⑦。
古琴藏虚匣⑧，长剑挂空壁。
楚怀奏钟仪⑨，越吟比庄舄(xì)⑩。
国门⑪遥天外，乡路远山隔。
朝忆相如台⑫，夜梦子云宅⑬。
旅情初结缉⑭，秋气方寂历⑮。
风入松下清，露出草间白。
故人⑯不可见，幽梦谁与适⑰？
寄书西飞鸿，赠尔慰离析⑱。

吴会一浮云，飘如远行客

[注释]

①淮南：在今江苏扬州一带，唐代淮南道的治所正位于扬州境内。赵征君蕤：赵蕤是唐梓州盐亭（今四川盐亭）人，著有《长短经》。据记载，李白曾一度从学于赵蕤，历时一年多。②吴会：吴郡和会稽郡。这里是泛指吴地。当时李白所在的扬州在古时属于吴国。③远行客：指李白自己。④从就：成就。⑤岁光：光阴。奔迫：指匆匆飞逝。⑥良图：指宏伟远大的政治抱负。俄：顷刻。弃捐：抛弃，这里意为落空。⑦绵剧：连绵地加剧。⑧藏虚匣：指“虚藏匣”。虚，白白地，徒然。⑨楚怀奏钟仪：据《左传》记载，楚国人钟仪做了郑国的俘虏后被献给了晋国，仍然还戴着楚国的帽子。有一次，晋国的国君让他弹琴，他便弹奏了楚国的乐曲，用来表达对故国的怀念之情。⑩越吟比庄舄：据《史记》记载，越国人庄舄在楚园担任官职，后来他生了重病，楚王便问左右：“庄舄原是越国人，不知他现在是否还想念越国？”左右便回答道：“人在病中往往会更加思念故国。他如果思念越国，必然会讲越语；反之，就会讲楚语。”楚王便派人去探听，而庄舄所讲的果然就是越语。⑪国门：城门。这里指蜀地。⑫相如台：指西汉司马相如的琴台。⑬子云宅：指西汉辞赋家扬雄（字子云）的住宅。⑭旅情：指旅人的心情。结缉：纠缠郁结。⑮寂历：凋零稀疏的样子。⑯故人：指赵蕤。⑰适：在一起。⑱离析：分离，这里指离别之情。

[诗解]

吴地上空那飘来飘去的浮云啊，就像我这个远在他乡的羁旅之客。可叹我功业未成，时光就已经匆匆而逝了。昔日宏伟远大的抱负都白白地化成了泡影，而我已经成了衰老病残之人了。古琴被藏在了匣中，宝剑徒自挂在光光的墙壁上。我这个身在他乡之人，就像钟仪、庄舄那样深切地怀念着故乡。而蜀地却远在天外，回乡的道路也被层层的远山阻断。我朝朝暮暮都在怀念着蜀地的风情人物，那相如台、子云宅都让我魂牵梦绕。我这旅人的思乡之情正在郁积，秋日的萧瑟之气也正在蔓延，满目凋零景象。秋风从松树间刮过，带来清冷之气，白露生满了秋草。昔日的老朋友已经无法相见，我在梦中能和谁在一起呢？我托那西去的鸿雁将我的书信带去，以此来宽慰你我的离别之情。

[说明]

这首诗写于开元十四年（726），是当时李白在扬州卧病时所写的咏怀诗。诗人在诗中慨叹光阴易逝、功业未成，同时抒发了对赵蕤的思念，十分真挚感人。

## 望终南山寄紫阁①隐者

出门见南山，引领②意无限。
秀色难为名，苍翠日在眼③。
有时白云起，天际自舒卷。
心中与之然，托兴每不浅。
何当造幽人④，灭迹栖绝巘(yǎn)⑤。

秀色难为名，苍翠日在眼

[注释]

①紫阁：指终南山上的紫阁峰。此峰经朝阳照射，呈紫色，楼阁状，故名。②引领：翘首瞻望。③日在眼：日日都在眼前，即每天在长安城中就可以看到终南山苍翠葱茏的景色。④造：造访。幽人：山中的隐者。⑤灭迹：遁迹，也就是归隐。绝巘：陡峭的山。

[诗解]

走出家门，抬起头就可以望见城外的终南山了；翘首瞻望那山上的景色，真的勾起了我无穷的意绪和美妙的怀想。那里山色秀美，景色清幽，美得难以名状，那苍翠葱茏的景色日日都展现在我的眼前。只见那儿的天空不时飘浮起朵朵白云，它们在天际自在悠然地舒卷伸展。看着这样美好的景象，我的心也每每心旷神怡，兴味盎然。什么时候我能够去造访那个居住在山中的隐士呢？到那时我也要和他一样遁迹于山中，自由自在地栖身在那紫阁峰上。

［说明］

这首诗大约作于天宝十载（751），是李白在长安任翰林供奉时所作。终南山位于长安城南，距长安城数十里，在天气晴朗澄静的日子里，人们在城内就可以望见其轮廓。诗人见景抒怀，表达自己对山中悠然安闲生活的向往。

## 沙丘城下寄杜甫

我来竟何事，高卧①沙丘城。
城边有古树，日夕连秋声②。
鲁酒不可醉，齐歌空复情③。
思君若汶水④，浩荡寄南征。

［注释］

①高卧：高枕而卧，形容闲居无事。②秋声：秋日西风吹动、草木零落的肃杀之声。③鲁、齐：均指山东。④汶水：大汶河，流经山东中南部。沙丘城就在汶水附近。

［诗解］

究竟是什么原因，让我来到沙丘这个地方？在这里我整日闲居无事，生活乏味，尝尽了孤单无聊之苦。自从和你分别以后，每天早早晚晚陪伴我的，就只有那城边的古树，以及秋日西风乍起、树叶凋零的萧瑟秋声。我独自一个人喝着闷酒，听着弦歌，无奈这里的酒不能让我沉醉，歌声也无法打动我的心灵。我是多么的思念你啊，这份思念之情就如同眼前这浩浩荡荡的汶河之水。我多想紧紧跟随着它一同南去，到你的居所和你再度相逢。

城边有古树，日夕连秋声

［说明］

这首诗当作于天宝四载（745）秋或天宝五载（746）。天宝三载（744）春，李白离开长安，在洛阳遇到了杜甫，两人一见如故，结伴出游。同年秋，李白、杜甫和高适三人相会于梁园（今河南商丘），并同游了孟诸

（今山东单县）、齐州（今山东济南）等地，结下了深厚的友情。分手以后，李白前往齐州的紫极宫，请那里的高如贵天师授予道箓，正式举行入道仪式。而杜甫则去寻找道师华盖，未能得遇。第二年秋天，二人又相会于东鲁，度过了一段“醉眠秋共被，携手日同行”的亲密无间的生活。不久二人再次分手，杜甫西去长安，李白则东游吴越，从此以后两个人便再也未能相见。这首诗就是李白送走杜甫后，客居于沙丘寓所时所作。

[诗评]

有余地，有余情，此诗家正声也。

——乾隆御选《唐宋诗醇》（引沈德潜语）

## 闻王昌龄左迁龙标遥有此寄

杨花落尽子规啼，闻道龙标过五溪①。

我寄愁心与明月，随风直到夜郎②西。

[注释]

①五溪：指前往被贬之地所要经过的五条溪名，即辰溪、西溪、巫溪、武溪和沅溪，在今天的湖南西部和贵州东部。②夜郎：地名，在今天的贵州桐梓。这里泛指湖南西部和贵州一带。

[诗解]

在这个暮春时节，杨花已经落尽，杜鹃在不停地啼叫，声音十分悲切；我听说你被贬到龙标，一路上要经过辰溪、西溪、巫溪、武溪以及沅溪，对此我很是担心。就让这天上的明月带走我这颗为你担忧的心吧，让它随着吹动的风儿一起陪伴你走到夜郎以西。

[说明]

王昌龄是唐代的著名诗人，同时还是李白的好朋友。王昌龄在天宝年间被贬为龙标县尉。龙标也就是现在的湖南黔阳，唐时这里十分荒凉偏僻。李白得知这个消息后十分担心，便写了这首诗遥相赠寄，以表达自己的关心和慰问。古时候称贬官为左迁，这首诗大约写于天宝七载（748）或天宝八载（749）。

[诗评]

首句托兴，次句赋事，末二句言情。

——（日）近藤元粹《李太白诗醇》

# 忆旧游寄谯郡元参军

忆昔洛阳董糟丘①，为余天津桥②南造酒楼。
黄金白璧买歌笑，一醉累月③轻王侯。
海内贤豪青云客④，就中与君心莫逆⑤。
回山转海不作难，倾情倒意⑥无所惜。
我向淮南攀桂枝⑦，君留洛北愁梦思。
不忍别，还相随⑧。
相随迢迢访仙城，三十六曲水回萦⑨。
一溪初入千花明⑩，万壑度尽松风声。
银鞍金络⑪到平地，汉东⑫太守来相迎。
紫阳之真人⑬，邀我吹玉笙。
餐霞楼上动仙乐⑭，嘈(cáo)然⑮宛似鸾凤鸣。
袖长管催欲轻举⑯，汉中太守醉起舞。
手持锦袍覆我身，我醉横眠枕其股。
当筵(yán)意气凌九霄，星离雨散不终朝⑰，分飞楚关⑱山水遥。
余既还山⑲寻故巢，君亦归家度渭桥。
君家严君勇貔(pí)虎⑳，作尹并州遏㉑戎虏。
五月相呼渡太行㉒，摧轮不道羊肠㉓苦。
行来北凉㉔岁月深，感君贵义轻黄金。
琼杯绮食青玉案㉕，使我醉饱无归心。
时时出向城西曲，晋祠㉖流水如碧玉。
浮舟弄水箫鼓鸣，微波龙鳞莎草㉗绿。
兴来携妓恣经过，其若杨花似雪何。
红妆欲醉宜斜日㉘，百尺清潭写翠娥㉙。
翠娥婵娟㉚初月辉，美人更唱舞罗衣。
清风吹歌入空去，歌曲自绕行云飞。

此时行乐难再遇，西游因献《长杨赋》㉛。

北阙青云不可期㉜，东山㉝白首还归去。

渭桥南头一遇君，酂台㉞之北又离群。

问余别恨今多少，落花春暮争纷纷。

言亦不可尽，情亦不可及。

呼儿长跪㉟缄此辞，寄君千里遥相忆。

[注释]

①董糟丘：其人不详，应当是一个当时在洛阳开酒店的人。②天津桥：在今河南洛阳西南。③累月：一连好几个月。④海内：指中国。古时人们认为中国四面环海，所以有此称。贤豪：指当时德才出众，并且享有声望的人。青云客：指身居高位之人。⑤就中：其中。君：指参军元波。莫逆：莫逆之交，指彼此志趣相投。⑥倾情倒意：竭尽心力。⑦我向淮南攀桂枝：这里化用汉代淮南王刘安《招隐士》诗“攀援桂枝兮聊淹留”之意，是说诗人隐居深山，求仙访道。李白曾在开元二十七年（739）前往淮南。⑧还相随：指李白和元波在开元二十七年（739）冬一同游历随州。⑨回萦：迂回旋绕。⑩千花明：指众花盛开，明艳非常。⑪银鞍金络：指所骑之马装饰华丽。⑫汉东：汉东郡，也就是随州，在今湖北随州一带。⑬紫阳之真人：指道士胡紫阳。真人，是对道士的敬称。⑭餐霞楼：道士胡紫阳在随州苦竹院中所建造的楼。仙乐：指笙管等乐器。⑮嘈然：形容众乐齐奏。⑯轻举：飘然欲飞，形容舞姿轻盈，飘然飞动的姿态。⑰星离雨散：指分散、离别。不终朝：未及至早晨，形容时间非常短。⑱楚关：指随州，此地在古时候属于楚国。⑲还山：回乡。开元二十八年（740），李白曾回到山东的家中，这里即指此事。⑳严君勇貔虎：元波的父亲是一位武将，这里形容其父的勇猛。严君，指父亲。貔虎，一种猛兽。勇貔虎，意为比貔虎还要勇猛。㉑遏：阻止，抵挡。㉒太行：太行山。当时从洛阳前往太原需要经过太行山。㉓羊肠：指太行山上狭窄险峻的小道。㉔北凉：应作“北京”。天宝初年曾一度称太原为“北京”。㉕琼杯：玉杯。绮食：精美的食物。㉖晋祠：周代晋国始祖唐叔虞的祠庙，在今山西太原西南。当时叔虞受封

银鞍金络到平地，汉东太守来相迎

为唐侯，后改国号为晋。㉗莎草：河边的水草。㉘宜斜日：这里指所携之妓在斜阳的照映下，容颜更加美丽了。㉙写：画。翠娥：指美女。㉚婵娟：秀丽、美好的样子。㉛西游因献《长杨赋》：西游，这里是指游历到长安。《长杨赋》，西汉时，扬雄献给汉成帝的一篇赋。长杨，指的是汉宫的长杨殿，而当年李白初到长安时也一度想要通过进献诗赋来赢得君王的信任。㉜北阙：指朝廷。汉初萧何为汉高祖建未央宫，立东阙、北阙，尚书奏事及谒见时，皆到北阙。青云不可期：指没有希望获得官职。㉝东山：在今浙江绍兴，晋宰相谢安曾在此地隐居。这里代指隐居之地。㉞酂台：一作酂亭，位于今河南永城市酂城镇内。㉟长跪：长坐。古人的习惯是席地而坐，坐时两膝踞地，臀部靠在脚跟上叫“坐”，而伸直腰身，臀部离开脚跟则叫“跪”。

［诗解］

遥想当年，洛阳城中的那个董糟丘，专门为我们在洛阳城南开了一个酒肆。在那里我们用黄金白璧买来歌舞欢笑，接连数月沉醉于美酒之中，笑傲王侯，睥睨万物。当时座中皆是四海之内的英才豪俊，以及身居高位的达官显贵，而我独和你一见如故，成为莫逆之交。对于我们的友情来说，回山转海都不是难事，即便是倾注了所有的感情也不会吝惜。以后的日子，你我分离，我前往淮南，去攀折桂枝，而你留在了洛北，只有在梦中彼此思念，愁绪满怀。我们实在是舍不得分开啊，于是再度相伴而行。我们千里迢迢前往仙城，路途遥远，其间有三十六曲水萦绕。春日的溪水边，千花竞相开放，明艳无比；春风吹过千山万壑的松林，发出阵阵的松涛声。我们骑着佩饰精美的马儿，在平地上奔腾纵横，那汉东的太守亲自前来相迎。随州城中的紫阳真人，邀请我吹奏玉笙。在紫阳真人所建造的餐霞楼上，各种乐器齐奏，乐曲美妙如同仙界凤凰的鸣叫声。席间的舞女长袖飘飘，舞姿轻盈，几欲凌空飞举，汉中太守也在醉酒中翩然起舞。他亲手拿来锦袍盖在我的身上，醉意朦胧之中，我枕着他的大腿躺下。筵席之上的嘉宾个个意气飞扬，气势直凌九霄；然而美好的时光总是太短，时间还不到早晨，我们就又再度分离，在楚关各自分飞，相隔山水迢迢。我回乡寻找旧日的家园，你也过了渭桥归家而去。你的父亲是一位勇武无比的武将，在并州担任太守，遏制住了那些前来进犯的胡虏。你我在五月之际，相互唱和着攀越那太行山，山间的羊肠小道十分艰险，我们却并不以为苦。我们一同到了太原，在那里度过了很长的时间，我越发感觉你对我

袖长管催欲轻举，汉中太守醉起舞

的情意比那黄金还要宝贵。我们在那里的生活十分快乐，玉杯盛满了美酒，青玉案上摆满了美食，其间我终日醉酒，全然没有归去之心。我们时常出城向西，看那晋祠前水流淙淙，水色碧绿如玉。我们乘舟漂浮其上，在船上吹箫击鼓；微风吹来，水波粼粼，岸边的莎草倒映其中。兴致高昂时，我们携带歌妓在其间恣意行游；杨花纷纷飘落，如同雪花漫天飞舞。歌妓们一个个装扮美艳，在斜阳的照耀下，容颜更加美丽；百尺潭水，清澈如镜，映照着美女的倩影。月亮出来了，皎洁的月光映照着美女秀美的容颜；月下的美人们一个个罗衣华服，清歌吟唱，舞姿翩然。清风将美妙的歌声直吹向天上，歌声绕着云际回环飞荡。此时此刻，我们却各自分离，以前的欢乐时光难以再来；我游历到长安，像扬雄进献《长杨赋》一样向帝王进献诗赋，想要以此来获取名位。然而入朝为官无望，我没有荣幸地登上北阙，只得像东晋的谢安一样退居于东山。当年我在渭桥之南得以和你相见，顷刻之后却又在酂台之北分离。如果要问我离愁别苦有多少，就如同那暮春时节的纷纷落花一样啊。这种感情是言语所不能说尽的，这份感情是无人能及的。我唤来僮儿长跪在面前，记下这番言辞，然后寄给千里之外的你，让我们一同追忆当年的情形。

[说明]

在这首诗中，李白详细地叙述自己和谯郡元参军数次聚散的经过，可以看作是一首长篇叙事纪实诗，是了解李白生平和思想的重要作品之一。谯郡在今安徽亳州一带。元参军，名元波，生平不详。

[诗评]

此篇最有纪律可循。历数旧游，纯用序事之法。以离合为经纬，以转折为节奏。结构极严而神气自畅。至于奇情胜致，使览者应接不暇，又其才之独擅者耳。

——乾隆御选《唐宋诗醇》

## 独酌清溪江石上寄权昭夷①

我携一樽酒，独上江祖石。
自从天地开，更长几千尺？
举杯向天笑，天回②日西照。
永愿坐此石，长垂严陵钓③。
寄谢山中人④，可与尔同调。

[注释]

①权昭夷：人名，甘肃天水人，据说李白曾和他一起在贵池修道炼丹。②回：回旋。③长垂严陵钓：严陵，即严光，字子陵，曾和汉光武帝刘秀同学。刘秀称帝

以后，想要让他出来做官，严子陵便隐姓埋名，隐居在江边钓鱼，怡然自乐。这里李白是以严子陵自喻，表明自己安于归隐的生活。④谢：告诉。山中人：指权昭夷。

我携一樽酒，独上江祖石

[ 诗解 ]

我手中提着一樽美酒，独自一个人来到了秋浦清溪的江祖石上。不知道自从盘古开天辟地以后，这江祖石又长了几千尺？酒酣兴起之际，我举杯向天大笑，只见天空回旋，太阳已经落山。我多想能够永远坐在这江祖石上，像那个在江边垂钓的严子陵一样怡然自乐啊！我将这份心情写出来，寄给山中的你，不知道你是否有同样的志趣，和我一同在这江边石上度此悠然岁月。

[ 说明 ]

这首诗是诗人写给和自己一同学道的权昭夷的，表达自己乐于归隐的心情，并希望和他一起共度那悠然岁月。

[ 诗评 ]

别本诗话引太白“我携一樽酒”为葫芦韵之例。

——吴乔《围炉诗话》

# 卷十二　古近体诗

# 庐山谣寄卢侍御虚舟

我本楚狂人，凤歌笑孔丘①。

手持绿玉杖，朝别黄鹤楼。

五岳寻仙不辞远，一生好入名山游。

庐山秀出南斗旁，屏风九叠云锦张，影落明湖青黛光。

金阙前开二峰长，银河②倒挂三石梁。

香炉瀑布遥相望，回③崖沓嶂凌苍苍。

翠影红霞映朝日，鸟飞不到吴天长。

登高壮观天地间，大江茫茫去不还。

黄云万里动风色，白波④九道流雪山。

好为庐山谣，兴因庐山发。

闲窥石镜⑤清我心，谢公⑥行处苍苔没。

早服还丹⑦无世情，琴心三叠⑧道初成。

遥见仙人彩云里，手把芙蓉朝玉京⑨。

先期汗漫九垓上⑩，愿接卢敖⑪游太清。

[注释]

①我本楚狂人，凤歌笑孔丘：据《论语·微子》记载，楚国狂人接舆来到孔子车边唱道："凤兮凤兮，何德之衰？往者不可谏，来者犹可追。已而已而，今之从政者殆而！"孔子下车想和他说话，他却走开了。②银河：这里指瀑布。③回：曲折，盘旋。④白波：指水流激起的波浪。⑤石镜：传说在庐山东面有一圆石悬岩，明净得可以照出人影。⑥谢公：指谢灵运。⑦还丹：吃过之后可以升天的丹药。⑧琴心三叠：道家修炼术语，指功夫很深，达到心和神悦的境界。⑨玉京：道教中元始天尊居住的地方。⑩期：相约。汗漫：渺杳不可知。九垓：九天。⑪卢敖：燕人，为秦博士。《淮南子·道应训》载其曾游北海，遇一仙人笑言道："吾与汗漫期于九垓之外，吾不可以久驻。"

[诗解]

我本来就是一个像楚国接舆那样的狂人，高唱凤歌嘲笑孔子。我拿着仙人用的绿玉手杖，早晨离开了黄鹤楼。为了寻找仙人的踪迹，我不怕五岳路途遥远，因为我一生都爱游览名山。庐山秀丽挺拔，高耸入云，九叠屏风像锦绣云霞一样张开着；山的倒影和湖水的波光相互映照。金阙前面矗立着两座山峰，三石梁瀑布像银河一样挂在山崖上，和香炉峰瀑布遥遥相对，峰峦叠嶂，高耸入云。满天的红霞和苍翠的山色交相辉映，山势很高，连飞鸟都不能过去。登到庐山峰顶，观看天地间的壮观景象，只见江水茫茫奔流而去。黄云在天空飘动，天色瞬息万变；长江水分为九支向前奔流，激起的浪花像雪山一样。我喜欢为庐山写诗，诗兴因为庐山而大发。悠闲地照着石镜，心灵就会很清静，绿色的苔藓掩盖了当年谢灵运游览的踪迹。早早地服用灵丹成仙，摆脱俗世的烦恼，修炼得道。远远地看见仙人们在彩云中，手里拿着芙蓉花飞向玉京。我想象着已经和神仙在九天之上约会，愿意迎接卢敖共同游览仙境。

谢灵运

谢灵运，世称谢康乐，南朝宋诗人，其祖父为东晋名将谢玄。他与颜延之、鲍照并称为“元嘉三大家”，开创了山水诗派。

［说明］

这首诗作于李白流放夜郎途中遇赦时，从江夏（今湖北武昌）往浔阳（今江西九江）游览庐山的时候。

［诗评］

先写庐山形胜，后言寻幽不如学仙，与卢敖同游太清，此素愿也。笔下殊有仙气。

——沈德潜《唐诗别裁集》

## 书情寄从弟邠州长史昭①

自笑客行久，我行定几时？

绿杨已可折，攀取最长枝。

翩翩弄春色，延伫寄相思。

谁言贵此物？意愿重琼蕤（ruí）②。

昨梦见惠连，朝吟谢公诗③。

东风引碧草，不觉生华池。

临玩忽云夕，杜鹃夜鸣悲。

怀君芳岁歇，庭树落红滋。

[ 注释 ]

①邠州：治所在今陕西彬县。长史：州刺史佐职。昭：李白从弟李昭。②琼蕤：玉花。③昨梦见惠连，朝吟谢公诗：谢灵运因为梦到族弟惠连而得佳句“池塘生春草”，此处借典故赞美从弟。

绿杨已可折，攀取最长枝

[ 诗解 ]

笑自己客居已经很久了，我什么时候才能安定下来呢？杨柳已经发芽变绿，可以攀折了，我折取了最长的一根枝条。欣赏着眼前的春色，心中却是无限的思念。谁说这种东西十分珍贵？柳枝蕴涵的深意甚至超过了玉花。昨天晚上梦到了你，我在第二天便得到了一句佳句。在东风吹拂下，华池之中不知不觉生出了碧草。正要去游玩，云忽然暗下来，夕阳西下，杜鹃在夜里啼叫，声音悲凉。我一直怀念着你，随着芳岁消歇，庭园中落红缤纷。

[ 说明 ]

此诗触景生情，托物兴怀。赞美了从弟李昭才情之高，表达了诗人怀念之深。

## 寄王汉阳①

南湖②秋月白，王宰③夜相邀。
锦帐郎官④醉，罗衣舞女娇。
笛声喧沔(miǎn)鄂⑤，歌曲上云霄。
别后空愁我，相思一水遥。

[ 注释 ]

①王汉阳：指汉阳县令王某。②南湖：郎官湖，在今湖北武汉。③宰：此处指县令。④郎官：指尚书郎张谓。⑤沔鄂：沔州和鄂州。

[ 诗解 ]

秋天，一个月色皎洁的夜晚，王县令邀请我去郎官湖泛舟。尚书郎张谓喝得酩酊大醉，穿着绫罗绸缎的舞女娇美婀娜。伴奏的笛声如此悠扬嘹亮，飘散到沔鄂大地，好像要传到九天之上一般。和他们分别之后，我只有空自惆怅；我们各在沔州和鄂州，虽然仅仅一水之遥，但也忍不住相思。

[说明]

此诗当作于乾元元年（758）八月。当时诗人被流放夜郎，途经夏口。这首诗写汉阳县令王某在月夜设宴，邀请诗人到沔州城南的郎官湖泛舟之事，记叙了诗酒欢乐的情景。

## 流夜郎永华寺寄浔阳群官①

朝别凌烟楼②，暝投永华寺。

贤豪满行舟，宾散予独醉。

愿结九江流，添成万行泪。

写意寄庐岳③，何当来此地。

天命有所悬，安得苦愁思？

[注释]

①夜郎：在今贵州桐梓。永华寺：在浔阳西面。浔阳：在今江西九江。②凌烟楼：在浔阳，南朝宋临川王刘义庆为江州刺史时所建。③庐岳：庐山，此处代指群官所在的浔阳。

[诗解]

早晨离开了凌烟楼，傍晚投宿在永华寺。贤士豪杰坐满行船，待宾客们散去后，只有我醉了留下。想要那九江的流水，化成万行泪。写信问诸位，什么时候来到这里呢？这都是上天决定的，有什么好愁苦的呢？

贤豪满行舟，宾散予独醉

[说明]

此诗作于乾元元年（758）。诗人远流夜郎，经过永华寺，群官为他饯别，诗人有感而作，抒发了悲愤失意的心情。最后以反诘结尾，抑扬有致，以“天命有所悬”安慰自己，而不必因为“愁苦”使得愁苦倍增。

# 自汉阳病酒归，寄王明府[1]

去岁[2]左迁夜郎道，琉璃砚水长枯槁。

今年敕放巫山[3]阳，蛟龙笔翰生辉光。

圣主还听《子虚赋》，相如却欲论文章。

愿扫鹦鹉洲[4]，与君醉百场。

啸起白云飞七泽[5]，歌吟渌(lù)水动三湘[6]。

莫惜连船沽美酒，千金一掷买春芳。

[注释]

①王明府：指汉阳县令王某。②去岁：去年，乾元元年（758）。③巫山：在今重庆市东北部。④鹦鹉洲：原在湖北武昌城外江中，后沉没于长江中。东汉末年，祢衡作《鹦鹉赋》，是以得名。⑤七泽：相传古时楚地有七处沼泽，后来泛指楚地诸湖泊。⑥三湘：指洞庭湖南北、湘江流域一带。

[诗解]

去年被贬谪到夜郎，写诗作文的兴致大为减少。今年被赦免于巫山之南，诗文创作的兴致又勃然而起，能挥毫泼墨如蛟龙飞腾般写作了。汉武帝还在听着《子虚赋》，司马相如却想要议论文章。想要扫平鹦鹉洲，和你一起畅饮百场。吟啸之声惊起白云，飘扬在湖泽之上，歌吟之声惊动了渌水和三湘。不要怜惜自己的船，用它换取美酒吧，应当一掷千金，及时行乐，留住这美好的春光。

[说明]

此诗作于乾元二年（759），当时李白流放遇赦回到汉阳。前六句以司马相如自况，既然已遇赦，就希望得到天子的重用，期望能够一展宏图。次六句写啸歌纵酒的豪情逸兴。

# 望汉阳柳色寄王宰[1]

汉阳江上柳，望客引东枝。

树树花如雪，纷纷乱若丝。

春风传我意，草木度前知。

寄谢弦歌宰[2]，西来定未迟。

[注释]

①王宰：指汉阳县令王某。②弦歌宰：据《论语·阳货》记载，孔子到武城，听到弹琴的声音，就对担任武城长官的弟子子游说："杀鸡用得着牛刀吗？"子游说："君子知礼乐就会仁爱，百姓知礼乐就容易治理。"孔子说："子游的话很有道理。我刚才是在开玩笑。"后世以"弦歌宰"代指擅以礼乐教化百姓的县令，此指汉阳县令王某。

[诗解]

汉阳江边上的柳条，看到客人后向东飘舞。树上的柳绵好像雪一般，纷纷扰扰仿佛乱成一团的丝。春风为我寄送情意，这些草木能够如约而行。寄信给王县令，一定要向西来到我这里。

[说明]

此诗是上元元年（760）李白赦还江夏时所作。诗人望见汉阳的柳色，以诗代简，邀请友人王县令。客从"西来"，柳发"东枝"，柳绵如雪，纷乱如丝（思）。移情于物，托物寄怀。"春风""草木"犹达前约，足见其思念之殷切。

## 早春寄王汉阳

闻道春还未相识，走傍寒梅访消息。

昨夜东风入武昌①，陌头杨柳黄金色。

碧水浩浩云茫茫，美人不来空断肠。

预拂青山一片石，与君连日醉壶觞（shāng）。

[注释]

①武昌：唐代鄂州武昌县，即今湖北鄂城。

[诗解]

春天只是刚刚来临，人们还没有察觉到，它先悄悄地来到寒梅那里访问。昨天夜晚东风来到了武昌，陌上的杨柳变成了黄金色。碧绿的河水浩浩荡荡，云朵茫茫翻滚，美人不来，令人空断肠。预先拂净青山上的一块岩石，准备坐在那里和你连日畅饮。

[说明]

此诗作于肃宗上元元年（760）春天。这年春天，李白由零陵折返岳阳，途经江夏，为思念友人汉阳县令而作。此诗言简意赅，表达了对友人的思念。

[诗评]

秀骨天成，偶然涉笔，无不入妙。

——乾隆御选《唐宋诗醇》

## 寄从弟宣州①长史昭

尔佐宣州郡，守官清且闲。
常夸云月好，邀我敬亭山②。
五落洞庭叶，三江③游未还。
相思不可见，叹息损朱颜。

[注释]

①宣州：今安徽宣城。②敬亭山：在今安徽宣城北郊。③三江：这里泛指江多。

[诗解]

你任宣州长史，为官清廉，并且闲适。你经常向我夸耀敬亭山的云月多么美丽，邀请我去游玩。我已经看过洞庭湖好几次落叶，历经数个秋天，如今依然在三江游历。相思却不能相见，叹息我的容颜已经老去了。

杜鹃花

杜鹃花，又名映山红、山石榴、山踯躅。相传，古蜀国国王杜宇在亡国后死去，其魂化为子规，即杜鹃鸟，但他仍对故国念念不忘，每到深夜时在山中哀啼，其声悲切，乃至于啼血，滴血染红漫山花朵，遂名杜鹃花。

[说明]

诗中夸赞了李昭为政清廉，感激他邀请自己去敬亭山游玩，表达了诗人的思念之情。

## 泾溪①东亭寄郑少府谔

我游东亭不见君，沙上行将白鹭群。
白鹭闲时散飞去，又如雪点青山云。
欲往泾溪不辞远，龙门蹙(cù)波虎眼转②。
杜鹃花开春已阑，归向陵阳③钓鱼晚。

[注释]

①泾溪：又名赏溪，在宣州城东。②龙门：指今安徽太平西北四十里的龙门山，中间有石窦像门，故名。虎眼转：水波旋动，波光相映，好

像虎眼中的光。③陵阳：山名，在泾县西南一百多里处。相传陵阳令窦子明，钓得白龙，子明释之，后来白龙迎子明上天，遂成仙。

[ 诗解 ]

我游东亭时没有看到你，沙上飞起了一群白鹭。白鹭四散飞去了，就好像雪花点点和飘落到青山上的云彩。想要去泾溪不会嫌路途遥远。龙门波浪滚滚，水波旋动，波光相映，好像虎眼的光芒。杜鹃花已经盛开，春天也将过去，干脆学窦子明上陵阳山隐居求道。

[ 说明 ]

此诗作于天宝十四载（755）。李白写此诗寄给友人泾县县尉郑谔。诗中生动地描绘了泾溪秀丽的春情，抒发了对友人的思念之情。

[ 诗评 ]

“虎眼转”，谓水波旋转，有光相映，若虎眼之光。刘禹锡“汴水东流虎眼纹”，亦此意也。

——沈德潜《唐诗别裁集》

## 寄崔侍御

宛溪[1]霜夜听猿愁，去国[2]长如不系舟。

独怜一雁飞南海，却羡双溪解北流。

高人屡解陈蕃榻[3]，过客难登谢朓楼[4]。

此处别离同落叶，明朝分散敬亭秋。

[ 注释 ]

①宛溪：在今安徽宣城。②去国：离开故乡。国，指故乡。③高人：指崔成甫。陈蕃榻：据《后汉书·徐稚传》记载，陈蕃为太守，不接宾客，独为徐稚备一榻，徐稚离开则悬起。④谢朓楼：一名北楼，南齐谢朓为宣城太守时所建，在宣城东南。

[ 诗解 ]

霜天寒夜中，在宛溪听到的猿声令人哀愁；离开家乡很长时间，自己好像是那没有系绳子的小舟。仰头看到一只大雁孤零零地飞向南海，低头看却是双溪令人羡慕地向北流去。你多次解榻相待，但我只是个匆匆过客，难以登上谢朓的北楼。我们在落叶纷纷的时节于此处别离，明天将在敬亭山的秋色中各奔东西。

[说明]

此诗作于天宝十二载（753）。这是一首七言律诗，首联写自己在宣城听到猿声发愁，感到离别故乡以来一直飘荡如不系之舟。颔联写自己好像是一只孤雁飞往南海，只有双溪理解而向北奔流。颈联谓崔成甫多次解榻相待，但自己只是匆匆的过客，难以登上谢朓的北楼。尾联谓自己在落叶的季节又要和好友于敬亭分别，心情低落尽在不言中。此诗将对身世的感叹，对友情的感激，都刻画得入木三分。

## 游敬亭寄崔侍御①

我家敬亭下，辄继谢公作。
相去数百年，风期宛如昨。
登高素秋月，下望青山郭。
俯视鸳鹭群，饮啄自鸣跃。
夫子虽蹭蹬（cèngdèng）②，瑶台雪中鹤。
独立窥浮云，其心在寥廓。
时来一顾我，笑饭葵与藿。
世路如秋风，相逢尽萧索。
腰间玉具剑，意许无遗诺③。
壮士不可轻，相期在云阁④。

登高素秋月，下望青山郭

[注释]

①崔侍御：指崔成甫。②蹭蹬：失意潦倒。③腰间玉具剑，意许无遗诺：用延陵季子事。春秋时期，季札出使路过徐君处，徐君爱季札配剑，季札心里许诺将于返回时赠之。返回之时，徐君已经去世，季札于是将剑挂在徐君的墓前。玉具剑，剑格、剑首、剑柄用玉装饰的剑。④云阁：云台，汉宫中的高台。东汉明帝追念功臣，画邓禹等二十八将像于其上。

[诗解]

我寓居在敬亭山下，继谢灵运后在此吟诗。虽然相隔已经有数百年之久，可风景还宛如就在昨天。登高远望，看到的是素洁的秋月，向下望见的是青山村庄。俯看成群的鸳鹭在饮水啄食，自由地鸣叫飞跃。你现在虽然失意潦倒，却似在落雪的瑶台上的仙鹤。遗世独立，看着浮云，心胸仍寥廓宽广。你要经常来看我，赠予我饭菜。现在世道人情如秋风一般，相逢只感觉萧索凄凉。你有延陵季子一样的高尚品德，一定不会被埋没。壮士不要看轻自己，应该有建功立业后在云台一起相遇的志向。

[说明]

此诗作于天宝十二载（753），当时诗人在宣城。诗中首先写自己寓居敬亭山下，经常自比是数百年前在此吟诵诗歌的谢朓。接着写崔侍御虽然被贬谪，却仍然心胸宽广，傲岸耿直，还经常照料身处萧瑟的诗人。最后叙写了自己对建立功业的向往。

## 三山望金陵寄殷淑①

三山②怀谢朓，水澹③望长安。
芜没河阳县④，秋江正北看。
卢龙⑤霜气冷，鳷(zhī)鹊⑥月光寒。
耿耿忆琼树⑦，天涯寄一欢。

[注释]

①殷淑：道士李含光的门人，道号中林子。②三山：在今江苏南京西南长江边，有三峰南北相连，故名。③水澹：水动的样子。④芜没河阳县：河阳县，在今河南孟州西。因当时已被安史叛军所占领，因此说“芜没”。⑤卢龙：山名，在今江苏南京西江边，原名狮子山，晋元帝初登此山，见连绵不绝，将其比作北方的卢龙山，因此易名。⑥鳷鹊：鳷鹊观，南朝的楼台名，在今江苏南京。⑦琼树：比喻美好的风姿，此指友人。

[诗解]

站在三山之上，想起了大诗人谢朓，他在澹澹的水波中望向长安。河阳县已经被安史叛军所占领，秋天的江水正在向北奔流。卢龙山霜气寒冷，鳷鹊观上月光凄寒。想起了你美好的风姿，在这遥远的天涯寄去我的一份情意。

[说明]

此诗约作于上元二年（761）。全诗以写景为主，仅在尾联抒发了思友之情，但却回味无穷。

## 自金陵流过白壁山①玩月，达天门，寄句容王主簿②

沧江溯(sù)流归，白壁见秋月。
秋月照白壁，皓如山阴雪③。

进帆天门山，回首牛渚没

幽人停宵征，贾客忘早发。
进帆天门山，回首牛渚④没。
川长信风来，日出宿雾歇。
故人在咫尺，新赏成胡越⑤。
寄君青兰花，惠好庶不绝。

[注释]

①白壁山：在今安徽当涂北三十里。②句容：唐代县名，今属江苏。主簿：县令的佐官。③山阴雪：山阴，今浙江绍兴。王徽之居山阴的时候，一天夜里大雪，睡醒后忽然想起戴逵，于是乘着小船去拜访，行了一夜才到门前，却没进去，而是直接返回了。别人问他缘故，他说："吾本是乘兴而行，兴尽而返，何必见戴。"此处借用此典故。④牛渚：牛渚矶，又名采石矶，在今安徽马鞍山长江边，有一巨石突入江中，峭拔险峻。⑤新赏：新结交的友人，此处指王主簿。胡越：胡在北，越在南，指相距遥远，不能相见。

[诗解]

我在沧江乘船溯流而归，秋月高高地升起来了，照耀着白壁山，洁白如王徽之所居山阴时遇到的那夜大雪。夜行的人停下来休息，商贾忘记了早早出发。扬帆驶进天门山，回头看那牛渚山已经消失了。江水悠长，信风徐徐而来，太阳升起来后，夜晚的大雾已经消歇。故人就在身旁，新结交的朋友却是相距遥远，不能相见。寄给你一枝青兰花，代表着友谊地久天长，永不断绝。

[说明]

此诗作于天宝六载（747）秋天。诗中描绘了自金陵至白壁山一路江行所见的秋夜景色，极尽形容。最后四句抒发了友人不能同游的遗憾，希望友谊长存。

[诗评]

白寄人之诗，大致泛滥于元嘉以还，此前诸篇皆是也。白尝谓：建安以来，绮丽非珍，盖亦大概言之。至其间表表诸人，曷尝不历阃入室，相与周旋出入乎？特才实迈古，故大而化之，其渊源有自来矣。杜甫亦复如是，词人落笔往往过当，甫尝云："陶谢不枝梧。"他日则云："安得思如陶谢手，令渠述作与同游。"后人过尊二家，或欲尽薄从前，非通论也。

——乾隆御选《唐宋诗醇》

# 卷十三 古近体诗

# 秋日鲁郡尧祠亭上宴别杜补阙、范侍御[1]

山将落日去，水与晴空宜

我觉秋兴逸，谁云秋兴悲？

山将[2]落日去，水与晴空宜。

鲁酒白玉壶，送行驻金羁[3]。

歇鞍憩(qì)古木，解带挂横枝。

歌鼓川上亭，曲度神飙(biāo)吹[4]。

云归碧海夕，雁没青天时。

相失各万里，茫然空尔思[5]。

[ 注释 ]

①鲁郡：兖州，天宝元年（742）改为鲁郡，在今山东。尧祠：故址在兖州南。②将：带走。③金羁：马笼头。这里指马。④神飙吹：形容乐声激荡有力。飙，疾风、暴风。⑤空尔思：徒然思念你。

[ 诗解 ]

谁说秋天是悲伤的季节呢？我却觉得秋天是高爽清逸的。傍晚，群山把太阳带走了，清澈的流水和晴朗的天空相映成趣。桌上摆好了玉壶美酒，主客都下马停驻。大家在古老的树下休息，解下衣服挂在树上。我们在江中的亭子上歌鼓欢笑，音乐奏起像是吹起了仙风一样。黄昏时分，白云飘向了碧海，大雁也回巢了。别后大家相距万里，心情因为思念而怅惘若失。

[ 说明 ]

此诗作于天宝五载（746），当时李白寄居在东鲁。诗中首先抒发了自己的观点："我觉秋兴逸，谁云秋兴悲？"一扫悲秋的传统。接着写出了秋天的种种景色。最后两句表达了与杜、范二人分别的惆怅心情，反映出作者与友人深厚的感情。全诗寓情于景，语言自然流畅，层次分明，风格明快。

# 别鲁颂[1]

谁道太山高，下却鲁连节[2]。

谁云秦军众，摧却[3]鲁连舌。

独立天地间，清风洒兰雪。

夫子还倜傥，攻文继前烈[④]。

错落[⑤]石上松，无为秋霜折。

赠言镂宝刀，千岁庶不灭。

[ 注释 ]

①鲁颂：李白的友人，生平不详。②下却：低于。鲁连：鲁仲连。战国时期，鲁仲连帮助赵国解除了邯郸之围，平原君赠千金，却而不受。后又帮助齐国收复了聊城，并辞去爵位隐于海上。③摧却：挫败于。④前烈：指鲁仲连。⑤错落：交错缤纷。

[ 诗解 ]

谁说泰山很高，却不及鲁仲连的节操。谁说秦军人数众多，却挫败于鲁仲连的口舌之下。遗世独立于天地之间，两袖清风，廉洁如兰花和白雪。你风流倜傥，追寻鲁仲连的足迹致力于诗文。交错缤纷的石上青松，没有被秋霜所折服。将赠言镂刻于宝刀上，历经千年也不会磨灭。

[ 说明 ]

此诗作于开元二十九年（741），诗中将鲁颂比喻为鲁仲连，赞扬了鲁颂高于泰山的人品，足以说退秦军的才能，“独立天地间”的节操以及清廉的为人，倜傥的风度。诗人希望他能保持这美好的品质，千载不灭。

## 别中都明府兄[①]

吾兄诗酒继陶君，试宰中都天下闻。

东楼喜奉连枝[②]会，南陌愁为落叶分。

城隅渌（lù）水明秋日，海上青山隔暮云。

取醉不辞留夜月，雁行[③]中断惜离群。

[ 注释 ]

①中都：唐县名，属兖州，今山东汶上。明府：县令。②连枝：树木连枝而生，常用来比喻兄弟之情。③雁行：喻指兄弟之序。

[ 诗解 ]

明府兄对诗、酒的喜爱如同陶潜，闻名天下，在中都做县令也是天下闻名。东楼有连枝

陶渊明

陶渊明，名潜，字元亮，自号五柳先生，世称靖节先生，东晋著名田园诗人。

而生的树木，令人欣喜；南陌上落叶纷纷，让人愁闷。城隅的渌水澄澈明净，和秋天的太阳相映生辉；从海上望去，青山隐隐约约，隔着傍晚的云彩。在一个月夜我们都喝醉了，如今我要离开你，独自离去。

[说明]

此诗作于天宝五载（746）。是年秋天，李白将要离鲁南游，临行前与中都县令相别而作此诗。这是一首七言律诗，诗中首联歌颂了友人诗、酒如陶潜，闻名天下。颔联写与友人相聚万分欣喜，却又要分别，表达了难舍难分的心情。将离别之情寓于写景之中，含蓄蕴藉。

## 梦游天姥吟留别

海客谈瀛(yíng)洲[1]，烟涛微茫信难求。
越人语天姥，云霞明灭或可睹。
天姥连天向天横，势拔[2]五岳掩赤城。
天台四万八千丈，对此欲倒东南倾。
我欲因之梦吴越，一夜飞度镜湖月。
湖月照我影，送我至剡(shàn)溪。
谢公[3]宿处今尚在，渌(lù)水荡漾清猿啼。
脚着谢公屐(jī)，身登青云梯。
半壁见海日，空中闻天鸡。
千岩万转路不定，迷花倚石忽已暝。
熊咆龙吟殷岩泉，慄[4]深林兮惊层巅。
云青青兮欲雨，水澹澹兮生烟。
列缺[5]霹雳，丘峦崩摧。
洞天石扉，訇(hōng)然中开。
青冥浩荡不见底，日月照耀金银台。
霓[6]为衣兮风为马，云之君兮纷纷而来下。
虎鼓瑟兮鸾回车，仙之人兮列如麻。
忽魂悸[7]以魄动，恍惊起而长嗟。

惟觉[8]时之枕席，失向来之烟霞。

世间行乐亦如此，古来万事东流水。

别君去兮何时还？且放白鹿青崖间。

须行即骑访名山。

安能摧眉折腰事权贵，使我不得开心颜！

[注释]

①瀛洲：传说中的海外仙境。②拔：超过。③谢公：谢灵运。④慄：战栗。这里是使动用法。⑤列缺：闪电。⑥霓：彩虹。⑦悸：惊动。⑧觉：睡醒。

[诗解]

听海上来的客人谈论瀛洲，但它是虚无缥缈、不可寻求的。南方人谈论天姥山，它在浮云彩霓中时隐时现，或许还可以看见。天姥山与天台山相对，高耸入云，山势高出五岳，也高出赤城山。天台山有四万八千丈高，但是却向东南方倾斜着如拜倒在天姥山的足下一样。我想象着一夜之间渡过明镜一样的镜湖。湖水中月亮的倒影照耀着我，一直把我送到剡溪。谢灵运当年曾经歇宿过的地方仍然存在，渌水悠悠，猿啼声声。脚上穿着谢灵运当年特制的木屐，登上直通青云的梯子。登到一半的时候，看见太阳从海上升起，在空中听到了天鸡的叫声。山上千岩万转道路曲折，我在花丛中迷失了方向，因此靠着石头休息，不知不觉中天已经晚了。山中的泉水发出像熊吼、龙吟一样的声音，使得深林为之战栗，峰峦为之惊动。云层被山峰染成青色，像是要下雨一样，溪水升起阵阵白烟。雷电大作，使得山峦像要崩塌一样。忽然看见了山洞的入口，从那里望进去，幽深看不到尽头，日月照耀着金碧辉煌的台子。神仙们穿着彩虹做成的衣服，乘着风纷纷来到。老虎弹瑟，凤凰驾车，众多仙人整齐地排列。忽然，我魂魄惊动，恍惚中惊起长叹，从梦中醒来。刚才梦里的美好情景都消失了，只剩下枕头和席子。因此，在人世间也要如此行乐，因为世事无常，古今的所有事情都会随着流水而去。告别了天姥山，什么时候才能再回来呢？暂且在山崖上系上一只白鹿，兴致来的时候就骑着它访问名山。怎么可以阿谀奉承权势豪贵，让人不开心呢？

天姥连天向天横，势拔五岳掩赤城

[说明]

这是一首记梦诗，意境雄伟浪漫，多姿多彩。天宝元年（742），李白奉诏入长安，唐玄宗召见于金銮殿，命供奉翰林，很受恩宠。李白当时也十分得意，以为从此可以施展抱负，干一番事业。谁知天宝三载（744）即遭谗毁，被“赐金还山”，实际是被放逐了。这是他政治生涯当中的一次大挫折。离开长安后，李白与杜甫、高适同游梁宋。这年冬季在临淄郡（今山东济南）紫极宫，李白由道士高如贵授道箓，成为道教徒。天宝四载（745），他准备南游吴越，于是写下了这首著名的《梦游天姥吟留别》的诗篇。

[诗评]

子美不能为太白之飘逸，太白不能为子美之沉郁。太白《梦游天姥吟》《远离别》等，子美不能道。

——严羽《沧浪诗话》

## 魏郡①别苏明府因北游

魏都接燕赵，美女夸芙蓉。
淇水流碧玉，舟车日奔冲。
青楼夹两岸，万室喧歌钟。
天下称豪贵，游此每相逢。
洛阳苏季子②，剑戟森词锋。
六印虽未佩，轩车若飞龙。
黄金数百镒，白璧有几双？
散尽空掉臂，高歌赋还邛(qióng)③。
落魄④乃如此，何人不相从？
远别隔两河，云山杳(yǎo)千重。
何时更杯酒，再得论心胸？

[注释]

①魏郡：今河北邯郸至河南安阳一带。②苏季子：苏秦，此处喻苏因。③还邛：据《史记·司马相如列传》记载，卓文君与司马相如私奔，同赴成都。司马相如家徒四壁，不得已又与卓文君共返临邛。④落魄：放荡不羁。

[ 诗解 ]

魏国的都城和燕赵大地相接，美女们都和芙蓉一样美丽。淇水如碧玉般清绿，舟车无比繁华。青楼坐落在两岸，家家户户歌声钟鼓不绝。天下的豪贵之人，在这里游览经常可以相遇。你就好像洛阳的苏秦，言辞犀利，豪放雄健。虽然没有佩带六国的相印，可是你的轩车好像飞龙一般。有多少镒黄金，有几双白璧？散尽之后仍是两手空空，最后像司马相如和卓文君那样返回临邛。如此放荡不羁，何人不相从呢？今日一别，将要去遥远之地，隔着长江和黄河，还有几千座云山。什么时候才能够一起饮酒，再次谈天说地、共述胸怀？

天下称豪贵，游此每相逢

[ 说明 ]

此诗作于天宝十一载（752），为李白北赴幽州行至魏郡，和苏因告别时所作。诗中赞美了魏郡山河人物之美，并以苏秦比喻苏因。

## 广陵赠别

玉瓶沽美酒，数里送君还。

系马垂杨下，衔杯[①]大道间。

天边看绿水，海上见青山。

兴罢各分袂(mèi)[②]，何须醉别颜。

[ 注释 ]

①衔杯：指饮酒。②分袂：指离别，分手。

[ 诗解 ]

玉瓶中装着美酒佳酿，已经送别了数里地，该是返回之时了。把马系在垂杨下，在大道上饮酒。远望天边，看到幽幽绿水，遥远的海上看到隐隐约约的青山。酒兴过后就要分别了，你们快回去，无须流露出酒醉离别的悲伤情态。

[说明]

此诗是诗人出蜀后初游江南时所作，大概在开元十四年（726）至开元十五年（727）。

## 金陵酒肆留别

风吹柳花满店香，吴姬压酒唤客尝[①]。

金陵子弟来相送，欲行不行各尽觞（shāng）。

请君试问东流水，别意与之谁短长？

[注释]

①吴姬：吴地酒店的侍女。金陵的古代属吴国。压酒：酿酒的时候，先将米蒸煮，发酵之后从中压出酒汁。

[诗解]

风吹着柳絮，满店的酒香，吴地的酒女捧出刚刚压好的新酒，劝客人尽情品尝。金陵的朋友来与我道别，将要离开却舍不得离开，只是不断地喝着酒。请问向东流去的江水，这种离愁跟你相比谁更长呢？

[说明]

此诗作于开元十四年（726）春，当时李白二十六岁，首次游金陵（今江苏南京），拟赴广陵（今江苏扬州）。诗中描写了金陵子弟劝酒相送的情景，充满了蓬勃的朝气。最后两句以流水的具体形象，比喻抽象的离别之情，耐人寻味，乃此诗的妙处。

[诗评]

供奉一味本色，诗则如此，在歌行诚为大家。

——王夫之《唐诗评选》

## 黄鹤楼送孟浩然之广陵[①]

故人[②]西辞黄鹤楼，烟花三月下扬州。

孤帆远影碧空尽，唯见长江天际流。

[注释]

①广陵：今江苏扬州的古称。②故人：老朋友，这里指孟浩然。

[诗解]

老朋友即将离开黄鹤楼东行，在春暖花开的时候前往扬州。他乘坐的那只小船逐渐消失在远处，只看到江水悠悠向天边流去。

[说明]

此诗乃开元十六年（728）暮春，李白于武昌黄鹤楼送孟浩然赴广陵而作。这是一首送别诗，表现了诗人和孟浩然两位诗人的深厚友情，自然朴实，耐人寻味。最后两句描写了水天一色、浩渺空旷的景色，寓情于景而情无穷，营造出了深情的送别场面。

故人西辞黄鹤楼，烟花三月下扬州

## 渡荆门①送别

渡远荆门外，来从楚国②游。
山随平野尽，江入大荒③流。
月下飞天镜④，云生结海楼⑤。
仍怜故乡水，万里送行舟。

[注释]

①荆门：荆门山，位于湖北宜昌西北，在长江南岸，与虎牙山隔江对峙，形势险要。②楚国：今湖北一带，春秋战国时属楚国。③大荒：辽阔无边的原野。④飞天镜：如飞过天空的镜子。⑤海楼：海市蜃楼。

[诗解]

从蜀国出发，渡江来到荆门，到古楚国所在的地方游览。在辽阔的原野尽头，山几乎与平原相接，江水在广阔的原野上汹涌奔流。月亮在水中的倒影好像是从天上飞下的镜子，彩云变幻无穷形成海市蜃楼。最让人怜爱的还是故乡的江水，它不辞万里一直把我乘坐的小船送到这里。

[说明]

此诗作于开元十三年（725）秋天，当时李白初出蜀地沿江东下。诗中描写了舟过荆门时所见长江两岸奇丽壮阔的景色，抒发了对故乡的依恋之情。

## 别山僧

何处名僧到水西①？乘舟弄月宿泾溪②。
平明别我上山去，手携金策③踏云梯。
腾身转觉三天④近，举足回看万岭低。
谑浪肯居支遁⑤下，风流还与远公⑥齐。
此度别离何日见？相思一夜暝猿啼。

［注释］

①水西：水西山，在安徽泾县西南五里。②泾溪：水西山下临泾溪。③金策：锡杖，杖高与眉齐，头有锡环。④三天：泛指高空。⑤支遁：东晋高僧，善谈玄理。⑥远公：慧远，东晋僧人，佛教净土宗初祖。

［诗解］

什么地方的高僧来到了水西山？乘着小舟在月光中留宿泾溪。天亮他就要和我告别上山去了，手中携着锡杖，足下踏着云梯。越走越高，感觉天空离自己越来越近了，停下脚回头眺望，千山万岭都在自己身下了。高僧言辞高妙，哪里在支遁之下，风流飘逸可以和慧远祖师比肩。这次别离之后不知道何日才能相见？相思一夜不能入睡，只听得暝猿啼叫声不绝。

［说明］

此诗约作于天宝十三载（754）或天宝十四载（755），为七言五韵，但是律调不纯，因此仍为古体。

## 南陵别儿童入京

白酒新熟山中归，黄鸡啄黍秋正肥。
呼童烹鸡酌(zhuó)白酒，儿女嬉笑牵人衣。
高歌取醉欲自慰①，起舞落日争光辉。
游说万乘②苦不早，着鞭跨马涉远道。
会稽愚妇轻买臣③，余亦辞家西入秦④。
仰天大笑出门去，我辈岂是蓬蒿人⑤？

朱买臣

朱买臣，字翁子，西汉吴县（今属江苏）人。家贫，喜好读书，以卖柴为生，诵书不绝于口。他的妻子常羞辱他，最终离开了他。在严助的举荐下，他被汉武帝任命为中大夫，后又被任命为会稽太守、主爵都尉。

[注释]

①自慰：自我安慰。②万乘：地位高贵的人，这里指皇帝。③买臣：指西汉会稽太守朱买臣。初时朱买臣地位卑微，家境贫穷，妻子瞧不起他，离开了他，后来他受到汉武帝的重用，做了会稽太守。④入秦：指到长安去。⑤蓬蒿人：草莽之辈，地位卑微的人。

[诗解]

白酒酿成的时候，我从山中返回家中；院里的黄鸡正在啄食黍粒，秋天的这个时候它们个个都长得很肥。呼唤家童杀鸡斟酒，儿女们高兴地牵着大人的衣服嬉闹。高歌痛饮以表达激动的情绪，酒酣起舞弄剑，闪闪的剑光和落日争辉。我因为不能尽早地为皇帝进言而感到苦恼，现在终于可以骑马扬鞭去为国效力了。会稽愚昧的妇人轻视朱买臣，我如今也将离家入朝为官。我仰天大笑出门而去，向天空发问：我难道是一般的草莽之辈吗？

[说明]

此诗作于天宝元年（742）秋天，李白得到唐玄宗召他入京的诏书之后。当时诗人满心欢喜，以为自己实现伟大抱负的机会终于来了。这首诗描写了诗人豪情万丈的心情。

# 卷十四 古近体诗

## 南阳[①]送客

斗酒勿为薄[②]，寸心贵不忘。
坐[③]惜故人去，偏令游子伤。
离颜怨芳草，春思结垂杨。
挥手再三别，临歧空断肠。

离颜怨芳草，春思结垂杨

**[注释]**

①南阳：在今河南南阳。②薄：少。③坐：深。

**[诗解]**

斗酒不要嫌少，寸心贵在不忘。深深地叹息故人的离去，游子十分感伤。脸上带着离别的愁容，看到芳草就会埋怨，将自己的思念寄托在春天的垂杨之上。挥起手再三告别，临到分别仍然枉自断肠。

**[说明]**

此诗约为开元后期诗人游南阳时所作。中间两联虽然对仗，但声律不合，因此在律诗和非律诗之间。

## 送张舍人之江东

张翰[①]江东去，正值秋风时。
天清一雁远，海阔孤帆迟。
白日行欲暮，沧波杳(yǎo)难期。
吴洲[②]如见月，千里幸相思。

**[注释]**

①张翰：西晋吴县人，曾因见秋风起而思念故乡的鲈鱼、莼菜羹，于是索性离官而去。②吴洲：今苏州市。这里泛指江东地区。

**[诗解]**

当年的张翰，思念自己的家乡，辞官离去，也正值秋风起时。空旷的青天中有一行大雁远远飞过，宽阔的大海上有一片孤帆在缓慢航行。白天就要结束，傍晚来临了，沧海波涛难以预料。假如在吴洲看到明月，那是千里之外有人在思念你。

［说明］

此诗为开元年间李白在江夏送友人之作。颔联描绘景色的壮丽，令人称道。

［诗评］

读太白诗乃悟风华不由粉黛，温飞卿、杨大年殊郎当不俚赖。“天清一雁远”与“大江流日夜”“亭皋木叶下”自挟飞仙之气。贾岛“落叶满长安”妆排语耳，无才而为有才，欺天乎？

——王夫之《唐诗评选》

## 送温处士归黄山白鹅峰旧居①

黄山四千仞（rèn），三十二莲峰。
丹崖夹石柱，菡萏（hàn dàn）②金芙蓉。
伊昔升绝顶，下窥天目③松。
仙人炼玉④处，羽化⑤留余踪。
亦闻温伯雪⑥，独往⑦今相逢。
采秀⑧辞五岳，攀岩历万重。
归休白鹅岭，渴饮丹沙井⑨。
凤吹⑩我时来，云车⑪尔当整。
去去陵阳⑫东，行行芳桂丛。
回溪十六度，碧嶂尽晴空。
他日还相访，乘桥⑬蹑彩虹。

［注释］

①黄山：在宣州太平县（今属安徽）西南。白鹅峰：黄山群峰之一。②菡萏：荷花。③天目：山名，在今浙江临安西北，上面有两湖好像左右目，故名。④炼玉：指炼仙丹。⑤羽化：指成仙而去。⑥温伯雪：即温伯雪子，古贤士。李白借其名指温处士。⑦独往：指离群索居。⑧采秀：采灵芝。⑨丹沙井：黄山东峰下有朱砂汤泉，热可点茗，春天颜色微红。⑩凤吹：相传仙人王子乔曾吹笙作凤鸣。此处借用此事。⑪云车：仙人所乘之车。⑫陵阳：陵阳山。⑬桥：指仙人桥，在炼丹台，为黄山最为险要之处。

[ 诗解 ]

黄山高达四千仞，有三十二座莲花峰。丹崖夹着石柱，好像是镶金的荷花一般。记得攀登到绝顶高处，向下俯瞰可以看到天目山上的青松。仙人炼仙丹的地方，还留有升仙的遗迹。也曾听说温处士一向独来独往，今天却有幸相逢。在五岳之上采摘灵芝，攀登万重山的悬崖绝壁。归来后在白鹅岭修炼，渴了就喝丹沙井的水。像王子乔吹笙作凤鸣那样飘然而来，驾着云车而行。到陵阳山的东面，在芳桂丛中穿行。多次渡过回溪，青山上已经是晴空万里。他日一定还来相访，踏着彩虹走过仙人桥。

黄山四千仞，三十二莲峰

[ 说明 ]

此诗作于天宝十三载（754）与天宝十四载（755）之间。诗中叙写了往昔游黄山的情景以及慕道求仙之意。

## 鲁郡尧祠送吴五之琅琊①

尧没三千岁，青松古庙存。
送行奠桂酒②，拜舞清心魂。
日色促归人，连歌倒芳樽。
马嘶俱醉起，分手更何言。

[ 注释 ]

①吴五：事迹不详。琅琊：郡名，即沂州。天宝元年（742）改为琅琊郡，在今山东临沂。②奠：以酒洒地祭神。桂酒：浸泡过玉桂的酒，泛指美酒。

[ 诗解 ]

尧帝已经死去三千年了，而祭祀他的古庙和种在庙前的青松仍然存在。送行的人将桂酒洒在地上进行祭拜，祭拜的舞乐令人心魂清爽。日色在催促着归去之人，接连不绝的歌声飘进了酒杯之中。马在嘶鸣，好像也醉了似的，在分别的时候不知应说些什么。

［说明］

此诗作于天宝五载（746）诗人在尧祠送客之际。前四句描写送行之时祭奠尧帝神像的情景。后四句抒写送别时悲伤的心情，对离别情景的描写真切感人。全诗洋溢着对尧的崇敬，和对友人的诚挚之情。

## 金乡送韦八之西京①

客自长安来，还归长安去。
狂风吹我心，西挂咸阳②树。
此情不可道，此别何时遇？
望望不见君，连山起烟雾。

［注释］

①金乡：县名，唐代属兖州，今山东金乡。韦八：生平不详。西京：指长安。②咸阳：指长安。

［诗解］

客人从长安来到金乡，还要回到长安去。狂风吹动着我思念长安的心，一直吹到长安的树上。这种思念之情不能尽诉，这次与友人离别之后，不知道什么时候才能再见面？我目送友人离开，一直到看不见为止，只看到连绵的山峰升起一片烟雾，留给人无尽的思念和惆怅。

［说明］

这首诗是李白在山东送别友人时所写，抒发了依依惜别之情。全诗语言生动，情意绵绵，令人回味无穷。尤其是“狂风吹我心，西挂咸阳树”两句，以虚为实，乃千古名句。

## 送族弟凝至晏堌单父三十里①

雪满原野白，戎装出盘游②。
挥鞭布猎骑，四顾登高丘。
兔起马足间，苍鹰下平畴③。
喧呼相驰逐，取乐销人忧。
舍此戒禽荒④，征声列齐讴⑤。

鸣鸡发晏堌，别雁惊涞沟⑥。

西行有东音⑦，寄与长河流。

[注释]

①凝：指李白族弟李凝，右卫长史李防之子。晏堌：单父一带地名。单父：地名，在今山东单县。②盘游：游乐。③畴：农田。④禽荒：沉迷于打猎。⑤征声：招歌者唱歌。齐讴：齐地的歌谣。⑥涞沟：即莱河，在单县城西南四公里处。⑦东音：东方的音乐，即齐讴。

[诗解]

雪花飘落，原野发白，一身戎装去游乐。挥舞着鞭子催促着打猎的坐骑，放眼四顾，登上高处的山丘。兔子在马蹄间惊起，苍鹰飞到平整的田野上。喧叫呼喊着竞相驰逐，纵情取乐消除心中的忧愁。不再耽于打猎之乐，招歌者演唱齐地的歌谣。鸡鸣声在晏堌一带响起，惊吓了东门外的归雁。将齐地的歌谣寄给长河流水，让它和你一同西行。

[说明]

此诗作于天宝四载（745）秋天。前八句写借游猎来消除忧愁。后六句写转而逐声高歌，为之送别，洋溢着达观的精神。此诗既有离别诗的深厚情谊，又一扫离别诗的悲切俗套。

# 卷十五 古近体诗

杜 甫

杜甫，字子美，自号少陵野老，与李白齐名，世称“李杜”。

## 鲁郡东石门送杜二甫①

醉别复几日，登临遍池台。
何时石门路，重有金樽开？
秋波落泗水②，海色明徂徕③。
飞蓬④各自远，且尽手中杯。

[注释]

①杜二甫：杜甫。杜甫在家族中行二，所以叫杜二甫。②泗水：水名，在今山东。③徂徕：山名，在今山东。④飞蓬：草名，又名蓬草，根浅，遇风即折断飘走。

[诗解]

我自从上次和杜甫酒后分别，又过了几天，两人再度重逢，共同游览了各处的池水楼台。不知什么时候我们还能在石门山的路上，一边对饮一边畅叙离别后思念的情怀呢？泗水泛着秋波，海水映照着徂徕山。分别之后，两人就像飞蓬一样各自远去，暂且喝干了手中的酒吧！

[说明]

天宝四载（745）夏天，李白、杜甫同游齐鲁，诗酒唱和，友情在二人中间滋生。同年秋天，二人在石门山道别。这是临别时李白写给杜甫的诗。语言通俗易懂，意境浑融。

[诗评]

无限低徊，有说不尽处，可谓情深于辞。

——乾隆御选《唐宋诗醇》

## 杭州送裴大泽，时赴庐州①长史

西江天柱②远，东越海门③深。
去割辞亲恋，行忧报国心。
好风吹落日，流水引长吟。
五月披裘者，应知不取金④。

［注释］

①庐州：在今安徽合肥。②天柱：山名，在今安徽潜山西北。③海门：钱塘江入海口，其地有二山，对峙于江之南北。④五月披裘者，应知不取金：典出《论衡·书虚》。延陵季子出游，看到路上有别人遗失的金子。当时正是夏天五月，有位穿皮衣砍柴的人经过，季子就让那个人把金子捡起来。砍柴的人没有听他的，并责怪他以貌取人，转身而去。

［诗解］

杭州和庐州之间的旅程相隔遥远。你割断对家人的眷恋，辞亲报国。好风吹拂着落日，流水引人长吟。为官者应该像传说中那个披裘砍柴者一样，有不取金的高洁品行。

［说明］

此诗作于至德元年（756）夏天的杭州。首联写杭州和庐州之间的距离相隔遥远。颔联颂扬了裴大泽辞亲报国之心。颈联叙写自己触景生情。尾联以披裘者作喻，言为官者应该有不取金的高洁品行。

## 灞陵①行送别

送君灞（bà）陵亭，灞水流浩浩。

上有无花之古树，下有伤心之春草。

我向秦人问路歧，云是王粲②南登之古道。

古道连绵走西京，紫阙③落日浮云生。

正当今夕断肠处，骊歌愁绝不忍听。

［注释］

①灞陵：在长安东南三十里处。唐代人经常在这里送别，因此在唐诗中，灞陵、灞上、灞水等，经常是和离别联系在一起的。②王粲：建安七子之一，写有《登楼赋》以及《七哀诗》。③紫阙：指皇宫。

［诗解］

在灞陵送别友人，只看到浩浩荡荡的灞水向前流去。岸上长着不开花的古树，脚下长满了令人伤心的春草。我在岔路口向当地人问路，听说这是王粲当年离开长安时登临的古道。古道绵延一直通向京城；在落日的照耀下，皇宫生出淡淡烟霭。在这个让人断肠的晚上，骊歌这样的悲歌让人不忍倾听。

[说明]

此诗作于天宝三载（744）。这是一首送别诗，诗人借此抒发了绵长深厚的离情别绪。

[诗评]

夹乐府入歌行，掩映百代。

——王夫之《唐诗评选》

## 送窦司马贬宜春①

天马白银鞍，亲承明主欢。
斗鸡金宫里，射雁碧云端。
堂上罗中贵②，歌钟③清夜阑。
何言谪南国④，拂剑坐长叹？
赵璧为谁点⑤？随珠⑥枉被弹。
圣朝多雨露，莫厌此行难。

天马白银鞍，亲承明主欢

[注释]

①司马：郡守佐职。宜春：今江西宜春。②中贵：宦官，泛指皇帝宠爱的近臣。③歌钟：古代的打击乐器，即编钟。④言：料。南国：指宜春。⑤赵璧为谁点：此句借用“蝇粪点玉”之义，以蝇粪比喻奸诈小人。赵璧，即和氏璧。⑥随珠：随侯珠，也叫明月珠。《庄子·让王》中有“以随侯之珠，弹千仞之雀，世必笑之”之说，比喻人才受到轻视。

[诗解]

骏马佩戴着白银装饰的马鞍，得到明主的赏识。在辉煌的皇宫中斗鸡玩乐，射落云端的大雁。厅堂上皇帝的宠臣济济一堂，在清凉的夜晚将要结束时，编钟奏起来了。何曾料到自己被贬谪到了遥远的南方，坐着拂剑长叹？即使珍贵无瑕的和氏璧也会粘上污点，随侯珠也有被用来弹千仞之雀的时候。当此盛世，你一定会有东山再起之日，不要为此行艰难而悲愤。

[说明]

此诗作于天宝二载（743），当时李白居翰林不久，对朝廷仍然抱有厚望。诗的前半写窦司马曾经受到的恩宠、居官得意的情状；诗的后半写窦司马不幸被贬谪，劝其不要过于失望，以求再起。诗意蕴藉委婉而畅达。

## 送贺宾客归越

镜湖[①]流水漾清波，狂客[②]归舟逸兴多。

山阴道士如相见，应写《黄庭》换白鹅。

[注释]

①镜湖：在今浙江绍兴镜湖新区。②狂客：贺知章自号“四明狂客”。

[诗解]

镜湖清澈的湖水荡漾着微波，你乘船归去，行程定会有很多超逸的兴味。那位山阴道士如果看到你，也会像当初用白鹅交换王羲之书写的《黄庭经》一样，来要你的墨迹。

[说明]

贺宾客，即贺知章，当时为太子宾客。天宝三载（744）正月，请度道士还乡，特诏许之，这是为其送别之作。因为贺知章是道人，工草书、隶书，因此诗中借用了王羲之与山阴道士换鹅的典故来赞美他，表达送归之意，用典极为精切，饶有情趣。

[诗人逸事]

李白有一次去紫极宫，不料竟在那里遇见了贺知章。他早就拜读过贺老的诗，这次相遇，自然立刻上前拜见，并拿出了袖中的诗本呈上。贺知章颇为欣赏其中的《蜀道难》和《乌栖曲》，兴奋地解下衣带上的金龟叫人出去换酒与李白共饮，并说：“你是不是太白金星下凡到了人间？”

## 送裴十八图南归嵩山二首

### 其一

何处可为别？长安青绮门[①]。

胡姬招素手，延客醉金樽。

临当上马时，我独与君言。

胡姬招素手，延客醉金樽

风吹芳兰折，日没鸟雀喧。
举手指飞鸿，此情难具论。
同归无早晚，颍（yǐng）水有清源。

[ 注释 ]

①青绮门：长安城东南门。

[ 诗解 ]

在什么地方送别友人呢？应该在长安的青绮门前。酒店的胡姬殷勤招呼，招揽客人尽情喝酒。在朋友即将上马离开的时候，我与朋友说了几句知心话。风儿把芳菲的兰花都吹折了，日暮的时候，鸟儿叽叽喳喳地返回窝里。抬手指着天上飞过的鸿雁，暗自感慨君子终究遭人陷害，远走他乡，这种苦闷真是说不出啊。早晚我也是要和朋友一样离开长安的，同归颍水那清澈的源头。

## 其　二

君思颍水绿，忽复归嵩岑。
归时莫洗耳①，为我洗其心。
洗心得真情，洗耳徒买名。
谢公②终一起，相与济苍生。

[ 注释 ]

①洗耳：借用许由掬水洗耳的典故。这里指隐居。②谢公：指谢安，早年曾高卧东山而不出仕。

[ 诗解 ]

朋友想念着颍水的碧绿澄澈，于是马上启程回到嵩山。我劝朋友回去之后不要隐居，而要摒去心中的杂念，然后回归到自然的本真，因为隐居的只是假隐士徒具虚名而已。谢安不论在朝为官与否，都真心地经世济民，这才是真正有抱负和才干的人。

[ 说明 ]

此诗作于天宝三载（744），当时李白已经在长安耽搁了两年，因遭谗见疏，没有得到朝廷的正式任用，因此建功立业的壮志没有办法实现。诗人又不愿意和权贵们同流合污，与世浮沉，于是想要离开长安，在依依惜别中流露出归隐的思想。本诗的语言概括力很强，把丰富的思想感情融入具体的形象之中，韵味无穷。

[ 诗评 ]

言真能洗心，则出处皆宜，不专以忘世为高也。借洗耳引洗心，无贬巢父意。

——沈德潜《唐诗别裁集》

## 同王昌龄送族弟襄归桂阳二首①

### 其 一

秦地见碧草，楚谣对清樽。
把酒尔何思？鹧鸪（zhè gū）啼南园。
予欲罗浮②隐，犹怀明主恩。
踌躇紫宫③恋，孤负沧洲④言。
终然无心云，海上同飞翻。
相期乃不浅，幽桂⑤有芳根。

把酒尔何思？鹧鸪啼南园

[ 注释 ]

①襄：李襄，生平不可考。桂阳：唐代郴州，天宝元年（742）改为桂阳郡，即今湖南郴州。②罗浮：山名，在今广东增城东。③紫宫：指皇宫。④沧洲：泛指隐士的居处。⑤幽桂：《楚辞·招隐士》中有“桂树丛生兮山之幽”句。

[ 诗解 ]

秦地已经长出了碧绿的嫩草，我们一边唱着楚谣一边喝酒。你手拿着酒杯在想什么呢？鹧鸪声声啼叫，呼唤着自己的家园。我想要到罗浮山隐居，但是心中仍然还想要报答明主的恩德。我眷恋皇宫，心中踌躇徘徊，辜负了那隐士的情怀。我最终还是羡慕那没有忧愁的闲云，想要和它们一起在海上翻飞。这次不是暂时的相期约定，桂树的芳根决定了它应该生长在那幽静的山谷之中。

[ 说明 ]

此诗作于天宝三载（744）春，写出了诗人对故乡的魂牵梦绕，同时也流露出了隐逸情怀。

## 其　二

尔家何在潇湘[1]川，青莎[2]白石长江边。
昨梦江花照江日，几枝正发东窗前。
觉来欲往心悠然，魂随越鸟飞南天。
秦云连山海相接，桂水[3]横烟不可涉。
送君此去令人愁，风帆茫茫隔河洲。
春潭琼草绿可折，西寄长安明月楼。

［注释］

①潇湘：指湘江。②青莎：莎草，多年生草本植物，多生长在潮湿地区或河边的沙滩上。③桂水：源头在郴州桂东小桂山，到衡州府城北与潇湘合流。

［诗解］

你的家在湘江，莎草生长的江边白石附近。昨天晚上梦到江边的花草掩映着倒映在江中的太阳，东窗前的几枝花儿正含苞待放。醒来后想要前往那令人心情悠然的所在，魂魄随着越鸟飞到了南天。秦地山云相接好像大海一般，桂水上空烟雾缭绕不可渡过。此次送君让人忧愁，风帆茫茫而去远隔着河洲。春天潭水中的琼草已经变绿，可以折取了，将它向西寄到长安的明月楼。

［说明］

此诗作于天宝三载（744）春，李白因遭谗见疏，想要辞官归隐。首四句写送别，中间四句写出仕和归隐的矛盾心态，最后四句写去意已决。诗人借送别来抒发一己情怀，文字工整，辞气清畅。

## 送　别

寻阳五溪水，沿洄[1]直入巫山里。
胜境由来人共传，君到南中[2]自称美。
送君别有八月秋，飒飒芦花复益愁。
云帆望远不相见，日暮长江空自流。

送君别有八月秋，飒飒芦花复益愁

[注释]

①沿洄：回旋往复。②南中：指蜀中地区。

[诗解]

寻阳的五溪水，回会旋往复流入巫山中。那里的美景一直以来都被人们所称道，你来到蜀中地区也说风景很美。在秋季八月送你归去，飒飒的芦花增添了离情愁绪。望着远去的帆船，直到看不见为止，傍晚时分只有长江空自流淌。

[说明]

此诗乃池州送人之作。全篇笔调清畅流宕，别有一番情韵。

## 送梁公昌从信安王①北征

入幕推英选，捐②书事远戎。

高谈百战术，郁作万夫雄。

起舞莲花剑③，行歌明月宫。

将飞天地阵④，兵出塞垣(yuán)通。

祖席留丹景⑤，征麾⑥拂彩虹。

旋应献凯入，麟阁⑦伫深功。

[注释]

①信安王：指李祎，唐太宗三子吴王李恪的孙子。开元二十年（732），李祎为河东、河北两道行军副大总管，率兵讨伐契丹。三月，李祎大破契丹于幽州的北山。②捐：弃。③莲花剑：剑把刻成莲花未开之形的剑。④天地阵：兵阵的名称。⑤祖席：饯别的筵席。丹景：指太阳。⑥麾：旌旗。⑦麟阁：麒麟阁，在汉未央宫内。汉宣帝甘露三年（前51），画功臣霍光、苏武等十一人的图像于阁上。

[诗解]

要说信安王李祎幕僚中的英豪，首推梁昌，你投笔从戎来到了遥远的边地。你对各种战术都可以高谈阔论，想要做万夫长。以莲花剑起舞，在明月映照的王宫中行歌啸傲。将军布置起天地阵，准备一举荡平边患。饯别的筵席映衬着耀眼的太阳，出征的旌旗飘荡在彩虹之下。不久之后，你就会建立功业，并将功勋留在皇宫之中。

[说明]

此诗作于开元二十年（732），当时李白在洛阳。梁昌，生平无从考证，当是信安王李祎的幕僚。李白称赞其为一时英豪，在北征中必定能建功立业。这是一首应酬诗，但写得豪放雄壮，是李白应酬诗中的上乘之作。

## 送崔度还吴

度，故人礼部员外国辅之子

幽燕①沙雪地，万里尽黄云。
朝吹归秋雁，南飞日几群。
中有孤凤雏②，哀鸣九天闻。
我乃重此鸟，彩章五色分。
胡为杂凡禽，鸡鹜轻贱君。
举手捧尔足，疾心若火焚。
拂羽泪满面，送之吴江濆(fén)③。
去影忽不见，踌躇日将曛(xūn)④。

### [注释]

①幽燕：今北京、河北北部及辽宁南部一带。②孤凤雏：喻指崔度。③濆：水边。④曛：昏暗。

中有孤凤雏，哀鸣九天闻

### [诗解]

幽燕地区白沙似雪，万里都是黯淡的黄云。晨风吹拂着归去的秋雁，每天有几群向南飞去。其中有孤独的雏凤，悲哀的鸣叫声九天之上都可以听到。我于是很看重这只鸟，它的身上有五色的花纹。我不禁要问：你为什么和凡禽混在一起？连鸡鸭都会把你看轻。举手捧起你的脚，我的内心如烈火般焚烧。我抚摸着羽毛泪流满面，送它到吴江水边。离去的身影忽然看不到了，在踌躇中天色将要昏暗。

### [说明]

此诗作于天宝十一载（752）冬，是李白初到幽燕时送崔度还吴所作。诗人对于崔度握瑾怀瑜却未能施展抱负深表同情。诗句感情深挚，感人至深。

[ 诗评 ]

哀痛之音笃于故旧，自见深情。

——乾隆御选《唐宋诗醇》

## 送祝八之江东，赋得浣纱石

西施越溪女，明艳光云海。

未入吴王宫殿时，浣纱古石今犹在。

桃李新开映古查①，菖(chāng)蒲②犹短出平沙。

昔时红粉照流水，今日青苔覆落花。

君去西秦适东越，碧山清江几超忽③。

若到天涯思故人，浣纱石上窥明月。

[ 注释 ]

①查：槎，水中的木筏。②菖蒲：生长在水边的一种草。③超忽：遥远的样子。

[ 诗解 ]

西施乃是越地的浣纱女，长得貌美明艳如云海一般。她进入吴王宫殿之前曾用来浣纱的古石今天仍存在。桃花、李花盛开，映衬着古老的木筏，水边的菖蒲草在平沙中冒出头来。昔时红粉美女映照着的流水，今天已是落花覆盖着青苔。你离开西秦到东越，碧山清江都十分遥远。如果到了远方思念故人，就在浣纱石上看那夜空中的明月。

[ 说明 ]

此诗作于天宝二载（743）。当时李白在翰林院，这是一首应酬之作。祝八已不可考。因为祝八离开秦地赴东越，诗人遂赋此诗。

## 送杨山人归嵩山

我有万古宅①，嵩阳玉女峰。

长留一片月，挂在东溪松。

尔去掇②仙草，菖(chāng)蒲花紫茸。

岁晚或相访，青天骑白龙。

［注释］

①万古宅：指玉女峰。②掇：采摘。

［诗解］

嵩阳玉女峰历史久远，我非常喜爱这里的环境，把它当成自己家一样。我渴望留住月亮，并且把它挂在东溪边的松树上。你此去嵩山，是为了采摘菖蒲、紫茸等仙草。等到我晚年的时候，或许会和你会合，两个人一起骑着白龙在天空翱翔。

［说明］

此诗作于天宝三载（744）。当时李白想要离开朝廷，对杨山人归嵩山充满了向往之情。诗人超脱尘世而向往归隐，因此诗兴飘逸。

## 送范山人归太山[①]

鲁客抱白鹤[②]，别余往太山。

初行若片雪，杳(yǎo)在青崖间。

高高至天门[③]，日观[④]近可攀。

云生望不及，此去何时还？

东岳泰山

泰山，又名岱宗、岱岳、东岳等，地处山东中部，同衡山、恒山、华山、嵩山合称五岳，为五岳之首。

［注释］

①太山：泰山。②白鹤：传说白禽可辟邪。③天门：泰山有大天门、小天门等名胜。④日观：泰山的峰名。

［诗解］

鲁地的客人抱着可辟邪的白鹤，和我告别要前往泰山。初行时泰山看上去好像是一片雪花，后来消失在青崖之间。来到极高处的天门，日观峰已经近可攀登了。白云在这里生起，不能一眼望尽，此一别不知何时才能再来。

［说明］

此诗作于天宝四载（745）。当时李白在东鲁，与友人经常往来。范山人本来居住在泰山，常往来于城郊和山中，此时正准备离开城郊回泰山。李白作诗送别，乃一时的应酬之作，因此感情平淡。

# 卷十六 古近体诗

## 送韩侍御之广德①

昔日绣衣何足荣？今宵贳酒与君倾

昔日绣衣②何足荣？今宵贳（shì）③酒与君倾。

暂就东山赊（shē）月色，酣歌一夜送泉明④。

[注释]

①韩侍御：韩云卿。广德：唐代县名，属宣州，今安徽广德。②绣衣：古代贵者所穿。③贳：赊。④泉明：陶渊明，因避唐高宗李渊讳改。此处借指韩侍御。

[诗解]

昔日的荣华富贵何足夸耀？今天赊酒和你畅饮。暂且借着东山的月色，一夜酣歌相送。

[说明]

此诗作于肃宗上元二年（761）。诗人借赞美韩侍御表达了自己的归隐之意，诗意洒脱飘逸。

## 江上送女道士褚三清游南岳①

吴江女道士，头戴莲花巾②。

霓衣不湿雨，特异阳台③云。

足下远游履，凌波生素尘。

寻仙向南岳，应见魏夫人④。

[注释]

①南岳：衡山。②莲花巾：道教传说为玉女所佩。③阳台：宋玉《高唐赋》中说楚王梦与巫山神女欢会，神女去而辞曰："朝朝暮暮，阳台之下。"④魏夫人：传说她是晋时人，年幼即好道，后被仙车接引而去，成仙后为紫虚元君、领上真司命南岳夫人。

[诗解]

吴江的女道士，头上戴着莲花巾。她的霓衣十分神奇，雨水无法打湿，如阳台上的白云一般。脚下穿着远游履，凌波微步像洛神一样。向衡山寻仙问道，应会看到已经成为紫虚元君的魏夫人。

[说明]

此诗为诗人离开朝廷后游金陵时所作。

## 送友人入蜀

见说蚕丛路，崎岖不易行。
山从人面起，云傍马头生。
芳树笼秦栈①，春流绕蜀城。
升沉②应已定，不必问君平③。

山从人面起，云傍马头生

[注释]

①栈：栈道。②升沉：指命运的沉浮。③君平：西汉严遵，字君平，隐居不仕，曾在成都替人占卜为生。

[诗解]

听说蜀地的道路非常崎岖难走。高山在人的面前拔地而起，云气在马头旁团团升起。葱郁的树木遮盖着山中的栈道，春江环绕着蜀城。人的命运沉浮应该是上天注定的，没必要向人占问吉凶。

[说明]

此诗是诗人在开元年间初入长安时送人入蜀而作。当时李白功业无成，十分失意，因此尾联有“升沉应已定，不必问君平”的诗句，写出了失意的牢骚。此诗寓意丰富，明写蜀道的崎岖不平，实际寓有入仕艰难之感，融情于景，语义双关。此诗艺术性强，结构富于变化，风格清新，笔力雄浑。

[诗评]

奇语传出不易行意。“笼秦栈”“绕蜀城”，以所经言之。结用蜀人恰好。

——沈德潜《唐诗别裁集》

## 送舍弟

吾家白额驹，远别临东道。

他日相思一梦君，应得池塘生春草①。

［注释］

①他日相思一梦君，应得池塘生春草：谢灵运梦到族弟惠连，写出了“池塘生春草”的名句。此处化用该典故。

［诗解］

我家的千里驹，就要远走他乡。他日因思念而梦到你，也应该会像谢灵运梦到族弟惠连一样，得到像“池塘生春草”那样的名句。

［说明］

诗人有很多赠从弟的诗作，此诗中的“舍弟”无从考证。

## 送　别

水色南天远，舟行若在虚。

迁人发佳兴，吾子访闲居。

日落看归鸟，潭澄羡跃鱼。

圣朝思贾谊①，应降紫泥书②。

［注释］

①贾谊：西汉著名政论家，曾被贬为长沙王太傅，后文帝思之，又将其召回。②紫泥书：皇帝的诏书，用紫泥封口盖印，故称。

［诗解］

水天相接，小舟行驶在澄澈见底的江水上，好像在虚空之中。被贬谪的人兴致很高，访问闲居之人。在夕阳下看着那纷纷回巢的鸟儿，潭水澄澈令人羡慕那腾跃的鱼儿。希望皇帝像文帝思念长沙王太傅贾谊一样，用紫泥诏书将自己召回。

贾谊

贾谊，洛阳（今河南洛阳东）人，西汉著名政治家、文学家，因做过长沙王太傅，又被称为贾长沙、贾太傅，其著作主要有散文和辞赋两大类。

［说明］

此诗当作于天宝三载（744）被“赐金放还”之后，写自己虽被贬谪，但仍然未泯功名之心。首句写水天相接，江水澄澈见底，舟行其上，如在虚空之中，意境极为优美。

## 送郄昂谪巴中[1]

瑶草[2]寒不死，移植沧江滨。
东风洒雨露，会入天地春。
予若洞庭叶，随波送逐臣。
思归未可得，书此谢情人[3]。

[注释]

①巴中：指古巴地，在今四川东部和重庆一带。②瑶草：仙草。③情人：唐代称友人为情人。

[诗解]

仙草即使天气寒冷也不会死去，可以将它移植到沧江的水滨。东风吹来，洒下甘美的雨露融入大地，天地于是春意盎然。我将那洞庭湖边的木叶，随波送给被放逐的大臣。想使你归来，但做不到，因此寄书一封表达对友人的情意。

[说明]

郄昂即郄纯，原名昂，因避唐文宗李昂的讳而改名。性格耿直，与人为善，交友甚广。此诗作于乾元元年（758）秋。以洞庭湖叶送给逐臣，更增添了诗境的苍凉之感。诗人勉励遭贬谪之人要坚持志向节操，于悲思中体现了自己的壮心。

## 宣州谢朓楼饯别校书叔云[1]

弃我去者，昨日之日不可留。
乱我心者，今日之日多烦忧。
长风万里送秋雁，对此可以酣[2]高楼。
蓬莱[3]文章建安骨，中间小谢[4]又清发。
俱怀逸兴壮思飞，欲上青天览明月。
抽刀断水水更流，举杯消愁愁更愁。
人生在世不称意，明朝散发弄扁舟。

[注释]

①叔云：李白的族叔李云，当时任秘书省校书郎。②酣：畅快地喝酒。③蓬莱：海中的神山，藏有大量珍贵书籍。这里借指唐代的秘书省。④小谢：指谢朓。

人生在世不称意，明朝散发弄扁舟

[诗解]

昨天已经过去，不能挽回了，今天却一直让人烦扰不堪。长风不辞万里一直陪送大雁向南方飞去，面对此景，我在高楼上开怀畅饮。李云的文章具备建安风骨，谢朓的诗风清新俊秀。两者的诗作都非常俊逸，使人读后豪情万丈，有登天揽月之志。用刀断水水却流得更加畅快，喝酒消愁却使人更加烦恼。人生在世非常不得意，还不如明天散开头发驾一叶扁舟，纵情游玩。

[说明]

李云，李白的族叔，也是朋友，是著名散文家，与萧颖士齐名，世称“萧李”。李云官监察御史，因执法严正，被奸党所仇视，不容于御史府。李白待诏翰林，遭人谗毁，被赐金流放。李白平生最喜欢大小谢（谢灵运、谢朓），常以小谢自比。谢朓被人陷害，下狱而死。三人遭遇相似，可谓同病相怜。天宝十二载（753）秋，李白饯别族叔李云，二人同登谢朓楼，触目伤怀，忧愤平生，遂借高楼酣畅，挥笔成此绝唱。语言自然豪放，表现了诗人豪放坦率的性格特征。诗中也流露出诗人苦闷的心情和及时行乐的消极思想。

[诗评]

遥情飙竖、逸兴云飞，杜甫所谓“飘然思不群者”，此矣。千载之下，犹见酒间岸异之状，真仙才也。

——乾隆御选《唐宋诗醇》

## 宣城送刘副使①入秦

君即刘越石②，雄豪冠当时。

凄清《横吹曲》③，慷慨《扶风词》④。

虎啸俟腾跃，鸡鸣⑤遭乱离。

千金市骏马⑥，万里逐王师。

结交楼烦⑦将，侍从羽林⑧儿。

统兵捍吴越，豺虎不敢窥。

大勋(xūn)竟莫叙，已过秋风吹。
秉钺(yuè)有季公[9]，凛然负英姿。
寄深且戎幕[10]，望重必台司[11]。
感激一然诺，纵横两无疑。
伏奏归北阙，鸣驺忽西驰。
列将咸出祖，英寮惜分离。
斗酒满四筵(yán)，歌笑宛溪湄。
君携东山妓[12]，我咏《北门》诗。
贵贱交不易，恐伤中园葵。
昔赠紫骝(liú)驹，今倾白玉卮。
同欢万斛(hú)酒，未足解相思。
此别又千里，秦吴眇天涯。
月明关山苦，水剧陇(lǒng)头悲。
借问几时还，春风入黄池[13]。
无令长相思，折断绿杨枝。

[注释]

虎啸俟腾跃，鸡鸣遭乱离

①副使：节度使下有副使一人，同节度副使十人。②刘越石：刘琨，字越石，西晋军事家、文学家。③凄清《横吹曲》：用刘琨吹胡笳以退敌之典。西晋时，匈奴围攻晋阳，刘琨登城吹胡笳，触动匈奴士兵的思乡之情，使晋阳解围。④《扶风词》：指刘琨的《扶风歌》。⑤鸡鸣：用祖逖、刘琨闻鸡起舞之事。⑥千金市骏马：用郭隗以千金为燕昭王买马骨之事。⑦楼烦：古族名，春秋末期分布于今山西宁武等地。此地之人善骑射，此指善骑射的武将。⑧羽林：汉武帝太初元年（前 104）首次设置建章营骑，后来改名为羽林骑。后来羽林军常指侍卫皇帝的禁军。⑨秉钺：执掌兵权。季公：季广琛，

时为宣州刺史。⑩戎幕：节度使的幕府。⑪台司：三公。⑫东山妓：谢安隐居时曾在东山蓄歌妓。⑬黄池：宣州当涂县有黄池镇。

[ 诗解 ]

你就好比刘琨，性情雄豪冠绝当时。《横吹曲》凄清感人，《扶风歌》慷慨任气。虎啸之才等待腾跃施展，即使遭受离乱也依然能闻鸡起舞。你用千金换得骏马，追寻万里之外的王师。结交勇武的将领，侍从于宫廷的禁卫军。统领军队捍卫吴越地区，即使凶猛的豺狗、老虎也不敢把你窥伺。赫赫功勋无须赘叙，那已经是过去的事情了。执掌兵权的是季公，风骨凛然，英姿飒爽。把希望寄托于幕府和三公，希望得到重用，一展身手。你让我入朝的诺言，令我万分感激，涕泪纵横。你曾经在西方的战场上驰骋，凯旋而回，向朝廷禀报。你要走时，所有的将领都出来送行，大家都依依不舍。筵席之上欢饮，笑声不断。你携带着东山的美女，而我是个不得志的士人。你武功盖世，我贫困交加，两人相交很不容易。你曾经赠给我紫骝驹，现在又拿出了白玉卮。一同豪饮万杯酒，也不足以化解相思之情。从此一别，又要相隔千里，秦吴两地相距遥远。高高的明月照着关山，水流聚集在陇头，这番情景看后令人悲伤愁苦。你几时能够回来，伴着春风回到黄池？不要让我长相思念，在此折断绿杨枝为你送行。

[ 说明 ]

此诗作于上元二年（761）冬，当时李白来往于宣城、历阳之间。诗的前半以雄豪著称的晋人刘琨作比，赞美刘副使的武功。后半写诗人和将行之人的深厚友谊和依依惜别之情，融情于景，感人至深。

# 卷十七　古近体诗

愿言弄倒景，从此炼真骨

## 同友人舟行

楚臣伤江枫[1]，谢客[2]拾海月。

《怀沙》[3]去潇湘，挂席泛溟渤[4]。

蹇予访前迹，独往造穷发[5]。

古人不可攀，去若浮云没。

愿言弄倒景，从此炼真骨。

华顶窥绝冥，蓬壶望超忽[6]。

不知青春度，但怪绿芳歇。

空持钓鳌心，从此谢魏阙[7]。

[注释]

①楚臣伤江枫：借用《楚辞》中“湛湛江水兮上有枫，目极千里兮伤春心”之意。②谢客：谢灵运。因为他幼年寄养于外，族人呼其小名为客儿，所以世人也叫他谢客。③《怀沙》：代指屈原。屈原曾写过《怀沙》。④溟渤：宽广的大海。⑤造：到。穷发：《庄子》中说“穷发之北有冥海者”，此指荒凉之地。⑥蓬壶：蓬莱。超忽：遥远的样子。⑦魏阙：这里指天子居住的地方。

[诗解]

屈原因为不得楚王的信任而被流放，在江水之上伤心无比；谢灵运看到海中月亮的倒影感慨万分。屈原作了《怀沙》赋，无奈地扬帆远行，离开楚地。如今，我有跟前人一样的遭遇和心境，想要去寻找前人足迹，因此独自来到荒无人烟的地方。古人的去处在浮云出没的地方，难以追寻。我愿意流连在山清水秀的地方，欣赏水中的倒影，隐世修行。在华顶峰俯瞰深深的大海，在蓬莱山上极目远眺。不知青春已经逝去，只是责怪绿草鲜花都已凋零。从此不再有钓鳌的心思，而不再关注朝廷大事。

[说明]

这首诗写于同友人在宁静的海上泛舟之时。看到苍茫的大海，不得意的诗人生发出了强烈的归隐之心。

## 下终南山过斛斯山人宿置酒[1]

暮从碧山下，山月随人归。

却顾所来径[2]，苍苍横翠微[3]。

却顾所来径，苍苍横翠微

相携及田家，童稚开荆扉④。

绿竹入幽径，青萝⑤拂行衣。

欢言得所憩(qì)，美酒聊共挥。

长歌吟松风，曲尽河星⑥稀。

我醉君复乐，陶然共忘机⑦。

[ 注释 ]

①终南山：在今陕西西安南。斛斯：复姓，原是北朝胡族的一个部落名。②顾：回头。径：小路。③翠微：青翠的山坡。④荆扉：柴门。⑤青萝：女萝，一名松萝，寄生在树木上，呈丝状，常从树梢悬垂下来。⑥河星：银河中的群星。⑦陶然：自得其乐。忘机：忘记计较，与世无争。

[ 诗解 ]

傍晚，我游完葱郁的终南山，在初升的新月的陪同下悠然下山。我时而回望走过的山路，只见山中小径已融入一片绿色的苍茫之中。行路中遇到了山人，山人相邀来到家中做客，小童为我们打开了木门。绿竹的枝叶伸向了田园小路中间，青萝垂下，轻抚我的衣裳。我留宿在这里，与山人对酒当歌，直至银河星稀。我们醉酒之后十分快乐，忘记了人世间的庸俗和烦恼。

[ 诗评 ]

清旷中无英气，不可效陶。以此作视孟浩然，真山人诗尔。

——王夫之《唐诗评选》

## 侍从游宿温泉宫作

羽林①十二将，罗列应星文②。

霜仗悬秋月，霓旌③卷夜云。

严更④千户肃，清乐⑤九天闻。

日出瞻佳气，葱葱绕圣君。

[ 注释 ]

①羽林：宫廷的禁卫军。②应星文：羽林军依天象取名。③霓旌：插有染成五

色羽毛的旗子。④严更：巡行的夜鼓声。⑤清乐：来源于汉代的清商三调，隋文帝时候在原有基础上进行增删修订，并且设置清商署，总称为清乐。这里泛指皇宫中的音乐。

[ 诗解 ]

威武的羽林军，像天上的星星一样排列在皇帝周围。秋高气爽，明月高悬，皇帝出行时的羽盖旌旗像翻卷的云彩。巡行的更鼓声在肃静的夜里分外响亮，乐人演奏的音乐直上九霄。太阳出来呈现出佳和的气象，郁郁葱葱的佳气笼罩着皇帝。

[ 说明 ]

天宝元年（742）秋天，李白受吴筠、贺知章等人推荐，被唐玄宗征召入宫，作翰林院待诏，为玄宗草拟文诰诏令之类的文件。初到长安的李白甚得玄宗赏识。玄宗初次见到李白，就亲自下辇车迎接，并且以七宝床赐食，御手调羹。所以，李白有机会陪同玄宗游览华清温泉宫、兴庆宫、白莲池、沉香亭等地方。本篇就是李白在游览华清池温泉宫时所写的激昂之作。

## 邯郸①南亭观妓

歌鼓燕赵儿，魏姝弄鸣丝②。
粉色艳日彩，舞袖拂花枝。
把酒领美人，请歌邯郸词。
清筝何缭绕，度曲③绿云垂。
平原君④安在？科斗生古池。
座客三千人⑤，于今知有谁？
我辈不作乐，但为后代悲。

粉色艳日彩，舞袖拂花枝

[ 注释 ]

①邯郸：县名，唐代属于河北道之磁州，今河北邯郸。②姝：美丽的女子。鸣丝：代指乐器。③度曲：弹奏曲子。④平原君：赵国的贵族，战国四公子之一，赵武灵王的儿子，赵惠文王的弟弟，因贤能而闻名。⑤座客三千人：《史记》中说平原君得敢死之士三千人。

[ 诗解 ]

燕赵的好男儿擂着歌鼓，魏国美丽的女子拨弄着丝弦。众多女子美丽的容颜比太阳的光辉还要耀眼，婀娜的舞者甩着长长的袖子，就像被拂过的颤巍巍的花枝一样。

端着酒杯敬请美丽的歌姬唱一曲《邯郸词》。古筝清亮的声音缭绕四周，曲子的声响响彻云霄。曾经赫赫威名的平原君现在在哪里？曾经养着各种珍贵鱼类、花草的池塘也生满了蝌蚪。平原君座上的三千名敢死之士如今又有几人的名号流传下来？我们要及时行乐，否则后世之人会为我们感到悲哀。

［说明］

天宝十一载（752），李白经魏州（今河北大名一带）到洛阳，之后又来到永年、邯郸等地，并且在途中游览了邯郸丛台、铜雀台等名胜古迹。其间，李白诗兴大发，借怀古抒发抱负。本诗即写于此时，但是似乎透露着诗人那种人生无常、及时行乐的近乎消极的思想情绪。不过，消极的背后仍然隐隐透出诗人强烈的用世思想。

## 春日游罗敷潭

行歌①入谷口，路尽无人跻②。

攀崖度绝壑③，弄水寻回④溪。

云从石上起，客到花间迷。

淹留⑤未尽兴，日落群峰西。

淹留未尽兴，日落群峰西

［注释］

①行歌：边走边唱。②跻：攀登。③绝壑：危险的深沟。④回：弯曲盘旋。⑤淹留：流连徘徊。

［诗解］

一边唱歌一边来到山谷口，走到路的尽头，没有其他人再攀登了。我们几个攀登险峰，穿越沟谷继续前行。溪水顺着弯曲盘旋的河道潺潺流动。在山崖上，看到白云从石头上飘起，游客在盛开的山花中迷失了方向。山景实在是太美了，致使游客们久久地流连徘徊而不愿意离去，直到太阳落山了才不得不遗憾地离开。

［说明］

罗敷潭位于河北邯郸，因为李白曾经写了《春日游罗敷潭》这首诗，所以后人在潭北坡上建了一个四角亭，取名李白亭，亭内有石桌、石椅。石椅上塑有李白的塑像，诗人正在挥笔作诗。

# 春陪商州裴使君游石娥溪①

裴公有仙标②，拔③俗数千丈。

澹荡④沧洲云，飘飖（yáo）紫霞想。

剖竹⑤商洛间，政成心已闲。

萧条出世表，冥寂闭玄关⑥。

我来属芳节⑦，解榻⑧时相悦。

褰（qiān）帏对云峰，扬袂（mèi）⑨指松雪。

暂出东城边，遂游西岩前。

横天耸翠壁，喷壑鸣红泉。

寻幽殊未歇，爱此春光发。

溪傍饶⑩名花，石上有好月。

命驾归去来，露华生翠苔。

淹留⑪惜将晚，复听清猿哀。

清猿断人肠，游子思故乡。

明发首东路，此欢焉可忘。

［注释］

①商州：今陕西商州。使君：对州郡长官的尊称。石娥溪：在商州西十里仙娥峰下面。②仙标：仙人的气度。③拔：超过。④澹荡：波荡起伏、迂回的样子。⑤剖竹：谢灵运《过始宁墅诗》有“剖竹守沧海”的句子，指砍伐竹子做竹筏来泛水。⑥冥寂：安静的样子。玄关：指幽深精妙的道理。⑦芳节：好的时节。⑧解榻：指知己相见。⑨袂：衣袖。⑩饶：多，富足。⑪淹留：流连徘徊。

［诗解］

裴太守有仙人的气度，他的风韵远远超出一般人。沧洲的云涛起伏，让人不禁遐想成为仙人。乘船在商洛之间的水上观赏风景，治世的抱负已经完成，心里觉得无比轻松。放下政事不问，摒绝思虑，安然静坐。我在春天这个美好的时节和裴使君相遇，两心契合，欢乐无比。看到外面高高的山峰高耸入云，峰上的松树还满盖着积雪。于是我们相伴来到东城边上，到西岩游玩。苍翠的山峰拔地而起，喷涌的泉水在山间轰鸣。我们在美好的春光之中尽情地欣赏大自然。溪水的旁边盛开着各种鲜花，月亮已经升起了。我们只好打道回府，这时候露水已经沾满了地上的苔藓。我们流连于美好的风光之中，叹息着夜晚来得太早了，这时听到山上猿猴凄清的叫声，不禁让人断肠，因为远离家乡的游子想起了家乡。天明就要离开这个地方了，今天的欢乐又怎么能够忘记呢？

［诗人逸事］

李白和吴指南是好朋友，年轻时两个人经常在一起谈书论剑说理想，都想要凭自己的一腔热血报效国家。吴指南说他“抓周”的时候抓到了一把剑，家人说自己以后一定会是个勇敢的武士。李白“抓周”时，则是抓到了一本书，家人和族人都预言他将来会是一个大学问家。可是当时，两个人都是二十多岁了，还是一事无成。于是两个人就决定结伴北上，实现自己的抱负。可是月有阴晴圆缺，人有旦夕祸福。吴指南突然患了风寒，并且一病不起，最终死在了洞庭湖。李白悲痛欲绝，但是由于窘迫的经济状态，只好将好友暂时葬在洞庭湖边。三年之后，李白决定把好友的尸骨移回家乡。挖开坟墓之后，吴指南的尸身还没有完全腐烂，帮工们都不愿意帮忙，李白就亲自拿短刀将腐肉刮掉，然后把好友的骨架细心地裹好，并且一直背在身上，直到将好友葬在家乡。

## 陪从祖济南太守泛鹊山湖三首

### 其　一

初谓鹊山[1]近，宁知湖水遥？

此行殊访戴[2]，自可缓归桡[3]。

［注释］

①鹊山：《隋书》说齐郡历城有鹊山。一说鹊山在济南府城北二十里。传说每年的七八月间，乌鹊在此聚集。又说扁鹊曾经在这里炼丹。此山或得名于此。②访戴：指《世说新语》记载王徽之访戴逵，“乘兴而行，兴尽而返”。戴逵，字安道，东晋音乐家、哲学家。③桡：船桨。

［诗解］

开始的时候以为鹊山很近，哪里知道鹊山湖却很遥远。我这次访问鹊山湖，不同于王徽之访问戴逵，而是要细细地观赏风景，因此可以不必着急回去，慢慢地摇动船棹就行了。

### 其　二

湖阔数十里，湖光摇碧山[1]。

李膺

李膺，字元礼，颍川襄城（今河南襄城）人，举孝廉，历任青州等地太守，他反对宦官专擅，纠劾奸佞，在太学生的心目中，他是“天下楷模”。

湖西正有月，独送李膺还②。

[注释]

①碧山：这里指青山在水中的倒影。②独送李膺还：李膺是东汉声望很高的士人领袖，他生性亢直，不喜交接。时人极难与之接近，士人中能被他容纳的，都被称之为“登龙门”。这里指月光送诗人和济南太守。

[诗解]

鹊山湖面宽数十里，青山的倒影在湖面上轻轻摇荡。月亮挂在西边的湖水上，静静地送我们回去。

### 其　三

水入北湖去，舟从南浦(pǔ)①回。
遥看鹊山转②，却似送人来。

[注释]

①南浦：在鹊山湖的南边。②转：旋转。

[诗解]

湖水向北边流去，船只却向南边驶去。远远地看着鹊山像在旋转一样，好像是在送客人们回去。

[说明]

开元二十四年（736）李白从安陆移居山东，这是他在济南时所作的诗。

## 春日陪杨江宁及诸官宴北湖感古作

昔闻颜光禄①，攀龙宴京湖。
楼船入天镜，帐殿开云衢(qú)②。
君王歌《大风》③，如乐丰、沛都。
延年献佳作，邈(miǎo)与诗人俱。
我来不及此，独立钟山孤。

杨宰穆清风④，芳声腾海隅⑤。
英僚⑥满四座，粲⑦若琼林敷。
鹢(yì)首⑧弄倒景，蛾眉缀明珠。
新弦采梨园⑨，古舞娇吴歈(yú)⑩。
曲度绕云汉，听者皆欢娱。
鸡栖何嘈(cáo)嘈⑪！沿月沸笙竽。
古之帝宫苑，今乃人樵苏⑫。
感此劝一觞(shāng)⑬，愿君覆瓢壶⑭。
荣盛当作乐，无令后贤吁。

昔闻颜光禄，攀龙宴京湖

[注释]

①颜光禄：颜延之，字延年，六朝时宋人，官职为光禄大夫。②衢：大道。③《大风》：指汉高祖刘邦所作的《大风歌》。④穆清风：指一个人道德修养很高，与之相处让人觉得如沐春风。⑤隅：角落。⑥僚：官员。⑦粲：明亮灿烂。⑧鹢首：船头。鹢是一种水鸟，因为古代的船头画有鹢鸟，所以用“鹢”来代指船。⑨梨园：皇家的戏班子。⑩吴歈：吴歌。⑪嘈嘈：喧杂的声音。⑫樵苏：砍柴为樵，割草为苏。⑬觞：酒杯。⑭瓢壶：酒器。

[诗解]

听说当年颜延之陪同皇帝一同游宴京湖。楼船高耸入天，用帐篷搭建的临时宫殿在云中打通了一条大道。皇帝唱着《大风歌》，像刘邦在家乡一样高兴。颜延之献上优秀的作品，他的诗才很少有人超过。我没能赶上这样的盛会，只看到钟山孤独地耸立着。杨江宁的高尚品德让人觉得如沐春风一般，哪怕是偏远的海角也能听到他的英名。座上满是豪气干云的俊杰，使得宴会像琼林宴一样光艳无比。船头轻轻激荡着水中的倒影，舞女们打扮得很漂亮。她们弹奏着梨园新曲，配着吴曲表演舞蹈。歌声久久萦绕天际，听到的人都感到非常高兴。傍晚群鸡入窝发出嘈杂的声响，人们在月光之中笙歌乐舞。古代的帝王宫苑，如今已经一片荒芜。想到这里，我劝大家干一杯，愿大家都喝得尽兴。如今繁华的时候人们应当及时享乐，不要让后人为我们感到惋惜。

## 游谢氏山亭

沦老①卧江海，再欢天地清。

借君西池游，聊以散我情

病闲久寂寞，岁物徒芬荣。
借君西池游，聊②以散我情。
扫雪松下去，扪萝石道行③。
谢公④池塘上，春草飒⑤已生。
花枝拂人来，山鸟向我鸣。
田家有美酒，落日与之倾⑥。
醉罢弄归月，遥欣稚子迎。

[注释]

①沦老：人到老年。②聊：暂且。③扪：持、握。萝：女萝。④谢公：指谢灵运。他有诗句“池塘生春草，园柳变鸣禽”。⑤飒：风声。这里指草在风的吹拂下飒飒作响。⑥倾：指饮酒。

[诗解]

人到老年经历过风风雨雨，走过万里江河，已经看透了人世的是是非非，就会感到世界是一片清明。我久病不起，觉得非常寂寥，白白辜负了每年万物的虎虎生气。来到谢灵运的西池游览，暂且消除心中的忧愁。打扫松下的积雪，拨开垂满道路的女萝。谢灵运家里的池塘上，如今春草已经在飒飒的春风中生长。花枝拂向人们，山中的鸟儿朝着我歌唱。农家有自酿的美酒，落日和我一起饮酒作乐。酒醉之后在月亮的伴随之下回家，远远地看到小儿子在迎接自己，感到无比欣慰。

[说明]

这首诗是借古人的酒杯消自己的块垒。诗人来到当年谢灵运所游玩的山亭，感慨人生不得意，而时光已飞逝。如此无奈，不如全心投入自然，放下名利之心，醉心归隐。

[诗评]

若非前段不能忘情，却有春风舞雩气象矣。其澄澹处，足兼韦柳。

——乾隆御选《唐宋诗醇》

## 把酒问月

青天有月来几时？我今停杯一问之。

人攀明月不可得，月行却与人相随。
皎如飞镜临丹阙[①]，绿烟灭尽清辉发[②]。
但见宵[③]从海上来，宁知晓[④]向云间没？
白兔捣药秋复春，嫦娥孤栖与谁邻？
今人不见古时月，今月曾经照古人。
古人今人若流水，共看明月皆如此。
唯愿当歌对酒时，月光长照金樽里。

[ 注释 ]

①丹阙：辉煌的宫殿。②绿烟：这里指云彩。清辉：指月光。③宵：夜晚。④晓：天亮。

[ 诗解 ]

我停下酒杯问苍天：明月挂在青天上已经多长时间了？人们不能登到月亮上，但是月亮却跟人一起行走。月亮像挂在天空的镜子一样照耀着宫殿，乌云散开，月亮的清辉就会洒满人间。我们只是在晚上的时候看到月亮从海上升起，哪里知道其实白天月亮就隐藏在云层中间？月亮中的白兔年复一年地捣药不停，嫦娥时常孤独一人，有谁跟她做伴？现在的人们看不到古时候的月亮，但是现在的月亮确实曾经照耀过古人。古人、今人就像流水一样，他们看到的月亮是一模一样的。只是希望端着酒杯高歌的时候，月光能长久地映照着杯中的清酒。

[ 说明 ]

本诗是诗人绝妙的自我写意。悠悠万世，明月对于人间是一个永久的谜。“问月”把人带入对于宇宙奥秘的神往与探索之境。本诗月与酒交叉描写，将人与月反复对照，又穿插着景物描绘和神话传说，塑造了一个永恒、美好、神秘的月的形象，同时也刻画了一个孤高出尘的诗人自我。

[ 诗评 ]

于古今为创调，乃歌行必以此为质，然后得施其裁制。供奉特地显出稿本，遂觉直尔孤行，不知独参汤原为诸补中方药之本也。辛幼安、唐子畏未许得与此旨。

——王夫之《唐诗评选》

白兔捣药秋复春，嫦娥孤栖与谁邻

# 同族侄评事①黯游昌禅师山池二首

## 其 一

远公爱康乐②，为我开禅关③。

萧然松石下，何异清凉山④？

花将色不染，水与心俱闲。

一坐度小劫⑤，观空⑥天地间。

[注释]

①评事：官职名，唐时大理寺设有评事八人，从八品下。②远公：东晋高僧慧远。康乐：谢灵运袭封康乐公，人称谢康乐。③禅关：佛法的精妙。④清凉山：今山西五台山，古代称为神仙之宅。山方三百里，有五高台。上面不生草，松柏青青。其地极其严寒多雪，号为清凉山。⑤小劫：佛教用语。每经历一小劫，就会有一佛出世。⑥观空：观照诸法之空相。

[诗解]

远公赏识谢灵运，为我讲解佛法的精妙。静静地坐在松树下的石头上，与清凉山有什么区别呢？花朵不着一色，心和流水一样闲逸。和禅师坐上一会儿就像度过了一小劫，观照着天地之间诸法的空相。

## 其 二

客来花雨①际，秋水落金池②。

片石寒青锦，疏杨挂绿丝。

高僧拂玉柄，童子献双梨③。

惜去爱佳景，烟萝欲暝④时。

[注释]

①花雨：佛教用语，这里指下雨。②金池：佛教用语，这里泛指池塘。③双梨："双"疑应作"霜"。"霜梨"指霜降后的梨子。④暝：这里指天黑。

[诗解]

我在下雨的时候来到禅院，看到雨水飘落在池塘里。穿着锦衣坐在石凳上觉得寒凉，稀疏的枝条上挂着绿叶。得道高僧手里拿着拂尘，侍候的童子端上霜降后的梨子。我非常喜爱禅院里清幽的环境，在这里心中会感到无比宁静。因此，在离去的时候无比惋惜，仍然流连这里的美景。但是天已经晚了，萝藤笼烟，在暮色当中已经朦胧不清了。

[说明]

这是李白晚年的诗，表现了诗人晚年那种看透世事、洞彻神明的思想境界。

## 金陵凤凰台置酒①

置酒延落景，金陵凤凰台。
长波②写万古，心与云俱开。
借问往昔时，凤凰为谁来？
凤凰去已久，正当今日回。
明君越羲(xī)轩③，天老坐三台。
豪士无所用，弹弦醉金罍(léi)④。
东风吹山花，安可不尽杯？
六帝没幽草，深宫冥绿苔。
置酒勿复道，歌钟但相催。

借问往昔时，凤凰为谁来

[注释]

①凤凰台：故址在今江苏南京东南凤凰山上。相传南朝宋元嘉年间，有三只凤凰飞落山上，因此作为祥瑞而建台。②长波：流水。③羲轩：伏羲氏和轩辕氏（黄帝）的合称。④金罍：酒杯，这里代指酒。

[诗解]

在金陵凤凰台上置酒赏景，想要太阳慢一点落山。奔流不息的流水阅尽了古今万事，想到这里不禁豁然开朗，就像乌云散去一样。想要问一下：古时候的祥瑞凤凰是为了谁而降临的？凤凰离开已经很久了，现在也该回来了。如今皇帝不效法圣皇，不用贤才。豪士俊杰无用武之地，只好弹琴喝酒解闷。春风吹拂下，山花都开放了，我们怎么能辜负这样的好景呢？要尽情地喝酒取乐。六朝皇帝的坟墓已经被草木深深覆盖，旧日宫殿也已经长满了绿苔。别再提那些伤心事了，还是尽情地喝酒吧，歌舞钟鼓都在催我们了。

[说明]

这首应该与《登金陵凤凰台》作于同时，两首诗同为借古伤今。此时，诗人已经步入晚年，对于世事已经看透，所以诗中及时享乐的情绪很明显。

[ 诗评 ]

意在语言之外，其畅适处，正是牢骚处耳。眼前景，意中事，若隐若显，风人妙指。

——乾隆御选《唐宋诗醇》

## 秋浦清溪雪夜对酒，客有唱山鹧鸪者

披君貂襜褕(chān yú)[①]，对君白玉壶。

雪花酒上灭，顿觉夜寒无。

客有桂阳至，能吟《山鹧鸪(zhè gū)》。

清风动窗竹，越鸟起相呼。

持此足为乐，何烦笙与竽？

[ 注释 ]

①襜褕：一种短式的便衣。

[ 诗解 ]

我披着貂皮做的便衣，面前放着白玉酒壶。雪花落在酒上就融化了，让人觉得寒意立刻就消失了。有从桂阳来的客人，他会唱《山鹧鸪》。似乎是被客人的歌声给感染了，清风吹动窗外的竹子沙沙作响，鸟儿叽叽喳喳地啼鸣。有这种享受就足够了，何必要有笙竽的伴奏呢？

[ 说明 ]

由于李白受到道家思想影响，在经历过一连串政治上的失意之后，心境十分宁静淡泊，对自然有很深的感悟。这首诗就是这样一首浑然天成的作品。

## 与周刚清溪玉镜潭宴别

康乐[①]上官去，永嘉游石门。

江亭有孤屿，千载迹犹存。

我来游秋浦(pǔ)，三入桃陂源。

千峰照积雪，万壑尽啼猿。

兴与谢公合，文因周子[②]论。

扫崖去落叶，席月开清樽。

溪当大楼南，溪水正南奔。
回作玉镜潭，澄明洗心魂。
此中得佳境，可以绝嚣喧。
清夜方归来，酣歌出平原。
别后经此地，为予谢兰荪[3]。

扫崖去落叶，席月开清樽

[ 注释 ]

①康乐：指谢灵运。②周子：指周刚。③荪：香草。

[ 诗解 ]

谢灵运被贬为永嘉太守之后，心情郁闷，所以不理政务，一味纵情山水，在石门游玩。江亭上孤岛的遗迹在千年之后仍然存在。我来到秋浦游玩，曾经三次进入桃陂源。阳光照耀着山峰上的积雪，山谷中的猿猴都在啼叫。我的兴致跟谢灵运一致，和周刚一起讨论文章义理。在山崖上扫开一片落叶，在月光下席地而坐，畅谈对饮。清溪水正向南奔流，遇到阻挡旋转回来就成为玉镜潭，澄净的潭水可以洗涤心灵。这里的景色如此美好，可以远离世间的喧嚣。入夜以后，我才回家，一路高歌出了山。我告诉朋友，离别之后如果再经过这里，就为我谢谢这里芳草的助兴之恩。

[ 说明 ]

这是一首送别诗，送别与怀古结合，运用典故，是李白送别诗常用的手法。

## 宴陶家亭子

曲巷幽人宅，高门大士家。
池开照胆镜[1]，林吐破颜花[2]。
绿水藏春日，青轩秘晚霞。
若闻弦管妙，金谷[3]不能夸。

[ 注释 ]

①照胆镜：比喻池水清澈，可以洗涤心灵。②破颜花：指鲜花怒放。③金谷：谷名。晋代石崇曾在洛阳建立园馆，称“金谷园”。

[ 诗解 ]

深幽的小巷中是爱清静的人家，大门高墙内是仕宦之家。家中的池塘清澈如镜，园林中鲜花怒放。春日的美好在绿水中尽情呈现，轩楼使得晚霞变得非常神秘。我好像听到了管弦奏出的美妙乐曲，石崇建立的金谷园也不能和陶家亭子媲美。

[ 说明 ]

本诗写了陶家的美丽风景，用词华美，无堆砌之嫌。

## 在水军宴韦司马①楼船观妓

摇曳帆在空，清流顺归风。
诗因鼓吹发，酒为剑歌雄。
对舞青楼妓，双鬟白玉童。
行云且莫去，留醉楚王②宫。

[ 注释 ]

①韦司马：应是当时永王的幕僚韦子春。②楚王：这里指永王。

[ 诗解 ]

船帆在江风中摇曳招展，水流方向和风向一样，水流得更加畅快。听着军鼓的声音，我诗兴大发；观看士兵练剑，我的酒兴也大为增加。眼前像玉一样洁白，挽着双鬟的歌妓翩翩起舞。暂且别回去了，留在永王的宫中尽情享乐吧。

摇曳帆在空，清流顺归风

[ 说明 ]

这是李白在永王军中时所作的诗。

# 流夜郎至江夏，陪长史叔及薛明府宴兴德寺南阁

绀[①]殿横江上，青山落镜[②]中。
岸回沙不尽，日映水成空。
天乐流香阁，莲舟飏(yáng)晚风。
恭陪竹林宴，留醉与陶公[③]。

［注释］

①绀：深青带红的颜色。②镜：指平静清澈的湖面。③陶公：指陶渊明。

［诗解］

青红色殿阁的倒影横在江水之上，青山倒映在光滑如镜的水面上。水流冲击着岸边的沙子，江水在日光的映照下变得和天空一样澄澈。流香阁中的宴饮使人无比欢乐，莲舟在晚风中慢慢摇荡着。这场宴会像当年的竹林宴一样让人尽兴，我像陶渊明一样在酒中陶醉了。

［说明］

本诗写了宴会地点的美好景色，表达了宴会时的快乐心情。

# 泛沔州城南郎官湖并序

乾元岁秋八月，白迁于夜郎，遇故人尚书郎张谓出使夏口，沔州牧杜公、汉阳宰王公，觞[①]于江城之南湖，乐天下之再平也。方夜[②]水月如练，清光可掇。张公殊[③]有胜概，四望超然，乃顾白曰："此湖，古来贤豪游者非一，而枉践佳景，寂寥无闻。夫子可为我标之嘉名，以传不朽。"白因举酒酹[④]水，号之曰"郎官湖"，亦由郑圃之有仆射陂[⑤]也。席上文士辅翼、岑静以为知言，乃命赋诗纪事，刻石湖侧。将与大别山共相磨灭焉。

张公多逸兴，共泛沔城隅[⑥]。
当时秋月好，不减武昌都。
四座醉清光，为欢古来无。
郎官爱此水，因号郎官湖。
风流若未减，名与此山[⑦]俱。

[注释]

①觞：这里指饮酒。②方夜：当夜。③殊：很。④酹：洒酒祭奠。⑤仆射陂：据《元和郡县志》记载，仆射陂在郑州管城县东四里。北魏孝文帝把此陂赐给仆射李冲，因此得名。⑥隅：角落。⑦此山：指大别山。

[诗解]

尚书郎张谓突发雅兴，和几个朋友一起在沔城南泛舟游玩。正好赶上美好的秋月悬挂当头，风景毫不比武昌城逊色。客人们都陶醉于月亮的清辉之中，这种欢乐是前所未有的。尚书郎非常喜爱这里的湖水，所以就把这里命名为郎官湖。如果郎官的风流没有减损的话，那么这个名字会和大别山一起长久流传下去。

张公多逸兴，共泛沔城隅

[说明]

这首诗李白加有小序，点明了此诗的写作缘由。

## 楚江黄龙矶南宴杨执戟治楼

五月入五洲①，碧山对青楼。

故人杨执戟，春赏楚江流。

一见醉漂月②，三杯歌棹讴。

桂枝攀不尽，他日更相求。

[注释]

①五洲：楚江上有五洲相连。②漂月：指月亮在水中的倒影。

[诗解]

我在五月的时候来到五洲，看到青山的对面竖立着青色的高楼。遇到了老朋友杨执戟，就一起在楚江喝酒游玩。才喝一杯酒就陶醉在美好的江月景色之中，喝上三杯就开始一边摇桨一边歌唱。今日没有尽兴，我与朋友相约改天玩个痛快。

[说明]

“他乡遇故知”是人生的一大乐事，此诗就是李白与故人相遇写下的酣畅淋漓的诗篇。

## 铜官山[1]醉后绝句

我爱铜官乐，千年未拟还。
要须回[2]舞袖，拂尽五松山[3]。

[注释]

①铜官山：在安徽铜陵境内。②回：旋转。③五松山：在今安徽铜陵市南。

[诗解]

我喜爱铜官山，哪怕住上千年也不会厌倦。我想欢快地喝酒起舞，旋转长袖，一直舞遍五松山。

[说明]

此诗直抒胸臆，夸张手法的运用使得诗句读来朗朗上口，风格一新。

[诗评]

古人多歌舞饮酒，唐太宗每舞，属群臣。长沙王亦小举袖曰："国小不足以回旋。"张燕公诗云："醉后欢更好，全胜未醉时。动容皆是舞，出语总成诗。"李白云："要须回舞袖，拂尽五松山。""醉后凉风起，吹人舞袖环。"今时舞者必欲曲尽奇妙，又耻效乐工艺，益不复如古人常舞矣。

——刘攽《中山诗话》

## 与南陵常赞府游五松山

安石泛溟渤[1]，独啸长风还。
逸韵[2]动海上，高情出人间。
灵异可并迹，澹然与世闲。
我来五松下，置酒穷跻攀。
征古绝遗老，因名五松山。
五松何清幽，胜境美沃洲。
萧飒鸣洞壑[3]。终年风雨秋。
响入百泉去，听如三峡流。
剪竹扫天花，且从傲吏[4]游。

安石泛溟渤，独啸长风还

龙堂若可憩(qì)，吾欲归精修。

[注释]

①安石：谢安，字安石。溟渤：深广的大海。②逸韵：飘逸的神韵。③壑：山谷。④傲吏：指庄子。庄子曾经做过漆园吏。

[诗解]

谢安在大海上泛舟，独自在海风中长啸高歌。他飘逸的神韵在海上彰显，他高洁的志趣超出俗人。只要把世事看得淡泊，这种灵异是可以追寻的。我来到五松山下，攀到峰顶摆酒赏景。以前没有人为这座山命名，如今就把它称作“五松山”。这里的风景如此清幽宁静，美好的景色可以与沃洲山相媲美。风吹进山谷发出飒飒的响声，常年都像秋天下雨一样凉爽。泉水响动，听起来像三峡的激流一样。我不禁想要在这里修剪竹子，打扫落花，就像庄子一样逍遥自在。山洞里如果可以居住的话，我甚至想要到那里修行。

[说明]

在五松山这样的美景中，加上诗人本身的道学根源，他不禁想像本诗中提到的谢安以及庄子一样做一个洒脱的人，这也十分符合诗人傲岸不羁的个性。

## 宣城清溪

清溪胜桐庐①，水木有佳色。

山貌日高古，石容②天倾侧。

彩鸟昔未名，白猿初相识。

不见同怀人，对之空叹息。

[注释]

①桐庐：在今浙江省西北，风景优美，为历代文人雅集之地。②石容：山石的形态。

[诗解]

清溪的风景胜过桐庐，这里的水流和树木都非常吸引人。山显得高古清幽，山石的形状像是天斧削成的。漂亮的鸟儿是以前从未见过的，这里的白猿也与别处不同，让人觉得是第一次看见。面对如此美景，却没有知音的陪伴，只能暗自惆怅。

[说明]

此诗描写了清溪独一无二的美好风景。这风景是多么引人入胜，可惜没有知音一同游览，淡泊中透出些许的惆怅。

## 与谢良辅游泾川陵岩寺①

乘君素舸（gě）②泛泾西，宛似云门③对若溪。

且从康乐④寻山水，何必东游入会稽？

[注释]

①泾川：泾溪，在今安徽泾县西南。陵岩寺：在泾县西七十五里，隋朝时所建。②素舸：不加装饰的船。③云门：在今浙江会稽南。相传王献之曾经在这里居住，有五色祥云出现，因此在此建立了云门。④康乐：指谢灵运。

[诗解]

我和朋友乘坐小船在泾川西部游玩，就好像在云门时泛舟若溪一样。暂且像谢灵运一样纵情于山水吧，不必急着去会稽。

[说明]

这是一首记录诗人和朋友一起游玩的诗，表现了诗人对大自然美好风光的热爱，也流露出诗人抱负不得实现的抑郁心情。

## 游水西简郑明府①

天宫水西寺②，云锦照东郭。

清湍（tuān）③鸣回溪，绿水绕飞阁。

凉风日潇洒④，幽客时憩（qì）⑤泊。

五月思貂裘，谓言秋霜落。

石萝引古蔓，岸笋开新箨（tuò）。

吟玩空复情，相思尔佳作。

郑公诗人秀，逸韵宏寥廓。

何当一来游，惬我雪山诺？

[注释]

①简：书信。这里用作动词，写信。郑明府：疑指当时溧阳县令郑晏。②天宫水西寺：在泾县西边五里外的水西山中。③湍：水流。④潇洒：清爽。⑤憩：休息。

[ 诗解 ]

在天宫水西寺中，早上可以看到灿烂的云霞布满东半边天空。溪水回旋，发出冷冷的响声，水流环绕着楼阁。这里凉风习习，喜欢清幽的客人不时在这里休息。五月里本是炎热的天气，这里却凉爽无比，让人想要穿上皮裘，觉得秋天已经到来了。青萝盘绕在古石之上，岸边的竹笋冒出新芽。在此吟诗赏景别有一番情趣，容易构思出佳作。郑公，你是诗人中的俊杰，气度超逸。你为什么不来到这里一起游玩呢？到冬天下雪的时候一起游玩一定非常惬意。

[ 说明 ]

此诗中诗人极写水西寺的美丽风景，这里如此美好，于是诗人写信给朋友邀请他一起来游玩。

## 九日登山

渊明《归去来》，不与世相逐。
为无杯中物，遂偶本州牧。
因招白衣人①，笑酌(zhuó)黄花菊。
我来不得意，虚过重阳时。
题舆②何俊发！遂结城南期。
筑土接响山③，俯临宛水湄。
胡人叫玉笛，越女弹霜丝。
自作英王胄(zhòu)，斯乐不可窥。
赤鲤涌琴高④，白龟道冰夷⑤。
灵仙如仿佛，奠酹(lèi)遥相知。
古来登高人，今复几人在？
沧洲违宿诺，明日犹可待。
连山似惊波，合沓出溟海。
扬袂(mèi)挥四座，酩酊(mǐngdǐng)⑥安所知？
齐歌送清觞(shāng)，起舞乱参差。
宾随落叶散，帽逐秋风吹。
别后登此台，愿言长相思。

[注释]

①白衣人：陶渊明隐居后，值九月九日无酒，适有白衣人携酒至，乃江州刺史王弘所遣。②题舆：据《后汉书》记载，周景为豫州牧的时候，征召陈蕃为别驾，但是陈蕃并不上任。于是周景就在别驾的轿子上写着“陈仲举座也”，不再另选其他人为别驾。陈蕃惊奇之下就赶快上任了。③响山：山名。④琴高：赵人，善鼓琴。传说他乘鲤鱼化仙而去。⑤道：“道”通“导”，引路。冰夷：冯夷，传说中的河伯。⑥酩酊：喝醉的样子。

[诗解]

陶渊明写了《归去来兮辞》，表明自己不追逐俗世的高志。我因为杯中没有酒喝了，所以就希望像陶渊明那样有白衣人送酒来，两个人一边观赏菊花一边饮酒。我的心情不好，白白辜负了重阳佳节。能得到“题舆”这样的待遇是怎样的俊杰才能啊！我认为自己没有这么好的运气，就想干脆隐居在城南算了。在响山上建一座小房子，下面可以看到宛溪。整日可以听到笛声、琴声，这是多么自在啊！即使是皇亲国戚也不能有这样的享受。琴高乘着红鲤鱼跃出水面，仙龟为河伯引路。这真是神仙般的生活啊！我不禁举酒祭奠和自己志趣相投的先贤。自古九月九日登高的人，现在有几个仍然在世呢？沧洲不是自己的归宿，以后还有机会大展宏图。海上洪波涌起，浪涛层层叠叠。劝大家举杯为乐，喝醉了就什么都不知道了。边喝酒边听音乐，周围还有人伴舞。天下没有不散的宴席，客人们都喝得醉醺醺的，像落叶一样散去了。分别之后有机会再来，请大家还记得曾在这里饮酒欢乐过。

[说明]

这首诗中可以明显地看出道家思想对诗人的影响。

[诗评]

玩诗义，当是偕一宗室为宣城别驾者，于九日登其所新筑之台而作诗，题应有缺文。

——瞿蜕园、朱金城《李白集校注》

## 九日

今日云景好，水绿秋山明。

携壶酌(zhuó)流霞，搴(qiān)[①]菊泛寒荣。

地远松石古，风扬弦管清，

窥觞(shāng)照颜欢，独笑还自倾。

落帽醉山月，空歌怀友生[②]。

[注释]

①搴：拿着。②生：句末语气词。

[诗解]

九月九日这一天天气非常好，青山绿水，景色优美。我拿着酒壶，独自对着天空的流霞饮酒，手中拿着菊花品味秋天的寒凉。由于处在偏僻地带，这里的松树和山石都很古老了；清风阵阵，送来了悠扬的笛声。看着酒杯中苍老的容颜，我只能饮酒暗自苦笑。在山月的照耀下喝醉了，以至于帽子都掉了，独自唱着伤感的歌曲怀念着老朋友。

[说明]

这是一首写重阳节的诗，诗人独自饮酒，苍凉无比。

## 九日龙山[1]饮

九日龙山饮，黄花[2]笑逐臣。
醉看风落帽[3]，舞爱月留人。

[注释]

①龙山：在安徽当涂南，因为它像龙一样蜿蜒盘桓而得名。②黄花：菊花。③风落帽：晋朝大司马桓温九月九日登龙山，参军孟嘉被风吹落了帽子，浑然不知。这里指诗人的醉态。

[诗解]

我在九月九日登上龙山喝酒，想到自己是个被放逐的人，虽然已被赦免，但终究政治上非常不得意，料想菊花肯定也在嘲笑我。饮酒之后，我醉态百出，不禁扬袖起舞；想必月亮是喜欢与我为伴的，想要把我留下。

菊花

菊花，原产我国，被看成是花中的隐逸者，受到历代文人的青睐，与梅、兰、竹合称四君子。

[说明]

这是李白流放夜郎遇赦回去的时候在当涂龙山所作，诗虽短小，但含义无限。

## 陪族叔当涂宰游化城寺升公清风亭

化城若化出，金榜天宫开。

疑是海上云①，飞空结楼台。
升公湖上秀，粲然②有辩才。
济人不利己，立俗无嫌猜。
了见水中月，青莲出尘埃。
闲居清风亭，左右清风来。
当暑阴③广殿，太阳为徘徊。
茗④酌(zhuó)待幽客，珍盘荐⑤雕梅。
飞文何洒落，万象为之摧。
季父拥鸣琴，德声布云雷。
虽游道林⑥室，亦举陶潜杯⑦。
清乐动诸天，长松自吟哀。
留欢若可尽，劫石乃成灰⑧。

[注释]

①海上云：海上雾气形成的蜃楼现象。②粲然：杰出的，突出的，光彩夺目的。③阴：同“荫”，遮蔽。④茗：茶。⑤荐：呈上。⑥道林：东晋的高僧支道林。⑦举陶潜杯：这里指喝酒。⑧劫石乃成灰：据《搜神记》记载，汉武帝时凿昆明池，掘出灰墨。武帝不识，问东方朔，东方朔称应问西域人。至东汉明帝时有西域僧人来京，以灰墨问之，僧人说这是天地大劫焚烧后留下的灰烬。

[诗解]

化城像自然造出来的一样，门匾像天宫中的金榜，让人怀疑这是海市蜃楼，在空中幻化的楼台。升公湖上风景秀丽，客人中有杰出的雄辩之士。他们大公无私，行事正大光明，对人毫无猜忌之心。俯瞰水中月亮的倒影，水面上莲花亭亭玉立。悠闲地住在清风亭，四周不断有清风吹来。炎热的夏天这里却无比阴凉，太阳好像是故意躲开这里。烹茶来招待高雅的客人，用上好的餐盘盛上美食。作出的文章是多么潇洒，天地万象都为之动容。高人弹琴助兴，琴声飘荡在天地之间。虽说是游览僧人居住的寺庙，但是不妨饮酒为乐。优美的音乐惊动了天宫，高高的松树在风中自鸣自唱。这样的欢娱，只有当天地在大劫中化为灰烬的时候才会消失。

[说明]

这是诗人游览寺庙时所作，表达了诗人的畅达胸怀。

# 卷十八 古近体诗

今来一登望，如上九天游

## 登锦城散花楼[1]

日照锦城头，朝光散花楼。
金窗夹绣户，珠箔(bó)悬银钩。
飞梯绿云中，极目散我忧。
暮雨向三峡，春江绕双流[2]。
今来一登望，如上九天游。

[注释]

①锦城：锦官城，成都的别称。散花楼：隋朝末年蜀王杨秀所建。②双流：地名，在今成都市。

[诗解]

太阳照耀着锦官城，朝霞映照着散花楼。楼上有金色的窗户和雕花的大门，到处挂着珠箔、银钩等装饰。我登上城楼极目远眺，以除去心中的烦恼。傍晚的雨水随着江水流向三峡，春水绕着双流城。如今我在这里登楼观望，就好像在天宫中游览一样。

[说明]

此诗为李白开元九年（721）春天游成都时所作。诗中词语华丽，风格清新明快。

## 登峨眉山

蜀国多仙山，峨眉邈(miǎo)难匹。
周流[1]试登览，绝怪安可悉[2]？
青冥[3]倚天开，彩错疑画出。
泠(líng)然[4]紫霞赏，果得锦囊术[5]。
云间吟琼箫，石上弄宝瑟。
平生有微尚[6]，欢笑自此毕。
烟容如在颜，尘累[7]忽相失。
傥逢骑羊子[8]，携手凌白日。

傥逢骑羊子，携手凌白日

### [注释]

①周流：周游。②绝怪：指峨眉山奇绝险怪的山势。悉：看完。③青冥：青幽昏暗的样子，这里指峨眉山。④泠然：轻灵绝妙的样子。⑤锦囊术：指仙术。⑥微尚：微小的志愿，这里指隐居求仙。⑦尘累：俗世的烦恼。⑧傥：倘若，假如。骑羊子：传说中的仙人葛由。据《列仙传》记载，葛由是周代羌人，喜欢雕刻木羊出售。一天，他骑着羊进入西蜀，蜀中的一些王侯贵族追随他登上峨眉山西南的绥山，后来他们都成仙而去。

### [诗解]

四川有很多仙山，峨眉山尤其缥缈神秘，其他的山是无法匹敌的。我试图登上此山游览，但是山势如此奇绝险怪，一时怎么能够看遍呢？青翠的苍山似乎是倚靠着蓝天而起的，各种色彩的交错让人怀疑是有人画出来的。我羡慕仙人轻灵的身形，希望能够得到他们的指点。在白云缭绕之间吹着玉箫，坐在石上弹弄着琴瑟。我生平有一个志愿，那就是能够隐居修道，从此不再随人欢笑。修炼成一副仙风道骨，俗世的烦恼都抛到九霄云外。假如遇到了骑羊子，那就和他一起在天际漫步。

### [说明]

神龙元年（705），五岁的李白随父亲迁居四川绵州青莲乡。四川风景优美，有奇险雄伟的山川，还有大片肥沃的原野，自古人杰地灵，人才辈出。在这种环境的熏陶下，李白自然有一种超尘之风。李白原本就勤奋好学，阅读广泛，除儒家经典之外，还阅读了许多古代文史名著、诸子百家。此外，他很小就受到盛行于唐代的道教的影响，喜欢同道士交往，由此培养了超尘脱俗的思想，同时有报效国家的伟大抱负。这首诗就是他早年在家乡读书的时候所写的。这是我们可以看到的李白的第一首游仙诗。从本诗中，我们可以看出李白青少年时期的审美情趣。

## 大庭库①

朝登大庭库，云物何苍然！

莫辨陈郑火，空霾(mái)邹鲁烟。

我来寻梓慎[2]，观化入寥天。

古木翔气多，松风如五弦。

帝图终冥没，叹息满山川。

［注释］

①大庭库：大庭氏之库。大庭氏为古国名，在鲁城内，春秋时，鲁于其处作库，故名。《太平寰宇记》：“大庭氏库，高二丈，在曲阜县城内县东一百五十步。”②梓慎：春秋时期鲁国大夫，著名阴阳家。

［诗解］

早上登上大庭库，看到万物多么苍茫！陈、郑两地的烟火都分不清了，邹、鲁人家的炊烟和空中的阴霾融合在一起。我想要寻找梓慎，和他一起占观人世间的气象。周围的古木幽气聚结，松树在风中发出的声音像五弦弹奏的乐声一样。古时的帝国终究是灭亡了，山川中似乎都充满了叹息声。

［说明］

此诗为天宝四载（745）李白在曲阜时所作，抒发了诗人观看大庭库时的感受。因受道教的影响，诗中多了游仙的思想。

## 登单父陶少府半月台[1]

陶公有逸兴，不与常人俱。

筑台像半月，迥向高城隅。

置酒望白云，商飙(biāo)[2]起寒梧。

秋山入远海，桑柘(zhè)[3]罗平芜。

水色渌(lù)且明，令人思镜湖。

终当过江去，爱此暂踟蹰(chí chú)。

［注释］

①单父：县名，唐时属宋州，今山东单县。陶少府：陶沔。李白年轻时作客任城，与孔巢父、韩准、裴政、张叔明、陶沔居徂徕山，每日豪饮，号“竹溪六逸”。半月台：相传为陶沔所建。②商飙：猛烈的风。③桑柘：桑树和柘树。

柘 树

柘树，落叶灌木或小乔木，喜欢生长在阳光充足的地方，具有很好的药用价值。

[ 诗解 ]

陶公有雅兴，情趣跟常人不一样。他建筑了半月形的台子，远立在高城一角。闲来在台上喝酒，仰望白云；大风突起，吹动了梧桐树。山与海相连，平原上种着桑树和柘树。海水碧绿并且透明，不禁让人想起镜湖。终究是要到江的另一边的，因为喜爱这里的风景所以暂且流连。

[ 说明 ]

此诗作于天宝五载（746）。诗中描写了半月台的美丽风景。

[ 诗评 ]

襟怀高旷，人如其诗。

——乾隆御选《唐宋诗醇》

## 天台晓望

天台①邻四明，华顶②高百越。

门标赤城霞，楼栖沧岛月。

凭高远登览，直下见溟渤③。

云垂大鹏翻，波动巨鳌没。

风潮争汹涌，神怪何翕(xī)忽④！

观奇迹无倪(ní)⑤，好道心不歇。

攀条摘朱实，服药炼金骨。

安得生羽毛？千春卧蓬阙⑥。

[ 注释 ]

①天台：指天台山。四明：山名，与天台山相邻。②华顶：华顶峰，属于天台山。③溟渤：深广的大海。④翕忽：收敛、收缩。⑤无倪：没有边际，没有休止。⑥蓬阙：指仙人居住的地方。

[ 诗解 ]

天台山和四明山相邻，华顶峰高出其他的山峰。朝霞染红了赤城，晚上月亮照映着城楼。登高远眺，望着苍茫的大海。大鹏在垂云中翻飞，巨鳌在波涛中沉浮。海风潮水争着显示自己的威力，神怪怎么会有所收敛呢！我对观赏奇迹的兴趣永远不会消退，对于道家修养的追求也永远不会停歇。我愿爬到树上去摘红果，服用丹药炼就神仙之身。怎样才能长出翅膀呢？那样的话，就可以飞到仙境了。

[说明]

这首诗大约是天宝六载（747），李白游越时所作。诗中借景抒怀，表达了诗人对仙家境界的向往之情。

[诗评]

宋之问诗："楼观沧海日，门对浙江潮。"白全法其语。

——瞿蜕园、朱金城《李白集校注》

## 早望海霞边

四明三千里，朝起赤城霞。
日出红光散，分辉照雪崖。
一餐咽琼液，五内发金沙。
举手何所待？青龙白虎车①。

[注释]

①青龙白虎车：据《太平广记》记载，沈义学道救人，后来黄老派人驾着青龙白虎车来迎接沈义做神仙去。

[诗解]

四明山地广三千里，红红的朝霞笼罩着赤城。太阳出来红霞散去，同时也照耀着积雪的山崖。喝了琼浆，服了金沙，药力在五脏中散开。我抬起手来，期待着迎接我升天的青龙白虎车的到来。

[说明]

这首诗约作于天宝六载（747），李白游越之时。本诗写了诗人看到朝霞的所见所感，想象力极为丰富，也导致诗人产生了游仙之思。

## 焦山望松寥山①

石壁望松寥，宛然在碧霄。
安得五彩虹，架天作长桥。
仙人如爱我，举手来相招。

[注释]

①焦山：在镇江城东北江中。松寥山：又名海门山，是焦山东出的余支。

[诗解]

站在焦山的石壁上，远望松寥山，就好像身处云端。怎么才能得到彩虹呢？可以用它来架一座长桥直通到天上去。仙人们如果喜爱我的话，就邀我一同去做神仙吧。

[说明]

这首诗约作于天宝六载（747）。本诗表达了诗人的游仙思想，具有浓厚的浪漫主义色彩。

## 杜陵绝句

南登杜陵①上，北望五陵②间。

秋水明落日，流光灭远山。

[注释]

①杜陵：在长安城南，为西汉宣帝陵墓。②五陵：指长安城外五个汉代皇帝陵墓所在地，分别是高祖的长陵、惠帝的安陵、景帝的阳陵、武帝的茂陵、昭帝的平陵。

[诗解]

向南登上杜陵，北望五陵。落日的映照使得秋水显得格外明亮，太阳的余晖在远山中间慢慢消失。

[说明]

此诗短小精悍，含不尽之意于寥寥数语之中。

西上太白峰，夕阳穷登攀

## 登太白峰①

西上太白峰，夕阳穷登攀②。

太白③与我语，为我开天关④。

愿乘泠风去，直出浮云间。

举手可近月，前行若无山。

一别武功去，何时复更还？

[注释]

①太白峰：在今陕西眉县南，是秦岭的著名秀峰，高耸入云，终年积雪。②夕阳：这里指太阳落山的时候。穷：尽，停

止。③太白：这里指太白金星。④天关：星名。这里指想象中的天界门户。

[ 诗解 ]

我从西边开始攀登太白峰，直到夕阳西下才登上峰顶。由此浮想联翩，仿佛听到太白金星对我说，愿意为我打开通往天界的大门。我愿意乘着习习清风，飘然高举，穿过浮云，直向太空。这时候，月亮仿佛伸手可触，前面的重重障碍似乎全都消失了。就在我幻想即将飞升而去的时候，回首看见武功山，于是不由得感慨：一旦远离了武功而去，什么时候才能再回来呢？

[ 说明 ]

这首诗有浓厚的浪漫主义色彩。诗人借助丰富的想象，生动曲折地反映了对黑暗现实的不满和对理想光明的憧憬。

[ 诗评 ]

亦率胸臆而出，形容峰势之高，奇语独造。

——乾隆御选《唐宋诗醇》

## 登邯郸洪波台置酒观发兵

我把两赤羽，来游燕赵间。
天狼①正可射，感激无时闲。
观兵洪波台，倚剑望玉关。
请缨不系越，且向燕然山。
风引龙虎旗，歌钟昔追攀。
击筑落高月②，投壶③破愁颜。
遥知百战胜，定扫鬼方④还。

[ 注释 ]

①天狼：星名。②筑：一种乐器。落高月：指从月高的时候玩到月落的时候。③投壶：古代的一种娱乐游戏。④鬼方：商时外族部落名，此应指反叛作乱的契丹。

[ 诗解 ]

我带着两支赤羽箭，来到燕赵之地游历。正逢国家要发兵征伐外敌，我因而受到感染，意气风发。在洪波台观看兵士操练，手拿着剑遥望玉门关。希望可以到燕然山去为国效力，而不是留恋于南方。大风吹动军旗，击打着歌钟，气势威猛。夜里击筑、投壶为乐，可以暂时消去烦恼。如此强大的兵力，一定可以百战百胜，打败契丹而凯旋。

[说明]

此时为诗人于天宝十一载（752）北游幽州途中所作。这首诗中洋溢着一种昂扬奋发之气，符合诗人早期任侠仗义的性格。

## 登新平楼

去国登兹[1]楼，怀归伤暮秋[2]。
天长落日远，水净寒波流。
秦云起岭树，胡雁飞沙洲。
苍苍几万里，目极令人愁。

[注释]

①兹：这。②暮秋：晚秋。

[诗解]

我离开国都登上新平楼，在萧飒的秋风中思念家乡，特别感伤。天空那么高，使得落日看起来是如此遥远；流动的河水是那么澄澈，更显出丝丝寒意。岭上的树木被云雾缭绕着，北雁南飞到沙洲上。这里离我的家乡有几万里之遥，举目远眺，看不到思念的地方，让人不得不烦恼。

[说明]

此诗为诗人在长安时所作。这是一首怀归思乡之作，情感极为真切，感人至深。

## 谒[1]老君庙

先君怀圣德，灵庙肃神心。
草合[2]人踪断，尘浓鸟迹深。
流沙[3]丹灶灭，关路紫烟沉。
独伤千载后，空余松柏林。

[注释]

①谒：拜谒、造访。②合：这里指草长得茂盛。③流沙：传说中的地名。

［诗解］

先君老子心怀圣德，我到灵庙中祭奠他。草木茂盛的地方人迹必然稀少，尘土厚积的地方鸟迹就很明显。流沙炼丹的炉子没有了，边关路上的仙气也消失了。千年以后，这里就只剩下茂盛的松柏了，想到这里，我不禁黯然神伤。

［说明］

这首诗写得深沉感伤，对比手法的运用更增添了沧桑感。

## 秋日登扬州西灵塔

宝塔凌苍苍，登攀览四荒。
顶高元气①合，标②出海云长。
万象分空界，三天③接画梁。
水摇金刹④影，日动火珠光。
鸟拂琼檐度，霞连绣栱张⑤。
目随征路断，心逐去帆扬。
露浩梧楸白，霜催橘柚黄。
玉毫⑥如可见，于此照迷方。

［注释］

①元气：指天地之气。②标：高。③三天：指天空。④金刹：这里指宝塔。⑤张：拱起、突出。⑥玉毫：佛两眉间的白毫，可以照见一切事物。

［诗解］

宝塔高高耸立，我登到高处观览四方景色。在高高的塔顶感应自然之气，宝塔高耸在海天相交之处。世间万象虚空无边，宝塔上与天相接。水波摇动宝塔和太阳的倒影。鸟儿掠过塔檐，雕饰精美的斗栱和云霞相连。目光一直望到路的尽头，我的心也随着江上的船只远去。露水把梧桐、楸树都洗白了，霜降之后橘子、柚子也都黄了。如果可以遇到能照见万物的玉毫，那么就请它为自己照亮迷茫的前途吧。

［说明］

这首诗中饱含着诗人对于前途渺茫的忧虑和无奈。诗中有很多排偶句，礼佛的思想浓郁。

[ 诗评 ]

声色壮丽，一经点入情景，便觉通体皆灵，此亦诗中之金针也。

——乾隆御选《唐宋诗醇》

# 登金陵冶城西北谢安墩

晋室昔横溃，永嘉遂南奔。
沙尘何茫茫，龙虎斗朝昏。
胡马风①汉草，天骄蹙(cù)中原。
哲匠感颓运，云鹏②忽飞翻。
组练③照楚国，旌旗连海门。
西秦百万众，戈甲如云屯。
投鞭可填江，一扫不足论。
皇运有返正，丑虏无遗魂。
谈笑遏横流，苍生望斯存。
冶城访古迹，犹有谢安墩。
凭览周地险，高标绝人喧。
想像东山④姿，缅怀右军⑤言。
梧桐识嘉树，蕙草留芳根。
白鹭映春洲，青龙见朝暾(tūn)。
地古云物在，台倾禾黍繁。
我来酌(zhuó)清波，于此树名园。
功成拂衣去，归入武陵源。

王羲之

王羲之，字逸少，祖籍山东，后迁居山阴（今浙江绍兴），官至右军将军，会稽内史，故世称王右军、王会稽。东晋书法家，被后人尊为“书圣”。

[ 注释 ]

①风：放，向。②云鹏：这里指有复国抱负的贤士。③组练：战袍，此指军队。④东山：地名，在浙江会稽，指谢安。⑤右军：指王羲之。

[ 诗解 ]

西晋当年被灭，皇室于永嘉年间逃亡南方，建立东晋。朝中龙虎相斗，把人间搅得天昏地暗。胡马来到中原吃草，北方的匈奴威逼中原。贤士预感到国家将要遭到厄运，于是有志之士奋发向上，整日练兵习武，旌旗布满整个海面。前秦百万的士兵，戈甲像云一样多，一人投一根鞭子就可以把长江填满，以这种气势打败敌人是轻而易举的。然而东晋可以再次恢复，前秦军队死无葬身之地。想象当年谢安和王羲之游览东山的情景，怀想当时王羲之说的话，真是让人感慨。梧桐是上等的好树木，蕙草的根部会留下来等待来年再度生长。白鹭在春天的小洲上空飞过，青龙曾经出现在日出之时。历史悠久的谢安墩仍然存在，一旦坍塌就会生满野草，让人感慨万千。我想要在这里隐居修行，一旦成功了，就远离尘世而去。

［说明］

这首诗约作于天宝六载（747）。李白在诗中大力赞扬了谢安“谈笑遏横流，苍生望斯存”的功业，表达了自己深深的仰慕之情，同时抒发了自己希望功成身退的夙愿。

［诗评］

《登谢安墩》云：“功成拂衣去，归入武陵源。”其视成仙得道，若可操券致者，盖其性灵中所自有也。

——赵翼《瓯北诗话》

## 登瓦官阁①

晨登瓦官阁，极眺金陵城。
钟山对北户，淮水入南荣②。
漫漫雨花落，嘈(cáo)嘈天乐鸣。
两廊振法鼓③，四角吟风筝。
杳(yǎo)出霄汉上，仰攀日月行。
山空霸气灭，地古寒阴生。
寥廓云海晚，苍茫宫观平。
门余阊阖(chāng hé)字，楼识凤凰名。
雷作百山动，神扶万栱倾。
灵光何足贵？长此镇吴京。

［注释］

①瓦官阁：又称升元阁，梁武帝所建，在金陵城西南面的瓦官寺中。②荣：屋檐两端像鸟翼一样的建筑。③法鼓：钟。

**[诗解]**

清晨登上瓦官阁，遍观金陵城。钟山正对着北门，淮水流向城南。雨水落下击打着房顶，像是奏着天乐。风吹过来，两廊发出如同鼓声的声响，屋檐四角传出筝一样的乐声。楼阁高耸入云，攀爬上去就像朝日月行进。山林空寂霸气就会消失，地势古远寒阴之气就会生发。大海辽阔无边，因此，从远处看起来和观顶一样高。这里的阊阖门、凤凰楼上还留有各自的名字。打雷的时候山摇地动，也许是神明在暗中扶持，所以高山高楼才不会倒塌。希望神灵不要吝啬灵光，长久地镇守在金陵之地。

**[说明]**

这首诗约为开元十三年（725）李白初次游历金陵时所作。这是一首想象奇特的写景诗。

## 登梅岗望金陵，赠族侄高座寺僧中孚

钟山抱金陵，霸气昔腾发。
天开帝王居，海色照宫阙。
群峰如逐鹿，奔走相驰突。
江水九道来，云端遥明没。
时迁大运去，龙虎势休歇。
我来属天清，登览穷楚越。
吾宗挺禅伯[①]，特秀鸾凤骨。
众星罗青天，明者独有月。
冥居顺生理，草木不翦伐。
烟窗引蔷薇，石壁老野蕨。
吴风谢安屐，白足[②]傲履袜。
几宿一下山，萧然忘干谒。
谈经演金偈[③]，降鹤舞海雪。
时闻天香来，了与世事绝。
佳游不可得，春去惜远别。
赋诗留岩屏，千载庶不灭。

钟山抱金陵，霸气昔腾发

［注释］

①禅伯：高僧。②白足：赤脚。③金偈：佛祖说的话。

［诗解］

钟山环抱着金陵，霸气升腾。上天使这里成为帝王居住的地方，大海映照着宫阙。众峰呈现出奔腾的姿态，像是追逐野鹿一样。九道支流在这里汇入长江，消失在天的尽头。时事变迁，这里灵气不复存在，帝王之气也随之消失。我在社会安定的时候来到这里，在这片楚越之地到处游览。高僧是一代宗师，如同鸾凤一样秀拔出众。天上众星闪烁，只有月亮才是最明亮的。顺从自然安居乐业，无须整理、清除草木。蔷薇爬满幽静的窗前，野生的蕨菜生长在石壁中间。吴地风行谢安屐，但是只要品格高洁，哪怕是光着脚也可以傲视人间。在山上待了几天，豁然开朗，忘了俗世客套的拜谒交往。谈论经文，观看鹤舞，不时闻到自然的香气，仿佛与世隔绝。这样惬意的游览不能再有，春天过去了，我也将远离。于是赋诗一首写在岩壁上，希望可以流传千年。

［说明］

这首诗约作于天宝六载（747）春末夏初诗人将要去金陵时。诗中描写了金陵的山势，赞美了这里的美景，最后抒发了惜别之情。从中也可以看出诗人豁达的人生态度。

## 登金陵凤凰台

凤凰台上凤凰游，凤去台空江①自流。
吴宫花草埋幽径，晋代衣冠②成古丘。
三山③半落青天外，一水中分白鹭洲④。
总为⑤浮云能蔽日，长安不见使人愁。

［注释］

①江：特指长江。②衣冠：代指豪门贵族。③三山：在今江苏南京西南，长江边上，因三峰排列，南北相连而得名。④一水中分白鹭洲：指秦淮河经南京西入长江，被白鹭洲横截，分为两支。一，一作“二”。⑤为：认为。

［诗解］

凤凰曾经在凤凰台上飞过，如今凤凰已经飞去，凤凰台也已经空无一物，只有江水独自流淌。金陵本是繁华胜地，如今也只剩下一片荒凉。吴王宫殿里的花草都已经杂乱不堪，把园中的小路都埋没了；晋代的豪门贵族如今都已经成为冢中枯骨。三山在云雾中隐现，如落青天外，白鹭洲把秦淮河一分为二。浮云总是能遮住太阳，皇帝身边的小人也总是迷惑他；我看不到长安，不能在皇帝身边为国效力，令我十分烦恼。

[说明]

本诗是李白登金陵凤凰台时的感古咏怀之作。金陵是六朝古都，昔日相当繁华。诗人登台的时候这些昔日繁华景象仿佛展现在面前一样，但是事实上这里早已经是荒凉一片了。这不能不令敏感的诗人产生盛衰兴亡的感慨。这首诗的可贵之处不只在于怀古伤今，更为重要的是它表现了诗人对于家国的关心。此诗以无限的愁情作结，显得十分深沉。

[诗评]

李太白过武昌，见崔颢《黄鹤楼》诗，叹服之，遂不复作，去而赋《金陵凤凰台》也。

——杨慎《升庵诗话》

## 望庐山瀑布二首

### 其　一

西登香炉峰①，南见瀑布水。
挂流三百丈，喷壑数十里。
欻(xū)②如飞电来，隐若白虹起。
初惊河汉落，半洒云天里。
仰观势转雄，壮哉造化③功。
海风吹不断，江月照还空。
空中乱潨(cóng)射，左右洗青壁。
飞珠散轻霞，流沫沸穹(qióng)石。
而我乐名山，对之心益闲。
无论漱琼液④，且得洗尘颜。
且谐宿所好，永愿辞人间。

西登香炉峰，南见瀑布水

[注释]

①香炉峰：庐山西北部的一座高峰。②欻：忽然、迅疾。③造化：大自然。④琼液：美酒，这里指清澈的瀑布。

[诗解]

从西边登上香炉峰，往南看见了庐山瀑布。瀑布高有三百丈，飞流而下冲击沟壑达到十里之远。迅疾得像闪电飞来，如同一道白虹隐藏在山崖之间。开始还以为是天上的银河落下来挂在半空中。抬头仰望雄伟的山势，不得不感叹大自然伟大的造物之功。哪怕是猛烈的海风也不能将它吹断，月亮照在上面显得特别空明。水珠向空中乱溅，左右拍打清洗着青色的崖壁。溅起的水珠散到空中，在阳光的照射下呈现出彩霞般的颜色，瀑布撞击山石溅起的泡沫像沸腾了一样。我无比热爱名山胜水，看到它们心里就会觉得特别安静。不论是喝下这样的琼浆玉液，还是用它来清洗脸上的污垢，都会让人觉得清新无比。我愿意住到这样一个让人喜欢的地方，再也不问世事。

## 其　二

日照香炉生紫烟[①]，遥看瀑布挂前川。

飞流直下三千尺，疑是银河落九天。

[注释]

①紫烟：日光照耀下，香炉峰的云雾呈现出紫色。

[诗解]

香炉峰在太阳的照耀下，缭绕其间的云雾呈现出紫色；远远地看那庐山瀑布，就像直挂在眼前的大河一样。瀑布飞流直下三千尺，让人不禁怀疑这是天上的银河落下来了。

[说明]

庐山是我国著名的风景名胜之一，在江西九江市南端，现属九江辖区。庐山瀑布，又名开先瀑布，因这里原先有开先古寺而得名，在庐山的南面。这是李白在南游吴越时候写的诗。诗人通过自己的所见、所听、所感，为我们描绘了一条变化万端、极具特色的庐山瀑布，激发了人们对庐山风光的向往和对祖国河山的热爱。

# 望庐山五老峰[①]

庐山东南五老峰，青天削出金芙蓉[②]。

九江秀色可揽结[③]，吾将此地巢云松[④]。

[注释]

①五老峰：在庐山东南，五峰相连，悬崖突出，像五位老人，由此得名。②金芙蓉：五老峰山色黄而秀丽，所以用金芙蓉来作比喻。③揽结：采取。结，

通“撷”。④巢云松：在云松之间做巢，隐居安家。现在五老峰下有李太白书堂遗址。

庐山东南五老峰，青天削出金芙蓉

### [ 诗解 ]

庐山东南的五老峰，像是在苍天中盛开的金色芙蓉。九江秀丽的景色一览无余，如此美丽的景色让我产生了在此筑屋隐居的想法。

### [ 说明 ]

这首诗与《望庐山瀑布》都是李白在游览庐山时写的，但是写法各有千秋。本诗一、二两句写五老峰的景色，首句点明地点，次句使用比喻把五老峰写得非常传神。后两句转为登山远望，自然引出诗人的内心想法。最后以抒情作结，有非常感人的力量。

## 望黄鹤山①

东望黄鹤山，雄雄半空出。
四面生白云，中峰倚红日。
岩峦行穹(qióng)②跨，峰嶂亦冥密③。
颇闻列仙人，于此学飞术。
一朝向蓬海④，千载空石室。
金灶生烟埃，玉潭秘清谧。
地古遗草木，庭寒老芝术(zhú)⑤。
蹇⑥余羡攀跻(jī)，因欲保闲逸。
观奇遍诸岳，兹⑦岭不可匹。
结心寄青松，永悟客情毕。

### [ 注释 ]

①黄鹤山：在鄂州江夏县东九里，其山势断绝孤立。传说有仙人曾在这里训练黄鹤，黄鹤山由此得名。②穹：苍穹，即天空。③冥密：深幽密布。④蓬海：蓬莱，传说中的三座仙山之一。⑤芝术：药草名，灵芝与白术。⑥蹇：发语词。⑦兹：这。

［诗解］

向东远望黄鹤山，它雄伟地矗立在半空中。白云缭绕在它的四周，红红的落日半倚在山巅。起伏的山峦犹如跨在半空中一样，山峰投下的阴影深幽密布。经常听说有诸多仙人，在这里学习飞天术。一天他们飞向了仙山蓬莱，住过的石屋就空寂下来。山在日光的照耀下被染成金色，并且生出烟雾来，就像炉灶里生出炊烟一样；山下的潭水非常清幽静谧。这里有古老的树木，还有那经年的灵芝和白术。我真的对这里的仙景着迷了，想要在这里长久保持这种闲逸的状态。看遍了各地的奇伟雄山，只觉得黄鹤山是无可匹敌的。我想要结束尘世的生活，在这青松白云间长久修行。

［说明］

李白在青少年时期就深受道家的影响，加上日后的感悟，道家思想更是深入其心。因此，他在游览名山大川的时候往往会生出离世隐居的想法。这首游记诗也不例外。

楼观岳阳尽，川迥洞庭开

## 与夏十二登岳阳楼[1]

楼观岳阳尽，川迥洞庭开[2]。
雁引愁心去，山衔好月来。
云间连下榻[3]，天上接行杯[4]。
醉后凉风起，吹人舞袖回[5]。

［注释］

①夏十二：姓夏，排行十二，生平不详。岳阳楼：坐落在今湖南岳阳西北高丘上，为唐代岳阳西门城楼，高三层，下临洞庭湖，传说是三国时鲁肃建的阅军楼。②迥：远。开：开阔。③下榻：指寄居的地方。④行杯：喝酒时推来推去的酒杯。⑤回：飘荡，回旋。

［诗解］

登上岳阳楼远望，无边美景尽收眼底。江水流向远方，洞庭湖显得异常浩荡。大雁高飞，带走了内心的愁苦烦闷；月亮在山间升起，好像是山峰把明亮的月亮给衔过来了。云彩好像和我所住的地方连为一体，喝酒也好像是在天上一样。酒醉后凉风四起，衣袖翩翩飘舞。这是何等美好的享受啊！

［说明］

这首诗写于诗人晚年流放夜郎途中遇赦，由江陵到岳阳的时候，在达观中不时流露出凄凉的影子。岳阳楼是历代迁客骚人抒情感怀的地方，李白来到这里不能不有所感怀。

## 秋登宣城谢朓北楼①

江城②如画里，山晚望晴空。
两水③夹明镜，双桥④落彩虹。
人烟⑤寒橘柚，秋色老梧桐。
谁念北楼上，临风怀谢公⑥？

[注释]

①谢朓北楼：南齐诗人谢朓任宣城太守时所建，又叫谢公楼，唐朝改为叠嶂楼，是宣城的著名景点。②江城：这里泛指水边的城。唐时江南地区的口语，无论大水小水都称为“江”。③两水：指句溪和宛溪。宛溪在宣城的东北和句溪相会，绕城合流，因此称“夹”。④双桥：指横跨溪水的上、下两桥。上桥叫凤凰桥，在城东南泰和门外。下桥叫济川桥，在城东阳德门外，是隋文帝开皇年间的建筑。⑤人烟：指炊烟。⑥谢公：指谢朓。

[诗解]

登上谢朓北楼俯瞰这座江边的城市，它美得简直就像在画里一样，傍晚抬头仰望万里晴空真是无尽享受。宛溪和句溪汇合，澄清如镜，凤凰桥和济川桥在水中的倒影像两道彩虹一样。山冈上丛林里的人家升起一缕缕炊烟，使橘柚在暮色中显得十分寒冷，梧桐在秋色中也变得苍老。临风立于楼上，又有谁会想到建造这座楼的谢公呢？

[说明]

这首诗写于天宝十三载（754）中秋节后，那时李白从金陵再度来到宣城。李白在长安被权贵排挤而不得不离开之后，政治上一直处于失意的状态，过着漂泊四方的流浪生活。客中的抑郁和感伤，在秋风袭来的时节，就会更加强烈，让人愁闷不堪。

[诗评]

独李太白有“人烟寒橘柚，秋色老梧桐”句，而黄鲁直更之曰：“人家围橘柚，秋色老梧桐。”晁无咎极称之，何也？余谓诗中只改两字，而丑态毕具，真点金作铁手耳。

——王世贞《艺苑卮言》

## 望天门山

天门中断楚江①开，碧水东流至北回②。
两岸青山相对出，孤帆一片日边来。

[注释]

①楚江：长江。因为当涂、和县古代属于楚地，所以将流经这一带的长江称为楚江。②回：回旋。

[诗解]

流经楚地的这一段长江像冲开天门一样浩浩荡荡地向东流去，碧绿的江水经过两山相夹的窄口不得不在此回旋。两岸的青山对峙着扑入眼帘，一只孤单的船正乘风破浪从西边太阳落山的地方驶向这里。

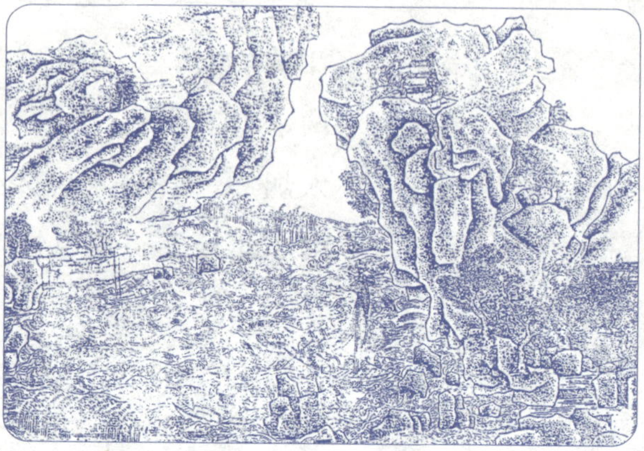

天门中断楚江开，碧水东流至此回

[说明]

这首诗写长江流经天门山一带所呈现的壮丽美景。因为是远眺，并且是在风和日丽的时候，所以诗人描写的不是惊涛骇浪、气势雄伟的景象，而是青山、绿水、孤帆、白云，意境十分清新秀美，令人神往。

## 望木瓜山[1]

早起见日出，暮见栖鸟还。

客心自酸楚，况对木瓜山[2]。

[注释]

①木瓜山：在今安徽省池州市青阳县。②况对木瓜山：意谓面对着木瓜山会让人联想到木瓜的酸味，同时会联想到自己身世的辛酸。

[诗解]

早上起来抬头看日出，傍晚目送着飞鸟返巢。看到它们有自己的家可以回去，我这个客居在外的旅人不免伤心，况且是面对着让人联想到辛酸之味的木瓜山呢？

[说明]

此诗作于天宝十三载（754）冬。李白触景生情，早上看到欣欣向荣的日出，于是悲叹自己穷困潦倒；晚上看到归鸟还巢，伤心自己去国离家。语言极为平常，却意蕴丰富，字字心酸。

# 卷十九　古近体诗

## 夜下征虏亭[1]

船下广陵去，月明征虏亭。

山花如绣颊[2]，江火[3]似流萤。

船下广陵去，月明征虏亭

[ 注释 ]

①征虏亭：在石头坞，建于东晋时期，是金陵（今江苏南京）的一大名胜。该亭依山而建，下临江水，风景十分迷人。②绣颊：也叫“绣面”或“花面”，是唐时少女面颊的装饰，代指少女。这里用来比喻山花。③江火：江上的渔火。

[ 诗解 ]

我乘着小船到广陵去，路上仰望征虏亭，它在明亮的月光照耀下轮廓分外清晰。新鲜的山花像少女一样楚楚动人，江上的渔火远远看去星星点点，就像天空中飞舞的萤火虫一样。

[ 说明 ]

李白于上元二年（761）暮春的时候从这里乘船往广陵（扬州）去，途中即兴写下了这首诗。本诗语言流畅简洁，意境十分优美。

## 客中行

兰陵美酒郁金香[1]，玉碗盛来琥珀(hǔ pò)[2]光。

但使主人能醉客，不知何处是他乡。

[ 注释 ]

①兰陵：在今山东枣庄。郁金香：一种香草。古代人们用它来泡酒，浸泡之后酒就会呈现出金黄色。②琥珀：一种树脂化石，黄色或者赤褐色，色泽晶莹剔透。

[ 诗解 ]

兰陵的美酒是用郁金香浸泡而成的，盛在玉碗中呈现出犹如琥珀一样的光泽。如果这里的主人能够让客人过足酒瘾的话，那么我就不会在意哪里是他乡，哪里是故乡了。

[说明]

这首诗虽然是作于“客中”，但是丝毫没有这类题材中普遍带有的离别之悲、思乡之苦，而是呈现出一种昂扬振奋的心态。此作充分表现了诗人豪放不羁的个性，同时从一个侧面反映了盛唐的时代气息。

## 太原早秋

岁落众芳歇①，时当大火流②。
霜威出塞早③，云色渡河④秋。
梦绕边城月，心飞故国⑤楼。
思归若汾水，无日不悠悠⑥。

[注释]

①岁落：岁月流逝。歇：停歇。这里指众花凋谢。②大火流：大火星向西移动，预示秋天即将到来。语自《诗经·豳风·七月》：“七月流火。”③霜威：霜的威力，指霜势。出塞早：指在塞外下霜较内地早。④河：指黄河。⑤故国：故园，指湖北安陆一带。开元十五年（727），李白与故相许圉师的孙女在安陆成婚安家。⑥悠悠：指相思。

[诗解]

随着岁月的流逝，美丽的花儿都凋谢了；当大火星向西移动时，也就是炎暑消退的时候。这时塞外已经开始下霜了，黄河以北已经呈现出一派秋天的气息。看到这边城的月亮，我梦想回到安陆家中。我对于家乡的思念，就像长长的汾水一样没有尽头，没有一天心里不充满相思之愁。

[说明]

这是秋天的思乡之作。开元二十三年（735），李白在洛阳认识了元参军，当时元参军的父亲担任并州（今山西太原）的府尹，于是二人就在夏天同游太原，直到第二年的暮春才离开。这首诗应作于此间。

[诗评]

两折诗以平叙故不损，李、杜五言近体，其格局随风会而降者，往往多有。供奉于此体似不着意。乃有入高、岑一派诗，既以备古今众制，亦若曰：非吾不能为之也。此自是才人一累，若曹孟德之啖冶葛，示无畏以欺人。其本色诗则自在景云、神龙之上，非天宝诸公可至，能拣者当自知之。

——王夫之《唐诗评选》

巫山夹青天，巴水流若兹

# 上三峡

巫山夹青天，巴水流若兹。

巴水忽可尽，青天无到时。

三朝上黄牛[①]，三暮行太迟。

三朝又三暮，不觉鬓成丝。

[ 注释 ]

①黄牛：指位于距宜昌西四十公里的黄牛峡。

[ 诗解 ]

巫山两边对峙着，中间夹着一片青天，巴水从中间流过。巴水会有尽头，但是却没有办法攀上青天。逆流而上黄牛峡，舟行缓慢，用了三天三夜的时间。在这三天三夜之中，我的头发不知不觉间都已经花白了。

[ 说明 ]

《上三峡》作于诗人流放途中，描写了巫山险峻，巴水纡曲，舟行迟迟，愁令发白。流放者深感逆境难熬，心情无比愤懑，壮丽风光也为之减色。

# 早发白帝城[①]

朝辞白帝彩云间，千里江陵一日还[②]。

两岸猿声啼不住，轻舟已过万重山。

[ 注释 ]

①白帝城：在今重庆奉节东，地势高峻，常有云雾缭绕其间。②还：回来。

[ 诗解 ]

早上天气十分晴朗，我告别了白帝城，只用了一天的时间就回到了千里之外的江陵。长江两岸的猿猴不住地啼叫，小船已经轻快地经过了无数高山。

[ 说明 ]

乾元二年（759）春天，李白因为永王璘一案，被流放夜郎。他取道四川赴被贬的地方，走到白帝城，忽然收到赦书。他在惊喜交加之下，立即乘船东下江陵，所以本诗题目也作《下江陵》。全诗洋溢着诗人经过痛苦绝望之后突然遇赦，从内心深处发出的那种深深的喜悦之情。

［诗评］

写出瞬息千里，若有神助。

——沈德潜《唐诗别裁集》

## 秋下荆门[①]

霜落荆门江树空[②]，布帆无恙[③]挂秋风。

此行不为鲈鱼鲙(kuài)[④]，自爱名山入剡(shàn)中[⑤]。

［注释］

①荆门：山名，在今湖北宜都西北的长江南岸，与虎牙山隔江对峙，战国时是楚国的西方门户。②江树空：指江边的树叶落光了。③布帆无恙：指一路平安。④鲈鱼鲙：据说西晋时吴郡人张翰在洛阳做官，看见秋风，想起了家乡的莼菜羹、鲈鱼鲙，于是就立刻辞官回到了家乡。⑤剡中：在今浙江，境内多名山好水。

［诗解］

在下霜之后，荆门江边的树木都已经光秃秃的了，我在秋风中一路平安地前行。这次出行，我不会像张翰那样为了家乡而放弃职责，而是想要游历剡中，有所作为。

［说明］

这首诗写于诗人第一次出蜀远游的时候。虽然李白非常热爱蜀中的美好风光，但是年轻的他怀有远大的政治抱负，想要有一番作为，心中满怀对前途的憧憬。全诗基调明快，表现出昂扬奋发的精神。

［诗评］

明明说天下将乱，孑身归隐，却又推开解说，此古人身分不可及处。

——沈德潜《唐诗别裁集》

## 宿五松山下荀媪[①]家

我宿五松下，寂寥无所欢。

田家秋作苦，邻女夜舂(chōng)[②]寒。

跪进雕胡[③]饭，月光明[④]素盘。

我宿五松下，寂寥无所欢

令人惭漂母⑤，三谢不能餐⑥。

[ 注释 ]

①媪：老妇人。②舂：舂米。③雕胡：茭白，一种水生植物，穷苦人家用来当作粮食。④明：照耀。⑤惭：愧对，惭愧。漂母：向韩信施舍饭食的漂母，这里借指荀媪。⑥三谢：再三道谢。不能餐：不能下咽。

[ 诗解 ]

我投宿在五松山下一个老妇人家里，偏僻的山村没有什么值得高兴的事情。农民家里非常贫苦，秋天本来是收获的季节，可是在繁重的赋税之下农民没有一点欢笑；夜里传来邻家妇女舂米的声音，想来这位女子现在一定感觉非常寒冷。荀家老妇人给我送来一盘雕胡饭，明亮的月光照着白色的盘子。生活是如此艰辛，但是老妇人还是热情地款待了我，这让我很是感动，同时又感到很惭愧；我再三辞谢，实在不忍心享用这一顿农家的盛餐。

[ 说明 ]

这首诗描写诗人夜宿农家，受到农家老妇人热情招待的情景。诗中描写了农家贫苦的生活，也表达了诗人对他们深切的同情。

[ 诗评 ]

太白夜宿荀媪家，闻比邻舂臼之声，以起兴，遂得“邻女夜舂寒”之句。然本韵“盘”“餐”二字，应用以“夜宿五松下”发端，下句意重辞拙，使无后六句，必不落欢韵。此太白近体，先得联者，岂得顺流直下哉？

——谢榛《四溟诗话》

## 西　施

西施越溪女，出自苎(zhù)萝山。

秀色掩今古，荷花羞玉颜。

浣纱弄碧水，自与清波闲。

皓齿信难开①，沉吟碧云间。

勾践征绝艳，扬蛾入吴关。

提携馆娃宫，杳渺讵[2]可攀？
一破夫差国，千秋竟不还。

［注释］

①皓齿：洁白的牙齿。这里指小巧的嘴巴。信：的确，诚然。②讵：怎么，哪里。

［诗解］

西施是越地的女子，来自苎萝山。她美丽的容颜是古今美人都难以企及的，就连美丽的荷花在她面前都觉得汗颜而不敢开放了。她在溪水边浣纱，和流水一样清闲自在。她不苟言笑，在青山白云之间暗自低吟。越王勾践为了打败吴国，就想使用美人计，于是极力访寻美女，西施被选中了。结果吴王特别喜爱西施，为她建造了馆娃宫；她住在深宫之中，一般人是不能看到的。越王打败了吴国之后，从此就再也没有西施的消息了，她也再没有回到家里去。

［说明］

这首诗约作于开元十四年（726）。当时李白到越中，此诗泛咏西施的绝色美貌以及舍己为国的历史事迹，同时也借西施的不幸遭遇表达了诗人的历史兴亡之感。

## 王右军[1]

右军本清真，潇洒在风尘。
山阴遇羽客[2]，要此好鹅宾。
扫素写道经，笔精妙入神。
书罢笼鹅去，何曾别主人？

［注释］

①王右军：王羲之，是我国东晋时的大书法家，曾任右军将军。②羽客：道士。

扫素写道经，笔精妙入神

［诗解］

王羲之本来就是一个通达直率的人，他在尘世之间仍然保持着潇洒的个性。他遇到了一个山阴的道士，这个道士养了一群鹅，王羲之非常喜欢这群鹅。道士让王羲之替他抄写完《黄庭经》，就把鹅送给他；王羲之欣然同意，他写的字真是出神入化。写完之后王羲之把鹅装在笼子里带走了，都没有跟鹅的主人道别，这是何等潇洒的作风啊！

［说明］

此诗作于开元十四年（726），当时李白在越中漫游。此诗表达了李白对于王羲之潇洒爽朗性格的欣赏和钦慕。

# 苏台①览古

旧苑②荒台杨柳新，菱歌清唱不胜春。

只今惟有西江月，曾照吴王宫里人。

［注释］

①苏台：姑苏台，是春秋时期吴王游乐的地方，故址在今江苏苏州。②苑：宫殿。

［诗解］

吴国旧日宫殿中的姑苏台已经荒凉不堪，在废墟上生出了青青的杨柳。无限春光之中，一群女子唱着采菱歌，歌声久久回荡。所有的这些都映衬了旧日宫殿的破败不堪。如今只有西江上空的月亮，曾经照耀过吴王宫里的人们。

［说明］

这是一首怀古伤今之作。历史向前演进，风流人物一个接一个上场，这中间演绎了多少苍凉，只有永恒的月亮见证了这一切。

［诗评］

七言绝句，唯王江宁能无疵颣；储光羲、崔国辅其次者。至若“秦时明月汉时关”，句非不炼，格非不高，但可作律诗起句；施之小诗，未免有头重之病。若“水尽南天不见云”“永和三日荡轻舟”“囊无一物献尊亲”“玉帐分弓射虏营”，皆所谓滞累，以有衬字故也。其免于滞累者，如“只今唯有西江月，曾照吴王宫里人”“黄鹤楼中吹玉笛，江城五月落梅花”“此夜曲中闻《折柳》，何人不起故园情”，则又疲苶无生气，似欲匆匆结煞。

——王夫之《姜斋诗话》

# 越中览古

越王勾践破吴归，义士还家尽锦衣。

宫女如花满春殿①，只今惟有鹧鸪（zhè gū）飞。

［注释］

①宫女：指吴宫中的宫女。春殿：宫殿。

［诗解］

越王勾践打败吴国之后返回越国，这是何等风光；战士们穿着锦衣回到家乡。想当年吴宫里有多少像花一样美丽的女子，宫殿中充满了欢歌笑语，如今却只有鹧鸪鸟飞来飞去了。

［说明］

这是一首怀古之作，是李白游览越中有感于历史上在这里发生过的著名事件而写下的。越王勾践曾被吴王夫差打败，他卧薪尝胆十年之久，终于打败了吴国。经历了岁月的长河，如今诗人用他的如椽巨笔重新回顾了这一事件。诗篇将往日的繁华和今日的苍凉，通过具体事物作了鲜明的对比，给读者以强烈的感受。

越王勾践破吴归，义士还家尽锦衣

## 经下邳圯桥怀张子房①

子房未虎啸②，破产③不为家。
沧海得壮士，椎④秦博浪沙。
报韩虽不成，天地皆振动。
潜匿游下邳(pī)，岂曰非智勇？
我来圯(yí)桥上，怀古钦英风。
唯见碧流水，曾无黄石公。
叹息此人去，萧条徐泗空。

［注释］

①张子房：张良，字子房。②虎啸：发威，发迹。③破产：张良的祖父和父亲都是韩国的相国。秦灭韩后，张良散尽家财，招募刺客行刺秦始皇。④椎：投椎击杀。

［诗解］

当年张良没有发迹的时候，韩被秦所灭，张良国破家亡，遂立志要打败秦朝报家国之仇。后来张良遇见沧海君，遂有机会结识一个大力士，打造了一根重一百二十斤的铁椎，准备用此铁椎击杀秦始皇，可惜只击中了秦始皇的副车。张良虽然未能报仇，但是他的英雄胆略让天下人为之震动。事败后，张良逃到下邳隐居起来，韬光养晦，难道这不叫智勇超群吗？我来到圯桥上，想到张良的英雄事迹非常佩服。但是如今只看到碧绿的河水在流淌，却看不到授给张良兵法的黄石公了。可叹古人已不复见，只留下一片萧条的景象。

［说明］

这是李白在途经下邳（今江苏古邳）的时候写的一首怀古之作。诗中满含着对张良的仰慕之情，在怀古的同时又不乏对自己身世的感慨。

［诗评］

为子房生色，“智勇”二字可补世家赞语。

——沈德潜《唐诗别裁集》

## 望鹦鹉洲怀祢衡①

魏帝营八极，蚁观②一祢(mí)衡。
黄祖斗筲(shāo)③人，杀之受恶名。
吴江赋《鹦鹉》，落笔超群英。
锵锵振金玉，句句欲飞鸣。
鸷(zhì)④鹗啄孤凤，千春伤我情。
五岳起方寸，隐然讵(jù)⑤可平？
才高竟何施，寡识冒天刑。
至今芳洲上，兰蕙不忍生。

［注释］

①鹦鹉洲：在湖北汉阳的西南，是长江中的一个小洲。祢衡：东汉末文学家，性格刚毅，藐视权贵，最后被江夏太守黄祖所杀。②蚁观：当蚂蚁看待。③斗筲：斗、筲均为小容量的容器，形容才识短浅，气量狭小。④鸷：阴鸷凶狠。⑤讵：怎么。

［诗解］

魏武帝曹操是何等的威风，只有祢衡把他看成蚂蚁，祢衡的性格是多么傲岸不屈啊！黄祖是一个心胸狭隘的小人，因为不能容忍祢衡而将他杀掉，以至于千载以来都背负着杀贤的恶名。祢衡曾作《鹦鹉赋》，文不加点，辞采非常华丽，这种才华是一般人不能企及的。他的文章字字铿锵，像金玉碰撞的声音；每一句都很有气势，像要展翅高飞的鸟儿一样。凶猛的恶鸟迫害孤独的鸾凤，千载之后，人们仍不能不为祢衡感到可惜。五岳是在一土一石的基础上矗立起来的，怎么能够悄无声息地将它们铲平呢？这就像我心中的怨气不能铲平一样。祢衡如此富有才华却没有施展的地方，最后由于统治者的昏庸而遭到杀害。至今鹦鹉洲上，兰蕙等芳草因为哀悼祢衡而不肯生长。

[说明]

这是一首怀古之作，诗人运用比喻、拟人等艺术手法，表达了他对祢衡深深的怜惜之情，同时寄寓着自己怀才不遇的悲凉之感。

## 谢公亭①

谢亭离别处，风景每生愁。
客散青天月，山空碧水流。
池花春映日，窗竹夜鸣秋。
今古一相接，长歌怀旧游。

[注释]

①谢公亭：在宣城城北，谢朓担任宣城太守之时，曾在这里送别诗人范云。

[诗解]

谢朓曾在谢公亭送别范云，以至于今日让人每每看到这里的景物不免生出哀愁。客人离去了，只剩下一轮孤月；山谷空寂，碧水长流，景色是何等苍凉！池中的鲜花在春日的照耀下独自开放，窗外的竹子在秋夜中沙沙作响。想想古时候，再想想今日，不免让人惆怅，只能借高歌来怀想昔日谢公游玩的遗踪了。

[说明]

这是一首借古伤今之作。诗人用几个简单的意象就勾勒出了开阔而又带有寂寞意味的境界，笔力十分雄劲。

[诗评]

五六不似怀古，乃以怀古。“今古一相接”五字，尽古今人道不得。神理、意致、手腕，三绝也。

——王夫之《唐诗评选》

# 夜泊牛渚[1]怀古

牛渚西江夜，青天无片云。

登舟望秋月，空忆谢将军[2]。

余亦能高咏，斯人不可闻。

明朝挂帆席[3]，枫叶落纷纷。

[注释]

①牛渚：山名，位于安徽当涂西北，紧靠长江，北端突入江中，即采石矶。②谢将军：指晋朝镇西将军谢尚。谢尚曾在牛渚听到袁宏吟诗，对他大加赞赏，袁宏于是声名大起。③挂帆席：扬起征帆，指出游。

[诗解]

牛渚江上的夜景十分迷人，一片碧海青天，万里无云。我登上小船仰望秋夜的月亮，不由得想起了谢尚将军。我虽然一样可以吟诗作赋，但是却没有像谢将军一样赏识人才的伯乐出现。不得意之下，我决定天亮之后乘舟远行，也许只有纷纷飘落的枫叶为我送行。

[说明]

本诗有一种潇洒自然、风流自成的意趣，格调自然明丽，如行云流水一样流畅。

[诗评]

不用对偶，一气旋折，律诗中有此一格。

——沈德潜《唐诗别裁集》

# 卷二十 古近体诗

# 月下独酌四首（录一首）

花间一壶酒，独酌(zhuó)无相亲。
举杯邀明月，对影成三人。
月既不解[①]饮，影徒随我身。
暂伴月将影，行乐须及春。
我歌月徘徊，我舞影零乱。
醒时同交欢，醉后各分散。
永结无情游，相期邈(miǎo)云汉[②]。

［注释］

①解：懂得。②相期：相约。邈：远。云汉：银河。

［诗解］

我准备一壶美酒，摆在花丛之间，自斟自酌无亲无友，孤独一人。我举起酒杯邀请明月一同饮酒，低头看见自己的影子，我、月亮以及影子，已经有三人在一块喝酒了。月亮不晓得畅饮的乐趣，影子徒然伴随着我的身体。暂且和无知无觉的月亮及影子做伴吧，应该趁着春宵良辰及时行乐。月亮听我唱歌，在九天徘徊不前；影子伴着我的舞步，显出一派零乱。清醒之时，尽情作乐寻欢；醉了之后，免不了要各自离散。我渴望和无情的月亮永结为友，相约在高远的银河岸边。

［说明］

诗写春天月下、百花盛开的时节，诗人却在穷愁中独自饮酒，借酒消愁。诗中运用丰富的想象，表现了一种难以诉说的孤独之感。

［诗评］

脱口而出，纯乎天籁，此种诗，人不易学。

——沈德潜《唐诗别裁集》

［诗人逸事］

传说有一次李白去金陵，在文德桥旁边的酒楼上赏月。那天正是冬月十五，他一边喝酒，一边吟诗作赋。到了半夜，他趁着酒兴，下楼走到文德桥上。一低头，突然看见月亮掉在水里了，河水一动，月影上增添了几条黑纹。醉醺醺的李白以为月亮被河水弄脏了，就跳下桥去捞月亮。这样一来，月亮没捞着，却被打成了两半。后来人们在文德桥旁修了个“得月台”，据说那里就是当年李白赏月的地方。

## 山中与幽人①对酌

两人对酌(zhuó)山花开，一杯一杯复一杯。

我醉欲眠卿②且去，明朝有意抱琴来。

[注释]

①幽人：隐居的高人。②卿：对对方的敬称。

[诗解]

我和隐居的高士两人在山花怒放的幽美环境中对坐，一杯接着一杯地畅饮。我喝醉了想要睡觉，于是就对高人说让他暂且回去，如果余兴未尽，那么明天就抱琴过来继续倾谈。

[说明]

本诗感情表达得淋漓尽致，有歌行的气势。语言是有文学意味的口语，隽永有韵味。

[诗评]

作诗用字，切忌相犯，亦有犯而能巧者。如“一葫芦酒一篇诗”，殊觉为赘。太白诗“一杯一杯复一杯”，反不觉相犯。夫太白先有意立，故七字六犯，而语势益健，读之不觉其长。

——王晓堂《嵎阳诗话》

## 寻雍尊师①隐居

群峭②碧摩天，逍遥不记年。

拨云寻古道，倚树听流泉。

花暖青牛卧，松高白鹤眠。

语来③江色暮，独自下寒烟。

[注释]

①尊师：对道士的敬称。②峭：陡峭。这里指陡峭的山峰。③语来：说话之间。

[诗解]

陡峭的山峰高耸入天，悠游自在地不知道在那里矗立了多少年了。我上山寻找道士，透过林间的烟雾寻找上山的小路，偶尔停下来在树边静听潺潺的流水声。青牛卧眠于芳草花丛之中，白鹤站在高高的松树休息。我与道士说着说着天已经黑下来，就独自在夜幕中下山了。

[ 说明 ]

这首诗是写道士隐居之处的，通过其住处的清幽，表现其志趣的高雅脱俗。

[ 诗评 ]

或云青牛花叶上青虫，有角如牛，故名，其说似可从。

——沈德潜《唐诗别裁集》

## 与史郎中钦听黄鹤楼上吹笛

一为迁客去长沙[1]，西望长安不见家。

黄鹤楼中吹玉笛，江城五月落梅花。

[ 注释 ]

①一为迁客去长沙：指西汉贾谊被贬为长沙王太傅。

一为迁客去长沙，西望长安不见家

[ 诗解 ]

当年贾谊被贬到长沙，如今我也被流放到夜郎，向西看不到自己在长安的家。这时候，虽然江城仍然是五月炎热的天气，但是听到黄鹤楼中玉笛吹奏出的《梅花落》，不免让人觉得凄凉无比，就像看到梅花纷纷飘落一样。

[ 说明 ]

本诗是李白于乾元元年（758）流放夜郎，经过武昌游览黄鹤楼时所写，抒发了诗人的贬谪之悲和去国之伤。

[ 诗评 ]

作诗有三等语：堂上语，堂下语，阶下语。知此三者，可以言诗矣。凡上官临下官，动有昂然气象，开口自别。若李太白“黄鹤楼中吹玉笛，江城五月落梅花”，此堂上语也。

——谢榛《四溟诗话》

## 独坐敬亭山①

众鸟高飞尽，孤云独去闲。
相看两不厌，只有敬亭山。

[注释]

①敬亭山：在今安徽宣城西北。

[诗解]

天上的鸟儿都高高飞去，无影无踪，寂寥的天空中只有白云悠闲地慢慢飘远。似乎世间的万物都厌弃我而去，只剩下风景秀丽的敬亭山和我静静对视，毫不厌烦。

[说明]

这首诗写于天宝十二载（753）秋天李白游览宣州时，这时已经距他被迫离开长安十年了。长期的漂泊生活，使李白看透了世间的炎凉，从而深切体会了孤寂之感。

## 自　遣

对酒不觉暝①，落花盈②我衣。
醉起步溪月，鸟还人亦稀。

[注释]

①对酒：两人对饮。暝：日暮。②盈：这里用作动词，沾满。

[诗解]

两人对饮，不知不觉中天色已经暗了，落花积满了衣服。喝醉起来后在月光的照耀下沿着溪水漫步，此时鸟儿都回窝了，路上行人也变少了。

[说明]

这是一首诗人独自排遣愁怀的诗歌，让人读之不免叹息。

## 访戴天山①道士不遇

犬吠水声中，桃花带露浓。
树深时见鹿，溪午不闻钟。
野竹分青霭(ǎi)②，飞泉挂碧峰。

无人知所去，愁倚两三松。

[ 注释 ]

①戴天山：又叫大康山或大匡山，在今四川江油。②青霭：青雾。这里指雾被青色的竹子映成了青色。

[ 诗解 ]

我沿着小溪上山寻找道士，一路上泉水淙淙，犬吠声声，桃花带露，鲜艳欲滴。在树林深处的小路上，我不时看到奔跑的野鹿；到了正午撞钟的时候，却只听到溪水的声音而听不到钟声。野生的竹子把薄雾映成了青色，碧绿的山峰上瀑布一泻而下。来到道士的住处，他却不在；谁也不知道道士去了哪里，我只好惆怅地倚在松树上。

[ 说明 ]

李白青年时期曾在戴天山中大明寺读书，这首诗可能是这一时期的作品。

[ 诗评 ]

全不添入情事，只拈死“不遇”二字作，愈死愈活。

——王夫之《唐诗评选》

## 忆东山[1]二首

### 其　一

不向东山久，蔷薇几度花？
白云还自散，明月落谁家？

[ 注释 ]

①东山：位于浙江上虞西南，山旁有蔷薇洞，相传是谢安宴游的地方。山上有谢安所建的白云、明月二堂。

[ 诗解 ]

好久都没有去东山，也不知道那里的蔷薇花曾经开过几回了？那里的白云自由地飘来又散去，不知道美好的月亮照在谁家？

### 其　二

我今携谢妓，长啸绝人群。
欲报东山客[1]，开关扫白云。

[注释]

①东山客：指谢安。

[诗解]

我也想学习谢安当年带着歌妓，远离世俗去山中隐居。想要在谢安曾住过的东山安家，开门清扫白云堂。

[说明]

东山是东晋著名政治家谢安曾经隐居的地方。李白向往东山是因为仰慕谢安。本诗写得自然流畅，毫无拘束之态。

# 卷二十一　古近体诗

不然五湖上，亦可乘扁舟

## 越中秋怀

越水绕碧山，周回数千里。

乃是天镜中，分明画相似。

爱此从冥搜，永怀临湍(tuān)游。

一为沧波客，十见红蕖(qú)秋。

观涛壮天险，望海令人愁。

路遐(xiá)①迫西照，岁晚悲东流。

何必探禹穴②？逝将归蓬丘。

不然五湖上，亦可乘扁舟③。

### [注释]

①遐：远。②探禹穴：此指敬仰圣贤之举。③乘扁舟：借用范蠡“乘扁舟，出三江，入五湖”的典故。

### [诗解]

越水环绕着青碧的山峰，回旋往复有数千里。这是天镜中的景象，分明和画中的美景相似。我喜欢在这里搜访那些幽冥之处，永远怀揣着临观激流的情致。自从做了江湖中飘荡的旅人，我已经在外好多年，常常看到这秋天的红蕖。观看云涛，好像是天险般壮丽；望着汹涌的大海，实在令人发愁。路途遥远，太阳就要下山了；我如今年事已高，望着奔流向东的河水更加惆怅。何必去敬仰那些圣贤？去世后还要归于蓬莱仙山。还不如像范蠡那样，在五湖上荡舟游玩。

### [说明]

此诗写作年代不详。诗的前半极写越中山水的清秀美丽，好像天镜、图画，以此为铺垫引发了后半篇的归隐之情。

### [诗评]

今人詹锳云：“一为沧波客，十见红蕖秋。”乃谓去朝已十年也。当是至德元载秋游剡中时作。

——瞿蜕园、朱金城《李白集校注》

## 拟古十二首（录一首）

生者为过客，死者为归人①。

天地一逆旅②，同悲万古尘。

月兔空捣药，扶桑③已成薪。

白骨寂无言，青松岂知春。

前后更叹息，浮荣④何足珍？

[注释]

①归人：指死者。《列子·天瑞篇》载："古者谓死人为归人。夫言死人为归人，则生人为行人矣。"②逆旅：旅店。③扶桑：相传是东海上的参天神树，太阳从那里升起。④浮荣：虚浮的荣华。

[诗解]

活着的人像匆匆来去的过客，死去的人仿佛找到了归宿。天地就像是人们寄居的旅店，古往今来不知有多少人同声悲叹。月亮上玉兔独自捣着药，扶桑树如今也成为干枯的柴薪。埋在地下的白骨阴森凄寂，苍翠的松树四季常青，哪里可以感觉到春天的温暖？想想身前身后的事情不得不叹息，虚浮的荣华有什么值得珍惜的呢？

[说明]

李白曾一度热衷于功名，渴望建功立业，但现实的残酷把他的满腔热情都浇灭了，于是时时流露出隐居避世的想法。这首诗里诗人就着重表达了人生易逝的感伤情绪。

## 秋夕旅怀

凉风度秋海，吹我乡思飞。

连山去无际，流水何时归？

目极浮云色，心断明月晖。

芳草歇柔艳，白露催寒衣。

梦长银汉①落，觉罢天星稀。

含悲想旧国，泣下谁能挥？

[注释]

①银汉：银河。

[诗解]

秋天的凉风渡过秋海，吹起了我的思乡之情。重峦叠嶂没有边际，已逝去的流水何时才能回来呢？抬眼望去，看到浮云灰暗，明月的寒光令人肠断心碎。芳草的柔美艳丽已经消歇，寒冷的白露在催促着更换寒衣。常常梦到银河落了下来，醒来后看到天上的星星稀疏惨淡。心中悲怆，思念家乡，泣泪涟涟有谁能够挥去？

[说明]

此诗约为开元十四年（726）李白出蜀后游维扬时所作。诗以秋风起兴，借羁旅之愁的抒发和秋天景色的描写点染，衬托出诗人浓重的乡情。全篇情景交融，情真意切。

[诗评]

晋宋间有此清机，齐梁间无此逸气。

——乾隆御选《唐宋诗醇》

## 翰林读书言怀，呈集贤诸学士

严光

严光，本姓庄，因避汉明帝刘庄讳改姓严，名遵，字子陵。光武帝刘秀即位后，多次征召他都避而不去。不久，他归隐富春江，最后在余姚终老，享年八十岁。

晨趋紫禁中，夕待金门①诏。

观书散遗帙（zhì），探古穷至妙。

片言苟会心，掩卷忽而笑。

青蝇②易相点，《白雪》③难同调。

本是疏散④人，屡（yí）贻（biǎn）褊促诮（qiào）⑤。

云天属清朗，林壑忆游眺。

或时清风来，闲倚栏下啸。

严光桐庐溪，谢客⑥临海峤。

功成谢人间，从此一投钓。

[注释]

①金门：汉代皇宫的金马门，是汉代宫中博士们会聚待诏的地方。这里指翰林院。②青蝇：指小人。③《白雪》：中国古代名曲，被视为高雅艺术的典范，人们常用它来比喻高洁的情怀。④疏散：性情豁达。⑤贻：遭遇。褊促：心胸狭窄。诮：诽谤。⑥谢客：指谢灵运。

[诗解]

我早上来到翰林院中，直到傍晚还一直等待皇帝的诏命。闲来翻阅宫中秘藏的珍贵书籍，研究古籍中的至言妙理。偶尔心领神会，就会禁不住合上书卷，偷偷地发笑。小人们如此多事，最会吹毛求疵，我这样一个情怀高尚的人无法跟他们沆瀣一气。我本来是心胸十分豁达的人，却常常被他们污蔑为心高气傲。屋外一片天高云谈，使我豁然开朗，不禁想起了山林的自在生活。那里时不时地吹来一阵微风，可以倚靠栏杆，悠闲地吟咏歌唱。羡慕严光可以在桐庐隐居钓鱼为乐，也向往谢灵运在山水中自在地游玩。一旦功成名就，我就要隐居起来，可以终日钓鱼为乐。

[说明]

唐玄宗天宝元年（742）到天宝三载（744），李白在长安做翰林供奉。在别人眼中，李白是十分荣耀的，认为他得到了皇帝的器重，但实际上皇帝只是把他当成文学侍从。李白因为治国理想落空，心情很不畅快。这首诗就是他在翰林院读书时有感而作。

## 览镜书怀

得道无古今，失道还衰老。

自笑镜中人，白发如霜草。

扪心空叹息，问影何枯槁？

桃李竟何言[①]？终成南山皓[②]。

[注释]

①桃李竟何言：《史记·李将军列传》载："桃李不言，下自成蹊。"这里借用此意。②皓：指商山四皓，秦末四位贤人，后来共同辅佐汉高祖的太子刘盈。

[诗解]

得道不论古和今，失道就会衰老。自己嘲笑镜中的自己，头上的白发已像霜草一样多。扪心自问，空自叹息，问影子你为何如此枯槁？德才兼备就像不言的桃李，自然有人与之亲近，还用说什么呢？我终究会像商山四皓那样，有所作为。

[说明]

此诗作于李白流放赦还之后。当时李白已近暮年，以桃李自喻，可见心中的激愤。最后借商山四皓的典故，表达了"烈士暮年，壮心不已"的胸怀。

# 听蜀僧濬弹琴

蜀僧抱绿绮①，西下峨眉峰。
为我一挥手②，如听万壑松。
客③心洗流水，遗响入霜钟④。
不觉碧山暮，秋云暗几重。

[ 注释 ]

①绿绮：琴名，为汉代司马相如所有。这里指名贵的琴。②挥手：这里指弹奏。③客：指诗人自己。④霜钟：指秋天的钟。

[ 诗解 ]

蜀地的僧人带着名贵的琴，从西方峨眉山下来。他为我弹奏了一曲，感觉就像听到山谷中风吹动上万棵松树一样。我的心像被流水洗过一样，琴曲的余响和日暮时寺院的钟声融合在一起，久久都不散去。不知不觉中青山已经罩上了一层暮色，灰暗的秋云重重叠叠，布满天空。

南轩有孤松，柯叶自绵幂

# 南轩松

南轩有孤松，柯叶自绵幂(mì)①。
清风无闲时，萧洒终日夕。
阴生古苔绿，色染秋烟碧。
何当凌云霄，直上数千尺！

[ 注释 ]

①幂：本指覆盖东西的巾，引申为覆盖。

[ 诗解 ]

南轩有棵孤松，枝叶茂盛。清风没有停止的时候，它终日在清风中潇洒悠闲。阴凉处生长出来的绿色苔藓，将秋日的云雾都染成了碧绿色。什么时候才能直上数千尺，直到天上云端！

[ 说明 ]

诗人咏松，借松言志，表达了高远的志向和奋发向上的精神。尤其是最后两句，清晰地揭示了诗人高远的抱负。

# 紫藤树

紫藤挂云木，花蔓宜[1]阳春。
密叶隐歌鸟，香风留美人。

［注释］

①宜：相适宜。

［诗解］

紫藤树高高地挂在云木之上，花枝藤蔓和明媚的春光相得益彰。欢快地啼叫着的鸟儿隐藏在茂密的枝叶中，带着花香的春风留给了美人。

［说明］

诗作年代不详。纯系咏物，用语省净，风格清丽。

# 白鹭鸶[1]

白鹭下[2]秋水，孤飞如坠霜。
心闲且未去，独立沙洲傍[3]。

［注释］

①白鹭鸶：白鹭，一种体形高大，颈、腿细长的水鸟。②下：飞落。③沙洲：江中流沙淤积所形成的小洲。

［诗解］

一只白鹭飞落在水面上，远远看去像落下来一团白霜。大概是因为它心里很悠闲吧，伫立在这沙洲旁边没有马上离去。

［说明］

这是一首咏物小诗，描写了白鹭鸶飞落沙洲的情景。

# 卷二十二　古近体诗

谢 安

谢安，字安石，东晋陈郡阳夏（今河南太康）人，年轻时隐居东山，后出仕，官至宰相，指挥了历史上一场以少胜多的著名战争——淝水之战。

## 题元丹丘山居

故人栖东山①，自爱丘壑美。

青春卧空林，白日犹不起。

松风清襟袖，石潭洗心耳。

羡君无纷喧，高枕碧霞里。

[注释]

①东山：东晋谢安隐居之地，此处代指元丹丘隐居的颍阳山居。

[诗解]

故人栖居于东山之中，自爱那里的山川丘壑之美。整日闲卧于空寂的林中，即使明媚的白天也不起来。清凉的松风吹着襟袖，欢快的石潭水洗涤着人的身心耳目。羡慕你隐居于此没有纷扰喧闹，高枕无忧地在那碧霞中闲适自乐。

[说明]

此诗约作于开元十二年（724），当时李白的故交元丹丘卜筑嵩山之颍阳山居，李白应邀前去游玩。诗歌赞美了元丹丘超尘闲适的生活，表达了钦羡隐居之情。

## 劳劳亭①

天下伤心处，劳劳送客亭。

春风知别苦，不遣②柳条青。

[注释]

①劳劳亭：建于三国时期，故址在今南京市区西南，是古代著名的送别之所。②遣：让。

[诗解]

最让天下人伤心的地方是劳劳亭这个送客的地方。春风知道离别之人的痛苦之情，故意不让柳条发芽，让人们无法折柳送别，试图留住离人。

[说明]

李白写这首绝句时，春风初到，柳条未青，应当是早春时节。不过，诗人要写的并非这座古亭的春光，只是借景抒情，以亭为题来表达人间的离别之苦。

[诗评]

若直写别离之苦，亦嫌平直。借春风以写之，转觉苦语入骨，其妙全在“知”字、“不遣”字，奇警绝伦。

——李锳《诗法易简录》

## 题宛溪①馆

吾怜宛溪好，百尺照心明。

何谢②新安水？千寻③见底清。

白沙留月色，绿竹助秋声。

却笑严湍(tuān)④上，于今独擅名。

[注释]

①宛溪：新安江上游的支流之一，流经宣城敬亭山下。②谢：辞让，这里有逊色的意思。③寻：长度单位，八尺为一寻。④严湍：严陵濑，在今浙江省桐庐南，属于富春江风景区，因东汉严子陵曾在这里居住而得名。

[诗解]

我爱这宛溪的美好景色，它的溪水是如此清澈，就像照见心底的明镜一样。它哪里比新安水逊色呢？水深千寻依然清澈见底。月光照耀着洁白的沙滩，绿竹在秋风中沙沙作响。可笑的是人们只知道有严湍，因为著名隐士严子陵曾在这里居住，而不知道其他地方也有很多情志高洁的隐士。

[说明]

此诗作于天宝十二载（753）秋，李白漫游宣城时。诗先从侧面以新安水来衬托宛溪的清澈，然后再从正面描写宛溪风光之胜，最后又以严陵濑不应独享高名作结，高度评价了宛溪。全诗正侧交融，写出了宛溪的风情神韵，清新自然，且蕴涵着诗人的人生哲理。

[诗评]

李白《题宛溪馆》：“白沙留月色，绿竹助秋声。”眼用活字。

——瞿蜕园、朱金城《李白集校注》

# 军行

骝(liú)马[1]新跨白玉鞍，战罢沙场月色寒。

城头铁鼓声犹震，匣里金刀血未干。

骝马新跨白玉鞍，战罢沙场月色寒

［注释］

①骝马：古书上指黑鬃黑尾巴的红马。

［诗解］

黑鬃黑尾的红马佩上了以白玉装饰的新马鞍，沙场战斗过后笼罩着一层寒冷的月色。城头铁鼓发出的震耳声响犹然在耳，鞘中金刀上的血迹还没有干。

［说明］

诗中描写了月明之夜沙场征战结束后的情景，渲染了战场声威犹在的气氛，颂扬了从军将领浴血奋战、英勇豪迈的精神风貌。

# 从军行

百战沙场碎铁衣，城南已合数重围。

突营射杀呼延将[1]，独领残兵千骑归。

［注释］

①呼延将：匈奴四姓，即呼延氏、卜氏、兰氏、乔氏，其中以呼延氏地位最为尊贵，此处代指敌方将领。

［诗解］

经过几百次的沙场战斗，盔甲已经破碎不堪，城南已经被敌兵包围了好几层。将军突袭敌营，射杀了敌方的将领，独自带领着千骑骑兵回到营中。

［说明］

此诗的写作年代不详。诗中以孤城被围困为背景，描写了戍守的将士们艰苦奋战、顽强杀敌的英武形象，展现了将士们慷慨报国的英雄气概。全诗以恶劣的环境来反衬士兵的勇猛，语言刚健有力，有很强的感染力。

## 春夜洛城[1]闻笛

谁家玉笛暗飞声？散入春风满洛城。

此夜曲中闻《折柳》[2]，何人不起故园[3]情？

［注释］

①洛城：洛阳城，唐代的东都。②《折柳》：《折杨柳》，汉代的横吹曲名，后来成为专门的笛曲，多写离别之情。③故园：家乡。

［诗解］

不知道是谁家里暗暗传出了悠扬的笛子声，笛声随着春风散播到洛阳城的每一个角落。这样的晚上听到了《折杨柳》曲，怎么能不引发悠悠的思乡之情呢？

［说明］

这首诗写于开元二十二年（734）春天，李白在当时的东都洛阳游玩的时候。幽怨的笛声引起了诗人的思乡之情。但是这首诗的格调是明快的，悠悠的思乡之情被洛城美好的春景给淡化了。

## 宣城见杜鹃花

蜀国曾闻子规鸟，宣城还见杜鹃花。

一叫一回肠一断，三春三月忆三巴[1]。

［注释］

①三春：指春天的三个月，分别为孟春、仲春、季春。三巴：巴郡、巴东、巴西，在今四川东部和重庆，这里泛指四川。

［诗解］

我在宣城看见了杜鹃花盛开，不禁想到了家乡四川杜鹃鸟的叫声。杜鹃鸟哀婉的叫声像叫在心里一样，让人不禁断肠；在这春天杜鹃花盛开的时候，我无比思念家乡。

［说明］

此诗乃诗人晚年流寓安徽宣城时所作。诗人触景生情，可见思乡情深。对偶绝妙，音节凄婉。

［诗评］

如谚如谣，却是绝句本色，效之则痴矣。或以为杜牧作，亦不类也。

——乾隆御选《唐宋诗醇》

## 白田①马上闻莺

黄鹂啄紫椹，五月鸣桑枝。
我行不记日，误作阳春时。
蚕老客未归，白田已缫（sāo）②丝。
驱马又前去，扪心空自悲。

[注释]

①白田：地名，在今江苏宝应。②缫：把蚕茧放在开水中抽丝。

[诗解]

黄鹂啄食着紫色的桑椹，五月时在桑枝上鸣叫。我行时不记得日期，误以为是阳春时节。蚕已经快要死了，而客居他乡之人还没有归期，白田的人们已经开始缫丝。驱马再次前去，抚摸胸口枉自伤悲。

[说明]

此诗是诗人漫游江淮地区，五月途经白田（今江苏宝应）所作，写了途中的见闻，也抒写了漫游的艰辛以及客中的心绪。最后两句写出了人生漂泊之感，感情跃然纸上。

## 三五七言

秋风清，秋月明。
落叶聚还散，寒鸦①栖复惊。
相思相见知何日，此时此夜难为情。

[注释]

①寒鸦：似乌鸦而小，体黑，腹灰白，喜群飞。

[诗解]

秋风清冷，秋月明亮。聚在一起的落叶又被风吹散，栖息在树枝上的寒鸦也被风惊醒了。相思情深，不知道何时才能相见，此夜的相思之情实在令人难忍。

[说明]

此诗写作年代不详。古代没有这种诗体，这是李白的自创。句式三、五、七长短错落，音节流畅，略具词的雏形。诗写秋夜的思绪，意境幽深恬静。

［诗评］

古无此体，自太白始。《沧浪诗话》以此诗为隋郑世翼之诗，《臞仙诗谱》以此篇为无名氏作，俱误。

——瞿蜕园、朱金城《李白集校注》

## 杂 诗

白日与明月，昼夜尚不闲。
况尔悠悠人，安得久世间？
传闻海水上，乃有蓬莱山[①]。
玉树生绿叶，灵仙每登攀。
一食驻玄发，再食留红颜。
吾欲从此去，去之无时还。

［注释］

①蓬莱山：传说中的仙山。

［诗解］

白天的太阳和夜晚的明月交替升起，太阳和月亮尚且不能空闲，何况那些匆忙之人，怎么能够永久地生活在世上呢？听说在遥远的海上，有一座蓬莱仙山。那里的玉树生长着绿色的叶子，仙人经常攀上玉树。吃一次绿叶就会黑发永驻，第二次食用就会留住年轻的容颜。我想要去那里，再也不回来。

［说明］

这是一首游仙诗，写作年代不详。诗中宣扬了神仙出世的思想。前四句感叹人生易老，为全诗做铺垫。后六句描写传说中蓬莱仙山的长生不老之树，表达了遁迹尘世、远游仙境的人生理想。

## 长信宫[①]

月皎昭阳殿[②]，霜清长信宫。
天行乘玉辇，飞燕与君同。
更有欢娱处，承恩乐未穷。

谁怜团扇妾③，独坐怨秋风？

［注释］

①长信宫：汉成帝妃子班婕妤的居处。②昭阳殿：汉成帝皇后赵飞燕的居处。③团扇妾：代指班婕妤。班婕妤失宠之后，曾经作《怨歌行》，写团扇秋天被抛弃以自伤，因此诗人以此称呼。

［诗解］

皎洁的月光照在昭阳殿上，清冷寒凄的霜雪落在长信宫。君王出行乘玉辇，飞燕也与君王同辇而行。更有那欢娱快乐的时候，承受无限的恩宠，欢乐无穷。谁来怜惜我这失宠孤单的人？我只能独自坐在萧瑟的秋风中发愁。

谁怜团扇妾，独坐怨秋风

［说明］

此诗作于天宝二年（743），当时诗人待诏翰林，但是遭谗被疏，因此托汉代班婕妤的故事以自伤。诗中开篇用对比手法，写赵飞燕的受宠和班婕妤的失宠幽独。中间铺陈赵飞燕的专宠，并暗含了君王的昏庸。最后照应诗题，仍写班婕妤的忧伤。

## 长门怨二首

### 其　一

天回北斗挂西楼，金屋①无人萤火流。

月光欲到长门殿②，别作深宫一段愁。

［注释］

①金屋：汉武帝幼时说如能娶表姐阿娇，要造金屋给她住。②长门殿：长门宫，陈阿娇被废之后所居之地，后来成为冷宫的代名词。

［诗解］

已经是午夜时分了，北斗星高高悬挂在西楼之上，宫女寂寞地住在辉煌的宫殿之中，只见萤火虫飞来飞去。这是何等的苍凉啊！月光想要到长门宫去，为深宫中寂寞的女子排遣哀愁。

### 其　二

桂殿[①]长愁不记春，黄金四屋起秋尘。
夜悬明镜[②]青天上，独照长门宫里人。

[注释]

①桂殿：指宫殿。②明镜：指明月。

[诗解]

住在深深的宫殿中不被皇帝宠幸，于是宫女们长久以来一直觉得非常愁苦，根本不记得春天的美好了；华丽的宫殿里因为冷清，四壁都沾满了灰尘，在秋色中显得更加苍凉。月亮高高挂在天空中，独自照着宫中寂寞苦闷的宫女。

[说明]

《长门怨》是古乐府诗题，相传汉武帝陈皇后失宠后退居长门宫，命司马相如作《长门赋》写她的愁思。后人因之作《长门怨》曲，李白沿用此旧题。这是诗人在天宝二年（743）的自况之作。诗中隐含汉武帝与陈皇后的故事，借天回北斗、金屋萤火渲染漫漫长夜中寂寞凄清的气氛，景中含情。

## 春　怨

白马金羁辽海[①]东，罗帷绣被卧春风。
落月低轩窥烛尽，飞花入户笑床空。

[注释]

①辽海：泛指辽河流域以东的地区，南临大海，因此称辽海。古诗中多用来指征人从军远行之地。

[诗解]

征人骑着装饰有金羁的白马，奔赴那遥远的边地；思妇躺在绫罗帷帐里织锦的被子中任凭春风吹拂。月亮低落在轩窗外，窥视着屋内即将燃尽的烛火；院子中的残花飞入屋中，嘲笑那空荡的床帷。

[说明]

诗中以思妇的口吻写春日独居的情况。前两句一写征人，一写思妇，记叙了离别之事。后两句运用了拟人手法，用春花春月作反衬，抒发了离别之情。

鸣鞭从此去，逐虏荡边陲

## 代赠远

妾本洛阳人，狂夫幽燕客。

渴饮易水①波，由来多感激。

胡马西北驰，香骔（zōng）摇绿②丝。

鸣鞭从此去，逐虏荡边陲（chuí）。

昔去有好言，不言久离别。

燕支③多美女，走马轻风雪。

见此不记人，恩情云雨绝。

啼流玉箸尽，坐恨金闺切。

织锦作短书④，肠随回文结。

相思欲有寄，恐君不见察。

焚之扬其灰，手迹自此灭。

### [注释]

①易水：暗指丈夫是幽燕人，有荆轲的遗风。②绿：乌黑发亮的颜色。③燕支：焉支山，一作胭脂，在今甘肃境内。④织锦作短书：据《晋书·列女传》记载，前秦窦滔的妻子苏蕙，因思念丈夫，织锦作回文书以寄相思。

### [诗解]

我本是洛阳人，丈夫是幽燕人。他有荆轲的遗风，向来多感慨激昂之情。他骑上胡马要去西北边地驰骋，马鬃抖动，闪着乌黑发亮的光泽。他抽响鞭子驱驰马儿从此离去，到边陲追逐敌人。以前他说得很好，不会长久离别。焉支山有很多美女，他骑马遇见以后就会缓行观望，以至马蹄激起的风雪都小了许多。丈夫看到她们更忘记了故人，我与他之间的恩情就断绝了。我食不下咽，泪流已尽，空坐在金闺之中怨恨不已。我像窦滔的妻子苏蕙那样织锦作回文书以寄相思，愁肠随着回文诗缠结。想将相思寄给你，又害怕你体会不到我的心意。把它焚烧后扬灰而去，手迹从此就消失了。

### [说明]

诗中以思妇的口吻寄情久别的征夫。前半铺陈了男子从军西行，不思团聚的情形。后半描写思妇独守空房，思念夫君作书言情又徘徊不定的情形。诗中描写了女子害怕男子今昔不一又思夫难耐的矛盾心理，十分细腻传神。

# 陌上赠美人

骏马骄行踏落花，垂鞭直拂五云车[①]。

美人一笑褰(qiān)[②]珠箔(bó)，遥指红楼是妾家。

[注释]

①五云车：传说中仙人升天时乘坐的车子。此代指美人乘坐的游玩之车。②褰：撩起、提起。

[诗解]

骏马昂首挺胸前行，马蹄踏在落花之上，垂下马鞭驱使马儿去追美人乘坐的车子。美人笑着撩起车帘，指着远处的红楼说，那就是我的家。

[说明]

诗中描写了春天陌上男女对答情事，前两句写男子，后两句写女子，情趣盎然。

# 怨 情

新人如花虽可宠，故人似玉犹来重[①]。

花性飘扬不自持，玉心皎洁终不移。

故人昔新今尚故，还见新人有故时。

请看陈后[②]黄金屋，寂寂珠帘生网丝。

[注释]

①重：贵重、敬重。②陈后：指汉武帝的皇后陈阿娇。汉武帝小的时候非常喜爱自己的表姐陈阿娇，并当众承诺如果能娶到阿娇做妻子，会建造一座金屋子给她住。后来陈皇后失宠，冷居长门宫。

[诗解]

新人好像美丽的鲜花，虽然应该被宠幸，可是故人似玉，更应该被看重。鲜花的性情飘扬不能自持，而玉的品质却皎洁无瑕，终究不会改变。故人过去是新人，而今也成了故人，现在的新人也有变成故人的时候。请看陈皇后的黄金屋，寂寞的珠帘上已经布满了蛛网。

[说明]

此诗写作年代不详，可能是诗人天宝二载（743）被玄宗疏远后所作。这是一首七言诗，借宫中新人受宠、故人见弃的规律，讽刺了皇帝的喜新厌旧。

[ 诗评 ]

偶引古辞，别出新意，怨意不言而显。

——乾隆御选《唐宋诗醇》

## 怨　情

美人卷珠帘，深坐嚬（pín）[①]蛾眉。

但见泪痕湿，不知心恨谁？

[ 注释 ]

①嚬：同“颦”，皱眉。一作“蹙”。

[ 诗解 ]

美人卷起珠帘，久久地坐在那里皱着蛾眉。只见她脸上满是泪痕，却不知道她心里在怨恨谁？

[ 说明 ]

诗中描写了女子幽居独处、颦眉垂泪的形象，抒写其闺怨之情。文笔简练，却情思深远，含蓄蕴藉。

## 思　边

去年何时君别妾？南园绿草飞蝴蝶。

今岁何时妾忆君？西山[①]白雪暗秦云。

玉关[②]去此三千里，欲寄音书那可闻？

[ 注释 ]

①西山：泛指女子在秦地所见的雪山。②玉关：玉门关，故址在今甘肃敦煌，是通往西域的门户，此处泛指征夫的戍边之地。

[ 诗解 ]

去年什么时候你我分别？当时园中绿草丛生，蝴蝶飞舞。今年我何时回忆起你？当时西山上覆盖皑皑白雪，彤云密布。玉门关离这里有三千里，即使想要寄送书信又怎么可能到达？

[ 说明 ]

诗中以秦地女子的口吻，抒发了对边地征夫的思念。描写昔日别时和今日别后的情景，景中含情，写出了离别时空的悠远久长，抒发了强烈的思念之情。

## 秋浦寄内①

我今寻阳②去，辞家千里余。
结荷见水宿，却寄大雷书③。
虽不同辛苦，怆离各自居。
我自入秋浦（pǔ），三年北信疏。
红颜愁落尽，白发不能除。
有客自梁苑④，手携五色鱼。
开鱼得锦字，归问我何如。
江山虽道阻，意合不为殊。

[注释]

①秋浦：县名，因为境内有秋浦水而得名，即今安徽池州。寄内：寄给妻子。②寻阳：郡名，即今江西九江。③大雷书：南朝宋文学家鲍照写有《登大雷岸与妹书》。《太平寰宇记》载："舒州望江县有大雷池。"④梁苑：梁园，汉梁孝王游赏之园，在今河南商丘。

[诗解]

今天我离开了寻阳，已经离家千里之外了。宿在水中荷花边，为你寄上一封家书。你我虽然辛苦不相同，却因为两地分离而悲怆。我自从到秋浦之后，三年中很少收到北来的书信。年轻的容颜已经老去，头上的白发没有办法除去。有个客人来自梁园，手中提着五色鱼。剖开鱼肚子看到你的书信，问我有什么打算。虽然路途遥远，江山阻隔，但我们心念如一，永远不变。

[说明]

此诗作于天宝十四载（755）秋，是李白游秋浦时的寄内之作，当时宗氏夫人在梁园寄书以表思念之情，此诗应该是答书。诗中点名了自己的行踪，抒发了离居的苦楚，写到了偶得家书的慰藉，表达了虽然关山遥远，却难以阻挡相思的深情。

[诗评]

按白自梁园至敬亭山见会公谈陵阳山水，兼期同游，因有此赠诗，知白自梁园来宣城在天宝十二载。

——瞿蜕园、朱金城《李白集校注》

# 赠　内

三百六十日，日日醉如泥。

虽为李白妇，何异太常①妻？

［注释］

①太常：指东汉太常卿周泽。周泽勤于政事，经常不回家，其妻甚有怨言。时人谓“生世不谐，作太常妻，一岁三百六十日，三百五十九日斋，一日不斋醉如泥”。

［诗解］

一年三百六十天，我天天都喝得酩酊大醉如烂泥一般。你虽然是我李白的夫人，和那整天不顾家的周太常的妻子又有什么区别呢？

三百六十日，日日醉如泥

［说明］

此诗约作于开元年间诗人隐居安陆时期。当时诗人和故相许圉师的孙女结婚，夫妻感情深厚。此诗以调侃的口吻，化用了东汉太常卿周泽的典故，自嘲自己的醉酒，以戏谑之语安慰夫人，幽默风趣。

# 南流夜郎寄内

夜郎天外怨离居，明月楼中音信疏。

北雁春归看欲尽，南来不得豫章①书。

［注释］

①豫章：郡名，即洪州，天宝元年（742）改为豫章郡，在今江西南昌。

［诗解］

身在夜郎的我因离居而怨恨、愁闷，明月楼中音信稀疏。北飞的大雁就要归尽了，仍然没有收到你的书信。

［说明］

此作为肃宗乾元二年（759）春，李白流放夜郎途中寄给居住在豫章的妻子宗氏的诗。首句中的“怨”字，揭示了诗人内心的悲愤不平。次句言自己身在远方，妻子音信杳疏。最后写北飞的大雁都没有了，仍没有等到妻子的书信。

# 越女词五首

## 其 一

长干吴儿女①，眉目艳星月。
屐上足如霜②，不着鸦头袜③。

[注释]

①长干：在今江苏南京南。儿女：这里是偏义复词，指女孩。②屐：木鞋。足如霜：脚像霜一样白。③鸦头袜：拇指与其他四指分开的袜子。

[诗解]

长干吴地的女孩子们，眉毛像弯弯的月亮一样，眼睛像星星一样明亮。她们的脚上没有穿袜子，露在外面像霜一样白净。

## 其 二

吴儿①多白皙，好为荡舟剧②。
卖眼③掷春心，折花调④行客。

[注释]

①儿：这里指女孩。②剧：游戏。③卖眼：抛媚眼。④调：调戏。

[诗解]

吴地的女孩子们皮肤都很白皙，她们喜欢在河上荡舟游戏。她们常常抛媚眼示好，折花调戏过路的客人。

## 其 三

耶溪①采莲女，见客棹歌②回。
笑入荷花去，佯③羞不出来。

[注释]

①耶溪：若耶溪，在今浙江绍兴市南。②棹歌：一边划桨一边唱歌。③佯：假装。

[诗解]

若耶溪的采莲女，看见客人就边唱歌边划桨回去。她们笑着把船划入荷花丛中，假装害羞不出来。

［说明］

此诗为开元十四年（726）李白初次游越时所作。本诗表现了若耶溪采莲女的容貌和神态，别有韵味。以清丽的荷花映衬红润秀丽的少女的脸庞，以棹歌清唱增添荷塘的活泼生机，十分欢快。

## 其　四

东阳①素足女，会稽素舸（gě）②郎。

相看月未堕，白地③断肝肠。

［注释］

①东阳：今浙江东阳，唐时属婺州。②会稽：今浙江绍兴，唐时属越州。素舸：不加装饰的船。舸，船。③白地：平白地。

［诗解］

东阳的女孩有着白嫩的纤足，会稽的男儿乘着朴素的小舟。他们相互爱慕，但是没有深入发展，平白地让人肝肠寸断。

［说明］

写作年代同前首。诗人歌唱了越中少男少女纯真的爱情。

［诗评］

按谢灵运有《东阳溪中赠答》二诗。其一曰："可怜谁家妇？缘流洗素足。明月在云间，迢迢不可得。"其一曰："可怜谁家郎？缘流乘素舸。但问情若何，月就云中堕。"此诗自二作点化而出。

——瞿蜕园、朱金城《李白集校注》

## 其　五

镜湖①水如月，耶溪女如雪。

新妆荡新波②，光景两奇绝。

［注释］

①镜湖：在今浙江绍兴，若耶溪流入其中。②新波：指刚刚流入镜湖的春水。

［诗解］

镜湖的水像月亮一样皎洁澄澈，若耶溪的女孩皮肤像雪一样白皙。她们穿戴一新在湖面上荡着小船，新妆和新波相互映衬，显得格外美丽。

[ 说明 ]

写作年代同前首。诗人将美丽的若耶溪女子放在景色秀美的镜湖中加以描写，女子的倩影倒映在春水中，人景相互映衬，人美景更美。

## 浣纱石[1]上女

玉面耶溪女，青蛾[2]红粉妆。

一双金齿屐[3]，两足白如霜。

[ 注释 ]

①浣纱石：在若耶溪旁，相传是西施浣纱的地方。②青蛾：黛眉。③金齿屐：装有铁齿的木屐。

[ 诗解 ]

若耶溪旁的浣纱少女面容姣好，脸上黛眉红粉装扮漂亮。穿一双装有铁齿的木屐，两只脚异常白嫩，好像霜雪一般。

[ 说明 ]

李白游越中时，看到若耶溪上的浣纱女，乃根据她们头上和足上的特征加以描写。

## 巴女词[1]

巴水急如箭，巴船去若飞。

十月三千里[2]，郎行几岁归？

[ 注释 ]

①巴女词：四川东部一带妇女所唱的民歌。②三千里：这里是虚写，指路途之遥。

[ 诗解 ]

巴水像射出去的箭一样急流而去，丈夫乘坐的小船飞一般地驶去。丈夫离开已经有十个月了，夫妻已经相隔千万里；夫君啊，你什么时候才能回来呢？

巴水急如箭，巴船去若飞

[ 说明 ]

此诗作于开元十二年（724）李白离家出蜀途经巴地之时。这是李白用女子的口气写的一首怨妇诗，表现了诗人对于妇女的同情。风格大胆热烈，直率自然，与当地的民歌相似。

## 哭晁卿衡[1]

日本晁卿辞帝都，征帆一片绕蓬壶[2]。

明月不归沉碧海，白云愁色满苍梧[3]。

[注释]

①晁卿衡：晁衡，日本人，开元七年（719）随日本第九次遣唐使团来中国求学，学成之后留在唐朝做官。他与李白有深厚的友谊，曾经有诗篇唱和。卿，对人的敬称。②蓬壶：蓬莱，这里泛指海岛。③苍梧：山名。

[诗解]

日本的晁衡辞去众人离开了长安回国，他是乘船离开的，路上遇到众多的海岛。不幸的是他没有回到自己的家乡，在路上遭遇了海难，就像明月沉到大海中一样；白云似乎也为他感到忧伤，层层地笼罩着苍梧山。

[说明]

此诗约作于天宝十二载（753）。当时李白在江南，传闻日本友人晁衡归国遇难，悲哀而作此诗，以悼念友人。诗中赞美了晁衡杰出的才华和高洁的品质，将自己的哀痛寄托于一片缥缈的景色之中。此作意境深远，是一首别具一格的挽诗。

## 哭宣城善酿纪叟[1]

纪叟黄泉里，还应酿老春[2]。

夜台无晓日[3]，沽酒[4]与何人？

[注释]

①叟：老年男子。②老春：酒名。唐代的好酒都带有“春”字。③夜台：唐代人称坟墓为夜台。晓日：一作“李白”。④沽酒：这里指卖酒。

[诗解]

纪叟生前善于酿酒，如今他去世了，那么在地下他应该还在酿造好酒吧。但是地下永远都没有白天，他把酒卖给谁呢？

[说明]

此诗作于上元二年（761）。这是李白为悼念宣城一位善于酿酒的老师傅而写的。诗人奇思妙想，沟通了天、地、人，仿佛和纪叟重逢叙旧。悼词别具一格，透露出一种谐趣。语言简朴亲切，情真意切，十分感人。

**图书在版编目（CIP）数据**

图解李太白集 /（唐）李白著；崇贤书院释译 .
— 合肥：黄山书社，2021.9
（中华古典珍品）
ISBN 978-7-5461-9740-1

Ⅰ . ①图… Ⅱ . ①李… ②崇… Ⅲ . ①唐诗－诗集
Ⅳ . ① I222.742

中国版本图书馆 CIP 数据核字（2021）第 196915 号

出 品 人 贾兴权
选题策划 贾兴权 汤吟菲
编辑统筹 刘 春
责任编辑 刘 春 汤吟菲
装帧设计 观止堂_未 氓 朱 璇
责任印制 李 磊
出版发行 时代出版传媒股份有限公司（http://www.press-mart.com）
黄山书社（http://www.hspress.cn）
地址邮编 合肥市政务文化新区翡翠路 1118 号出版传媒广场 7 层 230071
印 刷 安徽联众印刷有限公司
版 次 2021 年 10 月第 1 版
印 次 2021 年 10 月第 1 次印刷
开 本 700 mm × 1000 mm 1/16
字 数 445 千字
印 张 23.5
书 号 ISBN 978-7-5461-9740-1
定 价 35.80 元

服务热线 0551-63533706
销售热线 0551-63533761

官方直营书店（https://hsss.tmall.com）